DANIELLE STEEL

# Die Erscheinung

*Autorin*

Danielle Steel, als Tochter eines deutschstämmigen Vaters und einer portugiesischen Mutter in New York geboren, lebte als junges Mädchen lange Jahre in Europa. Seit 1977 schreibt Danielle Steel – die heute Mutter von neun Kindern ist und in San Francisco lebt – große Romane, die sie innerhalb weniger Jahre zur meistgelesenen Autorin der Welt machten.

www. daniellesteel.com

*Die Danielle Steel Collection im Blanvalet Taschenbuch*

Auf den Flügeln der Freiheit (35219) – Das Geschenk (35985) – Das Haus hinter dem Wind/Es zählt nur die Liebe (35202) – Der lange Weg nach Hause (35996) – Die Erscheinung (35800) – Die Ranch (35605) – Familienbilder/Palomino (35702) – Fünf Tage in Paris (35273) – Gesegnete Umstände (35079) – Jenseits des Horizonts/Der Preis des Glücks (35112) – Juwelen (35160) – Nichts ist stärker als die Liebe (35023) – Schiff über dunklem Grund/Herzschlag für Herzschlag (35792) – Stiller Ruhm (35503) – Unter dem Regenbogen/Sternenfeuer (35376) – Unverhofftes Glück (35722) – Väter/Abschied von St. Petersburg (35906) – Verlorene Spuren/Nie mehr allein (35527)

Danielle Steel

# Die Erscheinung

Roman

Deutsch von Eva Malsch

BLANVALET

Die Originalausgabe erschien unter dem Titel
»The Ghost« bei Delacorte Press,
Bantam Doubleday Dell Publishing Group, Inc., New York.

*Umwelthinweis:*
Alle bedruckten Materialien dieses Taschenbuches
sind chlorfrei und umweltschonend.

Der Blanvalet Verlag ist ein Unternehmen
der Verlagsgruppe Random House.

Einmalige Sonderausgabe Januar 2005

Umschlaggestaltung: Design Team München
Umschlagfoto: ZEFA/Mike Dobel
Druck: GGP Media GmbH, Pößneck
Verlagsnummer: 36202
UH · Herstellung: wag
Made in Germany
ISBN 3-442-36202-4
www.blanvalet-verlag.de

Manchmal muss man die Vergangenheit loslassen,
um sich der Zukunft zu stellen …

Für Tom, den geliebten, ganz besonderen Freund,
zum Dank für die Geister, die du zur Ruhe gebettet hast,
für das Glück, das wir teilten.

Mit all meiner Liebe,
D. S.

# 1

Die Taxifahrt von London zum Flughafen Heathrow dauerte im strömenden Novemberregen eine halbe Ewigkeit. Um zehn Uhr morgens war es so dunkel wie am Spätnachmittag, und Charlie Waterston sah kaum etwas von der vertrauten Gegend, die am Autofenster vorbeiglitt. Den Kopf an die Rückenlehne im Fond gelehnt, schloss er die Augen, und seine düstere Stimmung glich dem Wetter.

Kaum zu glauben, dass alles ein Ende gefunden hatte … Plötzlich lagen zehn Londoner Jahre hinter ihm, und er konnte noch immer nicht fassen, was geschehen war. Es hatte so wundervoll begonnen, die Karriere, das Glück. Und jetzt, mit zweiundvierzig Jahren, fürchtete er, die guten Zeiten wären für immer vorbei und er müsste vom Gipfel aus die lange Talfahrt antreten. Im letzten Jahr hatte er zwar den Eindruck gewonnen, sein Leben würde sich langsam und stetig in nichts auflösen, doch die Realität verblüffte ihn immer noch.

Endlich hielt das Taxi vor dem Flughafengebäude. Der Fahrer drehte sich um und hob die Brauen. »Kehren Sie in die Staaten zurück, Sir?«

Charlie zögerte kurz, dann nickte er. Ja, er würde zurückkehren. Nach zehn Jahren in London. Neun davon mit Carole. Alles entschwunden, innerhalb weniger Augenblicke.

»Ja«, bestätigte er, und seine Stimme klang fremd. Das wusste der Taxifahrer nicht, der einen eleganten Mann in einem gut geschnittenen englischen Anzug und einem Burberry-Trenchcoat musterte, mit einem teuren Regenschirm und einer abgenutzten Aktentasche. Trotz all dieser sorgsam ausgewählten Accessoires wirkte Charlie nicht wie ein Engländer, sondern sah wie ein attraktiver Amerikaner aus, der jahrelang in Europa gelebt hatte. Hier fühlte er sich heimisch, und der Gedanke an die Abreise erschreckte ihn. Er konnte sich nicht vorstellen, wieder in New York zu wohnen. Aber dazu wurde er gezwungen, und das Timing erschien ihm perfekt. Es wäre sinnlos gewesen, in London zu bleiben – ohne Carole.

Als er an sie dachte, krampfte sich sein Herz zusammen. Rasch stieg er aus dem Taxi und gab dem Träger, der das Gepäck übernahm, ein Trinkgeld. Er nahm nur zwei kleine Reisetaschen mit. Den Rest seines Eigentums hatte er bei einer Spedition gelagert.

Er checkte am Schalter ein, dann setzte er sich in den Warteraum erster Klasse. Zu seiner Erleichterung entdeckte er keine Bekannten. Bis er an Bord gehen konnte, würde noch einige Zeit vergehen. In seiner Aktentasche steckten genug Verträge und Dokumente, und so arbeitete er, bis sein Flug aufgerufen wurde. Wie üblich wartete er und ging als letzter Passagier in die Maschine. Während die Stewardess ihn zu seinem Platz führte und ihm den Mantel abnahm, blieben sein dunkles Haar und die ausdrucksvollen braunen Augen nicht unbemerkt. Zweifellos sah der hoch gewachsene, athletisch gebaute Mann fabelhaft aus. Und er trug keinen Ehering, was die Frau auf der anderen Seite des Mittelgangs und eine Stewardess sofort registrierten. Doch er beachtete keine der beiden, setzte sich ans Fenster und starrte in den Regen, der aufs Rollfeld prasselte. Es war unmöglich, die Ereignisse zu vergessen. Unentwegt musste er daran denken, den Punkt suchen, wo die Beziehung unmerklich zu scheitern begonnen hatte.

Warum war er so blind gewesen? Wie hatte er immer noch an das gemeinsame Glück glauben können, obwohl Carole ihm bereits entglitten war? Hatte sich alles auf subtile Weise verändert? Oder war es niemals die ideale Liebe gewesen, an die er so fest geglaubt hatte – bis zum bitteren Ende, bis sie ihm von Simon erzählt hatte? Charlie war sich wie ein Idiot vorgekommen. Da flog er von Tokio nach Mailand und entwarf Bürogebäude, während Carole in ganz Europa die Klienten ihrer Anwaltskanzlei vertrat. Gewiss, sie waren sehr beschäftigt, und jeder führte sein eigenes Leben – Planeten in verschiedenen Kreisbahnen. Aber wann immer sie einige Tage zusammen verbrachten, waren sie mit diesem Lebensstil glücklich. Nach dem Betrug schien sogar Carole über ihr Verhalten zu staunen. Und was er am schlimmsten fand – sie wollte es nicht ungeschehen machen. Das hatte sie versucht, ohne Erfolg.

Kurz vor dem Start bot ihm eine der Stewardessen einen Drink an, den er ablehnte. Dann reichte sie ihm die Speisekarte, Kopfhörer und die Liste verfügbarer Filme. Nichts davon interessierte ihn, denn er wollte einfach nur nachdenken, immer wieder, als könnte er die Tatsachen ändern, wenn er sich lange genug den Kopf zerbrach. Manchmal wollte er schreien, mit beiden Fäusten gegen Wände schlagen, irgendjemanden schütteln. Warum tat sie ihm das an? Wieso musste dieses Arschloch auftauchen und alles zerstören, was Carole und Charlie jemals erträumt hatten? Aber im Grunde seines Herzens wusste er, dass er Simon nichts verübeln durfte. Also waren er selbst und Carole für das Ende der Beziehung verantwortlich. Und er nahm den Großteil der Schuld auf sich. Irgendetwas musste er getan haben, das Carole in die Arme eines anderen getrieben hatte. Schon vor über einem Jahr sei es geschehen, hatte sie gestanden, in Paris, bei der gemeinsamen Arbeit an einem Prozess.

Simon St. James war der Seniorpartner in ihrer Anwaltskanzlei, und sie arbeitete sehr gern mit ihm zusammen. Manchmal lachte sie über ihn und erzählte, wie clever er war, wie mühelos er Frauenherzen betörte. Er war schon dreimal verheiratet gewesen und hatte mehrere Kinder. Weltgewandt, attraktiv und charmant, eroberte der 61-jährige Mann die zweiundzwanzig Jahre jüngere Carole. Es war sinnlos, ihr zu erklären, er könnte ihr Vater sein. Das wusste sie, und sie sah auch ein, wie verrückt sie sich benahm, was sie Charlie antat. Sie hatte ihn nicht verletzen wollen – es war einfach geschehen.

Bei der ersten Begegnung war sie neunundzwanzig gewesen – eine schöne, hochintelligente, erfolgreiche Anwältin, die für eine Kanzlei in der Wall Street gearbeitet hatte – und Charlie zweiunddreißig. Eine Zeit lang trafen sie sich regelmäßig. Doch sie interessierten sich nicht ernsthaft füreinander, als er den Auftrag erhielt, die Londoner Niederlassung des New Yorker Architekturbüros Whittaker & Jones zu leiten. Seit zwei Jahren war er bei dieser Firma angestellt, und nun freute er sich auf seine faszinierende neue Aufgabe.

Aus einer Laune heraus flog Carole nach London und besuchte ihn. Sie hatte nicht vor zu bleiben. Aber sie verliebte sich in die Stadt und dann in ihn. Hier war alles anders, viel romantischer. Wann immer es möglich war, verbrachte sie ein Wochenende bei Charlie. Manchmal fuhren sie in Davos, Gstaad oder St. Moritz Ski. Während Caroles Vater in Frankreich gearbeitet hatte, war sie in der Schweiz zur Schule gegangen, und sie kannte immer noch viele Leute in ganz Europa, wo sie sich wie zu Hause fühlte. Sie sprach fließend Deutsch und Französisch, passte perfekt zur Londoner Gesellschaftsszene, und Charlie bewunderte sie maßlos. Nachdem sie sechs Monate lang hin und her geflogen war, trat sie einen Job im Londoner Büro einer amerikanischen Anwaltskanzlei an. Sie kauften einen alten Wagenschuppen in Chelsea und führten ein wundervolles Leben. Fast jeden Abend tanzten sie zuerst im Annabel's, und sie entdeckten all die ungewöhnlichen Londoner Restaurants, Antiquitätenläden und Nachtclubs. Es war einfach himmlisch.

Um den völlig verfallenen Wagenschuppen in Stand setzen zu lassen, brauchten sie fast ein Jahr. Danach sah er spektakulär aus. Liebevoll richteten sie ihn mit den Schätzen ein, die sie inzwischen gesammelt hatten. Immer wieder waren sie aufs Land gefahren, um alte Türen und andere originelle Antiquitäten aufzustöbern. Nachdem sie England erforscht hatten, flogen sie an den Wochenenden nach Paris. Zwischen den verschiedenen Geschäftsreisen fanden sie endlich Zeit, um zu heiraten und die Flitterwochen in Marokko zu verbringen – in einem Palast, den Charlie gemietet hatte. Was immer sie unternahmen, es war stilvoll, amüsant und aufregend. Sie zählten zu den Leuten, die jeder kennen wollte, gaben fantastische Partys und freundeten sich mit vielen prominenten Persönlichkeiten an. Aber Charlie war am liebsten mit Carole allein. Alles an ihr fand er hinreißend – das blonde Haar, den schlanken, wie aus weißem Marmor gemeißelten Körper, das glockenhelle Lachen, die tiefe erotische Stimme. Wenn er hörte, wie sie seinen Namen aussprach, erschauerte er nach zehn Jahren immer noch.

Mit ihrer Ehe, ihrer Lebensweise und ihren Karrieren waren beide restlos glücklich und zufrieden. Sie wünschten sich keine Kinder. Darüber sprachen sie mehrmals. Denn der Zeitpunkt erschien ihnen immer ungeeignet. Carole hatte zu viele wichtige, anspruchsvolle Klienten, die sie als ihre »Kinder« betrachtete. Ihrem Mann machte das nichts aus. Eine kleine Tochter, die ihr glich, würde ihm zwar gefallen, aber weil er Carole so sehr liebte, wollte er sie eigentlich mit niemandem teilen. Sie hatten niemals definitiv beschlossen, keine Kinder zu bekommen, und das Thema in den letzten fünf Jahren immer seltener erörtert. Nun bedrückte ihn die Tatsache, dass er seit dem Tod seiner Eltern keine Familie hatte – keine Vettern und Kusinen, keine Großeltern, keine Tanten und Onkel. In seinem Leben gab es nur Carole. Sie hatte ihm alles bedeutet. Zu viel, wie er jetzt erkannte. Am gemeinsamen Leben in all den Jahren hätte er nichts ändern wollen. Für ihn war es vollkommen gewesen. Niemals langweilte sie ihn. Sie stritten nur selten.

Weder sie noch ihn störten die zahlreichen beruflich bedingten Trennungen. Umso schöner war die Heimkehr. Charlie liebte es, nach einer Geschäftsreise sein Haus zu betreten und Carole mit einem Buch auf der Couch im Wohnzimmer liegen zu sehen. Oder noch besser – sie döste vor dem Kamin. Meistens arbeitete sie noch, wenn er aus Brüssel, Tokio oder Paris zurückkam. Aber wenn er sie daheim antraf, war sie nur noch für ihn da. Niemals erweckte sie den Eindruck, er würde hinter ihrem Job an zweiter Stelle stehen. Wenn das gelegentlich geschah – wenn sie sich um einen besonders wichtigen Fall oder einen schwierigen Klienten kümmern musste, ließ sie's ihn nicht merken. Deshalb glaubte er stets, ihre Welt würde sich nur um ihn drehen. So war es neun exquisite Jahre lang gewesen, bis das Glück ein jähes Ende genommen hatte. Und nun fühlte er sich elend – als wäre sein Leben vorbei.

Gnadenlos verfolgten ihn die Erinnerungen auf dem Flug nach New York. Vor genau fünfzehn Monaten, im August, hatte Caroles Affäre mit Simon begonnen. Das hatte sie bei ihrem Geständnis erwähnt. Sie war ehrlich gewesen, und Charlie konnte ihr nichts vorwerfen – nur dass sie ihn nicht mehr liebte. Sechs Wochen lang hatte sie mit Simon in Paris zusammengearbeitet, um einen Klienten in einem bedeutsamen, nervenaufreibenden Prozess zu verteidigen. Unterdessen führte Charlie komplizierte Verhandlungen mit neuen Auftraggebern in Hongkong. Fast drei Monate lang war er jede Woche hingeflogen und hatte kaum Zeit für seine Frau gefunden. Damit versuchte sie ihr Verhalten nicht zu entschuldigen. Nicht seine Abwesenheit habe die Ehe zerstört, sondern das Schicksal – und Simon, betonte sie. Er habe sie einfach überwältigt, und wenn es auch falsch sei, ihn zu lieben, könne sie nichts dagegen tun. Anfangs hatte sie sich bemüht, ihre Gefühle zu unterdrücken. Das schaffte sie nicht. Sie bewunderte ihn schon so lange, mochte ihn, und sie hatten sehr viel gemeinsam. Mit Charlie sei es jahrelang so ähnlich gewesen, erklärte sie, wunderbar und aufregend.

»Und wann hat sich das geändert?«, fragte er bedrückt, während sie an einem regnerischen Nachmittag durch Soho wanderten. Ihre Ehe sei immer noch wunderbar und aufregend, versicherte er hilflos. Genauso wie am Anfang. Aber Carole schaute ihn an, schüttelte fast unmerklich den Kopf und widersprach unter Tränen. Jetzt würden sie zu oft getrennte Wege gehen. Sie hätten verschiedene Bedürfnisse und würden zu viel Zeit mit anderen Leuten verbringen. Aus beruflichen Gründen seien sie oft getrennt gewesen. Jetzt genoss sie es, jeden Tag mit Simon beisammen zu sein, und er würde für sie sorgen, wie es Charlie niemals getan habe. »Wie denn?«, fragte er flehend. Das vermochte sie nicht genau zu erklären. Es hing nicht nur mit Simons Benehmen zusammen, sondern auch mit der diffizilen Welt der Träume, Wünsche und Gefühle, mit jenen undefinierbaren, winzigen, subtilen Dingen, die einen bewogen, jemanden zu lieben – selbst wenn man sich dagegen wehrte. Bei diesen Worten begann auch Charlie zu weinen.

Als sie Simons Drängen nachgegeben hatte, war sie sicher gewesen, die Affäre würde nicht lange dauern. Nur eine vorübergehende Indiskretion, nahm sie sich vor und meinte es ernst. Es war ihr erster Seitensprung, und sie wollte ihre Ehe nicht gefährden. Auf dem Rückflug von Paris nach London versuchte sie, mit Simon Schluss zu machen, und er beteuerte, das würde er verstehen. Er gab zu, er sei seinen drei Ehefrauen oft untreu gewesen. Hinterher habe er das meistens bedauert, versicherte er, und er kenne sich sehr gut aus in der Welt des Betrugs und Verrats. Und wenn er derzeit auch ein Single war, konnte er Caroles Gewissensqualen nachempfinden und begreifen, dass sie sich ihrem Mann gegenüber verpflichtet fühlte. Aber keiner von beiden hatte bedacht, wie sehr sie einander vermissen würden, wenn sie wieder getrennt in London lebten. Das ertrugen sie nicht. Und so begannen sie, das Büro nachmittags gemeinsam zu verlassen, um in seine Wohnung zu gehen. Anfangs redeten sie nur. Carole schüttete Simon ihr Herz aus und erkannte, was ihr besonders gut an ihm gefiel – sein Verständnis, seine Fürsorge, seine bedingungslose Liebe. Nur um in ihrer Nähe zu bleiben, war er zu allem bereit, selbst wenn sie ihm nicht mehr als ihre Freundschaft schenken würde. Erfolglos versuchte sie, ihm aus dem Weg zu gehen. Ihr Mann war meistens verreist, sie fühlte sich einsam, und ihre Sehnsucht nach Simon wuchs. Erst jetzt wurde ihr bewusst, wie oft Charlie sie allein ließ. Zwei Monate, nachdem sie die Affäre beendet hatten, fing sie wieder an. Carole führte ein Leben voller Lügen. Fast jeden Abend, nach Büroschluss, traf sie Simon. Wenn ihr Mann daheim war, gab sie vor, sie müsse an den Wochenenden mit Simon zusammenarbeiten. Und wenn Charlie verreiste, zog sie nach Berkshire in Simons Haus. Was sie tat, war falsch. Das wusste sie. Doch sie war wie besessen und unfähig, der Versuchung zu widerstehen.

Zu Weihnachten herrschte eine gewisse Spannung zwischen Carole und Charlie. Er musste einige Schwierigkeiten auf einer Baustelle in Mailand meistern. Zur selben Zeit drohte der Tokio-Deal ins Wasser zu fallen, und er ließ sich fast nie daheim blicken. Ständig flog er irgendwohin, um Probleme zu lösen. Wenn er nach Hause kam, litt er unter seinem Jetlag, war erschöpft oder schlecht gelaunt. Wenn er es auch nicht wollte – immer wieder ließ er seinen Frust an Carole aus. Jetzt waren beide froh, dass sie keine Kinder hatten. Und Carole erkannte nicht zum ersten Mal, dass sie in getrennten Welten lebten. Nun fanden sie keine Zeit mehr, miteinander zu reden oder Gefühle zu teilen. Er hatte seine Arbeit, sie ihre. Außer ein paar Nächten im selben Bett und Partys, die sie gemeinsam besuchten, verband sie nichts mehr. Plötzlich fragte sie sich, ob das einstige Glück von Anfang an nur eine Illusion gewesen war, ob sie Charlie jemals geliebt hatte. In seinen beruflichen Ärger verstrickt, merkte er nicht, wie Carole sich seit dem letzten Sommer immer weiter von ihm entfernte. Den Silvesterabend verbrachte er allein in Hongkong, während Carole und Simon im Annabel's tanzten. Wegen seiner geschäftlichen Sorgen vergaß Charlie sogar, seine Frau anzurufen.

Im Februar spitzte sich die Situation zu. Er kam unerwartet aus Rom zurück, und Carole war über das Wochenende verreist. Diesmal behauptete sie nicht mehr, sie sei zu Freunden gefahren. Als sie am Sonntagabend heimkam, empfand er ein seltsames Unbehagen. Sie sah strahlend aus, schön und entspannt, so wie früher, wenn sie das ganze Wochenende im Bett geblieben waren, um sich zu lieben. Aber wer fand noch Zeit für so etwas? Sie mussten sich beide auf ihre Arbeit konzentrieren. Darauf wies er sie an jenem Abend beiläufig hin und verdrängte seinen vagen Argwohn. Wenig später sorgte sie für klare Verhältnisse und legte ein Geständnis ab. Sie spürte, dass in seinem Unterbewusstsein ein Verdacht wuchs, und sie wollte nicht warten, bis irgendetwas Schreckliches passieren würde. Eines Abends kam sie sehr spät von der Arbeit nach Hause und erzählte ihm alles, wann es begonnen hatte, wie lange es nun schon dauerte – fünf Monate, die kurze Unterbrechung nach der Rückkehr aus Paris abgerechnet. Er saß einfach nur da, hörte zu und starrte sie an, die Augen voller Tränen.

»Was ich sonst noch sagen soll, weiß ich nicht, Charlie«, fügte sie leise hinzu, und ihre heisere Stimme klang sinnlicher denn je. »Jedenfalls fand ich, du müsstest es wissen. So kann's nicht weitergehen.«

»Und was hast du nun vor?« Er versuchte, zivilisiert zu reagieren und sich einzureden, dergleichen würde in vielen Ehen passieren. Aber in diesem Moment wusste er nur, wie verletzt er war, wie sehr er Carole immer noch liebte. Und so schmerzlich der Gedanke auch war, dass sie mit einem anderen schlief – die wichtigste Frage lautete: Liebte sie Simon, oder amüsierte sie sich nur mit ihm? »Liebst du ihn?« Die Worte schienen in seinem Gehirn, in seinem Herzen und in seinem Magen aufeinander zu prallen. Um Himmels willen, was sollte er tun, wenn sie ihn verließ? Das wollte er sich gar nicht vorstellen, und um dieses Desaster zu verhindern, war er bereit, ihr alles zu verzeihen, wenn sie bei ihm blieb.

Aber sie zögerte sehr lange, bevor sie antwortete. »Ja, ich glaube schon.« So verdammt ehrlich war sie schon von jeher gewesen. Deshalb hatte sie ihm die Wahrheit erzählt. Diesen Wesenszug wollte sie nicht verlieren. »So genau weiß ich's nicht. Wenn er bei mir ist, bin ich mir sicher ... Aber ich liebe auch dich. Und ich werde niemals aufhören, dich zu lieben.« In ihrem Leben hatte es keinen gegeben, der sich mit Charlie messen konnte – und keinen, der Simon glich. Auf ihre Weise liebte sie beide. Doch sie wusste, dass sie jetzt eine Entscheidung treffen musste. So durfte es nicht weitergehen. Solch ein Leben mochten andere Menschen führen – sie war dazu nicht fähig. Simon hatte bereits erklärt, er würde sie gern heiraten. Daran wollte sie nicht einmal denken, bevor sie sich mit ihrem Mann geeinigt hatte. Auch das verstand Simon, und er hatte ihr versprochen, geduldig zu warten.

»Das hört sich so an, als würdest du mich verlassen …« Verzweifelt schlang Charlie seine Arme um Carole, und sie weinten beide. »Wie konnte uns das passieren?«, fragte er immer wieder. Es erschien ihm unmöglich, undenkbar. Wie konnte sie sich so verhalten? Trotzdem hatte sie es getan. Und irgendetwas in ihrem Blick verriet ihm, dass sie nicht auf Simon verzichten würde. Das versuchte Charlie zu begreifen. Aber er musste sie bitten, den anderen Mann nicht mehr zu treffen, und er wollte mit ihr eine Eheberatungsstelle aufsuchen.

Auch Carole tat ihr Bestes, um die Ehe zu retten. Gemeinsam konsultierten sie einen Eheberater, und sie hielt sich sogar von Simon fern. Zwei Wochen lang. Danach war sie mit ihren Nerven am Ende und erkannte, wie dringend sie ihn brauchte. Plötzlich erschienen die Barrieren zwischen Carole und Charlie unüberwindbar. Wann immer sie zusammen waren, begannen sie zu streiten. In seiner Wut hätte Charlie den Rivalen am liebsten ermordet. Carole erklärte ihm, wie unglücklich sie gewesen sei, weil er sie so oft allein gelassen habe. Zuletzt seien sie nur mehr gute Freunde in einer Wohngemeinschaft gewesen, und Charlie würde sie nicht so fürsorglich und verständnisvoll behandeln wie Simon. Er sei unreif und selbstsüchtig, warf sie ihm vor. Wenn er von einer Reise zurückkehre, sei er zu müde, um mit ihr zu reden oder auch nur an sie zu denken. Erst im Bett würde er sich wieder um sie kümmern. Auf diese Weise würde er ihr viel mehr über seine Gefühle offenbaren als mit Worten, erklärte er –

wobei er unbewusst auf den Unterschied zwischen Männern und Frauen hinwies. Mit jedem Tag vertiefte sich die Kluft, und Carole verblüffte ihn, indem sie dem Eheberater mitteilte, nach ihrer Ansicht würde Charlie dauernd im Mittelpunkt der ehelichen Beziehung stehen. In ihrem Leben sei Simon der erste Mann, der *ihre* Emotionen berücksichtigen würde. Charlie traute seinen Ohren nicht.

Inzwischen schlief sie wieder mit Simon, was sie Charlie verheimlichte, und nach wenigen Wochen geriet sie in ein unerträgliches Durcheinander voller Lügen und Kämpfe und wechselseitiger Beschuldigungen. Als Charlie im März für drei Tage nach Berlin flog, packte sie ihre Sachen und zog zu Simon.

Darüber informierte sie ihren Mann am Telefon, und er begann in seinem Hotelzimmer zu schluchzen. Doch sie ließ sich nicht von ihrem Mitleid beeinflussen und betonte, so könne sie nicht weiterleben, für alle Beteiligten sei es eine einzige Qual. Auch sie brach in Tränen aus. »Das alles wollte ich nicht. Ich hasse mich selbst. Und ich beginne dich ebenfalls zu hassen, Charlie. Bitte, machen wir ein Ende – ich schaff's einfach nicht mehr …« Ganz zu schweigen von den beruflichen Problemen, die ihr entnervendes Privatleben heraufbeschwor …

»Warum nicht?«, schrie er, und sie musste ihm ein gewisses Recht auf seinen Zorn zugestehen. »Zahlreiche Ehen überstehen Seitensprünge. Warum soll unsere daran zerbrechen?« Es war eine flehende Bitte um Gnade. Am anderen Ende der Leitung entstand ein langes Schweigen. Schließlich erwiderte Carole in entschiedenem Ton: »Weil ich nicht mehr mit dir leben will, Charlie.« Da wusste er, dass sie es ernst meinte. Es war vorbei, sie liebte nicht mehr ihn, sondern Simon. Vielleicht gab es gar keinen besonderen Grund dafür, und niemand trug die Schuld an der gescheiterten Ehe.

Sie waren einfach nur Menschen mit unvorhersehbaren, sprunghaften Gefühlen. Warum es geschehen war, wussten sie nicht. Und ob es Charlie gefiel oder nicht – Carole hatte ihn wegen eines anderen verlassen.

In den nächsten Monaten schwankte er zwischen Verzweiflung und Wut. Er konnte sich kaum noch auf die Arbeit konzentrieren, und er traf sich nicht mehr mit seinen Freunden. Manchmal saß er allein in seinem dunklen Haus und dachte an Carole – hungrig und müde, nach wie vor unfähig, an sein Unglück zu glauben. Er hoffte immer noch, sie würde die Affäre mit Simon beenden und erkennen, der Mann wäre zu alt für sie, ein Schaumschläger, der sie nur geblendet hatte. Aber offensichtlich war sie glücklich mit Simon. Hin und wieder sah er in den Zeitungen und Magazinen Fotos von den beiden und verabscheute den Anblick. Wie schmerzlich er Carole vermisste ... Die Einsamkeit drohte ihn zu überwältigen. Als er es nicht mehr aushielt, rief er sie an, und der Klang ihrer vertrauten, sinnlichen Stimme vertiefte seinen Kummer. Ständig redete er sich ein, sie wäre nur für kurze Zeit verreist und würde zu ihm zurückkehren. Aber sie hatte sich von ihm getrennt. Wahrscheinlich für alle Zeiten.

Jetzt wirkte das Haus in Chelsea vernachlässigt und ungeliebt. Sie hatte alle ihre Sachen mitgenommen, nichts sah so aus wie früher. Was er erträumt und ersehnt hatte, war zerstört. Vor seinen Füßen lagen nur mehr die Scherben seines Glücks, und es gab nichts mehr, woran er sich festhalten konnte.

Im Büro bemerkten die Kollegen, wie müde und bleich und dünn er aussah. Nervös und reizbar stritt er mit ihnen über alles und jedes. Seine Freunde rief er nicht mehr an, und er lehnte sämtliche Einladungen ab, die sie ihm schickten. Mittlerweile glaubte er, sie wären vom neuen Mann in Caroles Leben hingerissen. Er wollte nicht hören, was die beiden taten, und keine gut gemeinten Fragen beantworten. Trotzdem verschlang er alle Zeitungsartikel über Carole und Simon, über die Feten, die sie besuchten, die Wochenenden, die sie auf dem Land verbrachten. Simon St. James führte ein reges gesellschaftliches Leben. Und Carole war schon früher gern auf Partys gegangen. So sehr sich Charlie auch bemühte, nicht mehr an das alles zu denken – es beschäftigte ihn unablässig und verfolgte ihn bis in seine Träume.

Im Sommer fühlte er sich noch elender. Er wusste, dass Simon eine Villa in Südfrankreich besaß, weil sie ihn dort besucht hatten. Zwischen Beaulieu und St.-Jean-Cap-Ferrat. Im Hafen lag eine luxuriöse Yacht, und Charlie stellte sich vor, wie Carole an Deck ein Sonnenbad nahm. In grausigen Albträumen sah er sie ertrinken, und dann quälte ihn sein Gewissen, weil er fürchtete, sein Unterbewusstsein würde sich genau das wünschen. Schließlich ging er noch einmal zum Eheberater. Doch es gab nichts mehr zu sagen.

Im September rief Carole an, um ihm mitzuteilen, sie würde die Scheidung einreichen. Charlie hasste sich selbst, weil er fragte, ob sie noch mit Simon zusammenleben würde. Was denn sonst? Nur zu gut vermochte er sich ihre Miene vorzustellen. »Das weißt du doch, Charlie«, erwiderte sie traurig. Es tat ihr weh, ihn zu verletzen. Aber sie war noch nie so glücklich gewesen wie jetzt mit Simon. Den August hatten sie in Südfrankreich verbracht. Sie war erstaunt gewesen, weil sie alle seine Freunde mochte. Und Simon legte ihr die Welt zu Füßen. Er nannte sie die Liebe seines Lebens, die Frau seiner Träume, und plötzlich erkannte sie eine Verletzlichkeit in seinem Wesen, eine Sensibilität, die sie nie zuvor bemerkt hatte. Jetzt liebte sie ihn über alles. Doch das verschwieg sie Charlie. Was sie für Simon empfand, führte ihr immer deutlicher vor Augen, wie leer ihre Ehe gewesen war. Zwei egoistische Menschen hatten nebeneinander gelebt und nur selten eine echte gemeinsame Basis gefunden. Das wusste sie inzwischen. Aber Charlie begriff es nicht. Inständig hoffte sie, auch er würde eine Frau finden, die zu ihm passte. Doch das schien er nicht einmal zu versuchen.

»Wirst du ihn heiraten?« Wenn er solche Fragen stellte, kam es ihm so vor, als würde alle Luft aus seinen Lungen gepresst. Trotzdem musste er solche Worte aussprechen.

»Darüber haben wir noch nicht geredet«, log sie. Simon sehnte ungeduldig die Hochzeit herbei. Doch das ging Charlie nichts an. »Im Augenblick ist das nicht so wichtig. Wir müssen erst einmal *unsere* Angelegenheiten regeln.« Inzwischen hatte sie ihn gezwungen, einen Anwalt zu engagieren. Aber Charlie rief ihn fast nie an. »Wenn du Zeit hast, müssen wir unsere Sachen aufteilen.«

Bei diesen Worten wurde ihm fast übel. »Warum willst du's nicht noch mal versuchen?« Er verabscheute die Schwäche, die er in seiner eigenen Stimme hörte. Aber er liebte sie so sehr, und der Gedanke, sie für immer zu verlieren, brachte ihn fast um. Warum mussten sie ihre »Sachen« aufteilen? Was interessierte ihn das Porzellan und die Couch und die Bettwäsche? Er wollte nur *sie* und alles, was sie gemeinsam besessen hatten, das einstige Glück. Was sie ihm erklärt hatte, verstand er nach wie vor nicht. »Und wenn wir ein Baby hätten?« Irgendwie nahm er an, Simon wäre zu alt, um auch nur daran zu denken. Mit einundsechzig, nach drei Ehen, als Vater mehrerer Kinder würde er sich wohl kaum noch ein Baby wünschen. Also gab es etwas, das er Carole nicht bieten konnte. Im Gegensatz zu Charlie.

Die Augen geschlossen, schwieg sie sehr lange, bevor sie genug Mut aufbrachte, um zu antworten. Sie wollte kein Baby von ihm. Von niemandem. Der Verzicht auf die Mutterschaft war ihr stets sehr leicht gefallen, weil sie ihre Karriere vorgezogen hatte, und nun gehörte vor allem auch

Simon zu ihrem Leben. An ein Baby verschwendete sie keinen einzigen Gedanken. Jetzt strebte sie nur noch ein einziges Ziel an – die Scheidung von Charlie, damit sie endlich getrennte Wege gehen würden, ohne einander noch schmerzlicher zu verletzen. »Dafür ist es zu spät, Charlie. Außerdem wollten wir beide kein Baby.«

»Vielleicht war das falsch. Wenn wir ein Kind hätten, wären wir enger miteinander verbunden.«

»Nein, es würde alles noch komplizieren.«

»Wirst du mit ihm ein Baby bekommen?« Er hasste die Verzweiflung, die in seiner Stimme mitschwang. Verdammt, warum spielte er die Rolle des armen Bittstellers, der die schöne Prinzessin anflehte, sie möge zu ihm zurückkehren? Aber was sollte er ihr sonst sagen? Wenn er sie veranlassen könnte, Simon aufzugeben, würde er sich nur zu gern demütigen.

»Nein«, erwiderte sie ärgerlich, »ich werde kein Baby von ihm kriegen. Ich versuche mein eigenes Leben zu führen, zusammen mit ihm. Und in deinem Leben möchte ich nicht mehr Unheil anrichten als unbedingt nötig. Warum lässt du mich nicht einfach gehen, Charlie? Solche Dinge passieren nun mal. Wie Todesfälle. Dagegen sind wir machtlos. Wir können die Zeit nicht zurückdrehen, um einen Verstorbenen wiederzubeleben – und unsere Ehe auch nicht. Von jetzt an musst du ohne mich zurechtkommen.«

»Das kann ich nicht.« Beinahe erstickte er an diesen Worten, und sie ahnte, wie er sich fühlte. Vor einer Woche war sie ihm zufällig begegnet, und er hatte grässlich ausgesehen – erschöpft und bleich, aber seltsamerweise immer noch attraktiv. Sogar in seinem Elend. »Ohne dich kann ich nicht leben, Carole.«

Was am allerschlimmsten ist, dachte sie, er glaubt daran. »Doch, das kannst du, weil du's musst.«

»Warum?« In diesen Tagen sah er keinen Grund, wieso er

weiterleben sollte. Die geliebte Frau verließ ihn, der Job langweilte ihn, und er wollte nur allein sein. Sogar das Haus, das ihm früher so viel bedeutet hatte, verlor seinen Reiz.

Trotzdem wollte er es nicht verkaufen. Zu viele Erinnerungen hafteten in diesen Räumen, zu viel von Carole. Niemals würde er das Bedürfnis verspüren, sie zu vergessen. Und was er sich wünschte, blieb ihm verwehrt. Was er einst besessen hatte, was jetzt Simon gehörte, diesem Bastard ...

»Mit deinen zweiundvierzig Jahren bist du zu jung, um dich so aufzuführen, Charlie. Dein Leben liegt noch vor dir. Denk an deine Karriere, dein Talent. Du wirst eine andere Frau kennen lernen und vielleicht Kinder bekommen.« Was für ein sonderbares Gespräch, dachte Carole. Aber irgendwie musste sie ihn beruhigen.

Wie sie wusste, ärgerte sich Simon über ihre Telefonate mit Charlie. Nach seiner Meinung sollten sie einfach ihr Eigentum aufteilen, sich scheiden lassen und ein neues Leben anfangen. Er hielt Charlie für einen schlechten Verlierer, der überflüssigen Druck auf Carole ausübte, und das machte er ihr unmissverständlich klar. »Irgendwann muss sich fast jeder Mensch mit solchen Problemen herumschlagen. Als mich meine beiden ersten Ehefrauen verließen, lag ich *nicht* ein Jahr am Boden, und ich bekam keinen einzigen Wutanfall. Der Bursche ist viel zu verwöhnt.« Meistens vermied sie es, mit Simon über Charlie zu reden. Sie musste ihre Schuldgefühle und die inneren Konflikte allein verarbeiten. Natürlich wollte sie nicht zu ihrem Mann zurückkehren. Aber er sollte auch nicht mit gebrochenem Herzen im tiefsten Unglück versinken. Sie hatte ihm sehr wehgetan, und nun wusste sie nicht, wie sie sich verhalten musste, um das wieder gutzumachen und einen möglichst sanften Schlussstrich zu ziehen. So sehr sie sich auch bemühte, ihm die Situation zu erleichtern – er weigerte sich ganz einfach, sie freizugeben. Jedes Mal, wenn sie mit ihm sprach, gewann sie den Eindruck, er würde ertrinken, wild um sich schlagen und sie womöglich mit sich in die Tiefe ziehen. Irgendwie musste sie ihn loswerden, um zu überleben und von vorn anzufangen.

Ende September teilten sie endlich ihr Eigentum auf. Simon musste sich um eine Familienangelegenheit in Nordengland kümmern, und Carole verbrachte ein beklemmendes Wochenende mit Charlie in ihrem alten Haus. Über jeden einzelnen Gegenstand diskutierte er endlos lange, nicht weil er ihr etwas missgönnte, sondern weil er jede Gelegenheit nutzen wollte, um sie zurückzugewinnen. Für beide waren diese Tage ein einziger Albtraum, und Charlie verachtete sich selbst, weil er so schamlos an Caroles Mitleid appellierte und hoffte, sie würde sich von Simon trennen.

Dazu war sie nicht bereit. Am Sonntagabend, kurz bevor sie das Haus verließ, entschuldigte er sich für sein Verhalten. Mit einem wehmütigen Lächeln stand er in der Tür, fühlte sich grauenhaft, und Carole sah fast genauso verzweifelt aus wie er. »Tut mir Leid, ich habe mich das ganze Wochenende wie der letzte Idiot benommen. Keine Ahnung, was mit mir passiert ... Wann immer ich dich sehe oder mit dir rede, drehe ich durch.« Zum ersten Mal, seit sie am Sonntagmorgen begonnen hatten, ein Inventar aufzustellen, wirkte er halbwegs normal.

»Schon gut, Charlie – ich weiß, für dich ist es nicht leicht.« Für sie auch nicht. Doch das würde er nicht verstehen. Nach seiner Meinung hatte sie ihn verlassen, um in die Arme eines anderen zu sinken. Sie musste sich nicht einsam fühlen, und wenn sie in dieser schwierigen Zeit Trost brauchte, war Simon an ihrer Seite.

Aber Charlie hatte niemanden. Seufzend schaute er in ihre Augen. »Nein, es ist gewiss nicht leicht. Hoffentlich wirst du nicht bereuen, was du getan hast.«

»Das hoffe ich auch.« Sie küsste ihn auf die Wange und bat ihn, auf sich aufzupassen. Wenige Minuten später fuhr sie in Simons Jaguar davon. Charlie starrte ihr nach und versuchte, sich an den Gedanken zu gewöhnen, dass sie nie wieder in diesem Haus leben würde. Langsam ging er hinein, schloss die Tür hinter sich, sah das gestapelte Porzellan auf dem Esstisch, die Bücher, die Fotoalben. Und dann sank er in einen Sessel und weinte. Wie schrecklich er sie vermisste ... Sogar dieses gemeinsame Wochenende, an dem sie ihren Besitz aufgeteilt hatten, erschien ihm besser als gar nichts.

Als die Tränen endlich versiegten, war es draußen dunkel geworden. Seltsamerweise fühlte er sich besser. Es gab kein Zurück, Carole war für immer gegangen, und er hatte ihr fast alle Sachen überlassen.

Am 1. Oktober stürmten neue Schwierigkeiten auf ihn ein. Der Leiter des New Yorker Hauptbüros hatte einen Herzinfarkt erlitten, und der Partner, der den Posten übernehmen könnte, plante eine eigene Firma in Los Angeles zu gründen. Und so flogen die beiden Seniorpartner des Unternehmens, Bill Jones und Arthur Whittaker, nach London, um Charlie in die Staaten zurückzuholen. Mit aller Macht sträubte er sich dagegen. Seit er vor zehn Jahren nach London übersiedelt war, wusste er, dass er nie wieder in New York arbeiten wollte. In Europa, vor allem in Italien und Frankreich, wurden einem guten Architekten viel interessantere Chancen geboten, und die Aufträge in Asien faszinierten ihn genauso.

»Das kann ich nicht«, erklärte er den beiden Seniorpartnern. Aber sie ließen nicht locker. »Warum nicht?«, fragte Jones. Weil ich's nicht will, dachte Charlie. Das sprach er nicht aus, aber man merkte ihm offensichtlich an, was in ihm vorging. »Selbst wenn Sie lieber in Europa arbeiten – zurzeit gibt es in der amerikanischen Baubranche hochinteressante Entwicklungen, die Sie zweifellos inspirieren werden.«

Wohl kaum, überlegte Charlie, schwieg beharrlich, und die beiden wechselten einen kurzen Blick. Sie wollten ihn nicht darauf hinweisen, das er nach der Trennung von seiner Frau keinen Grund hatte, den neuen Job abzulehnen. Im Gegensatz zu anderen Kandidaten war er ungebunden, brauchte nicht an eine Familie zu denken, und das Haus konnte er vermieten, während er das New Yorker Büro leitete. Zumindest bis sie jemand anderen für den Posten fanden.

»Glauben Sie mir, es ist sehr wichtig für uns, Charlie«, ergänzte Whittaker. »Bedauerlicherweise gibt es sonst niemanden, an den wir uns wenden könnten.« Der Chef des Chicagoer Büros konnte nicht nach New York übersiedeln, weil seine Frau seit einem Jahr an Brustkrebs litt und einer Chemotherapie unterzogen wurde. Und in der Hierarchie des New Yorker Büros besaß niemand die Fähigkeiten, die Leitung zu übernehmen. Für diesen Posten kam nur Charlie in Frage. Mit einer Weigerung könnte er seine Karriere gefährden. Das erkannte er klar und deutlich. »Denken Sie darüber nach«, fuhr Arthur fort, und Charlie wusste nichts zu sagen. Irgendwie gewann er den Eindruck, ein Expresszug würde über ihn hinwegrollen, und es drängte ihn, Carole anzurufen und mit ihr über den Wunsch der beiden Seniorpartner zu diskutieren. Doch das war unmöglich.

Unfassbar – innerhalb weniger Monate hatte er seine Frau verloren, und nun wurde er auch noch gezwungen, Europa zu verlassen, wo er sich so wohl fühlte. Alles rings um ihn schien sich zu verändern. Zwei qualvolle Wochen lang versuchte er, die Entscheidung hinauszuzögern. Aber schließlich sah er ein, dass ihm nichts anderes übrig blieb, als Jones' und Whittakers Wunsch zu erfüllen. Sonst würden sie ihm niemals verzeihen. Er versuchte den Aufenthalt in New York wenigstens auf sechs Monate zu beschränken, und sie versprachen, sie würden sich bemühen, in diesem Zeitraum jemand anderen für den Posten zu finden. Doch das könnte ein Jahr oder sogar noch länger dauern. Es war nicht so einfach, gute Architekten aufzuspüren. In London würde Charlies Stellvertreter die Leitung übernehmen – Dick Barnes, ein tüchtiger Mann, der diese Position schon lange anstrebte und Charlie deshalb einige Sorgen bereitet hatte. Genauso begabt wie sein Vorgesetzter und fast ebenso erfahren, würde er seine Chance sicher beim Schopf packen. Charlie fürchtete, man würde ihn nicht mehr nach London zurückkehren lassen, wenn Barnes das Büro eine Zeit lang erfolgreich gemanagt hatte. Auf keinen Fall wollte er in New York Wurzeln schlagen. Letzten Endes wurde ein Vertrag für ein Jahr unterzeichnet, und Charlie musste seine Abreise vorbereiten. Jones und Whittaker erwarteten seine Ankunft in New York noch vor dem Erntedankfest. Diese Neuigkeit erfuhr Carole von einer gemeinsamen Freundin, deren Mann für Charlie arbeitete.

Erstaunt, weil Charlie London verlassen wollte, rief Carole ihn an und gratulierte ihm zur Beförderung.

»Ich fühle mich keineswegs ›befördert‹«, erwiderte er seufzend, aber er freute sich über ihren Anruf. »Ich habe nicht die geringste Lust, wieder in New York zu arbeiten.« Das verstand sie nur zu gut. Sie wusste, wie glücklich er in London gewesen war. Deshalb hatte sie sich zu diesem Telefonat entschlossen – um ihn aufzumuntern, obwohl Simon das missbilligen würde. Er selbst telefonierte regelmäßig mit zwei seiner Exfrauen, doch sie hatten seit der Trennung mehrmals geheiratet und klammerten sich nicht so beharrlich an ihn wie Charlie an Carole.

»Vielleicht wird dir der Tapetenwechsel gut tun«, meinte sie sanft. »Und ein Jahr ist keine Ewigkeit.«

»Für mich schon.« Er starrte aus dem Fenster seines Büros und sah Carole viel zu deutlich vor seinem geistigen Auge – so verdammt schön, nach wie vor begehrenswert, wenn er auch allmählich wünschte, sie würde ihn nicht mehr reizen. Wie würde er sich fühlen, wenn der Atlantik zwischen ihnen lag? Dann konnte er sich nicht mehr vorstellen, er würde ihr zufällig begegnen, in einem Restaurant oder Geschäft, oder er würde sie aus Harrods kommen sehen. »Ich verstehe eigentlich nicht, wie ich den Vertrag unterzeichnen konnte«, gestand er.

»Offenbar hattest du keine Wahl.«

»Das stimmt.« Was jetzt mit seinem Leben geschah, entzog sich seiner Kontrolle. Die Trennung von Carole, die Rückkehr nach New York ... Nichts davon hatte er angestrebt.

Und dann fragte sie, was mit dem Haus geschehen sollte. Zur Hälfte gehörte es ihr, aber sie wollte auf keinen Fall mit Simon darin wohnen. Und da sie kein Geld brauchte, musste es vorerst nicht verkauft werden.

»Ich dachte, ich könnte es vermieten«, erklärte Charlie, und sie stimmte zu. Zwei Tage später rief sie wieder an. Inzwischen hatte sie das Thema überdacht und auch mit Simon erörtert, was sie Charlie allerdings verschwieg. Nun hatte sie sich anders besonnen und wollte nicht, dass das Haus von Mietern abgenutzt wurde, was den Verkaufswert dezimieren könnte. Und so bat sie ihn, das Haus vor seiner Abreise zu verkaufen.

Sobald sie diese Worte aussprach, hatte er das Gefühl, einen weiteren Freund zu verlieren. Sie beide hatten das Haus geliebt. Doch er brachte nicht die Kraft auf, mit Carole zu debattieren, und es wäre ohnehin sinnlos, am einstigen gemeinsamen Heim festzuhalten. Es gehörte einer Vergangenheit an, die nicht mehr existierte. Zu seiner Überraschung konnte er das Haus schon wenig später zu einem guten Preis veräußern. Doch das war nur ein schwacher Trost.

Kurz danach ließ er die Dinge, die er behalten würde, in die Lagerhalle einer Spedition transportieren. Eine Woche vor seiner Abreise kam Carole ein letztes Mal ins Haus, um sich von Charlie zu verabschieden. Erwartungsgemäß war es ein schmerzliches Wiedersehen – auf seiner Seite Trauer, auf ihrer Schuldgefühle, und stumme Vorwürfe schienen die Räume zu bevölkern wie greifbare Gestalten.

Sie wusste nichts zu sagen, während sie von einem Zimmer ins andere wanderte und Erinnerungen nachhing. Im Schlafzimmer trat sie ans Fenster, starrte die kahlen Bäume im Garten an, und Tränen rannen über ihre Wangen. Sie hörte Charlies Schritte nicht.

Reglos stand er hinter ihr, in seine eigenen Erinnerungen versunken, und als sie sich zum Gehen wandte, zuckte sie bei seinem Anblick verblüfft zusammen. »Sicher werde ich das Haus vermissen«, seufzte sie, wischte ihre Tränen weg, und er nickte.

Ausnahmsweise weinte er nicht. So viel hatte er erlitten, so viel verloren. Langsam ging sie zu ihm. Er fühlte sich wie betäubt. »Und ich werde dich vermissen«, flüsterte er – eine maßlose Untertreibung. »Ich dich auch.« Und dann schlang sie die Arme um seinen Hals. Eine Zeit lang hielt er sie fest und wünschte, das alles wäre nicht geschehen. Wenn es keinen Simon gäbe, würden sie noch hier wohnen, und er könnte sich weigern, nach New York zurückzukehren, weil seine Frau in der Londoner Anwaltskanzlei unersetzlich war. »Tut mir Leid, Charlie.« Mehr sagte sie nicht, und er fragte sich, warum sich zehn Jahre seines Lebens in Luft auflösten. Nun musste er noch einmal von vorn anfangen, weil er irgendwo einen falschen Schritt getan hatte und die Lebensleiter hinabgestürzt war. Was für ein schmerzhaftes Gleichnis …

Hand in Hand verließen sie das Haus, und wenig später fuhr sie davon. Es war Samstag, und sie hatte Simon versprochen, ihn in Berkshire zu treffen. Diesmal hatte Charlie nicht mehr gefragt, ob sie glücklich war. Offensichtlich gehörte ihre Zukunft einem anderen, und um das zu begreifen, hatte er neun Monate gebraucht. Jeder einzelne Moment war eine Qual für beide gewesen.

Die letzten Tage in London verbrachte er im Claridge, auf Kosten der Firma. Anlässlich seiner Abreise fand eine Dinnerparty im Savoy statt, an der alle Kollegen und mehrere wichtige Kunden teilnahmen. Danach versuchten ihn einige Freunde einzuladen. Aber er erklärte, er sei zu beschäftigt, weil er im Büro noch einiges erledigen müsse. Seit der Trennung von Carole hatte er seine Freunde nur selten gesehen, weil es ihm widerstrebte, Erklärungen abzugeben. Es war viel einfacher, London schweigend den Rücken zu kehren.

Bevor er das Büro zum letzten Mal verließ, hielt Dick Barnes eine höfliche kurze Rede und versicherte, er würde sich auf die Rückkehr seines Chefs freuen. Aber Charlie durchschaute die Lüge. Zweifellos hoffte sein Stellvertreter, er würde in New York bleiben und ihm die Leitung des Londoner Architekturbüros überlassen. Dafür brachte Charlie sogar Verständnis auf. Niemandem nahm er irgendetwas übel – mittlerweile nicht einmal mehr Carole. Am Abend vor dem Flug rief er sie an, um sich zu verabschieden. Aber sie war nicht zu erreichen. Vielleicht ist es gut so, dachte er. Es gab nichts mehr zu sagen – abgesehen von einer Erklärung für die Ereignisse, die er nach wie vor nicht verstand.

Als er am nächsten Morgen in seinem Hotelzimmer erwachte, regnete es in Strömen. Er blieb noch eine Weile im Bett und glaubte, ein Felsblock würde auf seiner Brust liegen. Ein paar Minuten lang überlegte er, ob er alles abblasen, in der Firma kündigen, sein Haus zurückkaufen und sein restliches Leben in London verbringen sollte. Eine verrückte Idee – das wusste er, aber so verlockend. Während er dem prasselnden Regen lauschte, versank er in diesem Wunschtraum. Dann zwang er sich aufzustehen. Um elf musste er am Flughafen eintreffen, um eins würde die Maschine starten, und die Stunden bis dahin lagen wie eine halbe Ewigkeit vor ihm. Nur mühsam bezähmte er die Versuchung, Carole anzurufen. Nach einer ausgiebigen heißen Dusche zog er ein weißes Hemd und einen dunklen Anzug an und verknotete eine Hermès-Krawatte. Pünktlich um zehn stand er vor dem Hotel, wartete auf ein Taxi und atmete ein letztes Mal die Londoner Luft ein, hörte die Geräusche des dichten Verkehrs und betrachtete die vertrauten Gebäude. Irgendwie hatte er das Gefühl, sein Zuhause für alle Zeiten zu verlassen, und er hoffte, irgendjemand würde ihn zurückhalten, bevor es zu spät war. Wenn Carole doch die Straße herablaufen und ihn umarmen und versichern würde, alles sei nur ein böser Traum gewesen, den er endlich überstanden habe …

Doch dann hielt das Taxi, und der Hotelportier schaute ihn erwartungsvoll an. Und so blieb Charlie nichts anderes übrig, als in den Wagen zu steigen und zum Flughafen zu fahren.

Schweren Herzens beobachtete er die Menschen, die durch den Regen hasteten, um ihre täglichen Pflichten zu erfüllen. Ein grauer gefrierender Novemberregen, ein typisches englisches Winterwetter. In einer knappen Stunde würde er Heathrow erreichen. Es gab kein Zurück.

»Möchten Sie jetzt etwas trinken, Mr. Waterston? Champagner? Ein Glas Wein?« Freundlich neigte sich eine der Stewardessen zu ihm, als er sich vom Fenster abwandte und aus seinem Tagtraum erwachte. Seit einer Stunde flog die Maschine durch die Wolken, und es hatte inzwischen zu regnen aufgehört.

»Nein, danke.« Jetzt wirkte er nicht mehr so verzweifelt wie bei seiner Ankunft an Bord. Unberührt lagen die Kopfhörer auf dem Sitz neben ihm, er schaute wieder aus dem Fenster, und während das Dinner serviert wurde, schlief er.

»Wenn ich bloß wüsste, was mit ihm passiert ist!«, flüsterte eine der Stewardessen zwei Kolleginnen in der Küche zu. »Er sieht so erschöpft aus.«

»Vielleicht war er jede Nacht unterwegs, um seine Frau zu betrügen«, meinte eines der Mädchen lächelnd.

»Wieso glaubst du, dass er verheiratet ist?« Die Stewardess, die ihm Champagner angeboten hatte, war sichtlich enttäuscht.

»Weil ich einen hellen Streifen am dritten Finger seiner linken Hand entdeckt habe. Er trägt seinen Ehering nicht – ein sicheres Zeichen für seine Seitensprünge.«

»Oder er ist verwitwet.«

Stöhnend verdrehten die anderen Mädchen ihre Augen.

»Einfach nur ein müder Geschäftsmann – das dürft ihr mir glauben.« Belustigt verließ die älteste Stewardess die Küche und rollte einen Servierwagen durch den Mittelgang der ersten Klasse, mit Obst, Käse und Eisbechern beladen. Auf leisen Sohlen ging sie an Charlie vorbei, der fest schlief.

Am Vorabend hatte er den Ehering abgenommen, eine Zeit lang in der Hand gehalten und sich an den Hochzeitstag erinnert. Wie lange war das her – zehn Jahre in London, neun mit Carole. Aus und vorbei. Auf dem Flug nach New York steckte der Ring in seiner Tasche.

Ein Traum gaukelte ihm eine lächelnde Carole vor, die zu ihm eilte. Aber als er sie zu küssen versuchte, wandte sie sich ab. Das verstand er nicht. Immer wieder griff er nach ihr. In der Ferne sah er einen Mann, der sie beide beobachtete, der ihr zuwinkte, und da lief sie zu ihm. Mühelos war sie Charlies Händen entglitten. Und dann erkannte er Simon, der ihr lachend entgegenging.

# 2

Mit einem harten Aufprall, der Charlie abrupt weckte, landete die Maschine auf dem Rollfeld des Kennedy Airport. Stundenlang hatte er geschlafen, erschöpft von den Aktivitäten und Emotionen der letzten Tage, Wochen – oder Monate. Unbestreitbar die Hölle auf Erden ... Als ihm die hübscheste Stewardess um drei Uhr nachmittags Ortszeit den Burberry reichte, lächelte er, und sie fühlte sich von neuem enttäuscht, weil er nicht früher erwacht war und sich mit ihr unterhalten hatte. »Fliegen Sie demnächst mit uns nach London zurück, Mr. Waterston?« Sein Aussehen legte die Vermutung nahe, er müsste in Europa leben. So wie ihre Kolleginnen war die junge Frau in London stationiert.

»Leider nicht«, erwiderte er und wünschte, er könnte die Frage bejahen. »Ich übersiedle nach New York.« Was sie kaum interessieren wird, dachte er. Sie nickte und eilte weiter. Nachdem er den Trenchcoat angezogen hatte, ergriff er seine Aktentasche.

Im Schneckentempo bewegte sich die Schlange der Passagiere voran, die das Flugzeug verließen. Endlich stand er am Förderband und wartete auf seine beiden Reisetaschen, dann fand er vor dem Flughafengebäude ein Taxi, das ihn in die City bringen würde. Während er einstieg, staunte er über die winterliche Kälte, die New York bereits im November heimsuchte. Mittlerweile war es vier Uhr geworden. Bis er ein eigenes Apartment fand, würde er das Studio bewohnen, das seine Firma gemietet hatte. Es lag in den East Fifties, zwischen der Lexington und der Third – nicht groß, aber zumindest komfortabel.

»Woher kommen Sie?« Der Chauffeur kaute an einer Zigarre und spielte mit einer Limousine und zwei anderen Taxifahrern Fangen. Mit knapper Not wich er einem Laster aus, ehe er sich in den Freitagnachmittagsverkehr stürzte. Das alles war Charlie vertraut.

»Aus London«, antwortete er und sah Queens am Fenster vorbeiziehen. Es gab keinen schönen Weg in die Stadtmitte.

»Wie lange waren Sie da?« Freundschaftlich schwatzte der Mann weiter und fuhr Slalom – ein Sport, der ihm nahe der City, im Stau der Rushhour, allerdings weniger Spaß machte.

»Zehn Jahre«, erklärte Charlie mechanisch, und der Fahrer musterte ihn im Rückspiegel.

»Eine lange Zeit. Sind Sie auf Besuch hier?«

»Nein, ich kehre nach New York zurück.« Plötzlich fühlte sich Charlie todmüde. Für ihn war es halb zehn Uhr abends, und die triste Gegend, durch die sie fuhren, deprimierte ihn. Die Strecke von Heathrow nach London war nicht erfreulicher, aber sie gehörte wenigstens zu der Stadt, die er als seine Heimat betrachtete. Nach dem Architekturstudium auf der Yale University hatte er sieben Jahre lang in New York gelebt, doch er war in Boston aufgewachsen.

»So was gibt's nur einmal auf der Welt«, behauptete der Chauffeur grinsend und zeigte mit der Zigarre durch die Windschutzscheibe. Sie erreichten gerade die Brücke. Im Dämmerlicht wirkte die Skyline tatsächlich imposant, aber nicht einmal der Anblick des Empire State Buildings vermochte Charlie aufzuheitern. Während der restlichen Fahrt schwieg er.

An der Ecke Fifty-fourth und Third bezahlte er den Fahrer, stieg aus und nannte dem Pförtner seinen Namen. Da er erwartet wurde, hatte ein Büroangestellter die Schlüssel hinterlegt. Verwundert schaute er sich im einzigen Raum seines neuen Domizils um. Hier schien alles aus Plastik und Resopal zu bestehen. An einer langen weißcn Theke voller Glitzersteinchen standen zwei Barhocker, mit weißem Kunstleder bezogen. Eine Schlafcouch und Plastiksessel schimmerten in trübem Grün. Sogar die Zimmerpflanzen waren aus Plastik und beleidigten seine Augen, sobald er das Licht anknipste. Entsetzt über seine geschmacklose Umgebung, hielt er den Atem an. So weit ist es mit mir gekommen, dachte er. Keine Frau, kein Zuhause. Das Studio glich einem billigen Hotelzimmer und erinnerte ihn viel zu deutlich an alles, was er im letzten Jahr verloren hatte.

Seufzend stellte er das Gepäck ab, zog den Mantel aus und ließ ihn auf den einzigen Tisch im Zimmer fallen. Diese Atmosphäre würde ihn fraglos veranlassen, möglichst schnell ein Apartment zu finden. Er nahm ein Bier aus dem Kühlschrank, setzte sich auf die Couch, dachte an das Claridge, sein Haus in Chelsea. Einen verrückten Augenblick lang wollte er Carole anrufen. »Du ahnst nicht, wie hässlich mein Quartier ist …« Warum wollte er ihr dauernd erzählen, was er komisch oder traurig oder schrecklich fand? Was jetzt zutraf, wusste er nicht genau. Wahrscheinlich erweckte das Studio alle drei Impressionen zugleich. Aber er griff nicht zum Telefon, saß einfach nur da, fühlte sich ausgelaugt und versuchte, die Leere ringsum zu übersehen. An den Wänden hingen Posters von Sonnenuntergängen und Pandabären. Er warf einen kurzen Blick ins Bad – etwa so groß wie ein Kleiderschrank. Doch war er zu müde, um sich auszuziehen und zu duschen. Und so sank er wieder auf die Couch und starrte ins Nichts. Nach einer Weile legte er sich hin, schloss die Augen, verzweifelt bemüht, an gar nichts mehr zu denken, zu vergessen, woher er gekommen war. Irgendwann klappte er die Couch auf. Um neun Uhr schlief er tief und fest.

Als er am nächsten Morgen erwachte, schien die Sonne ins Zimmer. Es war zehn – und nach der Londoner Zeit, die seine Uhr immer noch anzeigte, erst drei. Gähnend stand er auf. Das Zimmer mit dem ungemachten Bett in der Mitte glich einem Chaos, und er glaubte in einem Schuhkarton zu hausen. Im Kühlschrank fand er Sodawasser, Bier und Instantkaffee, nichts Essbares. Also duschte er und zog Jeans und einen Pullover an. Zu Mittag wagte er sich auf die Straße hinaus, in sonnige Eiseskälte, und aß ein Sandwich in einem Feinkostgeschäft an der Third Avenue. Danach schlenderte er nordwärts, spähte in Schaufenster und stellte fest, dass die Leute hier ganz anders aussahen als in London. New York ließ sich mit keiner anderen Metropole auf der Welt vergleichen. Früher hatte er die Stadt geliebt. Hier war er Carole begegnet, hier hatte er seine ersten Erfolge als Architekt genossen. Trotzdem wollte er nicht mehr in diesem Häusermeer leben. Zu seinem Leidwesen hatte er keine Wahl. Am Nachmittag kaufte er die *New York Times*, las die Wohnungsannoncen und besichtigte zwei hässliche, teure, viel zu kleine Apartments. Doch seine jetzige Unterkunft war noch schlimmer. Daran wurde er sofort erinnert, als er um sechs in das trostlose Studio zurückkehrte. Nach wie vor vom Jetlag geplagt, konnte er sich nicht dazu aufraffen, essen zu gehen. Stattdessen studierte er ein paar schriftliche Unterlagen über aktuelle New Yorker Projekte, die ihm Whittaker & Jones geschickt hatte. Am nächsten Tag ging er trotz der Sonntagsruhe ins Büro.

Das schäbige Studio lag nur viereinhalb Häuserblocks

von seinem Ziel entfernt. Deshalb war es vermutlich gemietet worden. Man hatte ihm eine Hotelsuite angeboten. Aber er bevorzugte ein Apartment. Die schönen Räume von Whittaker & Jones lagen im vierzehnten Stock eines Gebäudes an der Ecke Fifty-first und Park. Eine Zeit lang blieb er im Empfangsbereich stehen und betrachtete die Aussicht, dann wanderte er langsam zwischen Modellen einstiger Bauprojekte umher. Sicher würde es interessant sein, wieder hier zu arbeiten. Alles erschien ihm verändert. Aber nichts bereitete ihn auf die Überraschung vor, die er am Montagmorgen erlebte.

Gegen vier Uhr war er erwacht. Immer noch auf die Londoner Zeit eingestellt, sah er stundenlang Papiere durch, bevor er voller Ungeduld zur Arbeit ging. Im Büro angekommen, nahm er schon bald eine fast greifbare Spannung in der Luft wahr. Zwischen den Angestellten schien ein harter Konkurrenzkampf zu toben. Als er einen nach dem anderen ins Chefbüro bestellte, verriet ihm jeder kleine Geheimnisse über die Projekte der anderen. Offensichtlich herrschte kein Teamgeist in dieser Firma. Talentierte Individualisten taten ihr Bestes, um einander zu übertrumpfen. Was ihn jedoch am meisten verblüffte, war die Arbeit, die sie leisteten. Wenn sie sich auch die größte Mühe gaben, blieben die Entwürfe weit hinter den fortschrittlichen, originellen Ideen zurück, die denselben Konzern in Europa auszeichneten. Bei seinen kurzen Besuchen in New York während der letzten zehn Jahre war ihm das nie bewusst geworden, weil er sich auf seine Tätigkeit in London konzentriert hatte.

Die beiden Seniorpartner, Bill Jones und Arthur Whittaker, führten den neuen Chef durch alle Büroräume, wobei ihm die Mitarbeiter zurückhaltend, aber auch erfreut begegneten. Wer ihn noch nicht kannte, hatte von seinen Erfolgen in Europa gehört. Mit zwei älteren Architekten hatte er vor zehn Jahren in New York zusammengearbeitet. Zu seiner Verwunderung schienen sie sich seither nicht weiterentwickelt zu haben und selbstzufrieden im selben Fahrwasser zu schwimmen wie damals. Das schockierte ihn. In wachsender Bestürzung wanderte er von einem Zeichentisch zum anderen. Und die Werkstudenten kamen ihm lahm und rückständig vor, genau wie ihre Ausbilder.

»Was geht hier vor?«, fragte er beim Lunch mit zwei Mitarbeitern, so beiläufig wie möglich. Er hatte Sandwiches bestellt und die beiden in sein Büro eingeladen, einen großen Raum an einer Ecke des Gebäudes, mit spektakulärer Aussicht auf den East River. »Irgendwie habe ich das Gefühl, die Leute hier würden sich vor irgendwas fürchten, und die Entwürfe wirken erstaunlich konservativ. Wie lässt sich das erklären?« Schweigend wechselten sie einen kurzen Blick. »Kommt schon, Jungs, reden wir offen und ehrlich miteinander. Vor fünfzehn Jahren habe ich in dieser Firma viel interessantere Skizzen gesehen. Und jetzt scheint Whittaker & Jones die Zeit zurückzudrehen.« Statt zu antworten, runzelte der eine besorgt die Stirn. Der andere lachte gequält, war aber wenigstens tapfer genug, um Charlie die Informationen zu liefern, die er brauchte, wenn er das Büro effektiv leiten wollte.

»Seit einiger Zeit werden wir an die Leine gelegt«, erklärte Ben Chow. »Das ist nicht Europa. Hier sitzen uns die hohen Tiere im Nacken, und wir spüren jeden Tag ihren Atem. Wie Sie sicher wissen, sind diese Typen ultrareaktionär und hassen Risiken. Nach ihrer Ansicht sind die alten Methoden die besten. Was in Europa passiert, kümmert sie nicht. In den Staaten soll alles so laufen wie eh und je. Deshalb sind wir berühmt, behaupten sie und halten Europa für einen exzentrischen Außenposten, ein notwendiges, allerdings lukratives Übel.«

Dieser Erkenntnis verdankte Charlie seine künstlerische Freiheit in den letzten zehn Jahren. Würde sich jetzt alles ändern?

»Meinen Sie das ernst?«, fragte er verwirrt. Chow nickte, und sein Kollege biss sich nervös in die Lippen. Falls jemand dieses Gespräch belauschte, würden sie gewaltigen Ärger kriegen.

»Aus diesem Grund bleiben die Werkstudenten nicht lange hier«, klagte Ben Chow. »Ein paar Wochen schauen sie sich das alles an, dann gehen sie zu I. M. Pei, KPF oder Richard Meyer. Bei uns wird kein aufstrebender Architekt den Durchbruch schaffen. Es sei denn, jemand nimmt radikale Änderungen vor. Wahrscheinlich werden die Seniorpartner auch Ihnen auf die Finger schauen.«

Darüber musste Charlie lachen. Jahrelang hatte er zu hart gearbeitet und zu viel erreicht, um jetzt Lebkuchenhäuser zu bauen. Niemand würde ihn dazu zwingen.

Aber wie er bald feststellen musste, wurde genau das von ihm erwartet, und die beiden Seniorpartner gaben es ihm deutlich genug zu verstehen. Sie hatten ihn nach New York geholt, weil er das Büro verwalten sollte, statt die Welt zu verändern. Für seine europäischen Projekte interessierten sie sich nicht. Sie wussten zwar Bescheid darüber, behaupteten aber, dies hier sei ein ganz anderer Markt. Im New Yorker Büro verhielten sich die Angestellten so, wie es verlangt wurde und wofür sich die Firma einen Namen gemacht hatte. Charlie war schockiert. Zwei Wochen nach seiner Ankunft fürchtete er, den Verstand zu verlieren. Er fühlte sich hintergangen, sein Talent wurde vergeudet. Deshalb war er nicht nach New York gekommen. Allen wichtigen Kunden wurde er vorgestellt, fungierte aber nur als Aushängeschild. Die Seniorpartner bauten auf seine Erfahrungen im Verkauf von Entwürfen. Doch die erfüllten ihn nicht mit Stolz. Keines der

Projekte basierte auf Ideen, die er guten Gewissens vertreten konnte. Wann immer er einen Bauplan verbessern wollte, erschien einer der beiden Seniorpartner in seinem Büro und erklärte ihm das »Klima des New Yorker Markts«.

»Ich will ehrlich sein«, erklärte er schließlich beim Lunch im University Club mit Arthur Whittaker. »Allmählich bringt mich dieses Klima, von dem Sie dauernd reden, auf die Palme.«

»Das verstehe ich«, beteuerte Arthur mitfühlend. Natürlich wollten sie ihn nicht verärgern. Sie brauchten ihn in New York, weil niemand zur Verfügung stand, der seinen Posten übernehmen könnte. »Aber Sie müssen Geduld haben. Das ist unser wichtigster Markt.« Was nicht stimmte, und sie wussten es alle. Aber hier war der Konzern gegründet worden, hier lebten sie, und er sollte so geführt werden, wie sie es wünschten.

»Da bin ich anderer Meinung«, entgegnete Charlie so höflich, wie er es vermochte. »Seit Jahren beziehen Sie den Löwenanteil Ihres Gewinns aus Europa und Japan, wenn diese Projekte auch nicht so groß und auffällig sind wie die hiesigen – aber profitabler und viel interessanter.« Dass Whittaker eine taktvolle Antwort auf diese unliebsamen Enthüllungen suchte, war ihm deutlich anzumerken. Nur eins verstand Charlie nicht – warum die Seniorpartner so beharrlich am langweiligen Stil des New Yorker Büros festhielten und den Zeitgeist ignorierten.

»Zweifellos wird sich's lohnen, darüber nachzudenken, Charles«, begann Whittaker. Dann erläuterte er in einer längeren Rede, Charlie habe das Gefühl für den amerikanischem Markt verloren. Aber sie würden ihn möglichst bald auf den neuesten Stand bringen. Sie hatten bereits eine Besichtigungstour zu den Projekten geplant, die derzeit in verschiedenen Städten realisiert wurden. Während der nächsten

Woche wurde er im Firmenjet von einer Baustelle zur anderen geflogen. Alle Rohbauten basierten auf den gleichen abgedroschenen Entwürfen. Was vor fünfzehn Jahren neu und chic gewesen war, wirkte jetzt trostlos. Einfach unglaublich – während er in Taipeh und Mailand und Hongkong Erstaunliches geleistet hatte, war der Fortschritt in New York verschlafen worden, und die Seniorpartner ließen sich nicht wachrütteln, so sehr er sich auch bemühte. Nach seiner Rückkehr von der Besichtigungstour hörten sie sich an, was er zu sagen hatte. Dann verkündeten sie, irgendwelche Änderungen würden nicht in Frage kommen. Völlig verwirrt überlegte Charles, wie er seine Aufgabe erfüllen sollte. Offensichtlich war es seine Pflicht, den Mund zu halten und das Büro zu leiten. Er fühlte sich wie ein Aufseher auf einem Spielplatz. Nun wusste er, warum die Angestellten einander so verbissen bekämpften – weil sie frustriert waren und ihre hausbackenen Projekte hassten – allem Anschein nach eine hoffnungslose Situation. Während das Erntedankfest heranrückte, wuchs Charlies Verbitterung. Er verabscheute seinen Job, und er war so beschäftigt gewesen, dass er keine Pläne für den Feiertag geschmiedet hatte. Am Vortag hatten ihn beide Seniorpartner eingeladen. Doch er fühlte sich so unbehaglich in ihrer Gesellschaft, dass er sie belogen und behauptet hatte, er würde Verwandte in Boston besuchen. Schließlich saß er in seinem Studio-Apartment, sah ein Footballmatch im TV, bestellte eine Pizza und verspeiste sie an der Resopaltheke. Das alles erschien ihm so grausig, dass er es in gewisser Weise komisch fand. Zur Feier des Erntedankfests hatte er zusammen mit Carole stets einen Truthahn gebraten und Freunde eingeladen. Diese Tradition hatte der englische Freundeskreis etwas sonderbar gefunden, und so waren Carole und Charlie dazu übergegangen, die Einladung einfach als Dinnerparty zu bezeichnen. Nun fragte er sich unwillkürlich, ob sie das Erntedankfest dieses Jahr mit Simon feierte. Daran wollte er nicht denken, und so verbrachte er das restliche Wochenende im Büro. Beim Studium verschiedener Fotos, Akten und Baupläne konstatierte er wieder einmal, wie sehr sich alle Projekte glichen. Vielleicht wurden sogar stets dieselben Blaupausen verwendet. Ihm war schleierhaft, was er dagegen unternehmen sollte.

Als er am Montag wieder zur Arbeit ging, fiel ihm ein, dass er im Lauf des Wochenendes vergessen hatte, auf Wohnungssuche zu gehen. Beim Anblick seiner Mitarbeiter, die ihm wie üblich voller Unbehagen begegneten, überlegte er, ob das ein böses Omen sein mochte. Die Hälfte der Leute war nach wie vor misstrauisch, die anderen schienen ihn für einen Exzentriker zu halten. Und die Seniorpartner versuchten ihn entweder in Misskredit zu bringen oder zu maßregeln.

Ein paar Tage später kam Ben Chow in Charlies Büro. »Nun, was denken Sie?« Der intelligente, begabte 30-jährige Architekt hatte in Harvard studiert, und Charlie schätzte nicht nur seine Arbeit, sondern auch sein offenherziges Wesen.

»Soll ich ehrlich sein?« Charlie schaute ihm in die Augen und wusste, Ben würde ihn niemals verraten. Nach all den Ausweichmanövern im New Yorker Büro empfand er es als Wohltat, kein Blatt vor den Mund nehmen zu müssen. »Vorerst bin ich mir noch nicht sicher, was hier passiert. Die gleichförmigen Entwürfe verblüffen mich. Aus irgendwelchen Gründen wagt niemand, originelle Pläne vorzulegen oder auch nur daran zu denken. Alle Gehirne scheinen zusehends abzustumpfen, auf beängstigende Weise. Genauso schrecklich finde ich die ständigen Streitigkeiten. Ich weiß nie, was ich sagen soll. Jedenfalls ist das kein konstruktives, fröhliches Team.«

Lachend lehnte sich Ben Chow im Sessel vor Charlies

Schreibtisch zurück. »Jetzt haben Sie's erfasst, mein Freund. Wir recyceln einfach nur alte Pläne, die vermutlich aus Ihren ersten Jahren bei Whittaker & Jones stammen.« Das hatte Charlie bereits herausgefunden. Seit er vor zehn Jahren nach London übersiedelt war, hatte der Konzern keine neuen Ideen verwirklicht. Seltsam – in Europa hatte das niemand bemerkt.

»Aber warum? Wovor fürchten sich die Seniorpartner?«

»Wahrscheinlich vor dem Fortschritt, vor Veränderungen. Sie wollen auf Nummer sicher gehen. Vor fünfzehn Jahren haben sie mehrere Preise gewonnen. Und irgendwann, als niemand hinschaute, ging die Risikofreude verloren. Jetzt wird nur noch in Europa aufregende, kreative Arbeit geleistet.« Bei diesen Worten salutierte Ben, und beide Männer grinsten. Es tat ihnen gut, freimütig miteinander zu reden. Ben hasste seinen Job genauso wie Charlie seine Verantwortung für das Hauptbüro.

»Warum nicht auch in New York?«

»Weil unsere zwei Chefs mit aller Macht an ihrer Tradition festhalten.«

Offensichtlich, dachte Charlie. Und meine Entwürfe kommen ihnen wie reiner Schwachsinn vor, der sich nur für den Fernen Osten eignet. »Warum bleiben Sie eigentlich hier?«, fragte er neugierig. »Der Job kann Ihnen doch keinen Spaß machen. Und Sie werden gewiss keine Ruhmeslorbeeren in dieser Firma ernten.«

»Das weiß ich. Aber der Name Whittaker & Jones erregt nach wie vor Aufmerksamkeit. Was wir wissen, haben die meisten Leute bisher nicht herausgefunden. Wahrscheinlich wird's noch fünf Jahre dauern, dann ist's vorbei. Ehe ich nächstes Jahr nach Hongkong übersiedle, will ich in New York Erfahrungen sammeln.« Das klang vernünftig, und Charlie nickte.

»Was möchten *Sie* tun?« Ben hatte bereits einigen Freunden erklärt, Charlie würde es keine sechs Monate hier aushalten, denn er sei viel zu fortschrittlich und kreativ, um diesen Recycling-Unsinn zu ertragen.

»Laut Vertrag soll ich in einem Jahr wieder meinen Posten in London übernehmen.« Aber Charlie fürchtete, Dick Barnes würde die Leitung des Londoner Büros nicht freiwillig aufgeben. Daraus könnte sich ein ernsthaftes Problem entwickeln.

»An Ihrer Stelle würde ich nicht damit rechnen. Wenn den Seniorpartnern Ihr Führungsstil gefällt, werden sie versuchen, Sie für ewig hier festzunageln.«

»Das würde ich nicht verkraften«, seufzte Charlie. Für ein Jahr hatte er sich verpflichtet. Daran würde er sich halten. Aber er würde keinen Tag länger in diesem Büro bleiben.

Am Montagmorgen fing er einen erbitterten Streit mit Arthur und Bill über ein kompliziertes Bauprojekt in Chicago an. Diese ideologische Debatte dauerte die ganze Woche und forderte schließlich die Integrität und Moral aller Beteiligten heraus. Unnachgiebig beharrte Charlie auf seinem Standpunkt. Sämtliche Mitarbeiter wurden in die Diskussion hineingezogen, die das Büro in zwei Lager spaltete. Am Wochenende beruhigten sich die Gemüter, und die meisten Kontrahenten gingen Kompromisse ein. Doch das wichtigste Problem, um das es Charlie ging, blieb ungelöst. Wenige Tage später brach ein ähnlicher Streit über ein Projekt in Phoenix aus. Erneut plädierte Charlie für den Mut zum Fortschritt, den man endlich aufbieten sollte, statt ahnungslosen Kunden dauernd die gleichen, langweiligen alten Konzepte zu verkaufen. In Phoenix sollte ein Gebäude entstehen, das fast genauso aussehen würde wie jenes, das man soeben in Houston fertig gestellt hatte.

»Was machen wir eigentlich?«, schrie Charlie die beiden

Seniorpartner eine Woche vor Weihnachten in seinem Büro an, wo sie lediglich zu dritt eine Besprechung abhielten. Wegen der tagelangen Schneefälle konnten drei Architekten nicht aus den Vororten in die City fahren, was die nervliche Anspannung noch verstärkte. Seit dem frühen Morgen tobte der Kampf um Phoenix. »Wir verkaufen keine Originale«, fuhr Charlie erbost fort, »nicht einmal Entwürfe. Wir sind nur noch Bauunternehmer. Begreifen Sie das nicht?« Entrüstet betonten sie, die respektabelste Architekturfirma in den zu Staaten besitzen. »Und warum werden Sie Ihrem Ruf nicht gerecht?«, fragte er. »Fangen Sie endlich wieder an, Entwürfe zu verkaufen – nicht diesen Mist, den jeder Schwachsinnige hinkriegen würde. Das lasse ich nicht länger zu.« Die beiden Partner wechselten einen viel sagenden Blick, den er nicht bemerkte, weil er ihnen den Rücken zukehrte, am Fenster stand und frustriert ins Schneetreiben starrte. Was für ein katastrophales Jahr war das gewesen … Als er sich wieder zu Arthur und John wandte, erinnerten sie ihn zu seiner Verblüffung daran. Darüber hatten sie bereits einige Stunden zuvor diskutiert. Und nun versuchten sie, eine heikle Situation zu entschärfen.

»In letzter Zeit hatten Sie's nicht leicht«, begann Bill vorsichtig. »Wir haben von Ihrer Scheidung gehört, Charles. Zweifellos mussten Sie einer starken nervlichen Belastung standhalten. Und es kann nicht einfach gewesen sein, nach zehn Jahren aus Europa zurückzukehren. Vielleicht hätten wir Sie nicht drängen dürfen, diesen Job innerhalb weniger Tage zu übernehmen, ohne eine Atempause zwischen New York und London. Wie wär's mit einem Urlaub? Sie könnten eins unserer Projekte in Palm Beach überwachen. Wenn Sie wollen, bleiben Sie einen ganzen Monat dort.«

»Einen Monat? In Florida? Ist das eine höfliche Methode, mich loszuwerden? Warum feuern Sie mich nicht einfach?«

Auch darüber hatten sie gesprochen. Aber angesichts seines guten Rufs im Ausland und des Vertrags wäre es zu peinlich gewesen, Charlie hinauszuwerfen – und vermutlich auch sehr teuer. Ein Eklat in New York würde ein schlechtes Licht auf die Firma werfen, und einen Skandal oder Gerichtsprozess wollten sie unter allen Umständen vermeiden. Ein Monat in Florida würde ihn erst einmal beruhigen und ihnen eine Chance geben, ihre Möglichkeiten zu überdenken. Außerdem brauchten sie Zeit, um das Problem mit ihren Anwälten zu erörtern.

»Feuern?«, rief Arthur, und beide lachten. »Natürlich nicht, Charles!« Aber als er ihre Gesichter beobachtete, wusste er es besser. Sie schickten ihn nach Palm Beach, um sich weiteren Ärger zu ersparen. Offensichtlich zerrte seine Anwesenheit in New York an ihren Nerven. In Europa hatte er alles repräsentiert, was sie verabscheuten. Er war viel zu avantgardistisch für das New Yorker Büro. Das hatten sie in ihrem Bestreben, den leitenden Posten möglichst schnell zu besetzen, irgendwie übersehen.

»Warum kann ich nicht nach London zurückkehren?«, fragte er hoffnungsvoll. Doch das war unmöglich. Soeben hatten sie einen Vertrag mit Dick Barnes unterzeichnet und ihm Charlies alten Job für mindestens fünf Jahre zugesichert. Um sein Ziel zu erreichen, hatte der junge Architekt einen unglaublich gerissenen Anwalt engagiert. Von diesem geheimen Vertrag wusste Charlie nichts. »Dort wäre ich viel glücklicher. Und für Sie wäre es auch besser.« Abwartend lächelte er seine beiden Chefs an. Im Grunde waren sie nicht übel – es mangelte ihnen nur an Kunstverständnis und am Mut zum Risiko. Um alles so zu belassen, wie sie es wünschten, hatten sie gewissermaßen einen Polizeistaat gegründet.

»Nein, wir brauchen Sie hier, Charles«, erklärten sie wie aus einem Mund und glichen beinahe siamesischen Zwillingen. Dann fügte Bill hinzu: »Machen wir das Beste aus einer schwierigen Situation.«

»Warum soll man eigentlich etwas tun, was man nicht will?«, fragte Charlie plötzlich. Was in seinem Privatleben wichtig war, hatte er bereits verloren – Carole und sein geliebtes Heim in Chelsea. Jetzt wurde ihm auch noch die Freude an seinem Job genommen, er begann ihn sogar zu hassen. Warum sollte er bei Whittaker & Jones bleiben? Dafür gab es keinen Grund, abgesehen von seinem Vertrag, von dem er vielleicht mit der Hilfe eines guten Anwalts zurücktreten könnte. Da kam ihm ein Gedanke, und das plötzliche Gefühl der Freiheit überwältigte ihn. Nein – er *musste* nicht hier bleiben. Und ein Urlaub würde die Seniorpartner vor der Peinlichkeit retten, ihn feuern zu müssen. »Vielleicht sollte ich einfach gehen«, schlug er emotionslos vor, um sie herauszufordern.

Aber Bill und Arthur wollten nicht endgültig auf seine Mitarbeit verzichten, da sie noch niemanden gefunden hatten, der das New Yorker Büro leiten könnte.

»Nehmen Sie lieber Urlaub auf unbestimmte Zeit«, erwiderte Arthur. Aufmerksam beobachteten sie seine Reaktion. Zum ersten Mal seit seiner Ankunft vor sieben Wochen wirkte er zufrieden.

Damit sprach Whittaker genau das aus, was Charlie vorschwebte. Er war nicht das Eigentum der Firma, und er konnte jederzeit aussteigen. »Eine großartige Idee«, erwiderte er lächelnd, fast schwindlig vor Freude. In diesem Augenblick fühlte er sich wie ein Vogel, der frei und ungehindert dahinfliegt. »Andererseits – wenn Sie mich feuern wollen, mir macht's nichts aus«, fügte er fast nonchalant hinzu, und beide Männer erschauerten.

Falls sie Charlie kündigten, mussten sie ihm laut Vertrag zwei Jahresgehälter zahlen, oder er würde vor Gericht gehen. »Nehmen Sie sich einfach ein paar Monate frei«, wurde er von Bill ermuntert. »Natürlich wäre es ein bezahlter Urlaub.« Um die ständigen Streitigkeiten endlich zu beenden, war ihnen kein Preis zu hoch. »Lassen Sie sich Zeit und entscheiden Sie, was Sie in Zukunft tun wollen. Wenn Sie gründlich nachgedacht haben, werden Sie möglicherweise feststellen, dass wir gar nicht so falsch liegen.« Sobald er sich an ihre Regeln hielt, würden sie mit ihm leben können. Doch das kam für Charlie nicht in Frage. »Wenn nötig, nehmen Sie sich ein halbes Jahr frei, Charles. Danach reden wir noch mal miteinander.« Schließlich war er ein guter Architekt, und sie brauchten ihn – aber nur, wenn er nicht gegen den Strom schwamm und unentwegt ihre Entscheidungen bekämpfte.

Irgendwie gewann Charlie den Eindruck, sie würden einen Trumpf im Ärmel verbergen und wären nicht ehrlich. Hatten sie jemals beabsichtigt, ihn wieder nach London zu schicken? Natürlich konnte er aus eigenem Antrieb dorthin zurückkehren.

»Am liebsten würde ich wieder in England arbeiten«, gestand er. »In Ihrem New Yorker Büro fühle ich mich nicht wohl. Daran wird auch ein langer Urlaub nichts ändern.« Er wollte den beiden Seniorpartnern keine falschen Tatsachen vorspiegeln. »Hier ist die Atmosphäre ganz anders als in Europa. Für eine kleine Weile würde ich's verkraften, wenn Sie mich unbedingt brauchen. Aber wenn ich das Büro monatelang leiten müsste – das wäre ziemlich kontraproduktiv.«

»Daran haben wir schon gedacht«, gab Bill zu, und beide atmeten erleichtert auf. Während der zehn Jahre in England hatte sich Charles zum progressiven Außenseiter entwickelt, zu lange unabhängig gearbeitet und so viele europäische Ideen übernommen, dass er jetzt nicht mehr umdenken konnte.

Charlie schloss die Möglichkeit eines Kompromisses nicht aus. Nach einem sechsmonatigen Urlaub würde er sich vielleicht bereit finden, New York zu ertragen. Aber daran zweifelte er. Die Firma Whittaker & Jones würde ihm wohl kaum die Möglichkeit bieten, so zu arbeiten, wie es seinen Ambitionen entsprach. Oder die Seniorpartner würden in diesen sechs Monaten nachdenken, sich anders besinnen und seinen Schaffensdrang nicht länger einschränken.

Musste er ihnen in einem anderen Punkt nicht Recht geben? Sie hatten erklärt, die Scheidung hätte seine Nerven zu sehr strapaziert. Vielleicht brauchte er tatsächlich einen längeren Urlaub, um sich von seinem Kummer zu erholen. Sechs Monate – so lange hatte er noch nie gefaulenzt. Seit dem Studienabschluss war er fast ständig beschäftigt gewesen. Meistens hatte er sogar auf seinen Jahresurlaub verzichtet. Jetzt erschien ihm der Gedanke, ein halbes Jahr lang gar nichts zu tun, sehr verlockend. Wenn er noch länger im New Yorker Büro bliebe, würde er durchdrehen.

»Wo werden Sie die Weihnachtstage verbringen?«, fragte Arthur besorgt. So enttäuschend Charlies Rückkehr auch gewesen war, sie hatten ihn von jeher sympathisch gefunden.

»Keine Ahnung«, antwortete Charlie wahrheitsgemäß und versuchte, die Ungewissheit zu genießen statt zu fürchten. »Vermutlich in Boston«, fuhr er vage fort. Dort war er zwar aufgewachsen, hatte aber keine Verwandten mehr. Seine Eltern waren vor langer Zeit gestorben, und die Freunde aus seiner Kindheit und Jugend hatte er seit zehn Jahren nicht mehr besucht. In seiner jetzigen Situation würde ihn ein Wiedersehen quälen, denn er war mehr oder weniger arbeitslos und müsste die traurige Geschichte von seiner Scheidung erzählen.

Erst einmal würde er ein oder zwei Wochen in Vermont Ski fahren und dabei seine Zukunft planen. Er hatte genug Geld auf der Bank, und da die Firma sein Gehalt weiterhin zahlen würde, konnte er sich alle Wünsche erfüllen.

»Bleiben wir in Verbindung.« Bill lächelte sichtlich erleichtert, als Charles um den Schreibtisch herumging und beiden Seniorpartnern die Hände schüttelte. Sie hatten nicht mit einer gütlichen Einigung gerechnet und gefürchtet, er würde auf seinen Vertrag pochen und ihnen ernsthafte Schwierigkeiten bereiten.

»Nach sechs Monaten melde ich mich wieder«, versprach Charlie. »Dann sehen wir weiter.« Aber er ahnte schon jetzt, dass er sich nie mehr dazu durchringen würde, im New Yorker Büro für Whittaker & Jones zu arbeiten. Und wie ihm irgendein Instinkt verriet, würde man ihm die Rückkehr ins Londoner Büro verwehren. Wahrscheinlich wollten ihn Arthur und Bill einfach nur auf elegante Weise loswerden – was auch zutraf, wovon er allerdings nichts wusste. Dick Barnes hatte den Londoner Job bereits übernommen, und sie mochten ihn, weil er viel umgänglicher war als Charlie und ihre Wünsche fraglos erfüllte.

Während Charlie seinen Schreibtisch ausräumte, überlegte er, ob er jemals zu Whittaker & Jones zurückkehren, in welcher Stadt, beziehungsweise in welcher Funktion er für die Firma arbeiten würde. Am späten Nachmittag verabschiedete er sich von allen Mitarbeitern, eine fast leere Aktentasche in der Hand. Die schriftlichen Unterlagen hatte er ihnen bereits zurückgegeben. Er nahm nichts mit – keine Baupläne, keine schriftlichen Unterlagen zu irgendwelchen Projekten. Jetzt war er frei.

Der Einzige, der ihn bedauernd gehen sah, war Ben Chow. »Welch ein Glück Sie haben!«, flüsterte er Charlie zu, und beide lachten.

Fast euphorisch dankte Charlie den beiden Seniorpartnern und verließ das Gebäude. Ob er jemals zurückkehren, ob man ihn feuern oder ob er tatsächlich ein halbes Jahr Urlaub machen würde, wusste er nicht. Aber was auch geschehen mochte – zum ersten Mal in seinem Leben sorgte er sich nicht um solche Dinge. Eins stand jedenfalls fest – hätte er noch länger in diesem Büro ausgeharrt, wäre seine Kreativität gnadenlos zerstört worden.

Was nun, fragte er sich auf dem Weg zu seinem Apartment. Am nächsten Morgen musste er ausziehen, dazu hatte er sich im Büro bereit erklärt. Die kalte Luft und der Schnee in seinen Augen ernüchterten ihn. Was sollte er tun? Wohin würde er sich wenden? Wollte er wirklich Ski fahren – oder sollte er sofort nach London zurückfliegen? Und was dann? In einer Woche war Weihnachten, und wenn er die Feiertage in London verbrachte, wäre er todunglücklich, weil er unentwegt an Carole denken müsste. Sicher würde er den Wunsch verspüren, sie zu sehen oder wenigstens anzurufen, ein Geschenk zu kaufen, ihr persönlich zu überreichen. Allein schon der Gedanke beschwor den Herzenskummer wieder herauf. Nein, vorerst würde er nicht nach England fliegen.

Zum ersten Mal seit zehn Jahren würden sie das Weihnachtsfest getrennt verleben. Im Jahr vor der Hochzeit war Carole sogar nach London geflogen, um das Fest gemeinsam mit ihm zu genießen. Dieses Jahr würde sie mit Simon feiern.

Also entschied er sich für einen Skiurlaub. Sobald er in seinem Apartment eintraf, bestellte er telefonisch einen Mietwagen für den nächsten Tag. Zu seiner Verblüffung gab es keine Probleme, obwohl während der Feiertage alle Welt Autos mieten wollte, um Verwandte zu besuchen und Geschenke zu transportieren. Er mietete den Wagen für eine

Woche und fragte nach Landkarten von Vermont, New Hampshire und Massachusetts. Am Ziel seiner Fahrt konnte er sich eine Skiausrüstung leihen. Während er auf der Couch saß und seine neue Situation überdachte, fühlte er sich wie ein kleiner Junge, der von zu Haus ausgerissen war. Soeben hatte er seine Karriere in ernsthafte Gefahr gebracht, und es störte ihn nicht im Mindesten. Verrückt … Würde er letzten Endes doch noch seinen Verstand verlieren nach dem Stress des vergangenen Jahres? Er überlegte, ob er Freunde in London anrufen und ihnen die Neuigkeiten mitteilen sollte. Aber mit fast allen hatte er den Kontakt verloren – nicht bereit, seine Verzweiflung mit irgendjemandem zu teilen. Die neugierigen Fragen, die Klatschgeschichten, sogar das Mitleid hätten ihn zermürbt. Es war leichter, den Kummer allein zu ertragen. Außerdem glaubte er, seine Freunde würden Carole und Simon ziemlich oft sehen. Und von den beiden wollte er nichts hören.

Was würde Carole sagen, wenn sie wüsste, dass er die Firma soeben für mehrere Monate verlassen hatte – möglicherweise für immer? Sicher wäre sie überrascht. Aber auch sie wollte er nicht informieren. Er war niemandem eine Erklärung schuldig, und das fand er großartig.

An diesem Abend packte er seine Reisetaschen, brachte das Apartment in Ordnung, und am nächsten Morgen um acht Uhr brach er auf. Er fuhr mit einem Taxi zur Autovermietung, und während er an den Kaufhäusern vorbeifuhr, sah er hell beleuchtete Weihnachtsauslagen. Jetzt war er froh, dass er die Stadt verließ. Es würde ihm schwer fallen, mit anzusehen, wie die Kollegen im Büro feierten, und zuzuhören, wenn sie von ihren Weihnachtsplänen und ihren Familien erzählten. Auf ihn wartete niemand. Ein Jahr zuvor war er verheiratet gewesen, der Besitzer eines Hauses und ein erfolgreicher Architekt. Das alles hatte er verloren. In seinem Leben gab es nur noch ein gemietetes Auto, zwei Reisetaschen und ein paar Landkarten von New England.

»Der Wagen hat Winterreifen«, erklärte ein Angestellter in der Autovermietung. »Aber wenn sie weiter nördlich fahren als bis Connecticut, sollten Sie Ketten anlegen. Verbringen Sie die Weihnachtstage in New England?«

Charlie nickte. »Wahrscheinlich werde ich Ski fahren.«

»Dieses Jahr gibt's da oben eine Menge Schnee. Brechen Sie sich bloß keine Knochen!« Der Mann wünschte ihm ein frohes Fest. Dann ging er davon.

Charlie hatte sich erkundigt, ob er den Mietwagen dann später in Boston zurückgeben könnte. Von dort würde er nach London fliegen. Letzten Endes war sein Heimweh doch stärker als alle Bedenken, die mit Carole und Simon zusammenhingen. Nach New York zog ihn nichts mehr. Vielleicht in sechs Monaten. Oder nie mehr.

Rasch belud er den weißen Kombi mit seinem Gepäck und fuhr los. In diesem Auto würde er seine Skier im Innenraum unterbringen können. Vorerst transportierte es nur seine beiden Reisetaschen und die Schneeketten. Charlie trug Blue Jeans, einen dicken Pullover und einen Parka. Lächelnd schaltete er die Heizung ein, dann das Radio und begann zu singen.

Bevor er den FDR Drive erreichte, hielt er an einer Raststätte, trank Kaffee und aß ein Stück Plundergebäck. Langsam nippte er an seiner Tasse, während er die Landkarten studierte. Bald danach fuhr er weiter. Noch wusste er nicht, wohin er fahren würde. Einfach nach Norden. Connecticut, dann Massachusetts, vielleicht Vermont. Vermutlich war Vermont genau der richtige Ort für die Weihnachtstage. Dort konnte er Ski laufen, und alle Leute würden in fröhlicher Stimmung sein. Vorerst musste er nur geradeaus fahren, auf die Straße schauen und das Wetter beobachten. Er würde nicht über die Schulter spähen. Hinter ihm gab es nichts, was ihn zurückhielt – nichts, was er mitnehmen wollte.

Leise sang er vor sich hin, als er die Stadt verließ, lächelte und blickte vorwärts. Jetzt hatte er keine Vergangenheit mehr. Nur die Zukunft.

# 3

Als Charlie über die Triborough Bridge und weiter zum Hutchinson River Parkway fuhr, begann es zu schneien. Das störte ihn nicht. Im Gegenteil, die weihnachtliche Atmosphäre gefiel ihm. Bald geriet er in festliche Stimmung und begann, Weihnachtslieder zu summen. Für einen Mann, der seinen Job verloren hatte, war er erstaunlich gut gelaunt. Dass er nach sechs Monaten zu Whittaker & Jones zurückkehren würde, erschien ihm mehr als zweifelhaft. Jetzt würde er erst einmal reisen und womöglich sogar malen. Für so etwas hatte er seit einer Ewigkeit keine Zeit mehr gefunden. Vielleicht würde er Architektur unterrichten, wenn sich eine Gelegenheit bot. Außerdem wollte er die mittelalterlichen Schlösser in Europa besuchen, die ihn seit seinem Studium faszinierten. Aber zunächst würde er in Vermont Ski fahren und sich dann ein Apartment in London suchen. Plötzlich konnte er ohne Groll und Trauer an die letzten Monate denken. Er hatte eine Entscheidung getroffen, und er würde tun, was ihm gefiel.

An den Straßenrändern bildeten sich allmählich Schneewehen. Nach einer dreistündigen Fahrt hielt er in Simsbury. Dort entdeckte er eine gemütliche kleine Frühstückspension, die einem netten Ehepaar gehörte. Die beiden führten ihn in ihr schönstes Zimmer, und er atmete wieder einmal erleichtert auf, weil er das deprimierende Studio-Apartment nicht mehr bewohnen musste. Sein ganzer Aufenthalt in New York war ziemlich unangenehm gewesen. Zum Glück hatte er diese tristen Wochen hinter sich.

»Besuchen Sie Weihnachten Ihre Familie?«, erkundigte sich die rundliche Frau mit dem blond gefärbten Haar, die ihm das Zimmer zeigte und ungekünstelte Warmherzigkeit ausstrahlte.

»Nein, ich möchte in Vermont Ski fahren.«

Lächelnd nickte sie und erwähnte die zwei besten Restaurants der Stadt, beide eine halbe Meile entfernt. Als sie fragte, ob sie ihm einen Platz fürs Dinner reservieren lassen sollte, zögerte er. Dann schüttelte er den Kopf und kniete vor dem Kamin nieder, um mit dem Anzündholz, das die Wirtin bereitgelegt hatte, Feuer zu machen. »Nein, danke, ich hole mir irgendwo ein Sandwich.« Er hasste es, allein in schöne Restaurants zu gehen, und verstand nicht, warum manche Leute Freude daran fanden. Wenn man eine halbe Flasche Wein trank und ein dickes Steak aß, ohne mit jemandem zu reden, fühlte man sich schrecklich einsam.

»Essen Sie doch mit uns«, schlug die freundliche Frau vor und musterte ihn neugierig. Er sah gut aus, mochte Anfang dreißig sein, und sie fragte sich, warum er allein verreiste. Eigentlich müsste ein so attraktiver Mann verheiratet sein. Aber er trug keinen Ehering … Vielleicht ist er geschieden, überlegte sie und bedauerte, dass ihre Tochter noch nicht von New York nach Hause gekommen war. Ohne zu ahnen, was sie mit ihm vorhatte, lehnte er das Angebot dankend ab und schloss die Tür hinter sich. Meistens bemerkte er gar nicht, wie sehr er das weibliche Geschlecht interessierte. An so etwas dachte er schon jahrelang nicht mehr. Seit der Trennung von Carole hatte er sich kein einziges Mal mit einer Frau verabredet, zu sehr mit seiner Verzweiflung beschäftigt.

Aber nachdem er so unerwartet von allen Pflichten in seinem Leben befreit worden war, fühlte er sich besser.

Am späteren Abend fuhr er weg, um einen Hamburger zu essen. Verwundert stellte er fest, wie hoch der Schnee lag – etwa anderthalb Meter zu beiden Seiten der sorgsam frei geschaufelten Zufahrt. Während er den Wagen vorsichtig auf die Straße lenkte, lächelte er. Jetzt schneite es nicht mehr. Was für eine schöne klare Winternacht ... Dieses Erlebnis hätte er gern mit jemandem geteilt. Es war sonderbar, die ganze Zeit allein zu sein, mit niemandem zu reden. An dieses drückende Schweigen würde er sich wohl nie gewöhnen.

Aber seinen Hamburger musste er auf jeden Fall allein verspeisen. Danach kaufte er ein paar süße Brötchen für den nächsten Morgen. Die Pensionswirtin hatte versprochen, sie würde ihn mit Kaffee in einer Thermosflasche versorgen. Auf das Frühstück, das sie ihm angeboten hatte, wollte er verzichten und möglichst zeitig aufbrechen – vorausgesetzt, ein weiteres Schneetreiben würde ihn nicht daran hindern.

Durch eine klare, stille Nacht fuhr er zur Pension zurück. Vor der Tür blieb er eine Weile stehen, betrachtete den unglaublich schönen Himmel, und sein Gesicht prickelte in der kalten Luft. Plötzlich lachte er laut auf, fühlte sich so gut wie seit Jahren nicht mehr und wünschte, er könnte auf irgendjemanden einen Schneeball werfen. Nur zum Spaß formte er eine feste Kugel aus knirschendem weißen Schnee und schleuderte sie gegen einen Baumstamm. Dabei kam er sich wie ein kleiner Junge vor. Immer noch lächelnd ging er zu seinem Schlafzimmer hinauf, wo ein helles Kaminfeuer brannte. Und da wurde er erneut von einer beglückenden Weihnachtsstimmung erfasst.

Erst als er unter der Daunendecke des großen Betts mit dem Baldachin lag, begann sein Herz wieder zu schmerzen, und er sehnte sich nach Carole. Was würde er dafür geben, wenn er eine Nacht mit ihr verbringen könnte ... Doch das würde nie wieder geschehen, und es war sinnlos, auch nur daran zu denken. Unglücklich starrte er in die Flammen. Er musste endlich aufhören, seiner Frau nachzutrauern. Aber wie sollte er vergessen, wie wundervoll seine Ehe gewesen war? Oder hatte er sich das nur eingebildet? Warum hatte er nicht bemerkt, dass sie ihm entglitten war? Vielleicht hätte er die Trennung verhindern können, wenn ihm die ersten Anzeichen ihrer Untreue aufgefallen wären. Nun quälte er sich, als hätte er ein Leben verloren, das nicht zu retten gewesen war. Sein eigenes Leben ... Würde er jemals wieder tiefere Gefühle für eine Frau empfinden? Jedenfalls würde er keiner mehr vertrauen. Und wieso war Carole sich ihrer Liebe zu Simon so sicher?

Als er endlich einschlief, war das Feuer herabgebrannt, und die glühende Asche verbreitete ein sanftes Licht im Zimmer.

Am nächsten Morgen klopfte die Pensionswirtin an die Tür, brachte ihm die Thermosflasche mit heißem Kaffee und warme Blaubeermuffins. »Ich dachte, die werden Ihnen schmecken.« Da er gerade aus der Dusche kam, hatte er nur ein Handtuch um die Hüften geschlungen. Aber der Anblick seines schlanken muskulösen Körpers störte die Frau nicht im Mindesten, und sie wünschte, sie wäre zwanzig Jahre jünger.

Lächelnd bedankte er sich, zog die Vorhänge auseinander und betrachtete den Schnee, der in der Sonne glitzerte. Der Ehemann der Wirtin schaufelte gerade die Zufahrt frei.

»Heute müssen Sie vorsichtig fahren«, mahnte sie.

»Sind die Straßen vereist?«

»Noch nicht. Aber es wird nicht mehr lange dauern. Gerade habe ich die Wettervorhersage im Radio gehört. Am

Nachmittag soll's wieder schneien. Ein Schneesturm, der von der kanadischen Grenze herunterzieht.«

Das störte Charlie kein bisschen. Da er es nicht eilig hatte, würde er durch New England fahren und nur zwanzig Meilen pro Tag zurücklegen. Wenn er dabei auf den Skiurlaub verzichten musste, wäre das nicht so schlimm. Allerdings hatte er sich darauf gefreut. Vor vielen Jahren, als er noch in New York gelebt hatte, war er mit Carole in Sugarbush Ski gelaufen. Nur flüchtig hatte er erwogen, diesmal wieder hinzufahren. Er brauchte keine Pilgerfahrten zu Orten, die schmerzliche Erinnerungen wecken würden. Zu Weihnachten schon gar nicht.

Bald danach verließ er die Pension, in einer Skihose und einem Parka, mit der Thermosflasche, die er der Wirtin abgekauft hatte. Ohne Schwierigkeiten gelangte er zur Interstate 91 und fuhr in Richtung Massachusetts – erstaunt, weil die Straße gut geräumt war. Der Schnee behinderte ihn kaum, und er musste nicht einmal die Ketten anlegen, die ihm der Angestellte von der Autovermietung mit auf den Weg gegeben hatte. Erst als er Whately erreichte, begann es leicht zu schneien, und er beobachtete die Flocken, die sich auf der Windschutzscheibe sammelten.

Nach ein paar Stunden erreichte er den Stadtrand von Deerfield und fühlte sich müde. Aber er beschloss noch eine Zeit lang weiterzufahren. Dann würde er am nächsten Tag keine allzu lange Strecke bis nach Vermont zurücklegen müssen.

Während er durch Deerfield fuhr, begann es stärker zu schneien.

Diese pittoreske alte Stadt kannte er sehr gut. In der Kindheit hatte er sie mit seinen Eltern besucht. Fasziniert hatte er die dreihundert Jahre alten gut erhaltenen Häuser betrachtet. Schon damals hatte er sich für schöne Architektur interessiert. Beim Anblick der überdachten Brücken erinnerte er sich an den nahen Wasserfall. Wenn er im Sommer in diese Stadt käme, würde er aussteigen, spazieren gehen, eventuell sogar schwimmen. In New England war er aufgewachsen, hier fühlte er sich heimisch. Und plötzlich erkannte er, warum er diese Strecke gewählt hatte – um in einer vertrauten Atmosphäre zu genesen. Vielleicht war es an der Zeit, die Trauer zu beenden und einen neuen Anfang zu wagen. Vor sechs Monaten hätte er sich das nicht vorstellen können. Aber nun glaubte er, diese schöne Umgebung würde seine Seele heilen.

Als er an Deerfield vorbeifuhr, erinnerte er sich an seinen Vater, der ihm wundervolle Geschichten über die Indianer in Mohawk Trail erzählt hatte, die Irokesen und die Algonkin. Charlies Vater, Geschichtsprofessor in Harvard, hatte mit seinem Sohn sehr oft Ausflüge in historisch bedeutsame Gebiete unternommen. Nun wünschte Charlie, der geliebte Vater würde noch leben, und er könnte ihm von Carole erzählen. Aber so düsteren Gedanken durfte er nicht nachhängen. Im immer dichteren Schneetreiben musste er sich auf die Straße konzentrieren. Vor einer halben Stunde hatte er Deerfield verlassen und seither nur zehn Meilen zurückgelegt.

Ein Schild wies auf eine kleine Stadt hin – Shelburne Falls, nahe dem Deerfield River, an einem Hang gelegen. Im heftigen Flockenwirbel konnte Charlie kaum noch etwas sehen und gab seinen Plan auf, noch näher an Vermont heranzufahren. Möglicherweise würde er hier eine Pension oder ein Hotel finden. Ringsum sah er gepflegte kleine Häuser. Wohin sollte er sich wenden?

Schließlich trat er auf die Bremse und kurbelte das Fenster herab. Zur Linken entdeckte er eine Seitenstraße. Langsam und vorsichtig bog er ab und fürchtete, im frisch gefallenen Schnee würde das Auto ins Schleudern geraten. Aber die

Winterreifen griffen einwandfrei, und er folgte der Straße, die parallel zum Deerfield River verlief. Als er schon glaubte, er würde im Nirgendwo landen, und umkehren wollte, entdeckte er ein hübsches Haus mit Schindeldach und Wandelgang. An einem weißen Pfahlzaun hing ein Schild – FRÜHSTÜCKSPENSION GLADYS PALMER. Genau das Richtige. Behutsam steuerte er den Kombi in die Zufahrt.

Neben der Tür hing ein Postkasten, der einem Vogelhäuschen glich. Als Charlie aus dem Wagen stieg, lief eine große Irish-Setter-Hündin durch den Schnee auf ihn zu und wedelte mit dem Schwanz. Er bückte sich und streichelte sie. Dann stieg er die Eingangsstufen hinauf. Den Kopf gesenkt, um seine Augen vor den wirbelnden Flocken zu schützen, betätigte er einen blank polierten Messingklopfer. Nichts rührte sich. Nach ein paar Minuten fragte er sich, ob überhaupt jemand zu Hause war. Drinnen brannte Licht, aber er hörte nichts. Die Hündin saß neben ihm und beobachtete ihn erwartungsvoll.

Als er die Hoffnung schon aufgeben und zu seinem Auto zurückkehren wollte, wurde die Tür zögernd geöffnet, und eine kleine alte Frau schaute ihn verwundert an. Zu einem grauen Rock trug sie einen hellblauen Pullover, den eine Perlenkette schmückte. Ihr schneeweißes Haar war zu einem adretten Knoten hoch gesteckt, und die leuchtend blauen Augen schienen Charlie aufmerksam zu mustern. Wie die Leiterin einer Frühstückspension sah sie nicht aus, eher wie die alten Damen, die ihm früher in Boston begegnet waren.

»Ja?« Sie öffnete die Tür nur ein kleines bisschen weiter, um den Hund ins Haus zu lassen. Aber Charlie war offenbar nicht willkommen. »Kann ich Ihnen helfen?«

»Ich sah das Schild – und ich dachte ... Haben Sie im Winter geschlossen?«

»Nun, ich erwarte zu Weihnachten keine Gäste«, erwiderte sie etwas unsicher. »Am Highway nach Boston gibt's ein Motel, kurz hinter Deerfield.«

»Danke – tut mir Leid, ich ...«, stammelte er verlegen und bereute, dass er sie gestört hatte. Sie wirkte so höflich und damenhaft, und er fühlte sich wie ein Rüpel, der sie unangemeldet überfallen hatte. Aber als er sich entschuldigte, lächelte sie. Erstaunt beobachtete er, wie ihre blauen Augen noch intensiver strahlten, voller Leben und Energie, obwohl sie sicher fast siebzig Jahre alt war. In ihrer Jugend musste sie sehr hübsch gewesen sein. Zu seiner Verblüffung zog sie die Tür weiter auf und bedeutete ihm einzutreten.

»Bitte, entschuldigen Sie sich nicht. Ich war nur überrascht, weil ich nicht mit Gästen gerechnet habe. Deshalb vergaß ich meine Manieren. Möchten Sie etwas Heißes trinken? Im Augenblick bin ich nicht auf Besucher eingerichtet. Normalerweise vermiete ich in den Wintermonaten keine Zimmer.«

Zögernd blieb er vor der Schwelle stehen und überlegte, ob er zu dem Motel fahren sollte, das sie ihm empfohlen hatte. Aber ihre Einladung klang verlockend. Durch die offene Tür schaute er in ein gemütliches Wohnzimmer. Offensichtlich stammte das schöne Haus aus der Zeit des Freiheitskriegs. Er sah wuchtige Deckenbalken, schimmerndes Parkett, kostbare Antiquitäten, englische und frühamerikanische Gemälde.

»Kommen Sie nur herein – Glynnis und ich werden uns ordentlich benehmen«, versprach sie und zeigte auf die Hündin, die heftig mit dem Schwanz wedelte, als wollte sie ihr zustimmen. »Glauben Sie mir, ich wollte nicht ungastlich sein – ich war nur verblüfft.«

Da konnte Charlie nicht länger widerstehen und betrat das warme, einladende Wohnzimmer, das ihn wie eine magische Welt zu umhüllen schien. Im Kamin knisterte ein helles

Feuer, in einer Ecke stand ein bemerkenswerter antiker Flügel. »Tut mir Leid, dass ich hier einfach so hereinplatze. Ich bin auf dem Weg nach Vermont. Aber bei diesem Schneetreiben kann ich nicht weiterfahren.« Bewundernd schaute er ihrer anmutigen Gestalt nach, als sie in die Küche ging, und folgte ihr. Sie stellte einen großen Kupferkessel auf den makellos sauberen Herd. »Was für ein schönes Haus Sie besitzen – Mrs. Palmer?« Er erinnerte sich an den Namen, den er auf dem Schild gelesen hatte, und sie nickte lächelnd.

»Ja, so heiße ich. Vielen Dank. Und Sie?« Wie eine Lehrerin, die eine passende Antwort erwartete, hob sie die Brauen.

»Charles Waterston.« Höflich streckte er seine Hand aus, und Mrs. Palmer schüttelte sie. Ihre Finger fühlten sich erstaunlich glatt und jung an, und er entdeckte einen schmalen goldenen Ehering. Außer der Perlenkette der einzige Schmuck. Vermutlich hatte sie ihr ganzes Geld in erlesene Antiquitäten und Gemälde gesteckt. In Boston und London hatte er genug wertvolle Kunstgegenstände gesehen, um Mrs. Palmers exquisites Wohnzimmer zu würdigen.

»Und woher kommen Sie, Mr. Waterston?«, erkundigte sie sich, während sie ein Teetablett herrichtete. Er wusste nicht, ob er nur zum Tee eingeladen wurde oder ob sie ihm gestatten würde, in ihrem Haus zu übernachten. Danach wagte er nicht zu fragen. Falls er nicht hier bleiben konnte, müsste er weiterfahren, bevor sich der Schneesturm verstärkte und die Straßen unpassierbar wurden. Aber das erwähnte er nicht und beobachtete, wie sie eine silberne Teekanne auf ein altes besticktes Leinendeckchen stellte.

»Eine interessante Frage«, erwiderte er heiter und sank in einen Ledersessel, den sie ihm angeboten hatte. Während sie das Teetablett auf einen Butlertisch aus der Zeit George III. stellte, fuhr er fort: »Die letzten zehn Jahre verbrachte ich in London, und ich werde nach meinem Skiurlaub dorthin zurückkehren. Vor zwei Monaten zog ich nach New York. Da sollte ich eigentlich ein Jahr bleiben.«

Freundlich schaute sie ihn an und erweckte den Eindruck, sie würde viel mehr verstehen, als er ihr mitteilte. »Also haben sich Ihre Pläne geändert?«

»So könnte man's nennen.« Er streichelte die Hündin, dann wandte er sich wieder zu seiner Gastgeberin, die einen Teller mit Zimtkuchen auf den Tisch stellte.

»Lassen Sie Glynnis bloß nichts davon fressen!«, ermahnte sie ihn, und er lachte. Sollte er fragen, ob er ihr zur Last fiel? Inzwischen war es fast schon Zeit fürs Dinner. Er verstand nicht, warum Mrs. Palmer ihm Tee und Kuchen servierte, wo sie doch im Winter keine Gäste aufnahm. Aber sie schien seinen Besuch zu genießen. »Glynnis mag Zimt und Hafermehl besonders gern«, erklärte sie. Belustigt nickte er der Besitzerin des Zimtfans zu und überlegte, ob sie ihr ganzes Leben hier verbracht hatte. Bei ihrem Anblick erwachte seine Neugier auf ihre Vergangenheit. Sie wirkte überraschend elegant und zerbrechlich. »Fahren Sie noch einmal nach New York, bevor Sie nach London zurückkehren, Mr. Waterston?«

»Wohl kaum. Ich möchte in Vermont Ski laufen und dann von Boston aus nach England fliegen. Obwohl ich lange in New York gelebt habe, ist das nicht meine Lieblingsstadt. Die Jahre in Europa haben mich ziemlich verwöhnt.«

Lächelnd nahm sie ihm gegenüber an dem exquisiten kleinen Tisch Platz. »Mein Mann war Engländer. Hin und wieder flogen wir hinüber, um seine Verwandten zu besuchen. Nach ihrem Tod wollte er seine Heimat nicht mehr sehen, und er meinte, hier in Shelburne Falls würde er alles finden, was er sich wünschte.« Er glaubte, etwas Unausgesprochenes in ihren Augen zu lesen. Trauer? Erinnerungen? Liebe zu dem Mann, mit dem sie ihr Leben geteilt hatte?

»Und woher kommen Sie, Ma'am?« Charlie nippte an seinem köstlichen Earl Grey. So guten Tee hatte er noch nie getrunken. Von dieser Frau ging tatsächlich eine gewisse Magie aus.

»Ich bin hier geboren«, erwiderte sie und stellte ihre Tasse ab. Das zierliche Wedgwood-Geschirr passte zu ihrer äußeren Erscheinung. Wenn er Mrs. Palmer und ihre Umgebung betrachtete, musste er an Menschen und Orte denken, die er auf seinen Reisen durch England kennen gelernt hatte. »Mein Leben lang habe ich in dieser Gegend gewohnt, und mein Sohn ging in Deerfield zur Schule.« Das konnte er kaum glauben. Sie wirkte viel weltgewandter, als man es von einer Frau erwartete, die aus New England stammte und nur selten verreist war. »In meiner Jugend zog ich für ein Jahr zu meiner Tante nach Boston. Ich fand diese Stadt so aufregend. Dort lernte ich meinen Mann kennen, einen Gastdozenten an der Harvard-Universität. Nach der Hochzeit ließen wir uns in Shelburne Falls nieder. Das ist jetzt fünfzig Jahre her. Nächsten Sommer werde ich siebzig.«

Jedes Mal, wenn sie so unwiderstehlich lächelte, wollte er sich über den Tisch beugen und sie küssen. Er erzählte ihr von seinem Vater, der auf Harvard amerikanische Geschichte gelehrt hatte. Eventuell war er Mr. Palmer begegnet. Dann schilderte er die Ausflüge nach Deerfield während seiner Kindheit und erklärte, wie sehr ihn die alten Häuser und die eiszeitlichen Strudellöcher in den Felsen am Deerfield River fasziniert hatten. »Daran erinnere ich mich sehr gut«, fügte er hinzu, als sie ihm eine zweite Tasse Tee einschenkte.

In der Gesellschaft dieses Mannes fühlte sie sich sicher. Er sah offen und ehrlich aus, und er hatte gute Manieren. Warum verreiste er zur Weihnachtszeit allein? Hatte er keine Familie? Diese Frage stellte sie nicht. Stattdessen schlug sie vor: »Möchten Sie hier bleiben, Mr. Waterston? Es würde mir keine Mühe machen, eins meiner Gästezimmer aufzusperren.« Während sie sprach, schaute sie durch das Küchenfenster und beobachtete das dichte Schneetreiben. Bei diesem Wetter wäre es unfreundlich, ihn auf die Straße zu schicken. Außerdem mochte sie ihn. Und sie genoss die Unterhaltung. Hoffentlich würde er die Einladung annehmen.

»Wenn ich Ihnen wirklich nicht zur Last falle …« Auch er sah den beängstigenden Flockenwirbel. Es wäre sträflicher Leichtsinn weiterzufahren. Und er würde sehr gern bei der alten Dame übernachten, die ihm wie eine Gestalt aus ferner Vergangenheit erschien. Trotzdem war sie eng mit der Gegenwart verbunden.

»Natürlich nicht.« Wenige Minuten später führte sie ihn die Treppe hinauf. Auch im Oberstock bewunderte er die kunstvolle Bauweise des alten Hauses und besichtigte alle Räume.

Schließlich stand er entzückt auf der Schwelle des Zimmers, das Mrs. Palmers ihm zur Verfügung stellte, und hatte das Gefühl, er würde als kleiner Junge nach Hause kommen. Die Vorhänge und die Bettdecke bestanden aus etwas fadenscheinigem, aber schön gemustertem blauweißen Chintz. Auf dem Kaminsims schimmerte edles altes Porzellan, an einer Wand hing ein Schiffsmodell. Mehrere Moran*-Gemälde zeigten Schiffe auf dem glatten oder stürmischen Meer. In diesem Raum würde Charlie am liebsten ein ganzes Jahr verbringen. So wie in den anderen Zimmern stapelte sich Brennholz neben dem Kamin. Alles in diesem Haus war sorgsam hergerichtet, als erwartete Mrs. Palmer Verwandte oder Freunde.

»Einfach wundervoll«, meinte er dankbar, und sie lächelte. Sie teilte ihr Heim sehr gern mit Menschen, die schöne

* Frederick Moran, amerikanischer Panoramamaler

Dinge zu schätzen wussten. Meistens kamen Leute zu ihr, die von Bekannten auf die gemütliche Pension hingewiesen worden waren. Mrs. Palmer annoncierte in keiner einzigen Zeitung oder Zeitschrift. Das Schild hatte sie erst letztes Jahr an den Zaun gehängt.

Seit sieben Jahren beherbergte sie zahlende Gäste, um ihre Witwenrente aufzubessern. Die Leute leisteten ihr Gesellschaft und bewahrten sie vor der Einsamkeit. Voller Unbehagen hatte sie dem Weihnachtsfest entgegengesehen. Nun betrachtete sie Charlies Ankunft als Himmelsgeschenk. »Freut mich, dass Ihnen das Haus gefällt, Mr. Waterston.«

Er hatte gerade die Bilder in seinem Zimmer studiert. Nun wandte er sich zu ihr. »Hier muss sich einfach jeder wohl fühlen.«

Wehmütig seufzte sie. »Darüber dachte mein Sohn ganz anders. Er hasste diese Stadt und meine alten Sachen. Für ihn zählten nur die modernen Zeiten und der Fortschritt. Er war Pilot in Vietnam. Nach seiner Heimkehr blieb er bei der Navy, als Testpilot für die neuesten Hightech-Maschinen. Er flog für sein Leben gern.« Bei diesen Worten erschien ein trauriger Ausdruck in ihren Augen, und Charlie ahnte, wie schrecklich dieses Thema für sie war. Trotzdem fuhr sie fort. Die Art, wie sie sprach und ihn ansah, verriet ihm, dass es Gladys Palmer sicher nicht an innerer Kraft mangelte. »Auch seine Frau konnte fliegen. Kurz nach der Geburt ihrer Tochter kauften sie eine kleine Maschine.« Jetzt glänzten Tränen in den blauen Augen. Aber ihre Stimme brach nicht. »Das hielt ich für keine gute Idee. Natürlich darf man den Kindern nichts mehr vorschreiben, sobald sie erwachsen werden. Außerdem hätten sie ohnehin nicht auf mich gehört. Vor vierzehn Jahren stürzte das Flugzeug bei Deerfield ab, als sie mich besuchen wollten. Alle drei waren sofort tot.«

Während Charlie zuhörte, verengte sich seine Kehle. Instinktiv berührte er Mrs. Palmers Arm. Ein schlimmeres Schicksal gab es nicht. Damit ließ sich nicht einmal Caroles Untreue vergleichen. Diese Frau hatte viel mehr durchgemacht. »Tut mir so Leid«, flüsterte er, seine Hand noch auf ihrem Arm. Das merkten sie gar nicht, als sie sich in die Augen schauten. Plötzlich gewann er den Eindruck, er würde Gladys Palmer schon seit Ewigkeiten kennen.

»Mir auch. Er war ein wundervoller Mann. Mit sechsunddreißig starb er, und seine kleine Tochter war erst fünf... Ein furchtbarer Verlust.« Schmerzerfüllt wischte sie über ihre Lider, und er wünschte, er könnte sie umarmen. Dann sah sie zu ihm auf, und was er in ihren Augen las, nahm ihm den Atem. So viel Aufrichtigkeit, so viel Mut – und ein unverhohlenes Interesse an seiner Person, trotz allem, was sie erlitten hatte. »Vielleicht lernen wir etwas aus unseren Tragödien. Was es ist, weiß ich nicht genau, und es dauerte sehr lange, bis ich das erkannte. Erst nach zehn Jahren konnte ich über all das reden. Mein Mann schaffte es niemals. Schon in seiner Jugend hatte er ein schwaches Herz. Nach diesem grausamen Ereignis ging es gesundheitlich rapide mit ihm bergab, und drei Jahre später starb er.«

In der Tat – sie hatte viel mehr verloren als er, und er glaubte, die Narben auf ihrer Seele zu sehen. Trotzdem stand sie aufrecht da, die Schultern gestrafft, nicht bereit, sich von ihrem harten Schicksal besiegen zu lassen. Unwillkürlich überlegte er, ob sich ihre Wege aus einem ganz bestimmten Grund gekreuzt hatten. Es war so seltsam, dass er ausgerechnet hier gelandet war. »Haben Sie – andere Verwandte?«, fragte er. Eigentlich hatte er sich erkundigen wollen, ob sie andere Kinder hatte. Doch das wäre taktlos gewesen. Kein Kind vermochte einen verlorenen Sohn zu ersetzen.

»Nein.« Sonderbar – sie wirkte weder verbittert noch traurig oder deprimiert. »Jetzt bin ich ganz allein. Schon seit elf Jahren. Deshalb nehme ich im Sommer Gäste auf. Sonst würde ich mich sehr einsam fühlen.« Dass sie sich in ihrem Haus verkroch, um ihre Toten zu betrauern, konnte er sich auch gar nicht vorstellen. Dafür wirkte sie viel zu lebhaft und energisch. »Außerdem sollen auch andere was von diesem wundervollen Haus haben«, fuhr sie fort. »Mein Sohn James, Jimmy genannt, und seine Frau Kathleen interessierten sich nicht dafür.«

Und jetzt gab es niemanden, dem sie ihre Schätze vererben konnte. In die gleiche Situation würde auch Charlie geraten, wenn er nicht mehr heiratete und keine Kinder bekam. Würde er nach der Trennung von Carole jemals mit einer anderen Frau leben können?

»Haben Sie eine Familie, Mr. Waterston?«, fragte Gladys. Ein Mann in seinem Alter müsste längst verheiratet und Vater geworden sein.

»Nein«, erwiderte er leise, »ich habe niemanden. So wie Sie. Meine Eltern starben vor langer Zeit, und ich habe keine Kinder.«

»Waren Sie nie verheiratet?«, fragte sie erstaunt. Wie hatte ein so attraktiver, gefühlvoller Mann einer dauerhaften Beziehung ausweichen können?

»Doch. Aber ich lebe von meiner Frau getrennt. Demnächst lassen wir uns scheiden. Wir waren zehn Jahre verheiratet, und die Ehe blieb kinderlos.«

»Wie schade ...« In ihrer Stimme schwang ein mütterlicher Unterton mit, der sein Herz zusammenkrampfte. »Eine Scheidung muss furchtbar sein – eine plötzliche Kluft zwischen zwei Menschen, die sich einmal geliebt haben ...«

»Ja ...« Nachdenklich nickte er. »Es war sehr schwierig. Abgesehen von meinen Eltern habe ich noch nie einen geliebten Menschen verloren. Irgendwie lässt sich der eine Verlust mit dem anderen vergleichen. In diesem letzten Jahr war ich wie in Trance. Meine Frau verließ mich vor neun Monaten. Vorher dachte ich, wir wären wunschlos glücklich gewesen. Offenbar verstehe ich nichts von den Emotionen anderer Menschen«, fügte er mit einem traurigen Lächeln hinzu. Mitfühlend erwiderte sie seinen Blick. Obwohl sie einander erst seit kurzem kannten, unterhielten sie sich wie alte Freunde.

»Seien Sie nicht so streng mit sich selbst. Sie sind nicht der erste Mann, der sich einbildet, alles wäre in Ordnung, und dann das Gegenteil feststellen muss. Wie auch immer, es muss ein harter Schlag gewesen sein – nicht nur für Ihr Herz, auch für Ihr Selbstbewusstsein.« Damit traf sie den Nagel auf den Kopf. Nicht nur der schmerzliche Verlust bedrückte ihn, auch seine Würde und sein Stolz waren verletzt. »Selbst wenn es grausam klingt, so etwas zu sagen – Sie werden darüber hinwegkommen, Mr. Waterston. In Ihrem Alter haben Sie gar keine Wahl. Sie können nicht für den Rest Ihres Lebens ein gebrochenes Herz hegen und pflegen. Das wäre völlig falsch. Natürlich brauchen Sie erst einmal Zeit. Aber irgendwann werden Sie aus Ihrem Schneckenhaus kriechen. Das musste ich auch tun. Als Jimmy, Kathleen und Peggy starben, hätte ich mich in diesem Haus verkriechen und auf meinen letzten Atemzug warten können. Und nach Rolands Tod ebenso. Was hätte ich damit gewonnen? Es wäre sinnlos gewesen, die Jahre zu verschwenden, die mir noch blieben. Natürlich denke ich oft an die lieben Menschen, die ich verloren habe. Und manchmal weine ich, weil ich sie so sehr vermisse, dass ich's kaum ertrage ... Aber ich habe noch anderen Menschen etwas zu geben. Also mache ich mich nützlich. Weil ich kein Recht habe, die Zeit zu verschwenden, die mir geschenkt wird. Eine gewisse Trauerphase steht uns zu. Aber sie darf nicht übermäßig lange dauern.« Solche Worte wollte er in seiner jetzigen Situation hören. Nun lächelte sie wieder. »Darf ich Sie zum Dinner einladen, Mr. Waterston? Es gibt Lammkoteletts mit Salat. Allzu viel esse ich nicht, und die Mahlzeit ist wahrscheinlich nicht so herzhaft, wie Sie's gern mögen. Aber zum nächsten Restaurant ist es ziemlich weit, und bei diesem starken Schneefall …« Sie verstummte und musterte ihn erwartungsvoll. In eigenartiger, subtiler Weise erinnerte er sie an Jimmy.

»O ja, ich esse sehr gern mit Ihnen. Soll ich Ihnen beim Kochen helfen? Mit Lammkoteletts kann ich umgehen.«

»Das wäre nett.« Aufgeregt wedelte Glynnis mit dem Schwanz, als würde sie jedes Wort verstehen. »Normalerweise esse ich um sieben. Kommen Sie hinunter, wann Sie wollen.«

Bevor sie das Zimmer verließ, schaute sie ihm noch einmal eindringlich in die Augen. An diesem Nachmittag hatten sie wertvolle Geschenke ausgetauscht, und obwohl sie nicht ganz verstanden, warum –, wussten sie beide, dass sie einander brauchten. Charlie entzündete ein Feuer in seinem Kamin, sank aufs Bett und starrte in die Flammen. Wie viel hatte diese bewundernswerte, tapfere Frau erlitten … Er musste sich glücklich schätzen, weil er ihr begegnet war. In ihrer schönen kleinen Welt wurde er von Herzenswärme und Güte umfangen.

Hastig nahm er ein Bad und rasierte sich. Dann schlüpfte er in saubere Sachen. Er war versucht gewesen, Gladys Palmer zuliebe einen Anzug zu tragen. Doch das wäre übertrieben gewesen. Und so entschied er sich für eine graue Flanellhose, einen dunkelblauen Rollkragenpullover und einen Blazer. Wie immer sah er in seiner perfekt geschnittenen Kleidung untadelig aus. Glücklicherweise war er beim Friseur gewesen, bevor er New York verlassen hatte.

Sobald Gladys ihn erblickte, strahlten ihre Augen. Sie war eine gute Menschenkennerin. Nur selten täuschte sie sich in den Gästen, die sie in ihrem Haus aufnahm, und dieser Mann würde sie bestimmt nicht enttäuschen. Eine so interessante Persönlichkeit hatte sie schon lange nicht mehr getroffen. Und sie glaubte ebenso wie er an einen tieferen Sinn dieser Begegnung. Sie hatte ihm auch einiges zu bieten – die Gemütlichkeit ihres Heims in einer schwierigen Jahreszeit. Im Übrigen erinnerte er sie an ihren verstorbenen Sohn. Um die Weihnachtszeit war der Verlust besonders schwer zu ertragen.

Während er die Lammkoteletts briet, bereitete sie einen köstlichen Kartoffelbrei zu und mischte den Salat. Zum Nachtisch teilten sie sich einen Brotpudding. Solche Mahlzeiten hatte ihm auch seine Mutter serviert. Und in England hatte er zusammen mit Carole ähnliche Menüs gegessen. Während er sich Mrs. Palmers Geschichten anhörte, wünschte er, Carole wäre bei ihm, und er musste sich wieder einmal sagen, mit solchen Gedanken würde er nur seine Zeit vergeuden. Er durfte sich nicht mehr vorstellen, er könnte sie in alles einbeziehen. Jetzt gehörte sie nicht mehr zu seinem Leben, sondern zu Simon. Trotzdem schmerzten die Erinnerungen. Daran würde sich wohl nichts ändern. Wie hatte Mrs. Palmer den Verlust ihres Sohnes, ihrer Schwiegertochter und ihres einzigen Enkelkinds überlebt? Die Verzweiflung musste grauenvoll gewesen sein. Doch sie hatte das Leid überstanden. Sicher spürte sie den Kummer oft – wie amputierte Gliedmaßen, an die man sich ständig wieder erinnerte. In diesem Augenblick erkannte Charlie, dass er weiterleben musste, welchen Preis es auch kosten mochte.

Mrs. Palmer brühte noch einmal Tee auf, und sie unterhielten sich stundenlang – über die Geschichte des Deerfield Forts und die Menschen, die dort gelebt hatten. So wie Charlies Vater wusste die alte Dame sehr viel über die Legenden und historischen Persönlichkeiten in dieser Gegend. Sie sprach auch über die Indianer, die hier gelebt hatten. Damit beschwor sie die längst vergangenen Ausflüge herauf, die Charlie mit seinem Vater unternommen hatte. Erst gegen Mitternacht merkten beide, wie spät es geworden war. Sie sehnten sich nach Herzenswärme und menschlicher Nähe. Charlie hatte sein New Yorker Fiasko geschildert, und Gladys analysierte die Situation erstaunlich vernünftig. Die nächsten sechs Monate müsse er gut nutzen, empfahl sie ihm, und herausfinden, ob er jemals wieder zu Whittaker & Jones zurückkehren wollte. Für ihn sei das eine großartige Chance, sein Talent auf neuen Gebieten zu erproben. Vielleicht würde er sogar ein eigenes Architekturbüro gründen. Sie diskutierten über sein Interesse an gotischen Kathedralen und mittelalterlichen Schlössern, seine Begeisterung für alte Häuser.

»Ein begabter Architekt kann so viel leisten, Charles«, betonte Mrs. Palmer. »Warum sollen Sie sich auf Bürogebäude beschränken?« Er hatte ihr anvertraut, wie gern er einen Flughafen bauen würde. Aber um dieses Ziel zu erreichen, musste er für eine größere Firma arbeiten. Nur kleinere Projekte konnte er in einem Einmannbetrieb realisieren. »Offensichtlich müssen Sie im nächsten halben Jahr gründlich nachdenken«, fuhr sie fort, »und Sie sollten sich auch amüsieren. In letzter Zeit hatten Sie nicht viel Spaß, oder?« In ihren Augen erschien ein mutwilliges Funkeln. Was er ihr über die letzten Monate in London und New York erzählt hatte, klang deprimierend. »Sicher ist's eine gute Idee, in Vermont Ski zu fahren. Vielleicht finden Sie sogar Zeit für ein kleines Abenteuer.« Mit diesem Vorschlag trieb sie ihm das Blut in die Wangen, und beide lachten.

»Wohl kaum, nach all den Jahren. Seit ich Carole kenne, habe ich keine andere Frau mehr angesehen.«

»Dann wird's höchste Zeit«, entgegnete sie energisch.

Er spülte das Geschirr, dann räumte sie ihr Porzellan und das Besteck in Schrankfächer und Schubladen. Während sie plauderten, schlummerte Glynnis vor dem Herd – eine idyllische Szene. Schließlich wünschte er Mrs. Palmer eine gute Nacht und ging nach oben. Bevor er sich in das große, weiche Bett einmummelte, fand er kaum Zeit, seine Zähne zu putzen und sich auszuziehen. Zum ersten Mal seit Monaten schlief er wie ein Baby.

Am nächsten Tag erwachte er erst nach zehn Uhr und war ein bisschen verlegen, weil er so lange geschlafen hatte. Aber er wurde nirgendwo erwartet, musste keine Pflichten erfüllen, und er sah keinen Grund, im Morgengrauen aus dem Bett zu springen. Nachdem er geduscht und sich angezogen hatte, schaute er aus dem Fenster. In der vergangenen Nacht war die Schneedecke viel dicker geworden, und es schneite nach wie vor. Es widerstrebte ihm, bei diesem Wetter nach Vermont zu fahren. Andererseits wollte er Mrs. Palmers Gastfreundschaft nicht überstrapazieren. Möglicherweise könnte er in Deerfield eine andere Frühstückspension finden.

Als er nach unten ging, traf er die Hausherrin in der Küche an, wo Glynnis aufmerksam vor dem Herd hockte, und er roch einen Kuchen im Backofen. »Hafermehl?«, fragte er und schnupperte den köstlichen Duft ein.

»Genau«, bestätigte sie lächelnd und schenkte ihm eine Tasse Kaffee ein.

»Was für ein wilder Schneesturm!«, meinte er und beobachtete den Flockenwirbel vor dem Fenster. Sicher würde man sich in den Skigebieten über dieses Wetter freuen.

»Haben Sie's sehr eilig, nach Vermont zu fahren?«, erkundigte sich Gladys Palmer besorgt. Vielleicht wollte er an seinem Urlaubsort jemanden treffen. Aber sie hoffte, er würde etwas länger bei ihr wohnen.

»Nein. Aber so kurz vor Weihnachten haben Sie sicher andere Dinge zu tun. Und ich dachte, ich könnte nach Deerfield ziehen.«

Mühsam verbarg sie ihre Enttäuschung. Sei nicht albern, ermahnte sie sich. Du kennst ihn kaum, und irgendwann muss er abreisen. Oder willst du ihn für alle Zeiten in Shelburne Falls festhalten? Das ist unmöglich ... »Natürlich will ich Ihre Pläne nicht durchkreuzen«, erwiderte sie. »Aber es wäre wundervoll, wenn Sie noch eine Weile bei mir bleiben würden. Damit bereiten Sie mir keine Schwierigkeiten, im Gegenteil ...« Charlie bemerkte, wie verletzlich sie aussah – und überraschend jung. Zweifellos war sie früher eine schöne Frau gewesen. »Gestern Abend habe ich Ihre Gesellschaft sehr genossen, Charles. Mit jüngeren Freunden würden Sie sich vermutlich besser amüsieren, aber – Sie wären mir willkommen. Ich habe nichts Besonderes geplant.« Nur das Weihnachtsfest zu überleben, wisperte ihr Herz.

»Sind Sie sicher? Der Gedanke, ins Auto zu steigen, ist nicht gerade angenehm. Und wenn's Ihnen wirklich nichts ausmacht ...« Der 21. Dezember war angebrochen. Noch vier Tage bis zum Weihnachtsfest, das sie beide fürchteten ...

»In diesem Schneesturm sollten Sie nirgendwohin fahren«, entschied sie erleichtert. Also würde sie ihn noch nicht verlieren. Sein Entschluss schien festzustehen. Wenn er doch für immer bei ihr wohnen würde ... Aber sogar ein paar Tage wären eine erfreuliche Abwechslung. In der Umgebung gab es viele Sehenswürdigkeiten, die sie ihm gern zeigen würde – alte Häuser, die ihn zweifellos interessierten, eine alte Brücke, eine abgeschiedene Festung, nicht so berühmt wie das Deerfield Fort. Außerdem kannte sie einige Indianerdenkmäler, die ihm gefallen würden. Natürlich mussten sie bei diesem Wetter auf Besichtigungstouren verzichten. Wenn sie Glück hatte, würde er sie im Sommer wieder besuchen. Nun, in der Zwischenzeit würden sie einen anderen Zeitvertreib finden. Lächelnd servierte sie ihm das Frühstück, und er geriet in Verlegenheit, weil er sich bedienen ließ. Inzwischen kam sie ihm nicht mehr wie eine Pensionswirtin vor, eher wie die Mutter eines Freundes.

Nachdem er das Kaminfeuer in der Küche geschürt hatte, sprachen sie wieder über die bemerkenswerten alten Häuser in der näheren Umgebung. Plötzlich leuchteten Gladys Palmers Augen auf, und sie wirkte so heiter und jugendlich, als hätte sie sich an ein wunderbares Geheimnis erinnert.

»Führen Sie irgendwas im Schilde?« Gerade hatte er seine Jacke anziehen wollen, um hinauszugehen und Brennholz zu holen. Normalerweise wartete sie, bis sich die Söhne ihrer Nachbarn dazu bereit fanden. Aber während Charlie in ihrem Haus wohnte, wollte er sein Bestes tun, um ihr zu helfen. Verblüfft erwiderte er ihr Lächeln. »Jetzt sehen Sie wie die sprichwörtliche Katze aus, die den Kanarienvogel verschluckt hat.«

»Oh, mir ist etwas eingefallen, das ich Ihnen zeigen möchte ... Dort war ich schon lange nicht mehr. Es ist ein Haus, das mir meine Großmutter hinterließ. Ihr Großvater kaufte es im Jahr 1850. Zwei Jahre wohnte ich mit Roland dort. Aber er fühlte sich in diesem Haus nicht so wohl wie ich und fand, es wäre zu entlegen und unkomfortabel. Er zog es vor, in die Stadt zu übersiedeln. Und so kauften wir vor fünfzig Jahren dieses Anwesen in Shelburne Falls. Aber ich konnte mich nie dazu durchringen, das andere Haus zu verkaufen. Und deshalb behielt ich's – wie ein Schmuckstück, das man irgendwo versteckt und niemals trägt. Ab und zu fahre ich hin, schaue mich um und bringe alles in Ordnung. Da herrscht eine ganz besondere Atmosphäre, und ...« fast schüchtern fügte sie hinzu: »... und ich möchte Ihnen das Haus gern zeigen.« Ihre Stimme klang so ehrfürchtig, als würde sie über einen Kunstgegenstand oder ein Gemälde sprechen, und Charlie konnte es kaum erwarten, dieses mysteriöse Bauwerk zu besichtigen. Vielleicht würden sie wegen des starken Schneefalls den Berghang nicht erreichen, wo das Haus lag, meinte Gladys, aber sie wollte es versuchen.

Wie sie ihm erklärte, war das Gebäude um 1790 herum für eine Dame errichtet worden, von einem französischen Aristokraten. 1777 war er mit seinem Vetter Lafayette zur Neuen Welt gesegelt. Sonst erzählte Mrs. Palmer nicht viel über den Mann.

Nach dem Lunch brachen sie in Charlies Kombi auf, der größer war als Gladys' Auto. Unterwegs wies sie ihn auf verschiedene Sehenswürdigkeiten hin und erzählte weitere Legenden. Über das alte Haus sprach sie kaum. Fünf Meilen von ihrem Heim entfernt, lag es an einem Hang mit Blick auf den Deerfield River. Während sie sich ihrem Ziel näherten, erwähnte sie, als kleines Mädchen sei sie sehr gern hier gewesen. Seit fast hundertfünfzig Jahren befinde sich das Haus im Familienbesitz. Aber bevor sie es geerbt habe, sei keiner ihrer Verwandten eingezogen.

»Warum nicht?« Charlie fragte sich, ob das mit praktischen Gründen zusammenhing oder ob mehr dahinter steckte. »Sicher ist es ein ganz besonderes Haus.«

»O ja, es besitzt eine eigene Seele, und man spürt immer noch die Gegenwart der Frau, für die es erbaut wurde. Vor vielen Jahren veranlasste ich Jimmy und Kathleen, die Sommermonate in dem alten Haus zu verbringen. Meine Schwiegertochter hasste das Anwesen, weil Jimmy ihr alberne Geistergeschichten erzählt hatte, und wollte nie mehr darin wohnen. Schade – die Atmosphäre ist so romantisch.«

Interessiert hörte er zu, während er vorsichtig die verschneite Straße hinauffuhr. Der Wind hatte aufgefrischt. Ringsum bildeten sich hohe Schneewehen. Sie fuhren so nah wie möglich an das Haus heran, und Gladys zeigte Charlie, wo er parken sollte. Außer Bäumen sah er nichts und fürchtete, sie hätten sich verirrt. Aber sie bedeutete ihm lächelnd, ihr zu folgen, und zog ihren Mantel enger um die Schultern. Offenbar wusste sie genau, in welche Richtung sie gehen musste.

»Ich fühle mich wie Hänsel im Wald. Hätten Sie mir bloß geraten, Brotkrumen mitzunehmen!« Den Kopf gesenkt, stemmte er sich gegen den Schneesturm und hielt Mrs. Palmers Arm fest, damit sie nicht ausrutschte und stürzte. Aber diese Gefahr bestand nicht. Mit sicheren Schritten stapfte die rüstige alte Dame durch den Schnee. Sie war es gewohnt, bei jedem Wetter hierher zu kommen. In letzter Zeit hatte sie sich allerdings nur selten dazu aufgerafft. Nun fand sie allein schon die Nähe des Hauses beglückend, und sie strahlte Charlie an, als wollte sie ihm ein Geschenk überreichen. »Für welche Frau wurde das Haus erbaut?«, fragte er.

»Sie hieß Sarah Ferguson.« Wie Mutter und Sohn gingen sie nebeneinander her. Es schneite immer stärker, und er fürchtete, sie würden sich verirren. Auf dem schneebedeckten Waldboden war kein Weg zu sehen. Aber Gladys schaute sich kein einziges Mal zögernd um, sondern ging entschlossen weiter. Dabei erzählte sie von Sarah. »Um diese bemerkenswerte Frau ranken sich viele mysteriöse, sentimentale Legenden. 1789 kam sie ganz allein aus England hierher, weil sie ihrem grausamen Ehemann entfliehen wollte, dem Earl of Balfour.«

»Und wie hat sie den Franzosen kennen gelernt?«, fragte Charlie fasziniert.

»Das ist eine lange, lange Geschichte«, erwiderte sie und blinzelte in den Schneesturm. »Was für eine tapfere, starke Frau ...« Ehe sie weitersprechen konnte, erreichten sie eine kleine Lichtung, und Charlie betrachtete entzückt ein schönes, perfekt proportioniertes Château am Ufer eines kleinen Sees. Früher seien hier viele Schwäne geschwommen, erklärte Gladys Palmer.

Noch nie hatte Charlie ein so wunderbares Schloss gesehen, das einem exquisiten Juwel glich. Fast ehrfürchtig ging er mit der alten Dame darauf zu und konnte es kaum erwarten, die Schwelle zu überqueren.

Sie stiegen die tief verschneite marmorne Eingangstreppe hinauf, und Gladys zog einen alten Messingschlüssel aus der Tasche. Während sie die Tür aufsperrte, warf sie einen Blick über die Schulter und lächelte Charlie an. »Was an diesem Gebäude besonders erstaunlich ist – der Comte François de Pellerin ließ es ausschließlich von Indianern und ortsansässigen Handwerkern bauen. Er zeigte ihnen, wie sie vorgehen mussten, und nun sieht das Schlösschen so aus, als wäre es von erstklassigen, erfahrenen Europäern errichtet worden.«

Sobald sie eintraten, gerieten sie in eine andere Welt. Hingerissen schaute Charlie sich um, bewunderte die hohen Zimmerdecken, die schönen Parkettböden, die Marmorkamine. Aus allen Räumen im Erdgeschoss führten Glastüren ins Freie. Mühelos konnte Charlie sich attraktive, elegante Adelige in dieser Umgebung vorstellen, hellen Sonnenschein, exotische Blumen, stimmungsvolle Musik. Er glaubte eine Zeitreise in die Vergangenheit zu unternehmen und verspürte den Wunsch, einfach nur dazusitzen und die erlesene Einrichtung zu bestaunen. Sogar die Farben der Wände, zarte Pastelltöne, waren sehr sorgfältig gewählt worden – Butterblumengelb und Perlgrau, Himmelblau im Speisezimmer, Pfirsichrosa in einem Raum, den Sarah offenbar als Boudoir benutzt hatte. Zweifellos war dieses schöne Gebäude von Gelächter, Liebe und Glück erfüllt gewesen.

»Wie war sie?«, fragte er leise, während sie umherwanderten. Pausenlos schaute er zu den Deckengemälden und den vergoldeten Schnörkeln hinauf. Jede Einzelheit in diesem Haus verriet einen ausgezeichneten Geschmack. Im Schlafzimmer der Countess of Balfour versuchte er, sich ihr Wesen und ihre äußere Erscheinung auszumalen. Was mochte den Franzosen bewogen haben, diesen prächtigen kleinen Palast für sie zu bauen? Womit hatte sie so extravagante Liebesgefühle in seinem Herzen entfacht?

»Angeblich war Sarah Ferguson sehr schön«, antwortete Gladys. »Ich habe nur eine Zeichnung von ihr gesehen – und eine Miniatur im Museum von Deerfield. In dieser Gegend war sie wohl bekannt. Kurz nach ihrer Ankunft kaufte sie eine Farm, und sie lebte allein, was großes Aufsehen erregte. Als der Comte das Haus für sie errichten ließ, führten sie eine wilde Ehe. Natürlich waren die Einheimischen schockiert.«

»Das kann ich mir denken.« Am liebsten hätte Charlie noch am selben Tag den Historischen Verein von Deerfield aufgesucht, um alles zu lesen, was man über Sarah geschrieben hatte. Doch der Comte interessierte ihn fast genauso. »Was geschah mit den beiden? Sind sie nach Europa zurückgekehrt?«

»Nein. Er starb, und sie wohnte noch viele Jahre in diesen Mauern, bis zu ihrem Tod.« Nicht weit vom Château entfernt, auf einer kleinen Lichtung, hatte die Countess ihre letzte Ruhe gefunden. »Dort rauscht ein Wasserfall, den die Indianer für heilig halten. Fast jeden Tag ging das Liebespaar dorthin. Der Comte war bei allen Indianerstämmen hoch angesehen. Bevor Sarah seine Frau wurde, war er mit einer Irokesin verheiratet.«

»Und was führte die beiden zueinander, obwohl sie mit anderen Partnern verheiratet waren?« Fasziniert und ziemlich verwirrt, wollte er möglichst viele Informationen sammeln. Aber nicht einmal Gladys kannte alle Einzelheiten.

»Ich nehme an, die Leidenschaft ... Allzu lange waren sie nicht zusammen. Aber Sie haben sich offensichtlich sehr geliebt, und sie müssen bemerkenswerte Menschen gewesen sein. Jimmy behauptete, er habe die Countess gesehen, als er mit seiner Familie ein paar Sommerwochen in diesem Haus verbrachte. Das bezweifle ich. Wahrscheinlich habe ich ihm zu viele Geschichten erzählt und Illusionen heraufbeschworen.«

Einer solchen Illusion würde sich auch Charlie gern hingeben. Die Aura, die das Château zu erfüllen schien, überwältigte ihn beinahe, und er wollte alles über Sarah Ferguson erfahren. »So ein schönes Haus habe ich noch nie gesehen.« Als sie aus dem Oberstock ins Erdgeschoss zurückkehrten, setzte er sich auf die Treppe, um nachzudenken und die vielfältigen Eindrücke zu verarbeiten. Nach einer Weile folgte er Gladys in den Salon.

»Freut mich, dass es Ihnen gefällt.« Der schöne kleine Palast bedeutete ihr sehr viel. Das war ihrem Mann ein Rätsel gewesen, und ihr Sohn hatte sich darüber lustig gemacht. In diesen Mauern spürte sie etwas, das sie nicht erklären konnte.

Charles schien es ebenfalls wahrzunehmen. Er war sichtlich bewegt – und im Einklang mit seiner Seele. Hier fand er jenen inneren Frieden, den er in den letzten Monaten vergeblich gesucht hatte, und es kam ihm so vor, als wäre er heimgekehrt. Einfach nur dazusitzen, die Schneeflocken vor den Glastüren zu beobachten und ins verschneite Tal zu blicken – dieses Erlebnis weckte tiefe Gefühle, die er nie zuvor empfunden hatte und nicht verstand. Nur eins wusste er in diesem Moment – er wollte nie mehr von hier fortgehen.

Was ihn bewegte, las Gladys klar und deutlich in seinen Augen. »Ja, ich weiß«, flüsterte sie und ergriff seine Hand. »Deshalb habe ich das Château nie verkauft.« Ihr Haus in der Stadt war schön und komfortabel, strahlte aber nicht den Charme und die anmutige Eleganz des Schlösschens aus. Unter diesem Dach lebte die Herzenswärme und Schönheit der wundervollen Frau weiter, die einmal hier gewohnt und in allen Räumen unauslöschliche Spuren hinterlassen hatte. Und François' Liebe zu ihr hüllte alles in magisches Licht.

Charlies nächste Worte überraschten Gladys nicht sonderlich. War dies der Grund, warum sie ihn hierher geführt hatte? »Würden Sie mir das Haus vermieten?« Flehend schaute er sie an. Nur hier wollte er leben. Noch nie hatte er sich etwas so inständig gewünscht. Er glaubte, Häuser würden Seelen besitzen und bestimmte Schicksale erfahren. Nun schien das schöne Château ihn zu umarmen. So etwas hatte er in keinem anderen Gebäude empfunden, nicht einmal in seinem geliebten Londoner Heim. Hier hatte er, aus unerfindlichen Gründen, sofort eine tiefe Verbundenheit gespürt. Als würde er die Menschen kennen, die in diesen Räumen gewohnt hatten. »Was ich hier fühle, ist so stark – so intensiv«, versuchte er zu erklären.

Nachdenklich musterte sie ihn. Sie hatte nie erwogen, das Haus zu vermieten. Vor fast fünfzig Jahren hatte sie eine Zeit lang mit ihrem Mann hier gelebt und später Jimmy mit seiner Familie für ein paar Sommerwochen. Davon abgesehen war das Château seit Sarah Fergusons Tod unbewohnt. Gladys' Vorfahren hatten es einfach nur besessen, ein kurioses Investment, und überlegt, ob sie es in ein Museum verwandeln sollten. Dazu hatte sich keiner aufgerafft, und Gladys begnügte sich damit, das Schlösschen in Stand zu halten.

»Ich weiß, es klingt verrückt«, fügte Charlie hinzu. »Aber ich glaube, wegen dieses Hauses bin ich in Sherburne Falls gelandet. Und deshalb sind wir uns begegnet – weil es eine höhere Macht so wollte. Endlich bin ich heimgekehrt.« Er wusste, dass sie ihn verstand, und sie nickte. Sicher hatten sich ihre Wege nicht zufällig gekreuzt. Beide hatten sehr viel verloren, beide fühlten sich einsam. Und nun waren sie vom Schicksal zusammengeführt worden, um einander zu beschenken. Während sie durch den Salon schlenderten, spürten sie die Wirkung jener Macht, ohne sie vollends zu verstehen. Charlie war aus London und New York hierher gekommen, und Gladys hatte auf ihn gewartet. Gewissermaßen war seine Gesellschaft ihr Weihnachtsgeschenk. Nun wollte sie ihm auch etwas geben, das ihn veranlassen würde, möglichst lange in ihrer Nähe zu bleiben. Ein paar Monate – ein Jahr – vielleicht länger. Zweifellos würde er das Haus hegen und pflegen. Er hatte es bereits lieb gewonnen. Das sah sie ihm an. »Also gut«, wisperte sie, und ihr Herz schlug schneller.

Wortlos ging er zu ihr, umarmte sie und küsste ihre Wange. »Danke – vielen Dank …« Die Augen voller Tränen, schaute sie zu ihm auf und sah ihn strahlend lächeln. »Keine Bange, Gladys, ich werde Ihr Vertrauen nicht enttäuschen und das Haus sorgsam hüten …« Fast sprachlos vor Glück standen sie an einem Fenster des eleganten Salons und beobachteten die Schneeflocken, die lautlos ins Tal hinabfielen.

# 4

Am nächsten Tag besuchte Charlie mehrere Geschäfte in Shelburne Falls, um einzukaufen. Mrs. Palmer wollte ihm ein antikes Bett überlassen, das im Speicher über ihrer Garage stand, eine Kommode, einen Schreibtisch, ein paar Stühle und einen alten, zerkratzten Esstisch. Mehr würde er nicht brauchen, versicherte Charlie. Er hatte das Haus für ein Jahr gemietet. Auf jeden Fall würde er die nächsten sechs Monate in Shelburne Falls verbringen. Wenn er danach zu Whittaker & Jones zurückkehrte, konnte er von New York aus an den Wochenenden hierher fahren. Und wenn er beschloss, nach London zurückzukehren, würde Mrs. Palmer nicht auf die Vereinbarung pochen. Aber sie würde ihn gern für länger als ein Jahr in ihrer Nähe wissen. Das wusste er.

Nach dem Besuch im Château hatte er sie zum Dinner ausgeführt, um das Arrangement zu feiern. Drei Tage vor Weihnachten fuhr er nach Deerfield, um die letzten Besorgungen zu machen. Dabei kaufte er in einem kleinen Juweliergeschäft hübsche Perlenohrringe für Mrs. Palmer. Am 23. Dezember zog er in das Schlösschen.

Wenn er an einem Fenster stand und die Aussicht bewunderte, konnte er sein Glück kaum fassen. Noch nie hatte er in einer so schönen, friedlichen Atmosphäre gelebt. Am Abend erforschte er das ganze Haus, dann packte er seine

Sachen aus. Viel hatte er nicht bei sich – noch nicht einmal ein Telefon, und er war froh darüber. Sonst wäre er versucht gewesen, Carole zu Weihnachten anzurufen.

Am Morgen des Heiligen Abend stand er an seinem Schlafzimmerfenster und erinnerte sich melancholisch an frühere Weihnachtsfeste. Vor einem Jahr war er noch mit seiner Frau zusammen gewesen. Seufzend wandte er sich vom Fenster ab. Die erste Nacht in seinem neuen Heim war ereignislos verlaufen. Keine Probleme, keine seltsamen Geräusche. Lächelnd dachte er an Gladys' Sohn, der behauptet hatte, Sarahs Geist sei ihm begegnet. Diese Frau faszinierte Charlie immer mehr, und er wollte möglichst viel über sie herausfinden. Gleich nach Weihnachten würde er die Bibliothek des Historischen Vereins in Shelburne Falls besuchen und alles lesen, was jemals über Sarah und François geschrieben worden war.

Er hatte einen Skizzenblock, Stifte und mehrere Pastellfarben gekauft. Nun zeichnete er das Haus aus verschiedenen Blickwinkeln, und er staunte selbst, weil es so tiefe Gefühle in ihm weckte.

Am Heiligen Abend war er bei Gladys Palmer eingeladen. Drei ihrer Freundinnen hatten sie zum Tee besucht, und nachdem sie gegangen waren, kannte Charlie nur noch ein einziges Gesprächsthema – das Château. Er hatte bereits ein paar Geheimfächer entdeckt, und er konnte es kaum erwarten, den Dachboden zu erforschen. Wie ein aufgeregter kleiner Junge sprach er über seine Pläne, und Gladys hörte belustigt zu.

»Was glaubst du, was du da finden wirst?«, hänselte sie ihn in wunderbarer Vertrautheit. »Einen Geist? Sarahs Juwelen? Einen Brief von François? Oder vielleicht eine Botschaft für *dich*? Das wäre fantastisch!« Es beglückte sie, ihre Liebe zu dem kleinen Château mit jemandem zu teilen. Ihr ganzes Leben lang war sie stets in unregelmäßigen Abständen durch die schönen Räume gewandert, um nachzudenken und zu träumen. Dort hatte sie so oft Trost gefunden, vor allem nach Jimmys und Rolands Tod. Beinahe gewann sie den Eindruck, Sarahs wohlwollender Geist hätte den Kummer gemildert.

»Könnte ich doch ein Bild von ihr finden! Ich wüsste so gern, wie sie aussah. Hast du nicht eine Zeichnung von ihr erwähnt?«

Wo hatte sie dieses Porträt betrachtet? Die Stirn gerunzelt, reichte sie ihm die Cranberry-Sauce, die sie zu einem traditionellen Truthahn-Dinner servierte. Charlie hatte eine Flasche Wein mitgebracht. Nun füllte er die Gläser und schaute seine Gastgeberin erwartungsvoll an. »Ich glaube, der Historische Verein besitzt ein Buch über Sarah. Und da muss ich die Zeichnung gesehen haben. Ich bin fast sicher.«

»Nach Weihnachten gehe ich hin.«

»Und ich werde in meinen schriftlichen Unterlagen über das Château nachschauen«, versprach sie. »Vielleicht finde ich auch ein paar Angaben über François de Pellerin. Schließlich war er in der zweiten Hälfte des 18. Jahrhunderts eine bedeutsame Persönlichkeit in diesem Teil der Welt. Die Indianer hielten ihn für ihresgleichen, und er war der einzige Franzose, den die Ureinwohner ebenso wie die weißen Siedler mochten. Sogar die Briten respektierten ihn, trotz seiner Nationalität.«

»Woher kam er? Ich nehme an, der Freiheitskrieg führte ihn hierher. Aber es muss auch einen anderen Grund gegeben haben, warum er in dieser Gegend blieb.«

»Vielleicht wegen seiner Irokesin – oder Sarah zuliebe. An alle Einzelheiten erinnere ich mich nicht. Meine Großmutter erzählte mir so viele Geschichten über das romantische Liebespaar – die konnte ich mir unmöglich alle merken. Über dieses Thema sprach sie sehr gern. Manchmal dachte ich, sie wäre in eine Vision von François verliebt gewesen. Ihr Großvater hatte ihn sogar gekannt. Der Franzose starb schon viele Jahre vor Sarah.«

»Das muss schrecklich für sie gewesen sein«, seufzte Charlie. Ein ähnliches Schicksal hatte auch Gladys erlitten, nach dem Verlust ihrer Familie innerhalb weniger Jahre. Er war froh, dass er ihr jetzt Gesellschaft leistete.

»Hast du immer noch vor, Ski zu fahren, Charles?«, fragte sie, während sie Apfelkuchen mit hausgemachter Vanilleeiscreme aßen. Diesmal hatte er nicht für sie gekocht, weil er den ganzen Nachmittag beschäftigt gewesen war, um sich in seinem Château häuslich einzurichten. Am frühen Abend hatte er in einem dunklen Anzug vor Gladys' Schwelle gestanden. Sie trug ein schwarzes Seidenkleid, das ihr Mann vor zwanzig Jahren in Boston gekauft hatte, und sein Hochzeitsgeschenk – die Perlenkette. Nach Charlies Ansicht sah sie sehr hübsch aus. An diesem gemeinsamen Weihnachtsabend ersetzten sie einander die Familien, die sie verloren hatten. Sie verstanden sich so gut, und in seiner Freude über den Neuanfang in seinem Leben hatte er den geplanten Skiurlaub ganz vergessen.

»Eventuell zu Neujahr«, erwiderte er vage, und sie lächelte ihn an. Jetzt sah er viel glücklicher und entspannter aus als bei seiner Ankunft, jünger und unbeschwerter. »Eigentlich möchte ich lieber hier bleiben.« Vermont lag weit von Shelburne Falls entfernt. Vorerst wollte er seine neue Freundin und sein Château nicht verlassen.

»Fahr doch nach Charlemont«, schlug sie vor. »Die Fahrt dauert nur zwanzig Minuten. Vielleicht kann man da nicht so gut Ski laufen wie in Vermont, aber du solltest es mal versuchen.«

»Eine großartige Idee!«, stimmte er zu. »In ein paar Tagen

fahre ich hin.« Wie angenehm … Sogar ein Skigebiet lag in der Nähe seines neuen Heims.

An diesem Heiligen Abend unterhielten sie sich bis spät in die Nacht hinein. Für beide waren die weihnachtlichen Stunden schmerzlich, und keiner wollte mit seinen persönlichen Sorgen und Dämonen allein bleiben. Charlie verließ Gladys erst, als er glaubte, sie wäre müde genug, um gut zu schlafen. Mit einem sanften Kuss auf die Wange verabschiedete er sich, dankte ihr für das Dinner und ging zu seinem Wagen. Glynnis stand vor der Tür und schaute ihm nach.

Sogar auf der Straße lag der Schnee kniehoch, an manchen Stellen in der Nähe des Châteaus sogar noch höher. Langsam fuhr Charlie durch die idyllische weiße Landschaft. Im Mondlicht sah er Hasen durch den Schnee hüpfen und ein Reh am Waldrand stehen. Scheinbar waren alle Menschen verschwunden, und es gab nur noch Tiere und Sterne und Engel.

An einer Stelle, wo er das Auto am nächsten Tag mühelos frei schaufeln konnte, ließ er es stehen und legte den letzten Teil der Strecke zu Fuß zurück. Genauso war er mit seinen Einkäufen zum Château gelangt, und die Möbelpacker hatten die Einrichtung hinaufschleppen müssen, die er sich von Gladys geliehen hatte. Doch diese kleine Unannehmlichkeit störte ihn nicht. Dadurch wirkte das abgeschiedene Haus noch exklusiver, noch mysteriöser.

Während er an diesem Abend zum Eingang schlenderte, summte er vor sich hin, von einem inneren Frieden erfüllt, den er schon lange nicht mehr verspürt hatte. Seltsam, wie zielsicher ihn der Allmächtige oder das Schicksal zu einem Ort geführt hatten, wo seine Seele genesen und wo er in Ruhe nachdenken konnte … Von Anfang an hatte er erkannt, dass ihm dieses Haus genau die richtige Umgebung bieten würde.

Er drehte den Messingschlüssel im Schloss herum, betrat die Halle und fühlte nicht zum ersten Mal die Heiterkeit, die in diesen Mauern geherrscht hatte und nach zweihundert Jahren immer noch fast greifbar wirkte. Hier lag nichts Unheimliches in der Luft, nichts Gespenstisches, nur Liebe und Lebensfreude. Wenn hier irgendwelche Geister hausten, dann mussten sie sehr glücklich sein. Als er langsam die Treppe hinaufstieg, dachte er an Gladys, die er lieb gewonnen hatte, und er beschloss, ihr eine besondere Freude zu bereiten. Vielleicht würde er das Tal malen, aus dem Blickwinkel seines Schlafzimmerfensters, in dem er jetzt das Licht einschaltete.

Erschrocken zuckte er zusammen. Da stand eine weiß gekleidete Frau. Lächelnd streckte sie eine Hand nach ihm aus. Sekundenlang glaubte er, sie wollte ihn anreden. Doch dann wandte sie sich ab und verschwand hinter den Vorhängen. Langes, pechschwarzes Haar, eine Haut wie Elfenbein, leuchtend blaue Augen … Daran erinnerte er sich ganz deutlich, obwohl er sie nur ein paar Sekunden lang gesehen hatte. Natürlich war sie kein Geist, sondern ein Eindringling, der ihm einen Streich spielen wollte. Nun musste er herausfinden, wer sie war und wo sie steckte.

»Hallo!«, rief er und erwartete, sie würde hinter dem Vorhang hervorkommen. Aber wahrscheinlich schämte sie sich. Zu Recht. Wie konnte man sich so albern benehmen? Noch dazu in der Weihnachtsnacht? »Hallo!«, wiederholte er. »Wer sind Sie?« Mit langen Schritten eilte er zum Vorhang und riss ihn beiseite. Keine weiße Gestalt, kein Geräusch. Und das Fenster stand offen. Das hatte er sicher geschlossen, bevor er zu Gladys gefahren war, damit es nicht hereinschneite. Oder irrte er sich?

Wo hatte sich die geheimnisvolle schöne Frau versteckt? Wahrscheinlich war sie durch eine der Glastüren hereingeschlichen. Man musste sich nur ganz leicht dagegenstemmen, und die zweihundert Jahre alten Schlösser öffneten sich sofort. Seit der Entstehung des Hauses war vieles unverändert geblieben. Zum Beispiel sah man in den mundgeblasenen Glasscheiben die Spuren erstarrter Flüssigkeit. Zu den wenigen Neuerungen zählten Strom- und Wasserleitungen – ebenfalls schon ziemlich antiquiert. Zuletzt hatte Gladys sie in den frühen fünfziger Jahren überholen lassen. Charlie hatte versprochen, darum würde er sich kümmern. Nicht auszudenken, wenn ein Kurzschluss das alte Gebäude in Brand stecken würde, das Gladys und ihre Vorfahren so sorgsam in Stand gehalten hatten …

Aber daran dachte er jetzt nicht. Er interessierte sich nur für die Frau, die er in seinem Schlafzimmer gesehen hatte. Vergeblich spähte er in alle Winkel, hinter die Vorhänge, ins Bad und in die Schränke. Nirgends war sie zu finden. Und doch – als er durch den Raum wanderte, spürte er, dass er nicht allein war. Beobachtete sie ihn?

»Was machen Sie hier?«, rief er ärgerlich. Unvermittelt hörte er Seide hinter sich rascheln, drehte sich blitzschnell um und starrte ins Leere. Und dann erfüllte ihn eine sonderbare Zufriedenheit, als hätte sie sich zu erkennen gegeben. In diesem Moment wusste er, wen er vorhin gesehen hatte, und jetzt vermutete er nicht mehr, dass ein unbefugter Eindringling durch eine der Glastüren hereingekommen war.

»Sarah?«, flüsterte er und fühlte sich wie ein Narr. Wenn sie's nicht war, sondern eine Frau aus Fleisch und Blut, die ihn belauerte, um danach ihren Freundinnen zu erzählen, wie idiotisch er sich aufgeführt hatte? Nein, das glaubte er nicht. Er *spürte* Sarahs Nähe. Eine Zeit lang stand er reglos da, ließ nur seinen Blick durch den Raum schweifen, und obwohl er nichts entdeckte, wusste er, dass da jemand war. Deutlich erinnerte er sich an ihr Lächeln, das sie ihm für einen kurzen Moment geschenkt hatte – als wollte sie ihn in ihrem Schlafzimmer willkommen heißen. Instinktiv war er in den Raum gezogen, den sie mit François geteilt und wo sie ihre Kinder geboren hatte.

Sollte er ihren Namen noch einmal aussprechen? Das wagte er nicht. Konnte sie seine Gedanken lesen? Er nahm keine feindliche Aura wahr, und er fürchtete die Countess nicht. Er wünschte nur, sie würde ihm noch einmal erscheinen, damit er sie etwas länger betrachten konnte.

Schließlich ging er ins Bad und kleidete sich aus. Um sich vor der nächtlichen Kälte im Château zu schützen, hatte er einen warmen Pyjama gekauft. Den zog er an, bevor er ins Schlafzimmer zurückkehrte. Er hoffte, Sarah wieder zu sehen. Doch sie tauchte nicht auf. Nachdem er sich eine Zeit lang aufmerksam umgesehen hatte, löschte er das Licht und ging ins Bett. Die Jalousien ließ er nicht herunter, denn das Morgenlicht hatte ihn noch nie gestört. Mondschein erfüllte den Raum.

So verrückt es auch erscheinen mochte und so widerstrebend er das irgendjemandem erklärt hätte – er fühlte ihre Nähe immer noch. Dieses geheimnisvolle Wesen konnte nur Sarah sein. Sarah Ferguson de Pellerin. Der Name klang so exquisit, wie ihm ihre schöne Gestalt erschienen war. Was für eine hinreißende Frau ... Und dann lachte er über sich selbst. Unfassbar, wie sehr sich sein Leben im letzten Jahr verändert hatte. Unglaublich, welch tief greifende Veränderungen seit einem Jahr in sein Leben traten ... Soeben hatte er den Heiligen Abend mit einer knapp 70-jährigen verbracht, und für die restliche Nacht leistete ihm der Geist einer Frau Gesellschaft, die seit hundertsechzig Jahren tot war. Kein Vergleich zu den Weihnachtsfesten mit Carole in London ... Wenn er das seinen Freunden und Bekannten erzählte, würden sie behaupten, er hätte nicht alle Tassen im

Schrank, und allmählich zweifelte er selbst an seinem Verstand.

Sarahs Vision vor seinem geistigen Auge, flüsterte er ihren Namen. Keine Antwort. Was erwartete er von ihr? Irgendein Zeichen? Geister redeten nicht mit Menschen. Oder doch? Bei jener kurzen verwirrenden Begegnung hatte er den Eindruck gewonnen, die Countess wollte ihn höflich in ihrem Haus begrüßen. Jedenfalls hatte sie gelächelt.

»Frohe Weihnachten!«, rief er ins Halbdunkel, in den stillen Raum, den sie einst mit François bewohnt hatte. Wieder keine Antwort. Nur die sanfte Aura ihrer Gegenwart. Wenig später schlief Charlie im Mondlicht ein.

# 5

Als er am Weihnachtsmorgen erwachte, erschien ihm die nächtliche Vision wie ein Traum, und er beschloss, niemandem davon zu erzählen. Sonst würde man ihm vorwerfen, er sei betrunken gewesen. Und doch – er hatte die weiß gekleidete Gestalt so klar gesehen, ihre Nähe so deutlich gespürt und sogar vermutet, sie wäre eine Nachbarin, die ihn mutwillig erschrecken wollte.

Später ging er ins Freie, um den Schnee rings um das Haus nach Fußspuren abzusuchen. Aber er fand nur seine eigenen. Wenn die schöne Frau nicht in einem Hubschrauber hierher geflogen und wie Santa Claus durch den Schornstein hinabgerutscht war, hatte während der letzten Nacht kein einziger Besucher das Château betreten. Das sonderbare Wesen im Schlafzimmer war im Übrigen eindeutig *nicht* aus Fleisch und Blut gewesen.

Nun geriet Charlie, der noch nie an Geister geglaubt hatte, in ein schweres Dilemma. Was sollte er von dem nächtlichen Zwischenfall halten? Im hellen Tageslicht erschien ihm der Spuk völlig verrückt. Nicht einmal Gladys wollte er davon erzählen, wenn er sie gegen Mittag besuchte.

Als er zum Auto ging, das Etui mit den Perlenohrringen in seiner Brusttasche, schaute er sich wieder nach Spuren im Schnee um und entdeckte nur seine eigenen.

Gladys Parker begrüßte ihn erfreut. Soeben war sie von der Kirche nach Hause gekommen, und nachdem sie ihn umarmt hatte, tadelte sie ihn sanft, weil er nicht am Gottesdienst teilgenommen hatte.

»Tut mir Leid, ich bin ein grässlicher Heide«, erwiderte er. »Wahrscheinlich hätte ich alle Engel verscheucht.«

»Das bezweifle ich. Sicher ist der liebe Gott an Heiden gewöhnt. Wenn wir alle Engel wären, würde er sich langweilen.«

Ein paar Minuten später überreichte er ihr das Geschenk. Behutsam löste sie die Schleife und faltete mit behutsamen Fingern das Papier auseinander, um es nicht zu zerreißen. Charlie hatte sich schon oft gefragt, warum sich manche Leute so verhielten. Wollten sie die Bänder und das Geschenkpapier noch einmal verwenden? Jedenfalls legte Gladys alles sorgfältig beiseite, so wie früher seine Großmutter. Dann öffnete sie das Etui, ganz vorsichtig, als fürchtete sie, eine Maus könnte herausspringen.

Beim Anblick der Perlenohrringe japste sie leise auf. In ihren Augen glänzten Freudentränen. Sie bedankte sich überschwänglich und erklärte, Roland habe ihr vor langer Zeit ähnliche Ohrringe gekauft. Vor fünf Jahren sei sie verzweifelt gewesen, weil sie den schönen Schmuck verloren habe. »Was für ein lieber Junge du bist, Charles! Im Grunde bist *du* mein Weihnachtsgeschenk.« Sie wollte sich noch gar nicht vorstellen, wie einsam sie nächstes Jahr zu Weihnachten sein würde, ohne ihn. Natürlich würde er nicht ewig in Shelburne Falls bleiben. Aber vorerst leistete er ihr Gesellschaft, und sie war froh über seinen unerwarteten Besuch zur Weihnachtszeit.

Sie überraschte ihn mit einem Gedichtband, der ihrem Mann gehört hatte. Außerdem hatte sie in Deerfield einen Schal für ihn gekauft, weil ihr aufgefallen war, dass er keinen besaß. Beide Geschenke rührten sein Herz, vor allem das Buch, in dem er eine Widmung von Roland fand, 1957 datiert. Wie lange war das schon her … Und Sarah hatte vor viel längerer Zeit gelebt. Sollte er die Ereignisse der letzten Nacht vielleicht doch schildern? Lieber nicht …

Beim Tee schaute ihn Gladys forschend an. »Alles in Ordnung? Ich meine – im Château?«

Glaubte sie, er hätte Sarah gesehen? Möglichst lässig stellte er seine Tasse beiseite. Aber seine Hände zitterten. »Alles bestens. Die Heizung funktioniert großartig. Heute Morgen hatte ich heißes Wasser in rauen Mengen.«

Mit der nächsten Frage trieb sie ihn in die Enge. »Du hast sie gesehen, nicht wahr?« Mit zusammengekniffenen Augen musterte sie ihn, und sein Atem stockte.

»Wen?« Als er in einen Hafermehlkuchen biss, schaute Glynnis neidisch zu, und er gab ihr ein Stück. »Ich habe niemanden gesehen«, fügte er in unschuldigem Ton hinzu.

Gladys spürte instinktiv, dass er log. Lächelnd drohte sie ihm mit dem Finger. »Und ob du sie gesehen hast! Das wusste ich. Ich hab dir die Information nur verschwiegen, weil ich dir keine Angst einjagen wollte. Ist sie nicht bildschön?«

Eigentlich wollte Charlie die Begegnung mit der Countess erneut abstreiten. Doch das konnte er nicht, als er Gladys' Blick erwiderte. Ihre Freundschaft bedeutete ihm zu viel. Außerdem wollte er etwas mehr über Sarah erfahren. »Hast *du* sie gesehen?« Erleichtert seufzte er, weil sie endlich über etwas sprachen, das eine Barriere zwischen ihnen gebildet hatte, wie ein dunkles Geheimnis. Aber nichts an Sarah war dunkel – ihre ganze Gestalt schien aus hellem, heiterem Licht zu bestehen.

»Einmal …«, erklärte Gladys wehmütig und lehnte sich in ihrem Sessel zurück. »Ich war vierzehn, und ich konnte es nicht vergessen. Niemals habe ich eine schönere Frau gesehen. Sie stand im Salon und lächelte mich an. Dann verschwand sie im Garten. Ich lief hinaus und suchte sie, ohne Erfolg. Davon erzählte ich niemandem – nur meinem Sohn, viele Jahre später. Wahrscheinlich hat er mir nicht geglaubt. Er dachte, das wäre eine alberne Geistergeschichte – bis Sarah seiner Frau im Schlafzimmer des Châteaus begegnete und sie halb zu Tode erschreckte. Danach wollte Kathleen keine Sekunde länger im Haus bleiben. Offenbar spürte sie nicht, dass Sarah sie willkommen heißen wollte. So wie damals mich. *Mir* machte sie keine Angst, trotz meiner Jugend. Ganz im Gegenteil – ich wollte sie wiedersehen und war traurig, weil wir uns nicht mehr trafen.«

Charlie wusste, was sie empfunden hatte, und nickte verständnisvoll. Nach dem ersten Schrecken hatte auch er gehofft, die schöne Countess würde ihm noch einmal begegnen. »Anfangs dachte ich, eine Nachbarin wollte mir einen Streich spielen, und suchte überall nach ihr – umsonst. Heute Morgen schaute ich sogar nach, ob sie Fußspuren im Schnee hinterlassen hatte. Aber ich fand keine. Und da erkannte ich, was geschehen war. Nicht einmal dir wollte ich davon erzählen – bis du mich dazu gedrängt hast. Im Grunde glaube ich nicht an solche Dinge …« Andererseits – wie sollte er sich die Erscheinung erklären?

»Da du dich so brennend für ihre Geschichte interessierst, ahnte ich, dass sie dich aufsuchen würde. Um die Wahrheit zu gestehen, ich glaube auch nicht an so etwas. Es gibt zahllose Geschichten über Geister und Kobolde und Hexen. Das alles hielt ich stets für Humbug. Nur was Sarah betrifft, habe ich das seltsame Gefühl, sie würde wirklich existieren. Jedenfalls kam es mir so vor, damals im Salon.« Nachdenklich starrte Gladys vor sich hin. »Daran erinnere ich mich so deutlich, als wäre es gestern gewesen.«

»Letzte Nacht gewann ich ebenfalls den Eindruck, sie

müsste aus Fleisch und Blut bestehen, und ärgerte mich, weil jemand unbefugt in mein Haus eingedrungen war. Hätte ich bloß sofort erkannt, wer sie ist …« Vorwurfsvoll runzelte er die Stirn. »Du hättest mich warnen sollen.«

Doch sie lachte nur, schüttelte den Kopf, und die neuen Ohrringe, auf die sie so stolz war, funkelten im Sonnenlicht. »Sei nicht albern! Du hättest mich für senil gehalten und womöglich in eine geschlossene Anstalt bringen lassen. Wär's andersrum gewesen – hättest *du* mich gewarnt? Wohl kaum.«

Grinsend gab er ihr Recht. Eine solche Warnung hätte er nicht ernst genommen. »Und was wird nun geschehen? Glaubst du, sie kommt wieder?« Wahrscheinlich nicht, nachdem Gladys sie in ihren siebzig Lebensjahren nur ein einziges Mal gesehen hatte … Dieser Gedanke erfüllte ihn mit sonderbarer Trauer und Sehnsucht.

»Keine Ahnung. Von diesen Dingen verstehe ich nicht viel.«

»Ich auch nicht.« Egal wie – er musste Sarah unbedingt wieder begegnen. Das wollte er nicht einmal Gladys gestehen. Er fragte sich, warum ihn der Geist einer Frau, die im 18. Jahrhundert gestorben war, plötzlich so faszinierte.

Während des restlichen Nachmittags sprachen sie über Sarah und François, und Gladys versuchte sich an alles zu erinnern, was sie über die beiden gehört hatte. Um vier Uhr verabschiedete sich Charlie.

Als er durch die Stadt fuhr, beschloss er, Carole anzurufen, und hielt vor einem Münzfernsprecher. Seltsam – ein Weihnachtsfest ohne Carole … Seit diesem Morgen überlegte er pausenlos, ob er sie anrufen sollte. Wo sie sich aufhielt, wusste er nicht. Verbrachte sie mit ihrem neuen Lebensgefährten die Feiertage auf dem Land? Nun, es würde sich vielleicht lohnen, Simons Nummer zu wählen. In England war es jetzt neun Uhr. Selbst wenn die beiden ausgegangen waren, könnten sie um diese Zeit nach Hause gekommen sein.

Nach dem fünften Läuten meldete sich Carole. Ihre Stimme klang atemlos, so als wäre sie eine Treppe heraufgelaufen. Zunächst versagte seine Stimme, und sie fragte noch einmal: »Hallo?« Nun hörte sie die knisternden Nebengeräusche in der Fernleitung. Die Verbindung war nicht besonders gut.

»Hi, ich bin's – ich wollte dir nur frohe Weihnachten wünschen.« *Und fragen, ob du zu mir zurückkommst und ob du mich nicht doch noch liebst …* Er musste sich zwingen, ihr zu verschweigen, wie sehr er sie vermisste. Plötzlich wusste er, dass dieser Anruf keine gute Idee gewesen war. Allein schon der Klang ihrer Stimme krampfte ihm das Herz zusammen. Seit der Abreise aus London hatte er nicht mehr mit ihr gesprochen. »Wie geht's dir?« Er versuchte einen nonchalanten Ton anzuschlagen, was ihm kläglich misslang. Schlimmer noch – er wusste, sie würde es merken.

»Großartig! Und dir? Was macht New York?« So heiter, so glücklich … Und er jagte Geister in New England. Könnte er doch in sein altes Leben zurückkehren …

»Ich nehme an, New York ist okay.« Nach einer längeren Pause beschloss er, sie einzuweihen. »Letzte Woche bin ich weggefahren.«

»Zum Skilaufen?«, fragte sie erleichtert. Jetzt wirkte seine Stimme normal. Anfangs hatte sie befürchtet, er wäre deprimiert und nervös.

»Ja, vielleicht. Übrigens, ich habe sechs Monate Urlaub genommen.« »Du hast – *was*?« Das sah ihm nicht ähnlich. »Was ist passiert?« Obwohl sie ihn wegen eines anderen verlassen hatte, sorgte sie sich um ihn.

»Das ist eine lange Geschichte. In diesem Büro kam ich mir wie in einem Albtraum vor. Wir verkauften abgedroschene, zwanzig Jahre alte Entwürfe für teures Geld an ahnungslose Kunden. Und dieses Büro ist eine einzige Schlangengrube. Niemand schreckt davor zurück, seinen besten Freund anzuschwärzen. Ich weiß nicht, warum's in Europa anders zugeht – oder warum wir in London nie gemerkt haben, was jenseits des Atlantiks los ist. Jedenfalls hielt ich's nicht mehr aus. Ich ärgerte die Seniorpartner und die anderen Mitarbeiter, weil ich zu viele Fragen stellte. Ob ich noch einmal zurückkehre, weiß ich nicht. Irgendwann im April werde ich überlegen, was ich tun soll. Eins steht jetzt schon fest – mit diesem Quark gebe ich mich nicht mehr ab.«

»Kommst du nach London zurück?« Seine Enthüllungen schienen Carole zu beunruhigen. Natürlich wusste sie, wie viel ihm die Firma bedeutet hatte und wie loyal er stets gewesen war.

»Mal sehen. Ich muss über einiges nachdenken. Zum Beispiel, was ich mit dem Rest meines Lebens anfangen will. Gerade habe ich in New England ein Haus gemietet, für ein Jahr. Wahrscheinlich bleibe ich noch eine Weile hier, dann komme ich nach London und suche mir ein Apartment.«

»Wo bist du jetzt?«, fragte sie verwirrt. Was er trieb, verstand sie nicht – und Charlie selber bedauerlicherweise auch nicht.

»In Massachusetts, in einer Kleinstadt namens Shelburne Falls bei Deerfield.« Wo das lag, konnte sie sich nur vage vorstellen. Sie war an der Westküste aufgewachsen, in San Francisco. »Hier ist es wirklich schön, und ich habe eine erstaunliche Frau kennen gelernt.« Er erzählte ihr von Gladys, nicht von Sarah, und Carole seufzte tief auf. Endlich ... Auf so eine Neuigkeit hatte sie sehnsüchtig gewartet. Nun würde er ihr nicht mehr zürnen – und auch Simon verzeihen. Wie schön, dass er sie angerufen hatte!

»O Charlie, ich freue mich so für dich!«

»Nett von dir«, erwiderte er und lächelte wehmütig. »Aber du freust dich zu früh. Sie ist schon siebzig Jahre alt, und sie hat mir ein wunderschönes kleines Château vermietet. 1790 wurde es von einem französischen Aristokraten für seine Geliebte gebaut.«

»Klingt sehr exotisch«, meinte Carole verwundert. Hatte er einen Nervenzusammenbruch erlitten? Warum mietete er ein Château in New England und machte ein halbes Jahr lang Urlaub? Was zum Teufel ging da vor? »Bist du okay, Charlie? Ich meine – wirklich …?«

»Ich denke schon. Manchmal bin ich mir nicht ganz sicher. Sobald ich weiß, was mit mir passiert, gebe ich dir Bescheid.« Und dann konnte er sich die Frage nicht verkneifen, die ihm auf der Seele brannte. Er musste es einfach wissen. Immerhin bestand die geringe Chance, dass sie sich nach seiner Abreise von Simon getrennt hatte. »Und du? Was macht Simon?« *Langweilt er dich? Hasst du ihn? Ist er mit einer anderen davongelaufen? Betrügt er dich?* Was Simon tat, spielte verdammt noch mal keine Rolle – Charlie wollte nur seine Frau zurückhaben.

»Alles in Ordnung – uns beiden geht's sehr gut«, erwiderte Carole. Sie wusste genau, was Charlies Frage bedeutete.

»Schade …«, stöhnte er wie ein kleiner Junge, und sie lachte. Nur zu gut konnte sie sich seine Miene in diesem Augenblick vorstellen. Auf ihre Weise liebte sie ihn zwar noch, aber nicht genug, um an ihrer Ehe festzuhalten. Dafür liebte sie Simon viel zu sehr.

Das wusste nun auch Charlie, obwohl er sich etwas anderes wünschte. Jetzt lautete die Frage nur noch, wie er in den nächsten vierzig oder fünfzig Jahren mit den betrüblichen Tatsachen leben sollte. Wenigstens hatte er jetzt Gladys – und Sarah. Aber er hätte die beiden nur zu gern gegen Carole eingetauscht. Mühsam verdrängte er das Fantasiebild von ihren ausdrucksstarken Augen, ihren langen schlanken Beinen, der schmalen Taille, während sie verkündete, sie würden das neue Jahr in St. Moritz feiern.

»Ich war auf dem Weg nach Vermont, bis mich vor fünf Tagen ein Schneesturm aufhielt«, teilte er ihr mit. »Da traf ich die Besitzerin des Châteaus und … Das alles erkläre ich dir irgendwann.« Die Geschichte war zu kompliziert, um sie an einem ungeschützten Münzfernsprecher im eiskalten Shelburne Falls, Massachusetts, zu erzählen. Während er der vertrauten Stimme am anderen Ende der Leitung lauschte, begann es wieder zu schneien.

»Lass mich gelegentlich wissen, wo du gerade steckst«, bat sie, und er runzelte die Stirn.

»Warum? Welchen Unterschied macht das?«

»Nun, es interessiert mich eben, ob du okay bist …« Sofort bereute sie ihre Worte.

»Nächste Woche bekomme ich ein Telefon und ein Faxgerät. Wenn ich die Nummern habe, melde ich mich.« Wenigstens hatte er einen Vorwand, um sie wieder anzurufen.

Aber Carole fühlte sich wachsend unbehaglich. Außerdem war Simon soeben ins Zimmer gekommen, um zu sehen, wo sie steckte. Im Speisezimmer warteten Dinnergäste, und sie war vor einer halben Ewigkeit verschwunden. »Am besten faxt du die Nummern an mein Büro«, schlug sie vor, und Charlie erriet sofort, dass sie nicht mehr allein war.

Welch eine Ironie … Vor einem Jahr hatte sie ihn mit Simon betrogen. Und jetzt, wo sie im Haus ihres Liebhabers wohnte, widerstrebte es ihr, mit ihrem immer noch rechtmäßigen Ehemann zu telefonieren.

»Irgendwann rufe ich dich an«, versprach Charlie. »Pass gut auf dich auf …« Er spürte, wie sie ihm entglitt. Im Hintergrund erklangen andere Stimmen. Nach dem Dinner waren die Gäste in den Salon gekommen, wo sie das Telefongespräch führte.

»Und du auf dich ...« Der Abschied klang traurig. Und dann fügte sie hinzu: »Frohe Weihnachten ...« *Ich liebe dich, wollte sie beteuern. Doch das durfte sie nicht. Selbst wenn Simon nicht zugehört hätte – Charlie würde ein solches Bekenntnis nicht verstehen und niemals begreifen, dass sie beide Männer liebte, aber nur mit Simon leben wollte. Jetzt war Charlie ihr liebster, bester, ältester Freund. Doch es wäre grausam gewesen, ihn mit solchen Erklärungen zu verwirren.*

Nachdem er eingehängt hatte, blieb er noch lange reglos stehen, starrte den Hörer an, ohne die Schneeflocken zu spüren, die rings um ihn wirbelten. Verdammt, warum spielt sie in Simons Haus die Gastgeberin, fragte er sich. Als wären die beiden verheiratet? Um Himmels willen, sie ist nach wie vor meine Frau. Die Scheidung war noch nicht ausgesprochen ... Doch es konnte nicht mehr lange dauern, und er konnte nichts daran ändern.

Seufzend stieg er wieder in seinen Kombi, fuhr langsam in die Berge und dachte an Carole.

Als er das Auto an der üblichen Stelle stehen ließ und durch den Schnee zum Château ging, dachte er immer noch an sie. Es war dunkel, nichts rührte sich. Würde Sarah auf ihn warten? Jetzt brauchte er jemanden, mit dem er reden könnte. Erwartungsvoll sperrte er die Tür auf. Doch es war niemand da. Nichts regte sich, kein Laut, keine Erscheinung, kein Gefühl. Stilles Dunkel. Ohne das Licht einzuschalten, setzte er sich ans Schlafzimmerfenster – in Gedanken bei der Frau, die er geliebt und verloren hatte – und dann bei jener anderen, die ihm nur sekundenlang begegnet war, von der er nur träumen konnte.

# 6

Am Tag nach Weihnachten stand er zeitig auf, tatendurstig und energiegeladen. Er wollte in die Stadt fahren und alles kaufen, was er brauchte, um die Böden zu schrubben, die Marmorstufen und die Kamine zu reinigen. Bevor er aufbrach, holte er eine Leiter aus der Abstellkammer und stieg zum Dachboden hinauf. In dem großen, von vier runden Fenstern erhellten Raum konnte er sich mühelos umschauen. Er öffnete Kartons mit alten Kleidern und Krimskrams, die Gladys erwähnt hatte, Spielzeug aus Jimmys Kindheit und seine Navy-Uniform, auch ein paar Sachen von der kleinen Peggy. Dieser Anblick brach Charlie fast das Herz. Vermutlich verwahrte Gladys das alles auf diesem Speicher, damit sie es in ihrem Haus nicht sehen musste.

Eine Stunde lang inspizierte er den Inhalt mehrerer Truhen und Kartons, entdeckte aber nichts Besonderes und keinerlei Hinweise auf Sarah. Enttäuscht kehrte er ins Erdgeschoss zurück. Was hatte er zu finden gehofft? Irgendeinen Teil von Sarahs Eigentum, der hier zurückgeblieben war? Wenn es so etwas gäbe, wäre es der ordnungsliebenden Gladys längst in die Hände gefallen. Was er mit solchen Erinnerungsstücken angefangen hätte, wusste er nicht einmal. Vielleicht würden sie ihm helfen, Sarah besser kennen zu lernen ... Entschlossen sagte er sich, diese Frau sei seit fast zweihundert Jahren tot. Wenn er nicht aufpasste, würde sein Interesse in Besessenheit ausarten. Hatte er nicht genug reale Probleme – auch ohne an einen Geist zu glauben und sich womöglich in ihn zu verlieben? Wenn er Carole so etwas erklären müsste ... Doch das würde gar nicht nötig sein, denn er fand keine Spuren von Sarah. Und nach allem, was Gladys erzählt hatte, bezweifelte er, dass ihn der Geist noch einmal aufsuchen würde. Schließlich gewann er sogar die Überzeugung, er hätte sich die Vision nur eingebildet, geplagt vom Stress seiner gescheiterten Ehe und des Ärgers im New Yorker Büro. Oder die Countess war ihm in einem wirren Traum erschienen.

Aber als er am Nachmittag vor dem Haushaltswarengeschäft in Shelburne Falls parkte, konnte er der Versuchung nicht widerstehen und ging zum benachbarten Historischen Verein. In dem schmalen alten Haus gab es eine reichhaltige Bibliothek über die Geschichte der Region und ein kleines Museum. Er wollte nach Büchern über Sarah und François suchen. Auf den Empfang, der ihm bereitet wurde, war er nicht gefasst. Eine Frau stand an einem Schreibtisch, den Rücken zur Tür gewandt. Als sie sich umdrehte, sah Charlie ein Gesicht, das einer Gemme glich – und Augen voller Trauer und Hass. Die knappe Antwort auf seinen Gruß klang fast unhöflich. Anscheinend wollte sie nicht gestört werden.

»Tut mir Leid«, entschuldigte er sich mit einem liebenswürdigen Lächeln, das keinen erkennbaren Anklang fand. Vielleicht hatte sie ein grässliches Weihnachtsfest hinter sich. Oder ein grässliches Leben. Oder, dachte er und musterte ihr abweisendes Gesicht, sie ist einfach nur ein grässlicher Mensch. Eigentlich war sie sehr hübsch, hoch gewachsen und schlank, mit fein gezeichneten Zügen, großen grünen Augen, kastanienrotem Haar und jenem hellen Teint, der genau dazu passte. Als sie die Hände auf den Schreibtisch legte, sah Charlie schmale, zierliche Finger. Und alles an ihr warnte ihn davor, auch nur einen Schritt näher zu treten. »Ich suche Material über Countess Sarah Ferguson und Comte François de Pellerin. Gegen Ende des 18. Jahrhunderts haben beide hier gelebt. Der Comte starb schon viele Jahre vor der Lady. Falls Sie irgendwelche Unterlagen aus der Zeit um 1790 haben ... Kennen Sie Sarah und François?«, fragte er unschuldig, worauf sie ihm einen vernichtenden Blick zuwarf.

»Da drüben finden Sie zwei Bücher.« Sie deutete auf ein Regal hinter ihm, dann notierte sie die Titel auf ein Blatt Papier, das sie ihm reichte. »Im Augenblick bin ich beschäftigt. Wenn Sie Hilfe brauchen, holen Sie mich.«

Ihr Verhalten irritierte ihn. Weder in Shelburne Falls noch in Deerfield wurde er so unfreundlich behandelt. Ganz im Gegenteil, die Leute hießen ihn willkommen und freuten sich, weil er das Château gemietet hatte. Aber diese Frau glich den Fahrgästen, die er in der New Yorker U-Bahn getroffen hatte, und sogar die waren netter gewesen. »Stimmt was nicht?« Diese Frage konnte er sich nicht verkneifen. Sicher war sie nicht grundlos so missgelaunt.

»Was meinen Sie?« Ihre Augen erinnerten ihn an grünes Eis, ein bisschen gelblicher als Smaragde. Wie mochte sie aussehen, wenn sie lächelte?

»Nun, Sie scheinen sich zu ärgern.« Als er ihren frostigen Blick erwiderte, glänzten seine braunen Augen wie geschmolzene Schokolade.

»Nein, ich bin nur beschäftigt.« Sie wandte sich ab, und Charlie fand die beiden Bücher.

Gespannt begann er, darin zu blättern. Das erste enthielt keine Illustrationen. Aber im zweiten entdeckte er tatsächlich eine Zeichnung, die ihm den Atem nahm. Ein Ebenbild seiner nächtlichen Vision, das gleiche Lächeln, die gleichen schön geschwungenen Lippen, der gleiche heitere Gesichtsausdruck, das gleiche lange schwarze Haar ... Sarah – ohne jeden Zweifel.

Die Angestellte des Historischen Vereins schaute herüber und bemerkte seine Verblüffung. »Eine Verwandte?« Seine sichtliche Faszination erregte ihre Neugier. Außerdem meldete sich ihr Gewissen, weil sie ihn so schroff abgefertigt hatte. Aber außerhalb der Touristensaison kam kaum jemand in die Bibliothek des Historischen Vereins, und Francesca Vironnet hatte den Job einer Kuratorin und Bibliothekarin übernommen, weil sie hier nur wenig Kontakt mit Menschen bekommen würde und in Ruhe ihre Dissertation schreiben konnte. Während der letzten Jahre hatte sie in Frankreich und dann in Italien ein Kunstgeschichte- und Geschichtsstudium abgeschlossen. Sicher hätte sie eine Stellung als Lehrerin gefunden. Aber neuerdings zog sie die Bücher den Menschen vor. Sie arbeitete sehr gern für den Historischen Verein von Shelburne Falls, katalogisierte die Bücher, hielt sie in Ordnung und hütete die Antiquitäten des Museums, das im ersten Stock lag. All diese Schätze wurden nur im Sommer von Touristen besichtigt. Sobald sie die Frage ausgesprochen hatte, war sie wütend auf sich selbst und wich dem prüfenden Blick des Besuchers aus.

»Nein, eine gute Freundin hat mir von Sarah und François erzählt. Die beiden müssen sehr interessante Persönlichkeiten gewesen sein«, fügte Charlie hinzu und ignorierte ihre distanzierte Miene.

»Jedenfalls werden sie in zahlreichen Mythen und Legenden gepriesen«, erwiderte sie zögernd. Hoffentlich würde sie nicht allzu neugierig erscheinen. Der Mann wirkte intelligent und kultiviert, wie einige Europäer, die sie kennen gelernt hatte. Doch sie durfte sich ihre seltsame Faszination nicht anmerken lassen. »Vermutlich sind diese Geschichten nicht wahr. Im Lauf der letzten zwei Jahrhunderte wurden Sarah und François zu überlebensgroßen Gestalten hochstilisiert. Aber ich nehme an, sie waren ganz gewöhnliche Menschen – was sich allerdings nicht beweisen lässt.«

Charlie fand diese nüchterne Charakterisierung deprimierend. Sollten die beiden normale Sterbliche gewesen sein? Undenkbar. Da zog er Gladys' Version von romantischer Leidenschaft vor, vom kühnen Entschluss, der Moral des Zeitgeistes um der Liebe willen zu trotzen. Warum war dieses Mädchen – paradoxerweise trotz ihrer missmutigen Ausstrahlung fast eine Schönheit – so negativ eingestellt?

»Sonst noch was?«, fragte sie, als wäre Charlie ein notwendiges Übel. Zweifellos wünschte sie, er würde das Gespräch beenden und verschwinden. Prompt erklärte sie dann auch, bald würde sie die Bibliothek schließen.

»Haben Sie keine anderen Informationsquellen?«, erkundigte er sich hartnäckig. Nur weil sie die Menschen hasste, würde er sich nicht hinauswerfen lassen. »Vielleicht werden Sarah und François in irgendwelchen alten Geschichtsbüchern erwähnt.« Inzwischen glaubte er sie richtig einzuschätzen. Sie liebte die Bibliothek und die Museumsstücke, weil ihr Bücher und Möbel niemals wehtun würden.

»Da muss ich nachsehen«, erwiderte sie kühl. »Kann ich Sie unter einer Telefonnummer erreichen?«

»Noch nicht. Nächste Woche bekomme ich ein Telefon. Dann rufe ich Sie an und frage, was Sie herausgefunden haben.« Warum er die nächsten Worte aussprach, wusste er nicht genau – vielleicht, um die junge Frau ein wenig aufzutauen, weil ihn ihre kaltschnäuzige Art irgendwie herausforderte. »Übrigens, soeben habe ich Sarahs und François' Haus gemietet.«

»Meinen Sie das Château am Hügel?« Diesmal leuchteten ihre Augen ein wenig auf, aber nur für ein paar Sekunden.

»Ja«, bestätigte er und beobachtete sie prüfend. Er hatte eine Tür geöffnet, einen winzigen Spaltbreit, und sie war sofort wieder zugeschlagen worden.

»Haben Sie schon einen Geist gesehen?«, fragte sie sarkastisch. Sein Interesse an Sarah Ferguson und François de Pellerin amüsierte sie. Gewiss, eine hübsche Geschichte. Sie selbst hatte sich nie damit befasst.

»Gibt's da einen Geist?«, konterte er in beiläufigem Ton. »Davon hat mir niemand erzählt.«

»Keine Ahnung. Aber ich nehme es an. In diesem Teil der Welt gibt's kaum ein Haus, in dem es *nicht* spuken soll. Vielleicht werden Sie das Liebespaar eines Nachts sehen, in inniger Umarmung ...« Darüber musste sie lachen. Doch das Gelächter verstummte sofort wieder, als Charlie sie anlächelte, und sie schaute rasch weg.

»Wenn ich was sehe, rufe ich Sie an und gebe Ihnen Bescheid.« Aber das schien sie nicht mehr zu interessieren. Die Tür war nicht nur geschlossen, sondern fest verriegelt. »Diese zwei Bücher würde ich gern mitnehmen. Soll ich was unterschreiben?« Sie nickte, schob einen Zettel über den Schreibtisch und betonte, in einer Woche müsse er die beiden Bände zurückbringen. »Danke«, sagte er kurz angebunden.

Normalerweise verabschiedete er sich etwas höflicher von seinen Mitmenschen. Doch sie war dermaßen kühl und verschlossen, dass sie ihm fast Leid tat. Irgendetwas Schreckliches musste ihr zugestoßen sein. Sonst würde sie sich nicht so merkwürdig benehmen. Dieses Verhalten passte nicht zu einer so jungen Frau. Er schätzte sie auf Ende zwanzig. Unwillkürlich erinnerte er sich, wie Carole in diesem Alter gewesen war – warmherzig und fröhlich und sehr sexy. Aber diese unnahbare Bibliothekarin konnte nichts erwärmen – schon gar nicht das Herz eines Mannes. Zumindest seines nicht.

Auf der Fahrt zum Château vergaß er sie. Nun konnte er es kaum erwarten, die Bücher zu studieren, die er sich ausgeliehen hatte.

Als Gladys ihn am nächsten Tag besuchte, zeigte er ihr die beiden Bände. Einen hatte er bereits zu Ende gelesen, den anderen an diesem Morgen begonnen.

»Hast du Sarah wieder gesehen?«, fragte sie in verschwörerischem Ton.

»Natürlich nicht.« Inzwischen bezweifelte er, dass er der schönen Countess überhaupt jemals begegnet war.

»Nun, vielleicht taucht sie noch einmal auf. » Wohlgefällig schaute sich Gladys im Salon um, wo alles in bester Ordnung war. Sie fand es wundervoll, dass Charles das Château bewohnte, das sie stets geliebt hatte. In jenem Sommer vor vielen Jahren war sie sehr traurig gewesen, weil ihre Schwiegertochter das Haus fluchtartig verlassen hatte.

»Du hast sie nur ein einziges Mal gesehen«, erinnerte er sie, und sie lachte leise.

»Vielleicht war meine Seele nicht empfindsam genug – oder mein Geist zu schwach.«

»Wenn es danach ginge, hätte ich sie nie erblickt.« Nun schilderte er sein Telefonat mit Carole vor zwei Tagen und erwähnte, er habe seiner Ex alles über seine neue Freundin erzählt. »Sie dachte, du wirst meine nächste Frau. Darüber schien sie sich zu freuen. Aber dann erklärte ich ihr, dieses Glück würde ich überhaupt nicht verdienen.« Er genoss es, Gladys ein wenig zu foppen, und sie spielte nur zu gern mit. Jeden Tag dankte sie ihrem Glücksstern für jene Stunde, die ihn zu ihr geführt hatte. »Wie ist das Gespräch verlaufen?«, fragte sie mitfühlend. Mittlerweile wusste sie in allen Einzelheiten, was er im vergangenen Jahr durchgemacht hatte.

»Da gab's einige Probleme. *Er* war da. Und sie hatten Dinnergäste. Dass sie jetzt mit einem anderen zusammenlebt, kann ich mir nach wie vor nicht ausmalen. Wahrscheinlich werde ich mich nie an diesen Gedanken gewöhnen – und diesem Kerl bis zu meinem letzten Atemzug grollen.«

»Eines Tages wirst du drüber hinwegkommen. Ich glaube, wir gewöhnen uns an alles, wenn wir keine Wahl haben.« Wenigstens *dieses* Leid war ihr erspart geblieben. Hätte Roland sie in jungen Jahren wegen einer anderen verlassen, wären die Demütigung und der Schmerz unerträglich gewesen. Nach ihrer Ansicht hatte Charlie die schweren Zeiten recht gut überstanden. Er wirkte nicht verbittert und besaß seinen unverbrüchlichen, gesunden Humor. Hin und wieder zeigte er die Narben, die seine Seele davongetragen hatte, und Gladys las tiefen Kummer in seinen Augen. Aber seine leidvollen Erfahrungen ließen ihn nicht an der ganzen Welt verzweifeln.

»Ich dachte, ich müsste ihr frohe Weihnachten wünschen«, seufzte er. »Vermutlich war das ein Fehler. Nächstes Jahr weiß ich's besser.«

»Dann bist du sicher mit einer anderen zusammen«, meinte sie hoffnungsvoll.

»Wohl kaum«, erwiderte er mit einem wehmütigen Lächeln. »Es sei denn, Sarah lässt sich verführen.«

»Was für eine gute Idee!«, bemerkte Gladys belustigt.

Bevor sie sich verabschiedete, erklärte er, am nächsten Morgen würde er ihren Rat befolgen, nach Charlemont fahren und Ski laufen. Er hatte ein Zimmer für vier Tage bestellt und würde erst am Neujahrstag zurückkommen. »Macht's dir was aus, den Silvesterabend allein zu verbringen? Oder willst du mit mir kommen?«

Tief gerührt über sein Angebot, schüttelte sie lächelnd den Kopf. Das war typisch für ihn. Ständig versuchte er, ihr das Leben zu erleichtern, Brennholz zu hacken, Lebensmittel einzukaufen oder zu kochen. In gewisser Weise ersetzte er ihr den Sohn, den sie vor vierzehn Jahren verloren hatte und so schmerzlich vermisste. »Lieb von dir – aber ich habe schon seit einer Ewigkeit nicht mehr Silvester gefeiert. Roland und ich blieben an diesem Abend stets daheim und gingen um zehn ins Bett, während sich alle anderen Leute betranken, ihre Autos zu Schrott fuhren und sich zum Narren machten. Nein, der Silvesterabend hat mir nie viel bedeutet. Fahr du nur ohne mich nach Charlemont und amüsier dich.«

Er gab ihr die Adresse des Hotels, falls sie ihn brauchen würde, und begleitete sie zu ihrem Auto hinaus. Liebevoll küsste sie seine Wange, wünschte ihm einen erholsamen Urlaub, und er half ihr fürsorglich auf den Fahrersitz.

»Brich dir bloß keine Knochen!«, mahnte sie. Um ihn zu necken, fügte sie hinzu: »Das würde Sarah gar nicht gefallen.«

Charlie grinste. »Mir auch nicht, glaub mir.« Ein gebrochenes Herz in diesem letzten Jahr genügte ihm vollauf.

Als sie davonfuhr, um eine Freundin in der Stadt zu besuchen, winkte er ihr nach. Dann kehrte er ins Haus zurück und las das zweite Buch über Sarah und François zu Ende, das hauptsächlich die Tätigkeit des Comtes als Mittelsmann zwischen der Army und den Indianern schilderte. Eine Zeit lang war er der Sprecher aller sechs Irokesenstämme gewesen.

An diesem Abend kam Sarah nicht zu ihm. Während er durch das Haus wanderte, spürte er ihre Nähe nicht, fühlte sich einfach nur wohl und zufrieden. Bevor er ins Bett ging, packte er eine Reisetasche für den nächsten Morgen und stellte den Wecker auf sieben.

Sobald er im Bett lag, fielen ihm die Augen zu. Plötzlich glaubte er zu hören, wie sich die Vorhänge bewegten. Doch er war zu müde, um die Lider zu heben und nachzusehen. *Sie ist wieder da*, war sein letzter Gedanke, ehe er in tiefem Schlaf versank.

# 7

Der Skiurlaub in Charlemont gefiel ihm erstaunlich gut, obwohl er ziemlich verwöhnt war, nachdem er mit Carole so viele elegante europäische Skigebiete besucht hatte. Am liebsten waren sie nach Val d'Isère und Courchevel gefahren. Charlie hatte sich auch in St. Moritz und Cortina sehr wohl gefühlt. Verglichen mit diesen Luxusorten, ging es in Charlemont eher bescheiden zu. Aber die Pisten waren gut präpariert, die schwierigeren Abfahrten eine Herausforderung, und er genoss es, in der reinen, frischen Winterluft einen Sport auszuüben, den er perfekt beherrschte. Genau das hatte er gebraucht.

Über ein Jahr lang war er nicht Ski gelaufen, und gegen Mittag fühlte er sich wie neugeboren, als er zum letzten Mal vor dem Lunch und einer Tasse heißem Kaffee in den Lift stieg. Trotz der kalten Luft war es im Sonnenschein angenehm warm. Freundlich lächelte er dem kleinen Mädchen zu, das im Sessellift neben ihm Platz genommen hatte. Er war beeindruckt, weil sie ganz allein Ski fuhr, und verstand nicht, warum ihre Eltern sich keine Sorgen machten. Als die Sicherheitsstange heruntergeklappt wurde, fragte er seine Begleiterin, ob sie oft hierher kommen würde.

»Nur wenn meine Mom Zeit hat. Sie schreibt gerade eine Geschichte.« Aufmerksam musterte sie ihn mit großen blauen Augen. Unter ihrer Strickmütze quollen rotblonde Locken hervor.

Er war sich nicht sicher, wie alt sie sein mochte. Zwischen sieben und zehn – eine große Zeitspanne. Mit Kindern kannte er sich nicht aus. Jedenfalls war sie ein hübsches kleines Mädchen, und sie wirkte völlig unbefangen, während sie nach oben schwebten.

»Haben Sie Kinder?«, erkundigte sie sich.

»Nein.« Beinahe glaubte Charlie, er müsste sich entschuldigen oder eine Erklärung abgeben. Aber sie nickte verständnisvoll und musterte ihn interessiert. Er trug eine schwarze Skihose und einen dunkelgrünen Parka, sie einen hellblauen einteiligen Anzug, fast in der gleichen Farbe wie ihre Augen. Dazu passte ihre rote Mütze sehr gut. Unbefangen unterhielt sie sich mit ihm, und er konnte ihrem ansteckenden Lächeln nicht widerstehen.

»Sind Sie verheiratet?«, fragte sie unverblümt. Ihre Mutter hatte sie ermahnt, nicht so viel mit den Leuten zu reden, die sie im Lift traf. Trotzdem genoss sie solche Unterhaltungen. Auf diese Weise hatte sie schon viele Freunde gefunden.

»Ja«, antwortete Charlie automatisch. Dann besann er sich eines Besseren, denn er sah keinen Grund, ein Kind zu belügen. »Das ist schwer zu erklären. Jetzt bin ich noch verheiratet. Allerdings nicht mehr lange.«

»Also sind Sie bald geschieden.« Sie nickte ernsthaft. »Genau wie ich.«

Die Art, wie sie das sagte, amüsierte ihn. Aber um auf sie einzugehen, erwiderte er in ebenso ernstem Ton: »Das bedaure ich. Wie lange warst du verheiratet?«

»Mein Leben lang.« Nun nahmen ihre Augen einen traurigen Ausdruck an, und er erkannte, was sie meinte. Sie hänselte ihn nicht. Offensichtlich waren ihre Eltern geschieden.

Damit hatte sie das Gefühl, auch sie wäre geschieden worden.

»Tut mir Leid. Wie alt warst du bei der Scheidung?«

»Fast sieben. Jetzt bin ich acht. Früher haben wir in Frankreich gewohnt.«

»Oh …« Interessiert hob er die Brauen. »Ich war sehr lange in London. Als ich noch richtig verheiratet war. Lebst du jetzt in Massachusetts? Oder bist du zu Besuch hier?«

»Nein, wir wohnen ganz in der Nähe.« Bereitwillig fügte sie weitere Informationen hinzu: »Mein Vater ist Franzose, und wir sind oft in Courchevel Ski gelaufen.«

»Dort war ich auch.« Inzwischen hatte er das Gefühl, sie wären schon alte Freunde. »Du musst eine sehr gute Skiläuferin sein, wenn deine Eltern dir erlauben, allein mit dem Lift hinaufzufahren.«

»Das habe ich von meinem Dad gelernt«, verkündete sie stolz. »Meine Mom ist mir viel zu langsam. Deshalb lässt sie mich allein Ski laufen. Sie sagt, ich soll mit niemandem mitgehen und nicht so viel reden.«

Zum Glück hatte sie ihre Lektion nicht allzu gut gelernt. Charlie fühlte sich sehr wohl in der Gesellschaft des aufgeweckten Kindes. »Wo in Frankreich hast du denn gelebt?«

Nun erreichten sie die obere Station. Er wollte seiner kleinen Begleiterin helfen. Doch sie ignorierte seine ausgestreckte Hand, sprang behände aus dem Sessellift und folgte ihrem neuen Freund zu einer Abfahrtsstrecke, die den meisten Erwachsenen Angst und Schrecken eingejagt hätte.

»In Paris«, antwortete sie und rückte ihre Skibrille zurecht. »An der Rue du Bac – im Septième. Jetzt wohnt mein Daddy in unserem alten Haus.«

Da sie wie eine Einheimische Englisch sprach, nahm er an, ihre Mutter müsste Amerikanerin sein. Die Kleine hatte seine Neugier geweckt, aber er wollte sie natürlich nicht ausfragen. Wie ein Schneehäschen sauste sie den Hang hinab, mit perfekten Schwüngen.

Mühelos holte er sie ein, und als er neben ihr herfuhr, rief sie erfreut und bewundernd: »Sie laufen genauso gut Ski wie mein Daddy!«

Doch er fand ihre Fähigkeiten noch bemerkenswerter. Ein reizendes kleines Mädchen, dachte er, und dann musste er fast über sich selbst lachen. Sein Leben hatte sich tatsächlich verändert. Neuerdings verbrachte er den Großteil seiner Zeit mit einer Siebzigjährigen, einem Geist und einem Kind. Was war aus Charles Waterston, dem erfolgreichen, viel beschäftigten Leiter der Londoner Whittaker & Jones-Niederlassung geworden? Kein Job, keine Frau, keine Pläne. Nur strahlend weißer Schnee unter seinen Brettern, Sonnenschein über den Bergen und eine hervorragende kleine Skiläuferin an seiner Seite.

Schließlich hielten sie an, um sich auszuruhen. »Wie mein Daddy«, wiederholte sie, um Charlies spektakuläre Vollbremsung zu kommentieren. »Früher gehörte er zur französischen Olympiamannschaft. Das ist schon lange her. Jetzt meint er, dafür wäre er zu alt. Er ist fünfunddreißig.«

»Da bin ich noch älter. Und ich habe nie an einer Olympiade teilgenommen.« Nach einer kurzen Pause fragte er: »Verrätst du mir deinen Namen?«

»Monique Vironnet«, antwortete sie mit perfektem französischen Akzent. »Meine Mom heißt Francesca und mein Daddy heißt Pierre. Haben Sie ihn mal bei einem Rennen gesehen?«

»Wahrscheinlich – ich erinnere mich nicht daran.«

»Er hat die Bronzemedaille gewonnen«, erklärte sie und seufzte bedrückt.

»Sicher vermisst du ihn sehr.« Sie schauten die weißen Hänge hinab. Vorerst wollte keiner von beiden die Talfahrt fortsetzen. Stattdessen unterhielten sie sich lieber noch ein bisschen.

»In den Ferien besuche ich ihn. Aber Mom mag's nicht, wenn ich nach Paris fliege. Sie glaubt, das ist nicht gut für mich. Als wir dort wohnten, weinte sie die ganze Zeit.«

Charlie nickte. Dieses Gefühl kannte er. In London hatte auch er genug Tränen vergossen. Das Ende einer Ehe war naturgemäß schmerzlich. Was für ein Mensch mochte Moniques Mutter sein? So hübsch und lebhaft und heiter wie die Tochter? »Fahren wir weiter?«, schlug er vor. Inzwischen war es nach eins, und er hatte Hunger. Wieder Seite an Seite, in harmonischen Schwüngen, legten sie die restliche Strecke zurück. »Das war fabelhaft, Monique!«, meinte er am Ende der Abfahrt.

»Und Sie waren auch ganz toll, Charlie.« Unterwegs hatte er ihr seinen Namen genannt. »Wie Daddy!«, fügte sie wieder hinzu und schenkte ihm ein strahlendes Lächeln. Offenbar war dies das höchste Lob aus ihrem Mund.

»Besten Dank für das Kompliment.« Was sollte er jetzt mit ihr machen? Er wollte nicht einfach seine Skier abschnallen und davongehen. Andererseits konnte er sie nicht ins Hotel mitnehmen. »Triffst du deine Mom irgendwo?« Sicher drohte ihr in Charlemont, unter all den Urlaubern, keine Gefahr. Aber sie war noch ein Kind, und er fand, er dürfte sie nicht sich selbst überlassen.

»Ja, zum Lunch.«

»Dann begleite ich dich.« Obwohl er sich nie zuvor mit Kindern abgegeben hatte, wurde er plötzlich von einem eigenartigen Beschützerinstinkt erfasst. Er verstand selbst nicht, warum er so gern mit Monique zusammen war.

»Danke.« Auf dem Weg zum Kiosk bei der Talstation, im dichten Gedränge zahlloser Skifahrer, hielt sie vergeblich nach ihrer Mutter Ausschau. »Ich sehe sie nirgends. Vielleicht ist sie schon wieder mit dem Lift hinaufgefahren. Sie isst nicht viel.«

»Und was möchtest du?«

»Einen Hot Dog, Pommes frites und einen Schokoshake. Bei Daddy in Frankreich muss ich immer dieses Gourmet-Zeug essen. Igitt!« Angewidert schnitt sie eine Grimasse, und er lachte, als er ihren Lunch bezahlte. Er selbst entschied sich für einen Hamburger und eine Cola. Wenig später fanden sie einen freien Tisch im Sonnenschein und setzten sich.

Nachdem sie ihren Lunch zur Hälfte verspeist hatten, sprang Monique plötzlich auf und winkte heftig. Charlie drehte sich um, musterte die fröhliche Menschenmenge, die in schweren Skistiefeln vorbeistapfte, von den Abfahrten des Vormittags schwärmte und die Rückkehr auf die Pisten kaum erwarten konnte. Wen mochte das Kind entdeckt haben? Und dann stand eine große schlanke Frau neben dem Tisch in einem eleganten, pelzbesetzten beigen Parka, einer Stretchhose und einem Pullover in der gleichen Farbe. Dazu trug sie eine beige Strickmütze. Sehr stilvoll, dachte Charlie. Seltsam – warum kam sie ihm bekannt vor? Vielleicht war sie ein Model, und ihre Wege hatten sich irgendwann in Europa gekreuzt.

Die Stirn gerunzelt, nahm sie ihre Sonnenbrille ab, warf ihm einen kurzen Blick zu und wandte sich entrüstet zu ihrer Tochter. »Wo warst du? Ich habe dich überall gesucht. Um zwölf wollten wir uns hier treffen.«

Zerknirscht schaute Monique zu ihrer Mom auf, und Charlie staunte über die eisige Miene der eleganten jungen Frau. War sie wirklich die Mutter dieses warmherzigen Kindes? Andererseits hatte sie sich Sorgen gemacht, und das konnte er ihr nicht verdenken.

»Tut mir Leid, wahrscheinlich war's meine Schuld«, gestand er. »Wir saßen zusammen im Lift und kamen ins Gespräch. Und bei der Abfahrt ließen wir uns Zeit.«

Mit dieser Erklärung schürte er den Zorn der jungen Frau. »Sie ist erst acht!«, fauchte sie. In diesem Moment verstärkte sich das Gefühl, er müsste ihr schon einmal begegnet sein. Wo, konnte er nach wie vor nicht einordnen. »Wer hat deinen Lunch bezahlt, Monique?«, herrschte sie das Kind, das den Tränen nahe war, gnadenlos an.

»Ich«, erklärte er und bedauerte seine kleine Freundin zutiefst. »Wenn ich mich vorstellen darf – Charles Waterston …«

Doch sie beachtete ihn nicht. »Und was ist mit dem Geld passiert, das ich dir heute Morgen gegeben habe?« Erbost riss Francesca Vironnet ihre Mütze vom Kopf und enthüllte eine lange kastanienrote Mähne. Wie Charlie bereits bemerkt hatte, schimmerten ihre Augen in leuchtendem Grün. Die Tochter glich ihr kein bisschen.

»Das habe ich verloren.« Jetzt konnte Monique die Tränen nicht länger zurückhalten. »Tut mir Leid, Mummy …« Hastig schlug sie die Hände vors Gesicht, damit Charlie sie nicht weinen sah.

»So schlimm ist es doch gar nicht«, versuchte er beide zu trösten. Er fühlte sich schrecklich, weil Monique seinetwegen in Schwierigkeiten geriet. Erst hatte er ihr Verspätung verursacht und dann auch noch ihren Lunch bezahlt. Natürlich war alles ganz harmlos, und er hatte gewiss nicht versucht, sich an das achtjährige Kind heranzumachen. Doch die Mutter schien das anders zu sehen. Ärgerlich dankte sie ihm. Dann packte sie Monique am Arm, zerrte sie davon und erlaubte ihr nicht einmal, den Lunch zu beenden. Charlie starrte den beiden nach. Nun stieg auch in ihm Zorn auf. Es war wirklich überflüssig gewesen, eine solche Szene zu machen und das Kind in Verlegenheit zu bringen. Natürlich durfte sich Monique nicht von fremden Männern einladen lassen. Aber die Frau musste bemerkt haben, dass kein Grund zum Argwohn bestand. Warum hatte sie so übertrieben reagiert?

Während er seinen Hamburger aß, dachte er an das kleine Mädchen, mit dem er sich gut unterhalten hatte, an die übermäßig besorgte, wütende Mutter – und plötzlich erinnerte er sich. Nun wusste er, wer sie war – die unfreundliche Frau in der Bibliothek des Historischen Vereins von Shelburne Falls. Bei dieser zweiten Begegnung war sie ihm sogar noch unsympathischer erschienen. So verbittert, so eiskalt ... Und dann fiel ihm ein, was Monique erzählt hatte. In Paris habe ihre Mutter dauernd geweint. Wovor rannte die Frau davon, was verbarg sie? Oder war sie einfach nur unausstehlich?

Nach dem Lunch fuhr er allein mit dem Sessellift zur Bergstation, wo er Monique antraf. Sie war immer noch verlegen und zögerte, mit ihm zu reden. Doch sie hatte gehofft, ihn wiederzusehen. Sie hasste es, wenn ihre Mutter sich so aufführte, was neuerdings sehr oft geschah. Und dann brach es aus ihr heraus: »Tut mir Leid, dass Mom Sie so angefahren hat! In letzter Zeit wird sie sehr oft wütend. Wahrscheinlich, weil sie müde ist. Jede Nacht bleibt sie auf und schreibt.« Damit ließ sich das Verhalten der Frau nicht entschuldigen. Sogar die kleine Monique spürte das und schien zu überlegen, wie sie alles wieder gutmachen konnte. »Wollen Sie noch mal mit mir Ski fahren?«, fragte sie schüchtern. Sie wirkte so einsam, und er las in ihrem Blick, wie schmerzlich sie den Vater vermisste. Kein Wunder bei dieser Mutter. Um des Kindes willen hoffte er, der Vater wäre umgänglicher als diese Person mit der scharfen Zunge und dem glitzernden Eis in den grünen Augen.

»Wird's deine Mutter nicht stören?« Auf keinen Fall wollte Charlie für einen Pädophilen gehalten werden, der kleinen Mädchen nachstellte. Aber auf einer viel befahrenen Skipiste würde man wohl kaum auf solche Gedanken kommen. Außerdem brachte er es nicht übers Herz, das Kind abzuweisen, das sich offensichtlich nach Gesellschaft sehnte.

»Meiner Mommy ist's egal, mit wem ich Ski laufe. Ich darf nur nicht in fremde Autos steigen. Und sie war vor allem sauer, weil Sie meinen Lunch bezahlt haben, Charlie. Sie sagt, wir können für uns selber sorgen. War's sehr teuer?«, fragte sie besorgt.

Über diese unschuldige Frage musste er lachen. »Natürlich nicht. Ich glaube, sie hat sich einfach nur Sorgen um dich gemacht. Deshalb war sie so verärgert. So sind die Moms nun mal. Und die Dads auch. Wenn die Eltern ihre Kinder nicht finden, fürchten sie natürlich, es könnte ihnen was passiert sein. Deshalb regen sie sich auf. Und wenn sie ihre Kinder endlich aufgestöbert haben, bekommen sie einen Wutanfall. Bis heute Abend wird sich deine Mom sicher wieder beruhigen.«

Da war sich Monique nicht so sicher. Sie kannte ihre Mutter besser als Charlie. Schon so lange war Mom unglücklich und schlecht gelaunt. An andere Zeiten konnte sich Monique gar nicht mehr erinnern, obwohl sie glaubte, vor einigen Jahren wäre die Mutter ganz anders gewesen. Und dann musste irgendetwas geschehen sein, das sie verbittert hatte. »In Paris hat sie dauernd geweint, und hier wird sie wütend. Vielleicht gefällt ihr dieser Job nicht.«

Zweifellos steckte mehr dahinter. Doch das konnte Charlie einer Achtjährigen nicht erklären. »Oder sie vermisst deinen Daddy.«

»Nein«, widersprach Monique entschieden. »Sie hat gesagt, sie hasst ihn.«

In was für einer Atmosphäre muss das arme Kind aufgewachsen sein, dachte Charlie, und sein Groll gegen die gefühllose Mutter wuchs.

»Manchmal glaube ich, sie hasst ihn nicht wirklich«, fügte Monique hoffnungsvoll hinzu. »Vielleicht leben wir eines Tages wieder in Paris … Aber jetzt ist Daddy mit Marie-Lise zusammen.«

Eine komplizierte Situation, die das Kind offensichtlich belastete – und die ihn an seine Probleme mit Carole erinnerte … Wenigstens mussten unter ihrer Scheidung keine Kinder leiden. »Will deine Mom zu deinem Dad zurückkehren?«

»Eigentlich nicht – jedenfalls jetzt noch nicht. Sie sagt, wir müssen hier bleiben.«

Da konnte sich Charlie ein schlimmeres Schicksal vorstellen. Während sie auf ihren Skiern langsam zur Abfahrt glitten, erkundigte er sich, ob sie in Shelburne Falls lebte, und sie nickte.

»Wieso wissen Sie das?«, fragte sie interessiert.

»Weil ich deine Mom gesehen habe. Da wohne ich auch. Kurz vor Weihnachten bin ich von New York nach Shelburne Falls übersiedelt.«

»Als wir von Paris nach Amerika kamen, war ich in New York, und meine Grandma ging mit mir zu F.A.O. Schwarz.«

»Ein toller Spielzeugladen«, meinte er, und sie stimmte eifrig zu, bevor sie mit einem rasanten Schwung die Abfahrt begann. Charlie blieb ihr dicht auf den Fersen.

Bei der Talstation angelangt, fuhren sie gemeinsam im Sessellift nach oben. Weil er sich so gern mit dem kleinen Mädchen unterhielt, fand er, es würde sich lohnen, den Zorn der Mutter zu riskieren. Trotz der Probleme mit den Eltern strahlte Monique so viel Lebensfreude aus. Obwohl sie einiges durchgemacht hatte, wirkte sie kein bisschen deprimiert – im Gegensatz zu ihrer Mutter, die offenbar keinen

Weg aus dem dunklen Tal ihrer verletzten Seele fand. Unwillkürlich empfand Charlie Mitleid mit der Frau.

Während der nächsten Abfahrt machten sie eine Weile Rast und sprachen über Europa. Es amüsierte Charlie, jene Welt, die er so gut kannte, aus dem ungewohnten Blickwinkel eines Kindes zu sehen. Monique erzählte, sie würde jetzt jeden Sommer zwei Monate bei Daddy verbringen, die eine Hälfte in Südfrankreich. Er sei Sportreporter beim TV, betonte sie voller Stolz, und sehr berühmt.

»Siehst du ihm ähnlich?«, fragte Charlie und musterte bewundernd die rotblonden Löckchen, die strahlend blauen Augen.

»Ja, sagt meine Mom.«

Vermutlich zählte das zu den Gründen, die den Hass der Frau noch schürten – nebst einer gewissen Marie-Lise. Während Monique weiterschwatzte, hörte er nur mehr mit halbem Ohr zu und überlegte, wie schrecklich manche Leute ihr Leben verkorksten. Sie betrogen und belogen sich, heirateten die falsche Frau oder den falschen Mann, verloren die Achtung voreinander, die Hoffnung, die Herzen. Allmählich erschien es ihm wie ein Wunder, dass es immer noch Ehepaare gab, die beisammen blieben. Er selbst hatte sich für den glücklichsten Mann der Welt gehalten – bis seine Frau in leidenschaftlicher Liebe zu einem anderen entbrannt war. Das klassische Thema einer Beziehungskiste …

Was mochte zwischen Moniques Eltern geschehen sein? Gab es einen besonderen Grund für die grimmige Miene der Mutter, die verkniffenen herzförmigen Lippen? War sie ein anderer Mensch gewesen, bevor Pierre Vironnet sie in tiefste Verzweiflung gestürzt hatte? Oder durfte er sich glücklich schätzen, weil er eine Xanthippe losgeworden war? Nun, das geht mich nichts an, dachte Charlie. Nur das Kind interessierte ihn.

Diesmal ging Monique rechtzeitig auf die Suche nach ihrer Mutter. Charlie hatte sich nach dem Treffpunkt erkundigt und das kleine Mädchen um Punkt drei Uhr losgeschickt. Danach fuhr er allein im Sessellift nach oben, um die Abfahrt ein letztes Mal zu genießen. Während er seine Skier durch den Schnee schwang, bedauerte er plötzlich, dass seine Ehe kinderlos geblieben war. Gewiss, ein Kind hätte die Trennung kompliziert. Aber aus diesen zehn Jahren wäre zumindest etwas wirklich Wertvolles hevorgegangen – nicht nur ein paar Antiquitäten, hübsche Gemälde, kostbares Porzellan. Sonst war nichts von diesen zehn Jahren übrig geblieben.

Am nächsten Tag traf er weder Monique noch ihre Mutter, und er überlegte, ob sie schon nach Hause gefahren waren. Zwei Tage lang fuhr er allein Ski. Obwohl er hier und da hübsche Frauen sah, knüpfte er keine Kontakte, weil er fand, es wäre nicht der Mühe wert. In dieser seltsamen Zeit glaubte Charlie im Übrigen, er hätte nichts zu sagen, nichts zu bieten, und keine Frau würde sich für ihn interessieren. Deshalb wollte er sich gar nicht erst anstrengen.

Nur zwei Menschen hatten ihn aus seinem Schneckenhaus gelockt – eine Achtjährige und eine Siebzigjährige. Ein trauriges Zeichen für den Zustand seiner Psyche, für seine Zukunftsperspektiven …

Zu seiner Verblüffung lief Monique ihm am Silvestermorgen über den Weg. »Hallo!«, rief er erfreut, während sie am Fuß des Berghangs die Skier anschnallten. »Wo warst du denn die ganze Zeit?« Ihre Mutter tauchte nicht auf. Sonderbar … Warum geriet die Frau in Zorn, wenn jemand ihrer Tochter einen Hot Dog kaufte, und ließ sie andererseits unbeaufsichtigt auf die Skipiste? Nun, vielleicht kannte sie Charlemont sehr gut und wusste, dass ihr Kind hier in Sicherheit war.

»Wir sind heimgefahren, weil Mom arbeiten musste«, erklärte Monique und strahlte ihn an. »Heute bleiben wir hier, und morgen reisen wir wieder ab.«

»Genauso wie ich. Bleibst du bis Mitternacht auf?«

»Wahrscheinlich«, erwiderte sie hoffnungsvoll. »Dad hat mir um zwölf Champagner eingeschenkt. Und Mom meint, so was weicht das Gehirn auf.«

»Damit könnte sie Recht haben.« Belustigt dachte er an seinen reichlichen Champagnerkonsum in den letzten fünfundzwanzig Jahren, an dessen Wirkung er noch keinen einzigen Gedanken verschwendet hatte. »Aber wenn du dich mit einem kleinen Schluck begnügst, wird's dir nicht schaden.«

»Mom erlaubt mir nicht einmal *das*!«, seufzte sie, doch sie schlug sofort wieder einen fröhlichen Ton an. »Gestern waren wir im Kino. Das war lustig!«

Ein paarmal fuhren sie zusammen den Hang hinab. Pünktlich um zwölf schickte er seine kleine Freundin zu ihrer Mutter, und am Nachmittag trafen sie sich wieder. Monique brachte einen Schulfreund mit, der auf der Piste eine große Show abzog, und flüsterte Charlie zu, Tommy sei ein miserabler Skifahrer.

Belustigt beobachtete Charlie die Possen der Kinder. Zu dritt meisterten sie mehrmals die schwierige Abfahrt, und abends war er ziemlich müde.

Nach dem Dinner fühlte er sich besser. Zu seiner Verblüffung traf er Monique und ihre Mutter im großen Salon des Hotels an. Francesca Vironnet streckte ihre langen Beine vor dem Kaminfeuer aus, sprach mit dem Kind, und Charlie beobachtete ungläubig, wie sie lächelte. Wie er sich widerstrebend eingestand, sah sie sehr reizvoll aus. Ihr langes kastanienrotes Haar, zu einem Pferdeschwanz zusammengebunden, schimmerte im Flammenschein, das Lächeln zauberte einen geheimnisvollen exotischen Glanz in ihre mandelförmigen grünen Augen.

Zunächst zögerte er, dann beschloss er, die beiden zu begrüßen. Es wäre unhöflich gewesen, sie zu ignorieren, nachdem er so viele Stunden mit Monique verbracht hatte. »Guten Abend …«, begann er. Francescas Lächeln erlosch sofort. »Heute war der Schnee fabelhaft, nicht wahr?«, fuhr er unbehaglich fort.

Sie nickte wortlos und starrte ins Kaminfeuer. Aber dann zwang sie sich, ihn anzuschauen. »Großartig«, bestätigte sie, was ihr sichtlich schwer fiel. »Monique hat mir erzählt, sie sei Ihnen wieder begegnet – und Sie waren sehr nett zu ihr«, fügte sie stockend hinzu, als ihre Tochter zu einer kleinen Freundin rannte. »Haben Sie Kinder?« Monique hatte ihr nichts von den Gesprächen mit Charlie erzählt – geschweige denn erwähnt, dabei sei auch von ihrem Vater die Rede gewesen.

»Nein, leider nicht«, antwortete er und begann ein Loblied auf Monique zu singen. Wieder einmal bemerkte er, wie sich die schöne Frau in ihr Schneckenhaus zurückzog, wie ein verwundetes Tier in seine Höhle. Warum er sie aus der Reserve locken wollte, wusste er nicht genau. Solche Herausforderungen hatte er vor Jahren genossen und nach seiner Hochzeit gemieden. Meistens lohnte sich weder die Zeit noch die Mühe, die man darauf verwendete. Und doch – irgendetwas drängte ihn zu betonen: »Sie können glücklich sein, weil Sie Monique haben.«

Endlich schien das Eis in ihren Augen zu schmelzen, wenn auch nur für wenige Sekunden. »Ja, ich bin glücklich.« Doch es klang nicht so, als ob sie es ernst meinte.

»Übrigens, sie ist eine fantastische Skiläuferin. Sie fuhr mir schon ein paarmal davon.«

»Mir auch …« Beinahe hätte sie gelacht, aber sie hielt sich

gerade noch rechtzeitig zurück. Sie wollte diesen Mann nicht näher kennen lernen. »Deshalb lasse ich sie allein auf die Piste. Weil ich dieses Tempo nicht mithalten kann.«

»Neulich erzählte sie mir, das sie in Frankreich Ski fahren gelernt hat«, bemerkte er beiläufig.

Bei diesen Worten verschloss sich Francescas Miene vollends. Fast glaubte er zu beobachten, wie die Tür eines Tresors elektronisch verriegelt wurde, die man nicht einmal mit Dynamit vor dem justierten Zeitpunkt öffnen könnte. Offenbar hatte er sie an etwas erinnert, das sie vergessen wollte. Als Monique zurückkam, sprang Francesca auf und verkündete, nun sei Schlafenszeit.

Erschrocken hielt Monique den Atem an. Sie hatte sich gut amüsiert, und sie wollte so gern bis Mitternacht aufbleiben. Teilweise war Charlie an ihrer Enttäuschung schuld. Das wusste er. Um sich in Sicherheit zu bringen, musste Francesca vor ihm fliehen und ihre Tochter mitnehmen. Wie gern hätte er beteuert, er führe nichts Böses im Schilde, auch seine Seele sei verletzt und er würde niemanden bedrohen … Gewissermaßen glichen sie zwei verwundeten Tieren, die aus derselben Quelle tranken, und so bestand keine Gefahr, sie würden einander wehtun. Deshalb brauchten sie auch nicht davonzulaufen und sich zu verstecken. Doch er suchte vergebens nach den richtigen Worten. Er wollte nichts von ihr. Keine Freundschaft, keine Intimität. Er stand einfach nur zufällig und kurzfristig an ihrem Lebensweg. Sogar das war ihr zu viel. Worüber mochte sie schreiben? Natürlich wagte er nicht, danach zu fragen.

Und so setzte er sich nur für seine kleine Freundin ein. »Muss sie wirklich schon ins Bett? Ist es nicht ein bisschen zu früh für den Silvesterabend? Wie wär's mit Ginger Ale für Monique und einem Glas Wein für uns?« Offensichtlich wurde dieser Vorschlag als weitere Bedrohung empfunden.

Francesca schüttelte den Kopf, lehnte dankend ab und verschwand mit ihrer Tochter.

Bestürzt runzelte er die Stirn. Was musste ihr der Sportreporter angetan haben? Womit hatte er ihr einen so schweren seelischen Schaden zugefügt? Was auch immer, es musste grauenhaft gewesen sein. Zumindest glaubte sie das, und das genügte. Aber trotz des Panzers, hinter dem sie sich so beharrlich verschanzte, spürte Charlie, dass sie im Grunde ihres Herzens ein ganz anderer Mensch war.

Er setzte sich an die Bar, wo er bis halb elf blieb. Dann ging er in sein Zimmer hinauf. Er fand es sinnlos, mit anzusehen, wie alle lachten und schrien und sich betranken. So wie Gladys Palmer hatte auch er dem Silvesterabend nie besonders viel abgewonnen. Zu Mitternacht, als die Glocken erklangen und die Paare sich küssten und einander versprachen, im neuen Jahr sollte alles viel besser werden, schlief Charlie tief und fest.

Gut erholt und ausgeruht erwachte er schon zeitig am nächsten Morgen. In der Nacht hatte es zu schneien begonnen, ein eisiger Wind war aufgekommen. Deshalb beschloss Charlie, nach Hause zu fahren. Charlemont lag so nahe bei Shelburne Falls, dass er jederzeit wieder hierher kommen konnte. Deshalb sah er keinen Grund, bei schlechtem Wetter Ski zu laufen. Außerdem hatten drei Tage vollauf genügt.

Um halb elf verließ er das Hotel, und eine knappe Stunde später beheizte er schon sein Château. Ringsum sorgten neue hohe Schneewehen für wohltuende Stille. Charlie genoss die wunderbare Aussicht. Stundenlang saß er in Sarahs Boudoir, las und schaute hin und wieder durch das Fenster, um zu sehen, ob es immer noch schneite.

Erstaunlich oft dachte er an das kleine Mädchen, das er in Charlemont getroffen hatte, an die unglückliche, zornige

Mutter. Er würde Monique gern wiedersehen. Doch das würde Francesca ihrer Tochter wohl kaum erlauben. Bei diesem Gedanken erinnerte er sich an die beiden Bücher, die er in die Bibliothek des Historischen Vereins zurückbringen musste. Eines hatte er Gladys Palmer geliehen. Da er sie ohnehin besuchen wollte, nahm er sich vor, am nächsten Tag das Buch zu holen. Auf dem Rückweg konnte er beide Bände in der Bibliothek abgeben.

Plötzlich hörte er ein seltsames scharrendes Geräusch im Dachboden über seinem Kopf. Unwillkürlich sprang er auf, dann lachte er über sich selbst. Wie albern, in einem geschichtsträchtigen Haus überall und jederzeit übersinnliche Aktivitäten zu vermuten ... Auf den Gedanken, im Speicher könnten sich Eichhörnchen oder Ratten herumtreiben, war er zunächst gar nicht gekommen.

Er beschloss, das Geräusch zu ignorieren. Aber während er in ein paar neuen Architektur-Journalen blätterte, die er gekauft hatte, scharrte es wieder. Es hörte sich so an, als würde irgendetwas über den Boden geschleift, winzige Füße schienen zu trommeln. Natürlich, eine Ratte. Keine Sekunde lang wagte er zu hoffen, Sarahs Geist könnte da oben spuken. Weil Gladys der Countess nur ein einziges Mal begegnet war, hatte er sich bereits damit abgefunden, dass auch ihm keine zweite Vision vergönnt war. Was er in jener Nacht erblickt hatte, konnte er sich nach wie vor nicht erklären. Was es auch gewesen war – es existierte nicht mehr.

Den ganzen Nachmittag ärgerte ihn die Ratte. In der Abenddämmerung, während es immer noch schneite, holte er schließlich die Leiter und stieg nach oben. Falls es eine Ratte war, durfte sie die Stromleitungen nicht durchnagen. Womöglich würde sie in dem alten Gemäuer eine verheerende Feuersbrunst verursachen. Er hatte Gladys versprochen, auf solche Gefahren zu achten.

Aber als er die Falltür zum Dachboden öffnete und hindurchkletterte, herrschte tiefe Stille. Alles in bester Ordnung. Und doch – er hatte sich das Geräusch nicht eingebildet. Hoffentlich war die Ratte inzwischen durch eine Mauerritze ins Freie gekrochen. Im Licht der Taschenlampe, die er mitgenommen hatte, schaute er sich um. Da standen dieselben Truhen und Kartons wie bei seiner ersten Inspektion. An einer Wand lehnte ein alter Spiegel, und am anderen Ende entdeckte er etwas, das ihm zuvor nicht aufgefallen war – eine antike handgeschnitzte Wiege. Behutsam strich er darüber. Hatte sie Gladys oder Sarah gehört? Jedenfalls verströmte sie eine traurige Aura, das Gefühl einer Leere, das ihn bedrückte. Ob Jimmy oder Sarahs Baby darin gelegen hatte – nun waren beide längst tot. Entschlossen verdrängte er die bittersüßen Emotionen und richtete den Strahl der Taschenlampe in alle Winkel, um festzustellen, ob sich kleine pelzige Geschöpfe irgendwo Nester gebaut hatten. Nichts dergleichen.

Langsam kehrte er zur Leiter zurück. Da fiel sein Blick auf einen kleinen Alkoven unter einem der runden Fenster, und darin stand eine Truhe, die er zum ersten Mal sah. Kein Wunder, denn der staubige Lederdeckel schien mit der Wand zu verschmelzen. Seltsamerweise war die Truhe verschlossen. Charlie fand keine Initialen, keinen Namen, kein Wappen. Während er an dem Schloss herumhantierte, blätterte ein Teil des rissigen Leders ab. Nur der Deckel war morsch – die Truhe nicht. Er hob sie hoch und gewann den Eindruck, sie wäre mit Steinen gefüllt. Zum Glück war sie so klein, dass er sie auf die Schulter hieven konnte.

Vorsichtig tastete sein Fuß nach der ersten Leitersprosse, dann ließ er die Truhe fallen. Mit dumpfem Aufprall landete sie unter im Flur. Charlie klappte die Falltür herab, stieg hinunter und trug die Truhe in die Küche. In der Abstellkammer fand er ein paar Werkzeuge und begann das Schloss zu bearbeiten. Dabei fühlte er sich etwas unbehaglich. Vielleicht hatte Gladys Palmer irgendwelche Schätze oder persönliche Dinge unter diesem Lederdeckel versteckt, vielleicht Papiere, die niemand sehen durfte.

Sollte er sie anrufen? Diesen Gedanken verwarf er sofort wieder, weil seine Faszination, die einem hypnotischen Zwang glich, das Gewissen besiegte. Verbissen kämpfte er mit dem Schloss, das plötzlich aufsprang und zu Boden fiel. Nun sah er die zerkratzten Messingnägel, die darin steckten. Vermutlich war die Truhe genauso alt wie das Château. Von einer seltsamen Erregung erfasst, berührte er den Deckel. Was würde er darunter finden? Geld, Juwelen, Dokumente, Landkarten, einen bleichen Totenschädel – ein grausiges oder wundervolles Andenken an ein anderes Jahrhundert?

Während er den Deckel hob, glaubte er ein Rascheln neben sich zu hören und lachte in der Stille der alten Küche. Natürlich bildete er sich das nur ein. Und dann betrachtete er verblüfft den Inhalt der Truhe – kleine, in Leder gebundene Bücher mit seidenen Lesezeichen. Über ein Dutzend. Und alle sahen gleich aus. Vielleicht war das Leder früher rot gewesen. Jetzt schimmerte es in mattem, verblichenem Braun. Und keines wies einen Titel auf.

Verwundert öffnete er eines der Bücher, und beim Anblick der ersten Seite stockte sein Atem. Eine elegante, klare Handschrift in der linken oberen Ecke. Schon vor über zweihundert Jahren war die Tinte getrocknet. »Sarah Ferguson, 1789.« Ein paar Sekunden lang schloss er die Augen und stellte sich vor, wie sie hier am Küchentisch gesessen und ihren Namen geschrieben hatte. Vorsichtig, um das zarte Papier nicht zu beschädigen, blätterte er weiter, und da wusste er, was er in der Hand hielt. Eines ihrer Tagebücher.

Wie in einem Brief aus ferner Vergangenheit erzählte sie

ihm, was sie erlebt hatte, woher sie stammte, wie sie hierher gelangt und François begegnet war. Als Charlie den ersten Teil der Aufzeichnungen las, konnte er sein Glück kaum fassen.

# 8

Sarah Ferguson stand am Fenster des Salons und blickte über das Moor hinweg, so wie an den letzten beiden Tagen. Obwohl der Herbst erst in einigen Wochen beginnen würde, hingen seit dem Morgen Nebelschwaden über dem Land, dunkle Wolken kündigten ein Gewitter an. Die düstere, bedrohliche Atmosphäre passte zu Sarahs Stimmung. Nun wartete sie schon so lange auf ihren Mann Edward, Earl of Balfour.

Vor vier Tagen hatte er ihr einfach nur erklärt, er würde mit Freunden jagen, und fünf Diener mitgenommen. Nach Einzelheiten fragte sie niemals, denn die Erfahrung hatte sie eines Besseren belehrt. Nun durchsuchten mehrere Männer in Sarahs Auftrag den Gasthof, die benachbarte Stadt und die Schlafzimmer der Mädchen, die auf den Farmen der Balfour-Ländereien arbeiteten. Nur zu gut kannte sie ihren Gemahl – seine Untreue, seine Grausamkeit, seine scharfe Zunge, seine gnadenlose Faust. Sie hatte ihn schon so oft bitter enttäuscht. Erst vor drei Monaten war ihr sechstes Kind, eine Totgeburt, begraben worden. Das Einzige, was er sich von ihr wünschte, war ein Erbe. Und nach all den Jahren hatte sie ihm noch immer keinen geschenkt. Sämtliche Babys waren Fehlgeburten gewesen, tot geboren oder wenige Stunden nach der Entbindung gestorben.

Sarahs Mutter hatte die Geburt ihres zweiten Kindes, das tot zur Welt gekommen war, nicht überlebt. Damals noch ein kleines Mädchen, wuchs Sarah bei ihrem alten Vater auf. Statt noch einmal zu heiraten, widmete er sich ausschließlich seiner schönen, klugen Tochter, die er vergötterte.

Mit der Zeit wurde er immer gebrechlicher. Sie pflegte ihn liebevoll und schenkte ihm noch einige Jahre, die er ohne sie vielleicht nicht erlebt hätte. Als sie fünfzehn wurde, erkannte er, dass er eine wichtige Entscheidung nicht länger hinauszögern durfte. Bevor er starb, musste er sie verheiraten.

In seinem heimatlichen County gab es einige distinguierte Bewerber, darunter einen Earl, einen Duke und einen Viscount. Letzten Endes stach Balfour seine Mitstreiter aus, weil er Sarahs Vater vor Augen führte, wenn man die beiden benachbarten Ländereien vereinte, würden sie zu den größten von England zählen. Natürlich interessierte ihn auch die beträchtliche Mitgift. Sarah hätte einen jüngeren Kandidaten bevorzugt. Aber Edward redete ihrem Vater ein, da sie so lange in der Obhut eines alten Mannes gelebt habe, könne sie mit einem jungen Gemahl nicht glücklich werden. Und Sarah war zu unerfahren, um sich zu wehren.

So trug sie mit sechzehn Jahren den Titel der Countess of Balfour. Die Hochzeit fand im kleinen Rahmen statt. Fünf Wochen später starb Sarahs Vater.

Danach verprügelte Edward seine Frau fast täglich, bis sie schwanger wurde, dann beschimpfte er sie nur mehr, ohrfeigte sie und drohte sie umzubringen, wenn sie keinen Erben gebar. Meistens hielt er sich außerhalb seines Heims auf, ritt über seine Ländereien, betrank sich in Gasthöfen, vergewaltigte Dienstmägde oder reiste mit seinen Freunden durch ganz England. Der Tag seiner Heimkehr war stets eine Qual. Noch schmerzlicher litt Sarah, als ihr erstes Kind – der einzige Hoffnungsschimmer ihres Lebens – wenige Stunden nach der Geburt starb. Weil es nur ein Mädchen gewesen war, trug Edward die Tragödie mir Fassung. Danach brachte Sarah drei Söhne zur Welt, zwei Totgeburten und eine Fehlgeburt, und schließlich zwei Mädchen. Das letzte leblose Baby, in Tücher gehüllt, lag stundenlang im Arm der Mutter, die vor Verzweiflung fast den Verstand verlor, und man musste ihr das Kind mit sanfter Gewalt entreißen, um es zu begraben. Seither hatte Edward kaum mehr mit ihr gesprochen.

Obwohl er ihr seine Untreue zu verbergen suchte, wusste sie wie alle Bewohner des Countys, dass er mehrere Bastarde gezeugt hatte, darunter sieben Söhne. Er hatte bereits angekündigt, einen davon würde er – falls Sarah keinen Jungen gebar – zu seinem Erben einsetzen. Seinem verhassten Bruder Haversham würde er den Adelstitel und die Ländereien niemals gönnen.

»Nichts hinterlasse ich dir«, fauchte er. »Solltest du mir keinen Erben schenken, bringe ich dich um, ehe ich dich ohne mich auf dieser Erde weiterleben lasse.«

Mit vierundzwanzig, nach acht Ehejahren, hatte sie längst das Gefühl, ein Teil von ihr wäre gestorben. Wenn sie vor dem Spiegel stand, sah sie leere, tote Augen. Nach dem Verlust ihres letzten Kindes legte sie keinen Wert mehr auf ihr Leben. Ihr Vater wäre außer sich gewesen, hätte er gewusst, welches Schicksal sie durch seine Schuld erduldete. Misshandelt, gedemütigt und verachtet von einem Mann, mit dem sie seit der Hochzeit schlafen musste und den sie verabscheute, kannte sie keine Hoffnung mehr, keine Träume.

Mit vierundfünfzig Jahren immer noch ein attraktiver, charmanter Aristokrat, betörte Edward mit seinem Charme zahlreiche Bauern- und Dienstmädchen, die er wenig später verprügelte oder verließ, sobald sie schwanger wurden. Um seine Bastarde kümmerte er sich nicht. Für ihn zählte nur eins – das Streben nach Macht und Reichtum. Seit dem Tod seines Schwiegervaters besaß er ein riesiges Landgut. Sarahs ererbtes Privatvermögen hatte er sich längst angeeignet, teilweise auch die Juwelen ihrer Mutter.

Was seine Frau sonst noch zu bieten hatte, interessierte ihn nicht – abgesehen von dem Erben, den sie gebären sollte. Immer wieder würde er sie schwängern, bis sie daran zu Grunde ging, mit oder ohne Sohn. Davor graute ihr nicht mehr. Inzwischen sehnte sie das Ende sogar herbei, einen Unfall oder brutale Schläge, und sie würde gemeinsam mit einem ungeborenen Baby ins Jenseits hinübergehen. Nichts anderes wollte sie von ihrem Mann, nur den Tod und die damit verbundene Freiheit.

Während sie nun auf ihn wartete, bezweifelte sie nicht, dass er wie üblich auf seinem bockigen Pferd in den Hof sprengen würde, immer noch im Vollgefühl irgendeines verwerflichen Abenteuers. Sicher war ihm nichts zugestoßen. Entweder lag er in den Armen einer Hure oder betrunken auf dem Boden einer Taverne. Wenn er dann nach Hause kam, würde er seine Frau züchtigen. Sie genoss seine Abwesenheit. Im Gegensatz zu allen anderen Hausbewohnern sorgte sie sich nicht um den Earl. Nach ihrer Ansicht war er viel zu boshaft, um für alle Zeiten zu verschwinden.

Schließlich wandte sie sich vom Fenster ab und warf einen kurzen Blick zur Uhr auf dem Kaminsims. Ein paar Minuten nach vier. Sollte sie Haversham verständigen und ihn bitten, an der Suche nach Edward teilzunehmen? Er war der Halbbruder ihres Mannes. Zweifellos würde er sofort kommen. Aber es wäre albern, ihn zu beunruhigen. Und wenn Edward ihn bei seiner Heimkehr hier anträfe, würde er in helle Wut geraten. Lieber wollte sie noch einen Tag warten, bevor sie ihrem Schwager Bescheid gab.

Langsam wanderte sie umher, dann setzte sie sich. In ihrem stilvollen Kleid mit dem weiten hellgrünen Satinrock und dem Oberteil aus dunkelgrünem Samt, das sich eng an ihre schlanke Figur schmiegte, glich sie einem jungen Mädchen. Die weiße Bluse, die sie darunter trug, zeigte fast die gleiche Farbe wie ihre Wangen. Doch ihre zarte, zerbrechliche Erscheinung täuschte. Sie war viel stärker, als sie aussah. Sonst hätte sie die ständigen Prügel nicht überlebt.

Ihr Elfenbeinteint bildete einen faszinierenden Kontrast zu ihrem glänzenden schwarzen Haar, das sie jeden Morgen zu einem langen Zopf flocht und am Hinterkopf hochsteckte. Ohne sich an die neueste Mode zu halten, hatte sie stets elegant gewirkt, und ihre würdevolle Haltung schien den Kummer in ihren Augen Lügen zu strafen. Stets fand sie freundliche Worte für die Dienstboten, fast jeden Tag ritt sie zu den Farmen, um kranke Kinder zu betreuen und armen Familien Lebensmittel zu bringen.

Schon seit früher Jugend interessierte sie sich für Kunst und Literatur. Sie war oft mit ihrem Vater nach Italien und Frankreich gereist. Aber seit ihrer Hochzeit hatte sie die Balfour-Ländereien nur ganz selten verlassen, um den Earl nach London zu begleiten. Meistens behandelte er sie wie ein Möbelstück. Ihre außergewöhnliche Schönheit nahm er gar nicht wahr. Seinen Pferden schenkte er viel größere Aufmerksamkeit als seiner Frau.

Umso freundlicher begegnete ihr Haversham, der das Leid in ihrem Blick erkannte, unglücklich mit ansah, wie grausam sein Halbbruder mit ihr umging. Aber er konnte nichts dagegen unternehmen. Bei ihrer Hochzeit war er einundzwanzig gewesen, und seit ihrer ersten Schwangerschaft liebte er sie. Das hatte er ihr erst nach zwei Jahren gestanden. Natürlich wagte sie nicht zu zeigen, dass sie seine Gefühle erwiderte. Wenn Edward auch nur Verdacht schöpfte, würde er sie beide töten. Und so nahm sie Haversham das Versprechen ab, nie wieder zu erwähnen, was er für sie empfand.

Da seine Liebe hoffnungslos war, hatte er vor vier Jahren seine Kusine geheiratet, ein albernes, aber gutmütiges Mädchen namens Alice. Sie war auf einem Landgut in Cornwall aufgewachsen, und beide Familien begrüßten die Verbindung. Mittlerweile hatte sie ihm vier hübsche kleine Töchter geschenkt. Also gab es außer Haversham immer noch keinen Erben, da Landbesitz und Adelstitel nicht an Frauen übergehen konnten.

Als die Abenddämmerung hereinbrach, zündete Sarah die Kerzen an. Wenig später hörte sie Geräusche im Hof, schloss zitternd die Augen und hoffte inständig, ihr Mann würde noch nicht zurückkehren. Mochte es auch sündhaft sein, so etwas zu denken – sie wäre gerettet, wenn er vielleicht doch einen tödlichen Unfall erlitten hätte.

Atemlos trat sie ans Fenster, und da sah sie sein reiterloses Pferd, das ein Diener am Zügel führte – gefolgt von einem Bauernkarren, auf dem Edwards reglose Gestalt lag, in seinen Mantel gewickelt. Sarahs Herz schlug wie rasend. Falls er tot war, würde man ihn still und würdevoll ins Schloss tragen. Aber die Dienstboten rannten aufgeregt umher, schrien um Hilfe, und ein Reitknecht wurde zum Arzt geschickt. Behutsam hoben vier Männer den Earl auf eine Bahre und brachten ihn in die Halle. Was ihm zugestoßen war, wusste Sarah nicht. Aber sie erkannte bedrückt, dass er noch lebte und dass man ihn zu retten hoffte.

»Allmächtiger, verzeih mir ...«, flüsterte sie. Am anderen Ende des großen Salons flog die Tür auf, und die Bahre wurde auf den Boden gestellt. »Seine Lordschaft ist vom Pferd gestürzt, Mylady«, verkündete einer der Diener. Wortlos bedeutete sie den Männern, ihren Gemahl nach oben ins herrschaftliche Schlafgemach zu bringen, und folgte ihnen. Als sie ihn aufs Bett legten, sah sie, dass er immer noch dieselbe Kleidung trug wie bei seinem Aufbruch. Das Hemd war schmutzig und zerrissen, das Gesicht aschfahl, der Bart voll kleiner Dornenzweige.

Vor vier Tagen war er mit einem Bauernmädchen davongeritten und hatte seine Männer beauftragt, ihn in einem Gasthof zu erwarten. Dort hatten sie dreieinhalb Tage lang geduldig ausgeharrt. Es war nicht ungewöhnlich, dass sich der Earl so ausgiebig mit einer Gespielin amüsierte. Und so lachten und scherzten sie, tranken Ale und Whisky und genossen ihre Muße. Schließlich begannen sie sich doch Sorgen zu machen, gingen auf die Suche nach ihrem Herrn und erfuhren, er habe das Mädchen schon vor drei Tagen nach Hause gebracht. Da verständigten sie den Sheriff, der ihnen einen Suchtrupp zur Verfügung stellte. An diesem Morgen hatten sie Edward endlich gefunden. Er war vom Pferd gefallen und hatte drei Tage lang im Delirium gelegen. Zunächst glaubten sie, sein Genick wäre gebrochen. Doch sie irrten sich. Auf dem Heimweg war er für einen Augenblick zur Besinnung gekommen. Dann hatte er erneut das Bewusstsein verloren, und jetzt sah er aus wie eine Leiche. Die Diener erklärten der Countess, vermutlich habe er sich bei seinem Sturz den Schädel angeschlagen.

»Wann ist es geschehen?«, fragte sie leise. Sie glaubte ihnen nicht, als sie behaupteten, an diesem Morgen. Das Blut in seinem Gesicht musste schon vor Tagen verkrustet sein.

Bald danach traf der Arzt ein, aber sie konnte ihm nichts Konkretes mitteilen. Die Dienstboten führten ihn beiseite und berichteten, was sich tatsächlich ereignet hatte. An solche Zwischenfälle war der Doktor gewöhnt. Die Countess brauchte nicht zu wissen, wo ihr Mann gewesen war und was er getan hatte. Nun musste er mit Blutegeln zur Ader gelassen werden, alles Weitere würde man abwarten. Er war ein gesunder, kräftiger Mann, und so glaubte der Arzt, sein Patient würde den Unfall überleben.

Während des Aderlasses stand Sarah pflichtbewusst neben dem Bett ihres Mannes, der sich nach wie vor nicht rührte. Ihr graute vor den Blutegeln, und als sich der Arzt verabschiedete, sah sie fast genauso elend aus wie Edward. Sie setzte sich an den Schreibtisch und schrieb an Haversham. Nun musste er wissen, was geschehen war. Falls der Earl in der Nacht sterben sollte, musste sein Bruder bei ihm sein.

Nachdem sie den Brief versiegelt hatte, übergab sie ihn einem Boten. Der Ritt zu Havershams Haus würde eine Stunde dauern. Also müsste er im Lauf der Nacht eintreffen. Sarah setzte sich wieder neben das Bett ihres Mannes, betrachtete ihn und versuchte zu verstehen, was sie fühlte. Weder Zorn noch Hass, nur Gleichgültigkeit und Angst und Abscheu. Sie entsann sich nicht, ob sie ihn jemals geliebt hatte. Wenn ja, musste es eine kurzfristige Verirrung gewesen sein, ein törichter Selbstbetrug. Jetzt empfand sie nichts für ihn. Und ein Teil ihres Herzens besiegte das Gewissen und wünschte seinen Tod vor dem nächsten Morgen. Sie würde es nicht ertragen, noch länger mit ihm zu leben, seine intime Berührung zu erdulden, die schmerzhaften Schläge. Den Tod würde sie einer weiteren Schwangerschaft vorziehen. Aber wenn Edward am Leben blieb, wäre es nur eine Frage der Zeit, bis er wieder über sie herfallen würde.

Kurz vor Mitternacht kam ihre Zofe Margaret ins Schlafzimmer des Earls, um zu fragen, ob sie ihr etwas bringen könnte. Sie war ein nettes Mädchen, erst sechzehn – so alt war Sarah bei ihrer Hochzeit gewesen. Der Herrin treu ergeben, hatte Margaret ihr beim Tod des letzten Babys beigestanden. Sie wollte ihr auch jetzt unbedingt helfen. Für ihre geliebte Countess würde sie alles tun. Aber Sarah schickte sie mit einem sanften Lächeln ins Bett. Während Edwards Kammerdiener bei seinem Herrn Wache hielt, saß sie im Salon und wartete auf Haversham.

Erst um zwei Uhr morgens traf er ein. Seine Frau war krank, zwei Töchter hatten sie mit Masern angesteckt, nun waren alle drei mit juckenden roten Flecken übersät und husteten erbärmlich. Nur widerstrebend hatte er seine Familie allein gelassen. Doch er wusste, dass er Sarahs Brief nicht ignorieren durfte.

»Wie geht es ihm?« Mit seinen neunundzwanzig Jahren war der hoch gewachsene dunkelhaarige Haversham ein sehr attraktiver Mann. Wie immer bei seinem Anblick spürte Sarah ihren beschleunigten Puls. Aufgeregt eilte er zu ihr und ergriff ihre Hände.

»Vor ein paar Stunden wurde er mit Blutegeln zur Ader gelassen. Seit er in seinem Bett liegt, rührt er sich nicht. Zunächst dachte der Arzt, Edward hätte innere Blutungen erlitten. Aber darauf wies nichts hin, und er hat sich auch nichts gebrochen. Trotzdem glaube ich, er wird die Nacht nicht überleben.« Ihre Augen verrieten nicht, was in ihr vorging. »Und deshalb bat ich dich, hierher zu kommen.«

»Natürlich möchte ich bei dir sein.«

Dankbar sah sie zu ihm auf, dann gingen sie gemeinsam nach oben in Edwards Schlafzimmer. Wie der Kammerdiener erklärte, hatte sich der Zustand des Patienten inzwischen nicht verändert.

Etwas später setzten sie sich in den Salon. Haversham nippte an dem Glas Brandy, das der Butler ihm serviert hatte, und meinte, Edward würde mehr tot als lebendig aussehen und man müsse wohl das Schlimmste befürchten. »Wann ist es passiert?«, fragte er sorgenvoll. Wenn Edward starb, kam eine große Verantwortung auf seinen Halbbruder zu. Damit hatte Haversham nie gerechnet und stets geglaubt, eines Tages würde Sarah doch noch einen Sohn zur Welt bringen.

»Angeblich heute Morgen«, erwiderte sie in ruhigem Ton. Nicht zum ersten Mal erkannte er, wie stark sie war – stärker und mutiger als die meisten Männer. Sogar er selbst konnte sich nicht mit ihr messen. »Aber die Dienstboten lügen. Irgendetwas Besonderes muss geschehen sein. Aber vielleicht ist es nicht so wichtig. Jedenfalls ändert es nichts an seinem Zustand.«

Verzweifelt wünschte Haversham, er könnte sie in die Arme nehmen. Stattdessen stellte er sein Glas ab, neigte sich vor und ergriff ihre Hand. »Wenn ihm – etwas zustößt, was wirst du tun?«

»Das weiß ich nicht. Wahrscheinlich werde ich wieder leben – und atmen.« Sie lächelte schwach. »Und irgendwo in aller Stille mein Leben beenden.« Falls Edward ihr etwas Geld hinterließ, würde sie ein kleines Haus mieten oder vielleicht sogar eine Farm und endlich inneren Frieden finden. Mehr wünschte sie sich nicht. Ihre Hoffnungen und Träume hatte er längst zerstört.

»Würdest du mit mir fortgehen?«

Entsetzt starrte sie ihn an. Hatte sie ihm nicht verboten, jemals wieder über solche Dinge zu sprechen? »Mach dich nicht lächerlich!«, tadelte sie sanft. »Du bist verheiratet und hast vier Töchter. Wie kannst du deine Familie im Stich lassen und mit mir durchbrennen?« Genau das war sein sehnlichster Wunsch. Alice bedeutete ihm nichts. Und er hatte sie nur geheiratet, weil Sarah unerreichbar gewesen war. Aber jetzt – wenn Edward starb … »Daran darfst du nicht einmal denken«, fuhr sie in entschiedenem Ton fort. Immerhin war sie eine ehrbare Frau. Obwohl sie Haversham liebte, zürnte sie ihm, weil er sich wie ein unreifer Schuljunge benahm.

»Und wenn er am Leben bleibt?«, flüsterte er.

»Dann werde ich hier sterben.« Je eher, desto besser, dachte sie seufzend.

»Das lasse ich nicht zu, Sarah. Ich ertrage es nicht länger. Soll ich tatenlos mit ansehen, wie er dich langsam, aber sicher umbringt? O Gott, wie ich ihn hasse!« Edward hatte stets sein Bestes getan, um ihm das Leben zur Hölle zu machen. Fünfundzwanzig Jahre jünger als der Halbbruder, entstammte Haversham der zweiten Ehe seines Vaters. »Komm mit mir, Sarah!«, drängte er. Der Brandy war ihm ein wenig zu Kopf gestiegen. Seit Jahren plante er, mit Sarah zu fliehen. Doch er hatte nie den Mut aufgebracht, ihr das vorzuschlagen, weil er wusste, wie wichtig sie seine Ehe nahm. »Gehen wir nach Amerika!« Nun umklammerte er ihre Hände noch fester. »Sarah, ich flehe dich an! Dann wären wir endlich frei!«

Wäre sie ehrlich gewesen, hätte sie ihm gestanden, wie gern sie seiner Bitte nachgeben würde. Doch das durfte sie seiner Frau nicht antun. Und wenn Edward seinen Unfall überlebte, würde er die Flüchtlinge zweifellos aufspüren und ermorden.

»Red keinen Unsinn!«, befahl sie energisch. »Willst du dein Leben für nichts und wieder nichts riskieren?«

»Allein schon für den Gedanken, für immer mit dir vereint zu sein, würde ich sterben!«, entgegnete er hitzig. »Das meine ich ernst ...« Er rückte noch näher zu ihr, und ihr Atem stockte.

»Ja, ich weiß ...« Lächelnd erwiderte sie Havershams glühenden Blick und wünschte, sein und ihr Leben wären anders verlaufen. Irgendwie musste sie ihn zur Vernunft bringen. Aber er las in ihren Augen, was sie für ihn empfand, und da konnte er sich nicht mehr beherrschen. Er riss sie in seine Arme und küsste sie. »Nicht ...«, hauchte sie an seinen Lippen, wollte ihn ermahnen und fortschicken – in erster Linie, um ihn vor Edward zu retten. Doch sie hatte sich zu lange nach Liebe und Zärtlichkeit gesehnt, und so ließ sie sich ein zweites Mal küssen. Dann schob sie ihn von sich und schüttelte traurig den Kopf. »Das dürfen wir nicht – es ist unmöglich …« Und sehr gefährlich, falls wir beobachtet werden, ergänzte sie in Gedanken.

»Nichts ist unmöglich. In Falmouth finden wir sicher ein Schiff. Wir gehen an Bord, segeln in die Neue Welt und werden glücklich. Daran kann uns niemand hindern.«

Wie naiv er war – und wie schlecht er seinen Bruder kannte … Von den mangelnden finanziellen Mitteln ganz zu schweigen. Sie besaß keinen Penny und Haversham, als Zweitgeborener, nur die Mitgift seiner Frau. »So einfach ist das nicht«, entgegnete Sarah. »Wir würden in Schande leben. Denk doch an deine Töchter! Was würden sie von ihrem Vater halten, wenn sie alt genug sind, um von seinem Ehebruch zu erfahren? Und die arme Alice …«

»Da sie mich nicht liebt, wird sie sich von einem anderen trösten lassen.«

»Mit der Zeit lernt sie dich ganz bestimmt zu lieben.«

Darauf gab er keine Antwort. Er verstand nicht, warum sie sich seinem wundervollen Plan so hartnäckig widersetzte, und starrte erbost vor sich hin. Schließlich stiegen sie die Treppe hinauf, um noch einmal nach Edward zu sehen. Der Morgen graute, und außer dem Kammerdiener, der neben dem Bett des Earls wachte, hielt sich kein Personal im Oberstock auf.

»Wie geht es ihm?«, fragte Sarah leise.

»Unverändert, Mylady«, antwortete der Mann. »Am Vormittag wird der Doktor Seine Lordschaft noch einmal zur Ader lassen.«

Sie nickte, obwohl Edward nicht den Eindruck erweckte, er würde eine zweite Behandlung erleben.

Als sie das Schlafgemach verließen, schöpfte Haversham neue Hoffnung. »Dieser Bastard! Wenn ich mir vorstelle, was er dir in all den Jahren angetan hat …«

»Denk nicht daran«, bat sie und schlug ihm vor, im Gästezimmer ein wenig zu ruhen. Da er im Schloss bleiben wollte, bis Edward zu sich kommen oder sterben würde, hatte er seine eigenen Dienstboten mitgebracht, die bereits im Erdgeschoss schlummerten. Dankbar nahm er Sarahs Angebot an und staunte, weil sie selber nicht beabsichtigte, ins Bett zu gehen. Offenbar war sie unermüdlich.

Nachdem sie ihm eine gute Nacht gewünscht hatte, kehrte sie ins Zimmer ihres Mannes zurück und erklärte dem Kammerdiener, sie würde ihn ablösen. Die Augen geschlossen, saß sie auf dem Stuhl neben dem Krankenbett und dachte an Havershams Vorschlag. Was für eine erstaunliche Idee, nach Amerika auszuwandern ... Aber so verlockend das auch klang, es war unmöglich. Um Edward zu entrinnen, würde sie zwar ihr Leben wagen – doch sie durfte Alice und die Kinder nicht ins Unglück stürzen.

Schließlich sank ihr Kopf auf die Brust. Als die Sonne aufging und die Hähne krähten, schlief sie tief und fest. Plötzlich wurde ihr Arm gepackt und geschüttelt. Sie glaubte, sie wäre in einem Albtraum von einem wilden Tier überfallen worden, das seine Zähne in ihr Fleisch gegraben hätte. Stöhnend öffnete sie die Augen und starrte verwirrt in das Gesicht ihres Mannes, der ihren Arm unerbittlich fest umklammerte. Nur mühsam unterdrückte sie einen Schmerzensschrei. »Edward! Wie fühlst du dich? Du warst schwer krank. Gestern wurdest du auf einem Bauernkarren nach Hause gebracht, und der Doktor musste dich zur Ader lassen.«

»Zweifellos bist du enttäuscht, weil ich noch lebe.« In seinen Augen glitzerte unverhohlener Hass, und es amüsierte ihn, dass er ihr trotz seines geschwächten Zustands so heftige Qualen bereiten konnte. »Hast du meinen idiotischen Bruder hierher geholt?« Abrupt ließ er ihren Arm los.

»Was blieb mir denn anderes übrig, Edward? Ich dachte,

du würdest sterben.« Vorsichtig beobachtete sie ihn, als wäre er eine giftige Schlange.

»Ah, die trauernde Witwe und der neue Earl of Balfour ... So weit ist es noch nicht, meine Liebe. Dieses Glück wird dir vorerst missgönnt.« Unsanft umfasste er ihr Kinn, und sie staunte erneut über die Kraft, die er nach seiner langen Ohnmacht aufbrachte.

»Niemand wünscht dir etwas Böses, Edward.« Als er sie losließ, senkte sie den Blick. Dann stand sie auf und verließ das Zimmer, um sein Frühstück zu holen.

»Dieser Haferschleim wird mich nicht stärken«, klagte er, obwohl er kräftig genug war, um seine Frau zu peinigen.

»Soll ich dir etwas anderes servieren?«, fragte sie tonlos.

»Tu das!« Seine Augen verengten sich. Mit diesem drohenden Blick hatte er ihr früher Angst eingejagt. Jetzt zwang sie sich, nicht darauf zu achten und ihre innere Ruhe zu bewahren. »Übrigens weiß ich, was mein Bruder plant, teure Gemahlin. Er wird dich nicht vor mir in Sicherheit bringen, falls du das erhoffst. Und wenn er's versucht – wenn er wirklich und wahrhaftig mit dir flieht, werde ich euch finden und töten. Das meine ich ernst, Sarah.«

»Natürlich, Edward«, erwiderte sie sanft. »Aber du hast nichts dergleichen zu befürchten. Haversham war sehr besorgt um dich, ebenso wie ich.« Verstört eilte sie aus dem Zimmer. Konnte er Gedanken lesen? Wieso ahnte er, dass sein Bruder ihr letzte Nacht vorgeschlagen hatte, mit ihm zu flüchten? Was würde Edward ihm antun? Vielleicht sollte sie allein das Weite suchen, um Haversham vor dem Zorn ihres Mannes zu retten ...

Ihre Gedanken überschlugen sich, während sie die Küche betrat und ein Frühstückstablett vorbereitete, das Margaret wenig später nach oben trug. Sarah folgte dem Mädchen ins

Zimmer ihres Mannes. Inzwischen war der Earl von seinem Kammerdiener rasiert worden. Mit erstaunlichem Appetit verspeiste er die Eier, den Fisch und die frisch gebackenen Brötchen, die Sarah ihm aufgetischt hatte. Natürlich fand er kein Wort des Dankes. In seinem üblichen barschen Ton erteilte er den Dienstboten Befehle. Nur seine Blässe verriet Sarah, dass er sich nicht so großartig fühlte, wie er es vorgab. Als der Arzt erschien und ihn zur Ader lassen wollte, konnte er kaum glauben, wie gut sich Seine Lordschaft erholt hatte. Trotzdem riet er ihm zu einem zweiten Aderlass, worauf der Earl einen Wutanfall bekam und ihm die Tür wies. Zitternd verließ der arme alte Mann das Zimmer, und Sarah folgte ihm, um sich für das Benehmen ihres Gemahls zu entschuldigen.

»Allzu früh darf Seine Lordschaft nicht aufstehen«, mahnte er. »Und vorerst sollte er keine so herzhaften Mahlzeiten zu sich nehmen.« Er hatte die Reste des Frühstücks gesehen, und soeben hatte die Köchin ein Brathuhn ins herrschaftliche Schlafgemach geschickt. »Wenn er sich so unklug verhält, wird er erneut die Besinnung verlieren«, fügte der Doktor beklommen hinzu. Bei allen sechs Entbindungen hatte er ihr beigestanden, die Babys sterben oder blau verfärbt und tot zur Welt kommen sehen. Was sie in ihrem Eheleben erdulden musste, wusste er, und er bewunderte ihre Würde. Der Earl jagte ihm Angst und Schrecken ein. Nach den letzten drei Totgeburten hatte der Arzt sich geweigert, ihn zu verständigen. Beim ersten Mal hatte Edward ihn geschlagen, den Überbringer ungeheuerlicher Neuigkeiten, und ihn sogar der Lüge bezichtigt.

»Wir werden gut für ihn sorgen, Doktor«, versprach Sarah, als sie ihn in den Hof begleitete. Dort blieb sie noch lange stehen, nachdem der alte Mann davongeritten war, spürte die Sonnenwärme auf den Wangen und fragte sich, was sie tun sollte. Der schwache Hoffnungsschimmer dieser letzten Nacht war längst erloschen.

Schließlich kehrte sie in Edwards Zimmer zurück. Haversham saß neben dem Bett, sichtlich verblüfft über die Genesung seines Bruders, die so schnelle Fortschritte machte.

Am Nachmittag begegnete er ihr im Flur. Sie brachte ihrem Mann gerade eine Suppe, nachdem er den ersten Teller nach ihr geschleudert und ihren Arm verbrüht hatte. Angstvoll schaute Haversham in ihre Augen. »Hör auf mich, Sarah. Jetzt hast du keine Wahl mehr. Du darfst nicht hier bleiben. Seit seinem Unfall führt er sich schlimmer auf denn je. Ich fürchte, er ist wahnsinnig.« An diesem Morgen hatte Edward ihm befohlen, Sarah aus dem Weg zu gehen. Sonst würde er ihn töten. Noch sei er nicht mit ihr fertig – und fest entschlossen, ihrem Schoß einen Erben zu entringen, selbst wenn sie im Kindbett sterben sollte.

»Sicher ist er nicht verrückt«, erwiderte sie. »Nur bösartig.« Nach ihrer Ansicht verhielt sich Edward genauso wie eh und je. Aber nun verbarg er es nicht mehr vor seiner Umgebung und misshandelte sie vor den Augen seines Bruders und der Dienstboten. Daran schien er sogar Gefallen zu finden.

»Ich reite nach Falmouth und suche ein Schiff«, stieß Haversham hervor, berührte ihren verbrühten Arm, und sie stöhnte leise.

»Nichts dergleichen wirst du tun. Er wird dich töten. Bitte, Haversham, halt dich von mir fern, kehr zu deiner Familie zurück und vergiss mich!«

»Niemals!«, entgegnete er verzweifelt.

»Doch!« Ohne eine Antwort abzuwarten, eilte sie in Edwards Zimmer.

Am Abend erfuhr sie, Haversham sei nach Hause geritten. Da sich Edward auf dem Weg der Besserung befand, sah sein

Bruder keinen Grund mehr, noch länger im Schloss zu bleiben. Betrübt fragte sich Sarah, ob er seine törichten, romantischen Pläne tatsächlich aufgegeben hatte. Nur weil er sie zu lieben glaubte, durfte er seine Familie nicht verlassen oder sein Leben aufs Spiel setzen. Ebenso wie sie selbst musste er akzeptieren, dass es keine gemeinsame Zukunft gab.

Unglücklich suchte sie ihr Schlafzimmer auf und verbrachte eine ruhelose Nacht. Als die Hähne krähten, stand ihr Entschluss fest. Warum sollte Havershams Plan nicht gelingen, wenn sie ihn allein durchführte? So tollkühn die Idee auch erscheinen mochte – wenn sie ihre Aktivitäten sorgfältig plante und geheim hielt, konnte nichts schief gehen. Sie besaß immer noch einige Juwelen ihrer Mutter, nachdem Edward die meisten entwendet hatte, um sie zu verkaufen oder seine Huren zu beschenken. Mit dem Erlös des Schmucks würde sie kein luxuriöses Leben führen, doch das strebte sie auch gar nicht an. Sie sehnte sich nur nach Freiheit und Sicherheit. Selbst wenn sie auf der Reise in die Neue Welt über Bord fallen und ertrinken sollte, so wäre das immer noch dem Grauen vorzuziehen, das sie im Haus ihres verhassten Ehemanns erlitt.

Den ganzen Vormittag dachte sie über ihre Absicht nach, und plötzlich sah sie wieder einen Sinn in ihrem Dasein.

Edward spie Gift und Galle und schlug zwei seiner Diener, die ihn aufzurichten und anzuziehen versuchten. Deutlich sah Sarah ihm an, wie schlecht er sich fühlte. Doch das gab er nicht zu. Mittags saß er vollständig angekleidet im Salon, leichenblass und grimmig. Zum Lunch trank er ein Glas Wein. Danach schien es ihm besser zu gehen, aber er behandelte seine Frau keineswegs freundlicher.

Während er in seinem Sessel döste, schlich sie lautlos aus dem Salon, kehrte in ihr Schlafzimmer zurück und sperrte die Kassette auf, in der sie die restlichen Juwelen ihrer Mutter verwahrte. Glücklicherweise hatte Edward nichts davon an sich genommen. Sie wickelte den Schmuck in ein Tuch, steckte ihn in eine Tasche ihres Umhangs, der im Schrank hing, und verschloss die Kassette wieder. Am Abend sprach sie leise mit Margaret und fragte, ob ihr die Zofe tatsächlich so treu ergeben sei, wie sie es stets behauptet habe, und alles für sie tun würde.

»O ja, Mylady«, beteuerte das Mädchen und knickste.

»Würdest du mit mir verreisen?«

»Natürlich«, stimmte Margaret eifrig zu und stellte sich eine geheime Fahrt nach London vor. Wahrscheinlich wollte sich die Countess dort mit Haversham treffen. Wie sehr er sie liebte, war dem Hauspersonal nicht entgangen.

»Und wenn ein sehr weiter Weg vor dir läge?«

Vielleicht nach Frankreich, dachte Margaret. Dort gab es gerade gefährliche politische Schwierigkeiten. Aber das würde sie ihrer Herrin zuliebe auf sich nehmen. »Wohin immer Sie gehen, Mylady, ich begleite Sie«, erklärte Margaret tapfer, und Sarah dankte ihr erleichtert. Dann nahm sie ihr das Versprechen ab, niemandem von dieser Unterredung zu erzählen.

Am nächsten Abend zog Sarah ein warmes Wollkleid und ihren Umhang an. Nervös wartete sie, bis tiefe Stille im Schloss herrschte. Kurz vor Mitternacht schlich sie unbemerkt in den Stall und sattelte ihr Pferd so leise wie möglich. Dann führte sie Nellie durch den Hof zum Tor hinaus. Erst weiter unten an der Straße schwang sie sich in den Damensattel und galoppierte nach Falmouth, wo sie um halb drei Uhr morgens ankam.

Sie wusste nicht, ob sie zu dieser frühen Stunde schon jemand antreffen würde. Aber sie hatte Glück und fand ein paar Seemänner, die auf einem kleinen Schiff Segel setzten und um vier Uhr mit der Ebbe auslaufen wollten. Sie teilten ihr mit, innerhalb der nächsten Tage würde ein Schiff aus Frankreich zurückkehren, das vermutlich zum Waffenschmuggel benutzt worden sei. Im September würde es die Neue Welt ansteuern. Sie kannten die Besatzung und versicherten, das sei ein gutes Schiff, auf dem ihr nichts zustoßen würde. Allerdings müsse sie auf jeglichen Komfort verzichten. Lächelnd erwiderte Sarah, das würde sie nicht stören. Die Männer musterten sie neugierig und überlegten, wer sie wohl sein mochte. Doch sie stellten keine Fragen und erklärten ihr, bei wem sie eine Passage buchen könne.

Nachdem sie davongeritten war, meinten alle übereinstimmend, diese schöne Frau müsse ein außergewöhnliches Geheimnis verbergen.

Wenig später klopfte sie an die Tür des Kapitäns, der das Überseeschiff befehligen sollte und dessen Namen die Seeleute ihr genannt hatten. Aus dem Schlaf gerissen, erschien er im Nachthemd auf der Schwelle und starrte sie verblüfft an. Seine Verwirrung wuchs, als sie ihm für die Schiffsreise nach Boston kein Geld, sondern ein Rubinarmband anbot.

»Und was soll ich damit machen?«, fragte er.

»Verkaufen Sie's.« Wahrscheinlich war der Schmuck mehr wert als das Schiff, für das er verantwortlich war.

»Aber es ist gefährlich, nach Amerika zu segeln«, warnte er. »Schon viele Leute sind während der Überfahrt gestorben.«

»Wenn ich hier bliebe, würde ich mich einer viel schlimmeren Todesgefahr ausliefern«, entgegnete sie in so entschiedenem Ton, dass er ihr glaubte.

»Sie sind doch nicht in Konflikt mit dem Gesetz geraten?« Womöglich war das Armband gestohlen. Nun, man hatte schon viele Verbrecher und Verbrecherinnen in die Neue Welt verschifft. Aber die Frau schüttelte den Kopf, und ihre

Unschuldsmiene überzeugte ihn. »Wohin sollen wir die Fahrkarte bringen?«

»Kurz vor der Abreise komme ich hierher und hole sie. Wann läuft das Schiff aus?«

»Am 5. September, bei Vollmond. Am frühen Morgen, mit der Ebbe. Wenn Sie nicht pünktlich sind, segeln wir ohne Sie los.«

»Ich werde zur Stelle sein.«

»Zwischen dieser Küste und Boston gibt's keine Station«, betonte er.

Das war ihr nur recht. Nichts, was er sagen mochte, konnte ihre Absichten durchkreuzen. Sie vertraute ihm das Armband an, unterschrieb eine Quittung mit »Sarah Ferguson« und hoffte, er würde diesen Namen nicht mit dem Earl of Balfour in Verbindung bringen. Nur noch drei Wochen – dann war sie endlich frei ...

Um vier Uhr morgens verließ sie Falmouth und galoppierte zurück. Einmal stolperte ihr Pferd und warf sie beinahe ab, aber sie erreichte den Hof, kurz bevor die Hähne krähten. Lächelnd schaute sie zu Edwards Schlafzimmerfenster hinauf. In drei Wochen würde ihre Qual ein Ende finden.

# 9

Die letzten drei Wochen, die sie mit ihrem Mann verbringen musste, kamen ihr wie eine Ewigkeit vor, und die Minuten schienen sich wie Tage dahinzuschleppen. Außer ihrer Zofe, die sie nach Amerika begleiten würde, hatte sie niemanden ins Vertrauen gezogen, und die treue Margaret weihte nicht einmal ihre Eltern ein. Die restlichen Juwelen hatte Sarah ins Futter ihres Umhangs eingenäht.

Ihr Ehemann hatte sich inzwischen von seinem Unfall erholt und ging wieder zur Jagd. Gegen Ende August brachte er mehrere Freunde heim, die mit ihm im Salon aßen und tranken – eine unmanierliche, anspruchsvolle Bande. Erleichtert atmete Sarah auf, als sie verschwanden. Wenn sich Edwards Kumpane im Schloss herumtrieben, musste sie stets um die Tugend des weiblichen Personals bangen. So gut sie es vermochte, versuchte sie die jungen hübschen Dienstmädchen zu schützen und zu verstecken.

Seit Edward aus seiner Ohnmacht erwacht war, hatte sie Haversham nicht wiedergesehen. Wie sie erfuhr, litten nun alle seine Kinder an Masern. Alice war immer noch krank, und man befürchtete eine Lungenentzündung. Verständlicherweise war er vollauf mit seiner Familie beschäftigt, und Sarah bedauerte, dass er nicht mehr zu Besuch kam. Sie hätte ihn gern ein letztes Mal gesehen. Aber vielleicht war es besser, wenn sie einander nicht mehr begegneten. Womöglich würde er ihr irgendetwas anmerken oder sogar erraten, was sie plante, denn er kannte sie viel besser als ihr Gemahl.

Tag für Tag verhielt sie sich genauso wie gewohnt, und ein aufmerksamer Beobachter hätte nur einen einzigen Unterschied bemerkt – sie wirkte neuerdings ein bisschen glücklicher.

Manchmal sang sie leise vor sich hin, wenn sie im Hintergrund des Gebäudes kostbare kleine Wandteppiche ausbesserte. Dort traf Edward seine Frau eines frühen Abends an. Am Ende des großen, zugigen Raums, wo sie arbeitete, hörte sie seine Schritte nicht. Erschrocken zuckte sie bei seinem Anblick zusammen.

»Wo warst du den ganzen Nachmittag, Sarah? Ich konnte dich nicht finden.« Normalerweise suchte er nicht nach ihr, und sie fragte sich voller Angst, ob jemand hierher geritten war, um ihr die Schiffsfahrkarte zu bringen. Nein, unmöglich – im Hafen von Falmouth wusste niemand, wo sie wohnte.

»Stimmt was nicht?«, fragte sie in beiläufigem Ton.

»Ich will mit dir reden.«

»Worüber?« Sie legte ihre Handarbeit beiseite, schaute forschend in Edwards Augen und erkannte, dass er wieder einmal getrunken hatte. In diesem Zustand war er besonders angriffslustig. Deshalb durfte sie ihn nicht provozieren. Seit dem Verlust ihres sechsten Kindes hatte er nicht mehr mit ihr geschlafen, und mittlerweile waren drei Monate vergangen.

»Warum versteckst du dich in diesem abgeschiedenen Raum?«

»Ich flicke einige Gobelins deines Vaters. Wahrscheinlich haben die Mäuse daran genagt.«

»Triffst du dich hier mit meinem Bruder?«, fauchte er.

»Unsinn! Ich treffe mich nirgendwo mit deinem Bruder.«

»Doch, natürlich! Er ist in dich verliebt. Erzähl mir bloß nicht, der dumme Junge hätte dich noch nie um ein heimliches Stelldichein gebeten!«

»So etwas würde Haversham niemals tun. Und ich würde niemals darauf eingehen.«

»Sehr vernünftig von dir. Was dir andernfalls passieren würde, weißt du ja.« Mühsam verbarg Sarah ihre Angst, als er auf sie zuging und grausam lächelte. »Soll ich dir zeigen, was ich mit dir machen würde?«, fragte er, packte ihr Haar und riss ihren Kopf nach hinten, sodass sie zu ihm aufschauen musste. Sie gab keine Antwort. Egal, was sie sagen mochte, es würde ihre Lage noch verschlimmern, und sie konnte nur abwarten, bis er die Lust verlor, sie zu quälen. Hoffentlich bald, betete sie stumm. »Warum schweigst du, Sarah? Um Haversham zu schützen? Vor zwei Wochen dachtest du, ich würde sterben, nicht wahr? Was habt ihr beide da geplant?« Plötzlich schlug er sie mit aller Kraft ins Gesicht. Hätte er ihr Haar nicht festgehalten, wäre sie vom Stuhl gefallen.

»Bitte, Edward – Haversham und ich haben nichts verbrochen …« Als sie Blut auf ihr weißes Baumwollkleid tropfen sah, kämpfte sie mit den Tränen.

»Lügnerin! Hure!« Diesmal schlug er mit der Faust zu, traf ihren Wangenknochen, und sie blinzelte halb benommen. Zu ihrer Verblüffung zog er sie hoch, riss sie in die Arme und küsste sie. Sein Speichel mischte sich mit ihrem Blut, und sie widerstand der Versuchung, in seine Lippen zu beißen. Wenn sie sich wehrte, würde er sie noch brutaler verletzen. Diese Lektion hatte sie auf die harte Tour gelernt. Ungeduldig warf er sie zu Boden, streifte ihre Röcke nach oben und die Unterhose hinab.

»Nicht, Edward …«, würgte sie hervor. Warum musste er sie dermaßen erniedrigen und auf dem kalten Steinboden des alten Schlosses vergewaltigen? Weil es sein Wunsch war, und was Seiner Lordschaft beliebte, würde immer und überall geschehen. »Bitte …«, wisperte sie. Doch da drang er bereits in sie ein, und sie biss die Zähne zusammen, um nicht zu schreien. Es wäre zu demütigend, wenn sie die Dienstboten alarmierte und sie sie in dieser Situation sehen würden. So erduldete sie ihre Qual, stumm und machtlos. Immer wieder schlug ihr Hinterkopf auf den Boden, schmerzhaft zerrte Edward an ihren Hüften.

Nachdem er seine Erfüllung gefunden hatte, sank er auf sie hinab und presste alle Luft aus ihren Lungen. Nach einer Weile stand er auf und musterte sie verächtlich, als wäre sie Abfall zu seinen Füßen. »Diesmal wirst du mir einen Sohn schenken – oder sterben.« Ohne ein weiteres Wort wandte er sich ab und ging davon.

Es dauerte lange, bis sie die Kraft fand, ihre Unterhose hochzuziehen und aufzustehen. Dann begann sie zu schluchzen. Das Grauen, noch eines seiner toten oder sterbenden Kinder zu gebären, wollte sie sich gar nicht vorstellen. Würde sie an Bord der *Concord* feststellen, dass sie schwanger war? Falls das Kind am Leben blieb, würde Edward niemals davon erfahren. Und er würde sich nie wieder an ihr vergreifen. Es war vorbei.

Langsam schleppte sie sich zu ihrem Zimmer, in einem blutbefleckten Kleid, das Haar zerzaust, die Unterlippe geplatzt und geschwollen. In ihrem Kopf dröhnte es schmerzhaft. Im Flur begegnete sie ihrem Mann, der sich spöttisch vor ihr verneigte. »Hattest du einen Unfall, meine Liebe? Welch ein Pech! Sei in Zukunft etwas vorsichtiger, damit du nicht über deine eigenen Füße fällst.«

Noch nie hatte sie ihn so abgrundtief gehasst wie in diesem Augenblick. Aber sie ging schweigend, mit ausdruckslosem Gesicht, an ihm vorbei. Nie wieder würde es einen

Mann in ihrem Leben geben, keinen Liebhaber, keinen Gemahl, hoffentlich auch keinen Sohn. Nur eins wünschte sie sich – ihre Freiheit.

Nach diesem schrecklichen Abend ließ er sie in Ruhe. Er hatte sein Ziel erreicht. Zumindest glaubte er das. Meistens hatte eine einzige brutale Vergewaltigung genügt, um sie zu schwängern, und er nahm an, das wäre ihm auch diesmal gelungen. Sarah würde es erst auf dem Atlantik herausfinden.

Ereignislos verstrichen die letzten Tage, und die Nacht ihrer Abreise brach endlich heran. Ein silberner Vollmond stand hoch am Himmel. Unzählige Sterne funkelten. Als Sarah mit Margaret zum Stall schlich, bedauerte sie, dass sie Haversham keine Nachricht hinterlassen konnte. Aus der Neuen Welt würde sie ihm sofort schreiben. Natürlich hatte sie auch keinen Brief an Edward hinterlegt. Am letzten Morgen war er zur Jagd gegangen und noch nicht zurückgekehrt. Deshalb verlief die mitternächtliche Flucht nicht so hektisch wie befürchtet. Während die beiden Frauen nach Falmouth ritten, jede mit einer kleinen Reisetasche gerüstet, wuchs ihre Zuversicht. Und Margaret genoss das unglaubliche Abenteuer in vollen Zügen.

So wie bei Sarahs erstem Ritt dauerte es zwei Stunden, bis sie den Hafen erreichten. Glücklicherweise trat ihnen niemand in den Weg. Der Zofe hatte sie ihre Angst vor Straßenräubern verschwiegen. Sonst wäre das Mädchen niemals mit ihr gekommen. Um ihren Schmuck und ein bisschen Geld vor Banditen zu verstecken, die vielleicht auftauchen würden, hatte sie alles in das Futter ihres Umhangs genäht.

Auf dem Ritt durch Falmouth versetzten sie die Pferde in langsameren Trab. Sobald sie den Hafen erreichten, entdeckte Sarah die *Concord*, die viel kleiner war, als sie vermutet hatte. Der voll getakelte Zweimaster wirkte nicht einmal stabil genug, um den Kanal zu überqueren – geschweige denn den Atlantik. Verwirrt starrte Margaret das Schiff an. Sarah hatte dem jungen Mädchen noch immer nicht verraten, wohin die Reise ging, und nur erklärt, es würde die Eltern sehr lange nicht sehen. Doch die Zofe hatte versichert, das würde sie nicht stören. Offenbar würden sie nach Frankreich segeln, trotz der Unruhen, die dort herrschten, und sie konnte es kaum erwarten, ein fremdes Land zu sehen. Allzu aufmerksam hörte sie nicht zu, während ihre Herrin mit dem Kapitän sprach, der ihr ein kleines Vermögen zu überreichen schien. Er war ein ehrlicher Mann und gab ihr das Geld, das er von einem bekannten Londoner Juwelier erhalten hatte, abzüglich des Preises für die Passage.

Nachdem Sarah ihm gedankt hatte, fragte Margaret in fröhlichem Ton: »Wie lange wird die Fahrt dauern?«

Der Kapitän wechselte einen kurzen Blick mit Sarah. »Wenn wir Glück haben, sechs Wochen. Bei stürmischer See zwei Monate. So oder so – Ende Oktober müssten wir Boston erreichen.«

Inständig hoffte Sarah, die Überfahrt würde glimpflich verlaufen. Wie auch immer – sie würde an Bord gehen, weil sie nichts zu verlieren hatte. Aber ihre Zofe starrte Captain MacCormack entsetzt an. »Boston? Ich dachte, wir segeln nach Paris ... Oh, Mylady – auf einem so kleinen Schiff kann ich unmöglich nach Boston fahren. Da würde ich sterben!« Schluchzend umklammerte sie Sarahs Hände. »Bitte, zwingen Sie mich nicht dazu – ich flehe Sie an, schicken Sie mich zurück!«

So etwas Ähnliches hatte Sarah befürchtet. Sie seufzte und schloss das Mädchen in die Arme. Obwohl es ihr widerstrebte, die weite Reise allein zu wagen, brachte sie es nicht übers Herz, Margaret an ihr Versprechen zu erinnern. »Beruhige dich! Niemals würde ich dich gegen deinen Willen in die Neue Welt mitnehmen. Aber du musst mir etwas schwören. Erzähl niemandem, wohin ich reise – ganz egal, was Seine Lordschaft tut. Auch Mr. Haversham darfst du nichts verraten. Gib mir dein Wort!«

Verzweifelt nickte Margaret. »Ja, ich schwöre es … Aber ich bitte Sie – gehen Sie nicht auf das Schiff! Sie werden ertrinken …«

»Lieber ertrinke ich, bevor ich bei meinem Mann bleibe und dieses grässliche Leben weiterführe.« Ihre Wange, von Edwards Faust getroffen, schmerzte immer noch, und es hatte einige Tage gedauert, bis die Schwellung ihrer Unterlippe zurückgegangen war. Selbst wenn sie nach der brutalen Vergewaltigung mit einer Schwangerschaft rechnen musste – nichts würde sie daran hindern, dem Scheusal zu entrinnen, das sie so lange gequält hatte. »Nimm die Pferde mit nach Hause, Margaret.« Ursprünglich hatte sie geplant, die Tiere in den Mietstall von Falmouth zu bringen und verkaufen zu lassen. Das war jetzt nicht mehr nötig. »Wenn du nach mir gefragt wirst, musst du stark und tapfer sein. Sag einfach, du wärst eine Weile mit mir geritten, und dann hätte ich beschlossen, zu Fuß nach London zu gehen. Das wird die Suchtrupps vorerst beschäftigen.« Armer Haversham, dachte Sarah. Sicher würde Edward ihn zur Rechenschaft ziehen. Doch die tatsächliche Unschuld des jungen Mannes war sein bester Schutz. Und sobald sie in der Neuen Welt gelandet war, konnte Edward ihr nichts mehr anhaben. Vielleicht würde er die Ehe annullieren lassen. Das wäre ihr gleichgültig. Sie wollte nichts vom Earl of Balfour. Eine Zeit lang würde sie vom Erlös der Juwelen leben und danach die Stelle einer Gouvernante oder Gesellschaftsdame annehmen. Sie würde die Arbeit nicht scheuen – ein geringer Preis für das kostbare Gut ihrer Freiheit.

In Tränen aufgelöst, verabschiedete sich Margaret von Ihrer Ladyschaft, dann ging Sarah an Bord der kleinen Brigg.

Auf Deck traf sie mehrere andere Passagiere. Als das Schiff noch vor dem Morgengrauen auslief, stand sie an der Reling und winkte ihrer weinenden Zofe zu.

»Viel Glück!«, schrie Margaret in den Morgenwind.

Aber ihre Herrin hörte den Ruf nicht. Langsam drehte das Schiff und verließ die englische Küste. In maßloser Erleichterung lächelte Sarah, schloss die Augen und dankte dem Allmächtigen, der ihr ein neues Leben schenkte.

Um vier Uhr morgens schloss Charlie das Tagebuch und starrte nachdenklich vor sich hin. Was für eine außergewöhnliche Frau war Sarah Ferguson gewesen – wie viel Mut musste sie aufgebracht haben, um in jenen unruhigen Zeiten ihren Mann zu verlassen und auf einem winzigen Schiff ohne Begleitung nach Boston zu segeln ... Ihrem Bericht entnahm er, dass sie in der Neuen Welt niemanden gekannt hatte. Was sie über ihren Ehemann berichtete, jagte einen kalten Schauer über seinen Rücken, und er wünschte, er hätte am Ende des 18. Jahrhunderts gelebt und ihr beigestanden.

Als er in ihr Zimmer hinaufging, hatte er das Gefühl, ein kostbares Geheimnis mit ihr zu teilen, und er sehnte sich nach einem Wiedersehen. Jetzt wusste er viel mehr über sie. Wie die Fahrt über den Atlantik verlaufen war, konnte er sich kaum vorstellen. Am liebsten hätte er die nächsten Aufzeichnungen sofort gelesen. Doch er brauchte seinen Schlaf.

Wenig später lag er in seinem Bett und hoffte, die Seide ihrer Röcke rascheln zu hören. Welch ein glücklicher Zufall, dass er die Tagebücher entdeckt hatte ... Oder war er gar nicht von einer Ratte auf den Dachboden gelockt worden? Hatte Sarah ihn hinaufgeführt und veranlasst, die Truhe zu finden?

# 10

Am Morgen schneite es immer noch. Als Charlie erwachte, dachte er an die Angaben, die er seinem Anwalt nach London faxen müsste. Außerdem sollte er einige Telefongespräche mit New York führen. Aber er kannte nur einen einzigen Gedanken – Sarahs Tagebücher, die eine fast hypnotische Wirkung auf ihn ausübten. Irgendwann würde er sie seiner Freundin Gladys zeigen. Aber jetzt noch nicht. Erst wenn er die Lektüre des letzten Buchs beendet hatte. Bis dahin wollte er die kostbaren Aufzeichnungen der Countess mit niemandem teilen.

Hastig duschte er und zog sich an, dann trank er eine Tasse Kaffee, öffnete den Lederband, den er letzte Nacht beiseite gelegt hatte, und las die Schilderung der Schiffsreise.

Im Zwischendeck der kleinen Brigg *Concord* lagen vier Kabinen für zwölf Personen, die zur Neuen Welt segelten. Während sich der fünf Jahre alte Zweimaster von Falmouth entfernte, ging Sarah nach unten und inspizierte die Kabine, die sie mit Margaret hätte bewohnen sollen. Etwas unbehaglich sah sie sich in dem knapp zwei Meter langen und anderthalb Meter breiten Raum um und musterte die beiden schmalen Kojen. Über jeder hingen Stricke, mit denen man bei starkem Wellengang festgebunden wurde.

Da Sarah eine der beiden einzigen weiblichen Passagiere war, brauchte sie ihre Kabine mit niemandem zu teilen. Die andere Frau reiste mit ihrem Mann und ihrer fünfjährigen Tochter Hannah. Kurz nach der Abfahrt hatte Sarah die Familie an Deck kennen gelernt. Die Jordans waren Amerikaner und stammten aus Nordwest-Ohio. Die letzten Monate hatten sie in England verbracht, um Mrs. Jordans Familie zu besuchen, und nun kehrten sie heim.

Die übrigen Passagiere waren vier Kaufleute, ein Apotheker, der sich vielleicht nützlich machen würde, ein Priester auf dem Weg zu den Heiden im Westen der Neuen Welt und ein französischer Journalist, der von einem amerikanischen Diplomaten und Erfinder namens Ben Franklin erzählte. Diesen bemerkenswerten Mann hatte er vor fünf Jahren in Paris getroffen.

Als das Schiff auf den ersten hohen Wogen schaukelte, wurde fast allen Passagieren übel. Inzwischen war die englische Küste nicht mehr zu sehen. Zu ihrer eigenen Verblüffung fühlte sich Sarah großartig. Sie stand an Deck, sog die frische Meeresluft tief in ihre Lungen, genoss den Sonnenschein und ihre Freiheit. In ihrer freudigen Erregung glaubte sie beinahe, sie könnte fliegen. Schließlich ging sie wieder unter Deck, begegnete Mrs. Jordan, die gerade mit Hannah aus ihrer Kabine kam, und überlegte, wie sich drei Personen in dem winzigen Raum zurechtfinden mochten.

»Guten Tag, Miss«, grüßte Mrs. Jordan und senkte verlegen den Blick. Vor wenigen Minuten hatte sie mit ihrem Mann besprochen, wie ungewöhnlich es sei, dass sich die junge Frau ohne Begleitung an Bord aufhielt. Sarah erriet, was die Amerikanerin dachte. Nun musste sie wohl oder übel eine Erklärung abgeben. Da sich ihre Zofe geweigert hatte, mit ihr zu fahren, würden ihr auch in Boston einige Unannehmlichkeiten drohen. Sogar in der fortschrittlichen

Neuen Welt rümpfte man über Frauen, die allein reisten, die Nase.

»Hallo, Hannah!« Sarah lächelte das kleine Mädchen an, das ebenso wie die Mutter etwas blass war. Vermutlich litten beide an der Seekrankheit. »Geht's dir gut?«

»Nicht besonders«, erwiderte die Fünfjährige und knickste höflich.

»Wenn Sie mal mit Ihrem Mann allein sein möchten, nehme ich Ihre Tochter gern zu mir, Mrs. Jordan«, erbot sich Sarah. »In meiner Kabine gibt's eine zweite Koje. Leider habe ich keine Kinder. Darauf hofften mein verstorbener Mann und ich vergeblich.«

»Also sind Sie verwitwet«, stellte Martha Jordan sichtlich erleichtert fest. Trotzdem sollte die Dame nicht allein reisen. Aber dank ihres Witwenstandes war das nicht ganz so unschicklich.

»Seit kurzem.« Sarah senkte den Kopf und wünschte, sie würde die Wahrheit sagen. »Eigentlich sollte mich meine Nichte nach Boston begleiten.« Sie nahm an, dass Mrs. Jordan die schluchzende Margaret am Kai gesehen hatte. »Aber sie fürchtete sich ganz schrecklich vor der Reise, und ich wollte sie nicht dazu zwingen – obwohl ich ihren Eltern versprochen hatte, sie mitzunehmen. Natürlich befinde ich mich dadurch in einer sehr unangenehmen Lage«, fügte sie zerknirscht hinzu.

»Oh, Sie Ärmste!«, rief Martha Jordan voller Mitleid. »Noch dazu, wo Sie eben erst Witwe geworden sind … Wenn wir Ihnen irgendwie helfen können, geben Sie uns bitte Bescheid. Vielleicht wollen Sie uns in Ohio besuchen.«

»Danke, Sie sind sehr freundlich«, erwiderte Sarah und ging in ihre Kabine. Diese Einladung würde sie wohl kaum annehmen. Da sie einen schwarzen Seidenhut und ein schwarzes Wollkleid trug, wirkte ihre Geschichte glaubwürdig, wenn sie auch nicht wie eine trauernde Witwe aussah. Sie fürchtete sogar, ihre Augen würden vor Glück strahlen.

In den ersten Tagen verlief die Reise ohne unerfreuliche Zwischenfälle. Die Besatzung hatte Schweine und Schafe an Bord gebracht, die der Reihe nach geschlachtet werden sollten, und der Schiffskoch gab sich große Mühe mit den Mahlzeiten. Aber Sarah hörte die Seeleute jede Nacht lärmen, und Seth Jordan erklärte ihr, sie würden sich allabendlich mit Rum betrinken. Deshalb verlangte er energisch, sie müsse nach dem Dinner in der Kabine bleiben, ebenso wie seine Frau.

Die Kaufleute standen täglich an Deck und schwatzten. Trotz der Seekrankheit, die manche Passagiere zu den merkwürdigsten Zeiten befiel, schienen alle in guter Stimmung zu sein. Captain MacCormack unterhielt sich sehr oft mit ihnen. Wie er Sarah erzählt hatte, stammte er aus Wales und bedauerte, dass er seine Frau und seine zehn Kinder, die auf der Isle of Wight lebten, so selten sah. Insgeheim bewunderte er Sarahs Schönheit. Wenn sie an der Reling stand und aufs Meer blickte oder in einer ruhigen Ecke saß und ihr Tagebuch führte, fiel es ihm schwer, sich auf seine Pflichten zu konzentrieren. Ihr Anblick bezauberte alle Männer an Deck. Doch das schien sie gar nicht wahrzunehmen. Durch ihre Bescheidenheit und ruhige Art wirkte sie noch attraktiver.

Eines Nachts, nach einer Woche, brach der erste Gewittersturm los. Sarah schlief in ihrer Kabine. Erschrocken fuhr sie hoch, als ein Seemann hereinkam und verkündete, er müsse sie festbinden. Er roch nach Rum, aber zu ihrer Erleichterung ging er sehr behutsam mit ihr um und verschwand sofort wieder, um zu seinen Kameraden an Deck zu laufen. Angespannt lauschte sie und hörte alle Planken der kleinen Brigg ächzen.

Für alle an Bord war es eine lange, qualvolle Nacht. Den

meisten Passagieren wurde auf dem wild schlingernden Schiff speiübel. Die Augen geschlossen, betete Sarah stumm, wann immer das Schiff emporstieg und dann in ein Wellental hinabstürzte. Zwei Tage lang verließ niemand die Kabinen, und eine Woche nach dem Unwetter ließ sich Martha Jordan noch immer nicht blicken. Sarah fragte Mr. Jordan, wie es seiner Frau ginge. »Leider gar nicht gut«, seufzte er sichtlich erschöpft. Da er seine Tochter allein betreuen musste, schien er sich überfordert zu fühlen. »Seit dem Gewitter ist sie dauernd seekrank. Sie war schon immer anfällig.«

Am selben Nachmittag klopfte Sarah an die Kabinentür der Jordans, um Martha zu besuchen. Leichenblass lag die arme Frau auf ihrer Matratze, einen Eimer neben sich, und begann gerade erbärmlich zu würgen.

»Lassen Sie sich helfen, meine Liebe!« Mitfühlend eilte Sarah zu ihr und stützte sie.

Als Martha wieder sprechen konnte, teilte sie ihr mit, sie sei nicht nur seekrank, sondern auch schwanger. Erst am Vortag hatte Sarah zu ihrer ungeheuren Erleichterung festgestellt, dass ihr dieser Zustand erspart blieb. Nun gab es nichts mehr, was sie mit Edward verband, und sie war endgültig frei. Doch die geschwächte Frau, der sie einen Arm um die Schultern gelegt hatte, befand sich in einer äußerst schwierigen Situation. »Wir hätten bis zur Geburt des Babys bei meiner Familie in England bleiben können«, stöhnte sie unglücklich, an Sarahs Brust gelehnt. »Aber Seth fand, es wäre besser heimzukehren. Und die Reise von Boston nach Ohio dauert noch einmal vierzehn Tage.« Bis sie diese Fahrt antreten konnte, musste sie erst einmal einige Wochen auf einem schwankenden Schiff überstehen.

Von tiefem Mitleid erfasst, verdrängte Sarah die Gedanken an ihr eigenes Glück und überlegte, wie sie der bedauernswerten Frau helfen konnte. Sie holte Lavendelwasser und ein sauberes Tuch aus ihrer Kabine und kühlte Marthas Stirn, wusch ihr das Gesicht und vertauschte den vollen Eimer mit einem leeren. Dann versprach sie ihr, sie würde irgendjemanden in der Kombüse veranlassen, Tee zu kochen.

»Danke«, wisperte Martha. »Oh, Sie ahnen nicht, was ich durchmache ... Als ich Hannah erwartete, war mir dauernd übel ...« Das konnte sich Sarah gut vorstellen, nachdem sie es selbst viel zu oft erduldet hatte.

Eine Stunde später fühlte sich Martha etwas besser, nach einer Tasse Tee und ein paar Keksen, die der Schiffskoch ihr geschickt hatte. Seth Jordan nannte Sarah einen Engel der Barmherzigkeit und dankte ihr überschwänglich. Um ihn zu entlasten, nahm sie Hannah mit in ihre eigene Kabine und spielte mit ihr. Aber das Kind sehnte sich nach der Mutter, und Sarah brachte es bald zurück. Inzwischen ging es Martha wieder schlechter. Sie übergab sich, und Hannah musste ihren Vater an Deck begleiten. Sarah folgte den beiden und beobachtete, wie er sich mit einigen Passagieren unterhielt. Sie rauchten teure Zigarren, die einer der Kaufleute in den West Indies erworben hatte. Als Sarah den köstlichen Duft roch, war sie versucht, selber eine Zigarre zu probieren. Doch sie verzichtete darauf, denn man sollte sie nicht für frivol halten.

Nun genossen sie ein paar ruhige Tage, bis der nächste Gewittersturm das Meer peitschte. Zwei Wochen lang herrschte schlechtes Wetter, die meisten Passagiere blieben in ihren Kabinen. Seit dreieinhalb Wochen waren sie auf hoher See, und der Kapitän schätzte, sie hätten die Hälfte der Strecke zurückgelegt. Vorausgesetzt, sie wurden vor weiteren heftigen Unwettern verschont, müsste die Reise von der englischen Küste nach Boston insgesamt sieben Wochen dauern.

Trotz des unfreundlichen Wetters ging Sarah oft an Deck und beobachtete die Besatzung in der Takelage. Oft fragte sie sich, was Edward von ihrem Verschwinden halten mochte. Hatte Margaret ihr Versprechen gehalten und nichts verraten? Oder wusste der Earl inzwischen, wohin seine Frau fuhr? Im Grunde genommen war es egal. Er konnte sie nicht zur Rückkehr zwingen.

Eines Morgens gesellte sich Abraham Levitt zu ihr, einer der Kaufleute. »Haben Sie Verwandte in Boston?«

»Leider nicht.«

Mit seinen Geschäften hatte er ein Vermögen gemacht. Es faszinierte sie, mit ihm zu reden und von seinen Reisen in den Orient zu hören. Er andererseits war von ihren klugen Fragen beeindruckt. Eine ungewöhnliche Frau, dachte er. Interessiert erkundigte sie sich nach Boston und den Siedlungen im Norden und Westen der Stadt. Sie wollte alles über die Indianer und die Forts wissen, über die Bewohner von Connecticut und Massachusetts. In einem Reiseführer hatte sie einen Bericht über eine pittoreske kleine Stadt namens Deerfield gelesen, die teilweise von Indianern bevölkert wurde.

»Wollen Sie etwa dort hinziehen?«, fragte Mr. Levitt.

»Vielleicht kaufe ich eine Farm in dieser Gegend.«

»Unmöglich!«, rief er konsterniert. »Wie wollen Sie eine Farm betreiben – eine allein stehende Frau? Die Indianer würden Sie sofort entführen.« Das würde er selber gern tun. Aber Captain MacCormack legte großen Wert auf Sitte und Anstand an Bord seines Schiffes, und er behielt Sarah väterlich im Auge. So wie alle Männer auf der *Concord* bewunderte Abraham Levitt die schöne junge Frau. Unentwegt suchten sie ihre Nähe, aber Sarah ahnte nicht einmal, welche Gefühle sie erregte.

»Oh, die Indianer werden mir sicher nichts zu Leide tun«,

erwiderte sie lachend. Sie fand den etwa 30-jährigen Mann sehr sympathisch, und sie wusste, dass in Connecticut eine Ehefrau auf ihn wartete.

»Jedenfalls sollten Sie vorsichtig sein«, mahnte er. In dieser Minute verkündete der Erste Offizier, das Dinner sei angerichtet, und Mr. Levitt führte Sarah zu Tisch.

Seth und Hannah Jordan saßen bereits auf ihren Plätzen. Seit Wochen nahm die arme Martha nicht mehr an den gemeinsamen Mahlzeiten teil. Sie verließ die Kabine nicht, und sie sah elend aus, wann immer Sarah sie besuchte. Nicht einmal der Apotheker wusste, wie er ihr helfen sollte. Keine seiner Arzneien hatte eine Besserung erzielt.

Wie üblich erzählten sie einander beim Dinner Geschichten, und alle fanden, Sarah würde diese Kunst am besten beherrschen. Nach dem Essen führte sie Hannah in ihre Kabine und brachte sie zu Bett, damit Seth mit den anderen Männern an Deck umherwandern konnte. Zuvor hatte sie sich vergewissert, dass Martha nebenan schlief. Allmählich bangte sie um das Leben der armen Frau. Aber Captain MacCormack hatte ihr versichert, an Bord der *Concord* sei noch niemand an der Seekrankheit gestorben, und das würde auch in Zukunft nicht geschehen.

In dieser Nacht tobte ein Sturm, der sie an seinen Worten zweifeln ließ. Später sollte er gestehen, es sei das schlimmste Unwetter gewesen, das er jemals erlebt habe. Es dauerte drei Tage, und die Seeleute mussten auf Deck an den Masten festgebunden werden. Zwei wurden über Bord gespült, als sie die Segel zu retten versuchten. Jedes Mal, wenn die Brigg in ein Wellental hinabraste, entstand der Eindruck, sie würde gegen Felsen prallen, und sie erzitterte so heftig, dass das Holz zu zersplittern drohte. Diesmal fürchtete sich sogar Sarah. Schluchzend lag sie in ihrer Kabine, auf der Koje festgebunden, und entsann sich, dass sie ihrer Zofe erklärt hatte, sie wollte lieber ertrinken, als bei ihrem Mann zu bleiben. Würde das Schicksal sie beim Wort nehmen? Selbst wenn es so wäre – sie bereute ihren Entschluss keine Sekunde lang.

Am vierten Tag schien die Sonne, und das Meer beruhigte sich ein wenig. Die Passagiere kamen aus ihren Kabinen. Außer Abraham Levitt sahen alle ziemlich mitgenommen aus. Im Orient habe er viel schlimmere Stürme miterlebt, behauptete er und erzählte Geschichten, die seine Zuhörer in Angst und Schrecken versetzten. Auch Seth und Hannah erschienen an Deck. Besorgt wandte er sich an Sarah. »Meiner Frau geht es sehr schlecht. Ich fürchte, sie liegt im Delirium. Seit Tagen hat sie keinen einzigen Schluck Wasser getrunken. Ich kann sie einfach nicht dazu bringen.«

»Versuchen Sie's doch!«, drängte Sarah bestürzt. »Sonst vertrocknet sie womöglich bei lebendigem Leibe.«

»Man müsste sie zur Ader lassen«, klagte der Apotheker. »Ein Jammer, dass wir keinen Arzt an Bord haben!«

»Wir werden uns auch ohne den Doktor zu helfen wissen!«, verkündete Sarah energisch, eilte unter Deck und betrat die Kabine der Jordans. Entsetzt betrachtete sie Marthas aschfahles Gesicht, die glanzlosen Augen, die tief in den Höhlen lagen. »Martha ...«, begann sie in sanftem Ton. Doch die Kranke schien nichts zu hören. »Bitte, meine Liebe, Sie müssen etwas trinken ...« Fürsorglich hielt sie einen Löffel an Marthas Lippen und versuchte, ihr etwas Wasser einzuflößen. Aber es rann an der bleichen Wange hinab.

In dieser Nacht saß Sarah stundenlang am Krankenlager und bemühte sich unermüdlich um Martha, die sie nicht erkannte und keinen einzigen Schluck Wasser zu sich nahm.

Schließlich kam Seth in die Kabine, die müde Hannah auf den Armen. Er legte seine Tochter in die Koje, die er mit ihr teilte, und sie schlief sofort ein. Verzweifelt bemühte er sich mit Sarahs Hilfe, seiner Frau Wasser einzuflößen – ohne Erfolg. Am frühen Morgen sah es so aus, als würde sich das Unvermeidliche nicht verhindern lassen. Im vierten Monat schwanger, war Martha so geschwächt, dass sie ihr Baby vermutlich verlieren würde, falls es überhaupt noch lebte. Während die Sonne aufging, öffnete sie plötzlich die Augen und lächelte ihren Mann an, von tiefem Seelenfrieden erfüllt. »Danke für alles, Seth«, flüsterte sie und hauchte in seinen Armen ihr Leben aus.

Noch nie hatte Sarah etwas so Trauriges mit angesehen, außer dem Verlust ihrer Babys. Kurz danach erwachte Hannah und wandte sich zu ihrer Mutter. Sarah hatte inzwischen Marthas Haar gekämmt und ihr einen ihrer eigenen Gazeschals um den Kopf geschlungen. Nun sah die Tote fast hübsch aus.

»Geht's ihr besser?«, fragte das kleine Mädchen hoffnungsvoll. Martha wirkte so friedlich, als würde sie schlafen.

»Nein, mein Liebes«, antwortete Sarah, die Augen voller Tränen. Sie hatte sich der Familie in diesen schweren Stunden nicht aufdrängen wollen. Aber Seth hatte sie inständig gebeten, in seiner Kabine zu bleiben. Nun erwartete sie, er würde mit seiner Tochter sprechen. Doch er fand keine Worte und schaute Sarah flehend an. »Jetzt ist sie im Himmel, Hannah«, fügte Sarah mit brüchiger Stimme hinzu. »Sieh doch, wie sie lächelt – sie ist bei den Engeln …« *So wie meine Babys.* »Tut mir so Leid«, flüsterte sie, von schmerzlicher Trauer um die Frau erfüllt, die sie kaum gekannt hatte. Niemals würde Martha nach Ohio zurückkehren, niemals mit ansehen, wie ihre Tochter heranwuchs.

»Ist sie tot?«, fragte Hannah, schaute mit großen Augen von Sarah zu ihrem Vater, und beide nickten. Da begann sie um die Mutter zu weinen.

Behutsam kleidete Sarah das Kind an, und sie gingen zu

dritt an Deck, wo Seth den Kapitän fragte, was mit Martha geschehen sollte. MacCormack schlug vor, man solle sie bis zu Mittag in seiner Kajüte aufbahren und dann eine Seebestattung arrangieren. Schweren Herzens nickte Seth. Er wusste, seine Frau wäre lieber auf der Farm in Ohio oder bei ihrer Familie in England begraben worden. Doch er hatte keine Wahl. Der Kapitän sagte unverblümt: »So Leid es mir tut – wir können sie unmöglich an Bord liegen lassen, bis wir Boston erreichen.«

Zwei Seeleute trugen die Leiche in die Kapitänskajüte und hüllten sie zusammen mit ein paar Steinen in ein Tuch. Zu Mittag wurde sie mittschiffs auf eine Planke gelegt. Der Kapitän sprach ein Gebet, und der Priester las ein paar Verse aus dem Psalter vor. Langsam wurde ein Ende der Planke angehoben, und die Leiche glitt ins Meer hinab. Innerhalb weniger Sekunden verschwand sie in den Wellen.

Stundenlang schluchzte die kleine Hannah in Sarahs Armen. Nachdem das Kind endlich erschöpft eingeschlafen war, ging sie an Deck, um mit Seth Jordan zu sprechen. Ihr Kopf schmerzte, und sie hätte sich lieber hingelegt. Aber sie empfand großes Mitleid mit dem armen Witwer, und sie hoffte inständig, die traurige Fahrt würde bald ein Ende finden. Vielleicht würden sie nächste Woche oder in zehn Tagen Boston am Horizont sehen.

»Wenn Sie wollen, können Sie uns nach Ohio begleiten«, bot er ihr etwas unbeholfen an, und sie war gerührt über seine Einladung. Während der letzten Wochen hatte sie die Jordans, insbesondere Hannah, ins Herz geschlossen.

»Vielen Dank, aber ich glaube, ich werde in Massachusetts bleiben«, erwiderte sie lächelnd. »Besuchen Sie mich auf meiner Farm, wenn ich eine finde.«

»In Ohio ist das Land wesentlich billiger«, betonte er. Das wusste Sarah, doch sie hatte gehört, im Westen sei das Leben viel schwieriger und die Indianer würden sich nicht so friedlich verhalten wie an der Ostküste. »Vielleicht kommen Sie irgendwann zu uns«, fügte Seth hoffnungsvoll hinzu, und sie nickte. Dann bot sie ihm an, Hannah für die Nacht in ihrer Kabine aufzunehmen. Aber er wollte in diesen schweren Stunden seine Tochter nicht missen.

Während der nächsten Wochen klammerte sich das kleine Mädchen an Sarah, weinte heftig um die Mutter, und Seth sah mit jedem Tag unglücklicher aus.

Eines Abends klopfte er an Sarahs Tür, nachdem das Kind in seiner Kabine eingeschlafen war. Hastig zog sie einen Morgenmantel aus blauer Seide über ihr Nachthemd und ließ ihn eintreten. »Vielleicht klingt mein Vorschlag etwas seltsam«, begann er verlegen. »Seit Marthas Tod habe ich darüber nachgedacht ...« Seine Stimme drohte zu brechen, und Sarah ahnte, was er ihr sagen wollte. Daran hätte sie ihn am liebsten gehindert. Doch sie wusste nicht, wie. »Gewissermaßen sind wir beide in der gleichen Situation. Ich meine – Martha ist gestorben, und Sie haben Ihren Mann verloren. Da gibt's nur einen einzigen Unterschied – ich muss für Hannah sorgen. Und das schaffe ich nicht allein.« In seinen Augen glänzten Tränen. »Jetzt ist sie mein Lebensinhalt ... Ich weiß, das ist nicht die richtige Art und Weise, Sie darum zu bitten, Sarah – aber, würden Sie mich heiraten und uns nach Ohio begleiten?«

Erst seit zehn Tagen war Martha tot. Im ersten Augenblick war Sarah sprachlos. Gewiss, sie bedauerte den armen Mann, aber nicht genug, um ihn zu heiraten. Was er brauchte, war ein Mädchen, das auf der Farm für ihn arbeitete – oder eine Frau, die gern in Marthas Fußstapfen treten würde. Vielleicht eine Freundin in Ohio oder eine *richtige* Witwe. »Das kann ich nicht, Seth«, erwiderte sie entschieden.

»Doch. Hannah liebt Sie. Vielleicht sogar mehr als mich.

Und wir würden uns bald aneinander gewöhnen. Anfangs würde ich nicht zu viel von Ihnen erwarten. Ich weiß, es kommt etwas plötzlich, aber – wir landen demnächst in Boston, und ich musste Sie einfach fragen.« Mit bebenden Fingern berührte er ihren Arm.

»Tut mir Leid, es ist unmöglich. Aus mehreren Gründen. So sehr mir Ihr Antrag auch schmeichelt, ich darf ihn nicht annehmen.« Ihr Blick verriet ihm, wie ernst sie es meinte. Wenn er auch ein guter, anständiger Mann war und Hannah ein liebenswertes Kind, Sarah wollte sich ein eigenes Leben aufbauen. Deshalb reiste sie in die Neue Welt. Außerdem war sie nach wie vor verheiratet.

»Verzeihen Sie mir. Wahrscheinlich hätte ich nicht wagen dürfen, um Ihre Hand zu bitten … Ich dachte nur – weil wir beide verwitwet sind …« Dunkel stieg ihm das Blut in die Wangen. Dann wandte er sich ab, um die Kabine zu verlassen.

»Schon gut, Seth, das verstehe ich«, versicherte sie und schloss die Tür hinter ihm. Seufzend sank sie in ihre Koje. Höchste Zeit, dass wir Boston erreichen, dachte sie. Nun waren sie schon so lange an Bord. Viel zu lange.

# 11

Letzten Endes dauerte die Überfahrt genau sieben Wochen und vier Tage. Der Kapitän erklärte, er hätte die Reise verkürzen können. Wegen der zahlreichen Stürme sei er aber lieber vorsichtig gewesen und wäre langsam gesegelt. Beim Anblick der amerikanischen Küste vergaßen die Passagiere alle Unannehmlichkeiten. Jubelnd eilten alle an Deck. Vor fast zwei Monaten hatten sie England verlassen. Und nun, am 28. Oktober 1789, sahen sie den hellen Sonnenschein über Boston.

Fröhlich und aufgeregt gingen sie von Bord. Am Kai fühlten sie sich zunächst etwas unsicher, als sie zum ersten Mal nach so langer Zeit wieder festen Boden unter den Füßen spürten. Reges Leben und Treiben erfüllte den Hafen. Fasziniert schaute Sarah sich um und beobachtete Siedler und Soldaten, Händler, die ihre Waren anpriesen, und Vieh, das man auf Schiffe verfrachtete oder von Bord trieb. Karren wurden beladen, Passagiere stiegen in wartende Kutschen. Fürsorglich brachte der Kapitän Sarahs Gepäck an Land und winkte einen Mietwagen heran, um sie zu der Pension bringen zu lassen, die er ihr empfohlen hatte.

Abraham Levitt verabschiedete sich höflich von Sarah. Auch der Apotheker, der Priester und mehrere Seeleute schüttelten ihr die Hand. Und dann schlang die arme kleine Hannah beide Ärmchen um ihre Beine und flehte sie an, bei ihr zu bleiben. Sarah erwiderte so behutsam wie möglich, nun müssten sie sich leider trennen, und versprach ihr zu schreiben. Ganz fest drückte sie das kleine Mädchen an sich und küsste es, bevor sie sich zu Seth wandte. In ihrer Nähe fühlte er sich ein wenig unbeholfen und verlegen. Er wünschte, sie hätte seinen Heiratsantrag angenommen und würde ihn auf seine Farm in Ohio begleiten. Sicher würde er noch lange von der schönen Frau träumen, die so freundlich zu seiner kleinen Tochter gewesen war. »Passen Sie gut auf sich auf«, bat sie mit jener sanften Stimme, die er lieb gewonnen hatte. »Und auf Ihr Kind.«

»Nehmen Sie sich auch in Acht, Sarah. Vor allem, wenn Sie eine Farm kaufen. Ziehen Sie nicht in ein Gebiet, das zu weit von der Stadt entfernt liegt.«

»Gewiss nicht«, log sie, denn sie plante das Gegenteil, um die Atmosphäre der Freiheit und Unabhängigkeit in diesem neuen Land zu genießen. In Boston würde sie sich viel zu beengt fühlen.

Sie stieg in die Kutsche, die Captain MacCormack ihr besorgt hatte, und er wies den Fahrer an, die Dame zur Pension der Witwe Ingersoll an der Ecke Court und Tremont Street zu bringen. Langsam rumpelte die Kutsche die State Street hinauf, die vom Hafen in die Stadt führte. Sarah hatte kein Zimmer reservieren lassen, und sie kannte niemanden in dieser Stadt. Aber sie empfand keine Angst. Irgendein Instinkt sagte ihr, alles würde sich zum Guten wenden.

Wie tapfer sie war, dachte Charlie, als er das Tagebuch schloss. So viel hatte sie erduldet – und ein großes Wagnis auf sich genommen, um ihrem Leid zu entrinnen. Allein schon der Gedanke an die wochenlange gefährliche Reise auf der kleinen *Concord* ließ ihn erschauern. Nun fragte er sich gespannt, wo Sarah Ferguson eine Farm kaufen würde. Er glaubte, einen großartigen Roman zu lesen. Und was ihn ganz besonders faszinierte – die handelnden Personen hatten alle wirklich gelebt.

Er stand auf, streckte sich und legte das Tagebuch beiseite. Inzwischen kannte er Sarahs Handschrift sehr gut und las sie so mühelos wie seine eigene. Mit einem Blick auf seine Armbanduhr stellte er verblüfft fest, wie schnell die Stunden verstrichen waren.

Am Nachmittag fuhr er zu Gladys, um das Buch zu holen, das er in die Bibliothek zurückbringen musste. Er trank eine Tasse Tee mit ihr, und es drängte ihn zu erzählen, was er auf dem Dachboden des Châteaus gefunden hatte. Aber zuerst wollte er alle Tagebücher lesen und darüber nachdenken, bevor er sie mit irgendjemandem teilte. Er genoss die Vorstellung, Sarah würde nur ihm allein gehören. Zumindest für die nächste Zeit. Seltsam, wie verzaubert er von der Countess war, die schon so lange unter der Erde lag ... Aber ihre Worte, ihre Abenteuer und Gefühle erweckten den Eindruck, sie wäre vitaler als manche lebendige Frau.

Beim Tee sprachen sie über die letzten Neuigkeiten aus Shelburne Falls. Wie immer wusste Gladys viel zu erzählen. Am vorangegangenen Nachmittag hatte eine ihrer Freundinnen einen Herzanfall erlitten, ein alter Bekannter hatte ihr aus Paris geschrieben. Als sie Frankreich erwähnte, dachte er an Francesca und erkundigte sich nach ihr. Ein- oder zweimal sei sie der hübschen jungen Frau begegnet, erwiderte Gladys. Die Bibliothekarin würde ein sehr zurückgezogenes Leben führen, und niemand schien sie näher zu kennen. »Keine Ahnung, warum sie in unsere Stadt gekommen ist ...«

Kurz nach halb fünf verabschiedete er sich von Gladys, und wenig später stand er vor der verschlossenen Tür des Historischen Vereins, die Bücher in der Hand. Unverrichteter Dinge setzte er sich ins Auto und fuhr zum Supermarkt. Am nächsten oder übernächsten Tag würde er die Bibliothek noch einmal aufsuchen.

Während er eine Packung Müsli aus einem Regal nahm, entdeckte er Francesca. Nur zögernd lächelte sie ihm zu. »Gerade habe ich Sie verpasst«, erklärte er und legte die Packung in seinen Einkaufswagen. Von Monique war nichts zu sehen. »Ich wollte die Bücher zurückbringen. In ein oder zwei Tagen komme ich noch einmal vorbei.«

Sie nickte, und er fand, ihr Blick würde nicht mehr ganz so frostig wirken wie am Silvesterabend. War irgendetwas geschehen, das Francesca verändert hatte? Was er nicht wissen konnte – inzwischen hatte sie nachgedacht und erkannt, wie unhöflich sie zu ihm gewesen war. Wenn sie auch keine Freundschaft mit ihm schließen wollte, musste sie zugeben, dass er Monique sehr nett behandelte. Also gab es keinen Grund, ihn ständig vor den Kopf zu stoßen. »Wie war der Silvesterabend?«, fragte sie und versuchte ihre Nervosität zu verbergen.

»Nett«, erwiderte er mit jenem Lächeln, das die meisten Frauen bewunderten und das sie zu ignorieren vorgab. »Ich ging um halb elf schlafen, und am nächsten Tag fuhr ich heim. Seither war ich sehr beschäftigt – ich musste mich in meinem neuen Domizil häuslich einrichten.« Und Sarahs Tagebücher lesen, ergänzte er in Gedanken. Natürlich verriet er dieses Geheimnis nicht.

»Haben Sie weitere historische Quellen über Sarah Ferguson und François de Pellerin gefunden?« Es war eine beiläufige Frage, und deshalb staunte sie, weil er zusammenzuckte.

»Ich – eh – nein …«, stammelte er schuldbewusst, als hätte er irgendetwas zu verbergen. Dann wechselte er hastig das Thema. »Monique hat mir erzählt, Sie würden schreiben.«

Mit dieser Bemerkung erwartete er, sie in Verlegenheit zu bringen. Aber zu seiner Verblüffung lächelte sie.

»Ja, ich verfasse gerade meine Doktorarbeit über die ortsansässigen Indianerstämme. Daraus will ich später ein Buch machen, wenn ich genug Material sammeln kann. Allzu viel gibt es nicht.«

Welch eine Fülle von Informationen fand sich dagegen in Sarahs Tagebüchern ... Charlie fragte sich, was Francesca davon halten mochte. »Wie geht es Monique?«, erkundigte er sich und spürte, dass sie ihn forschend beobachtete. Vielleicht versuchte sie zu entscheiden, ob er ein Freund oder ein Feind war. Warum misstraute sie allem, was ihr im Leben begegnete? Da hatte sich Sarah ganz anders verhalten. Vor nichts war sie zurückgeschreckt, um der grausamen Tyrannei ihres Ehemanns endlich zu entrinnen – wenn sie auch acht Jahre für diesen Entschluss gebraucht hatte. Nun konnte es Charlie kaum erwarten, in ihren Aufzeichnungen zu lesen, wie sie François kennen gelernt hatte.

»Danke, es geht ihr gut«, antwortete Francesca. »Sie will wieder Ski laufen.« Aus einem ersten Impuls heraus wollte er vorschlagen, er könnte mit dem Kind nach Charlemont fahren. Doch dann hätte Francesca sofort die Flucht ergriffen. Er müsste ganz vorsichtig versuchen, näher an sie heranzukommen, und den Anschein erwecken, ihre Reaktionen wären ihm gleichgültig. Warum er sich so um sie bemühte, wusste er nicht. Vermutlich, weil er ihre Tochter mochte ... Nein, es musste mehr dahinter stecken. Reizte ihn die Herausforderung? Das würde er sich nur widerstrebend eingestehen.

»Sie fährt großartig Ski«, meinte er bewundernd, und da erhellte ein neues Lächeln Francescas Gesicht.

Auf dem Weg zur Kasse begann sie, zögernd zu sprechen. »Es – es tut mir Leid, dass ich in Charlemont so unfreundlich war. Es ist mir einfach unangenehm, wenn Monique mit Fremden redet – oder sich einladen lässt. Dadurch verpflichtet sie sich den Leuten – auf eine Weise, die sie noch nicht versteht.«

»Natürlich, das kann ich Ihnen nachfühlen.« Unverwandt schaute er in ihre Augen, und zu seiner Überraschung hielt sie seinem Blick stand. Es kam ihm so vor, als hätte er ein schönes junges Reh aus seinem Versteck im Wald gelockt, und nun würde es voller Scheu zittern und angstvoll lauschen. Wieder einmal las er tiefen Kummer in Francescas Augen, bevor sie sich abwandte. Was mochte ihr widerfahren sein? Hatte sie so grausam leiden müssen wie Sarah? Oder noch schlimmere Dinge erlebt? »Wenn man ein Kind großzieht, nimmt man eine schwere Verantwortung auf sich«, bemerkte er, während sie in der Warteschlange vor der Kasse standen. Damit versuchte er, seinen Respekt zu bekunden – und ihr seine Freundschaft anzubieten. Warum sollten zwei Menschen, die das Schicksal tief verletzt und die der Zufall zusammengeführt hatte, einander nicht unterstützen?

Er half ihr, die Lebensmittel aus ihrem Einkaufswagen zu nehmen und auf das Förderband zu legen – Hamburger, Steaks und Hühnerkeulen, Tiefkühlpizza, Eiscreme, Marshmallows, drei verschiedene Kekssorten, viel Obst und Gemüse und eine große Packung Milch. Wahrscheinlich lauter Sachen, die Monique mochte.

Charlie hatte außer der Müslipackung nur Mineralwasser, Konserven und Eiscreme ausgesucht, eindeutig Junggesellenkost. Belustigt spähte Francesca in seinen Einkaufswagen. »Keine besonders gesunde Nahrung, Mr. Waterston.«

Erstaunt registrierte er, dass sie sich an seinen Nachnamen erinnerte. In Charlemont hatte sie ihm keine besondere Aufmerksamkeit geschenkt.

»Meistens gehe ich essen.« Das hatte er zumindest in London und New York getan. Aber in dieser Kleinstadt musste es etwas seltsam klingen, und Francesca hob zu Recht verwundert die Brauen.

»Wohin?«, fragte sie und lachte leise. »Das würde mich interessieren.« In Deerfield gab es viele hübsche Restaurants, aber in den Wintermonaten waren fast alle geschlossen, und die Einheimischen gingen während der kalten Jahreszeit nur zu besonderen Anlässen aus.

»Offensichtlich muss ich wieder zu kochen anfangen«, seufzte Charlie. Mit einem jungenhaften Grinsen fügte er hinzu: »Morgen fahre ich noch mal in die Stadt und kaufe was Vernünftiges ein.« Nachdem sie ihre Waren bezahlt hatten, trug er Francescas drei Einkaufstüten zu ihrem Auto. Sie wären viel zu schwer für sie gewesen. Trotzdem nahm sie seine Hilfe nur widerwillig an. Als sie am Steuer saß, beugte er sich zum Fenster hinab. »Richten Sie Monique herzliche Grüße von mir aus«, bat er, ohne ein Wiedersehen vorzuschlagen. Unsicher, aber diesmal nicht mehr ganz so kühl, lächelte sie ihn an und startete den Motor.

Charlie ging nachdenklich zu seinem Auto. Was müsste er tun, um den Eispanzer, der ihr Herz umgab, vollends aufzutauen?

# 12

An einem weiteren verschneiten Tag schaute Charlie aus dem Fenster, eins von Sarahs schmalen, in Leder gebundenen Tagebüchern in der Hand. So schnell wie möglich wollte er herausfinden, was sie nach ihrer Landung in Boston erlebt hatte.

Doch dann dachte er plötzlich an Francesca. Warum hatte sie Frankreich verlassen? Was hatte sie nach Shelburne Falls geführt? Ein seltsamer Wohnsitz für eine Frau, die an den Pariser Glamour gewöhnt war ... Würde er sie jemals gut genug kennen, um danach zu fragen? Schließlich verbannte er sie aus seinen Gedanken, sank in seinen einzigen bequemen Sessel und vertiefte sich wieder in Sarahs schwungvolle Handschrift. Schon nach wenigen Minuten hatte er alles andere vergessen.

Mrs. Ingersolls Pension an der Ecke Court und Tremont Street war drei Etagen hoch und sehr komfortabel. Sogar George Washington hatte sich hier wohl gefühlt, etwa eine Woche vor Sarahs Ankunft.

Als sie eintraf, mit einer einzigen Reisetasche und ohne weibliche Begleitung, waren Mrs. Ingersoll und ihre Haushälterin sichtlich erstaunt. Sarah erklärte, sie sei Witwe und eben erst aus England angekommen. In letzter Minute habe ihre Nichte, die mit ihr nach Boston fahren sollte, wegen einer plötzlichen Erkrankung auf die Reise verzichten müssen. Sofort bekundete die Pensionswirtin ihr Mitgefühl und befahl der Haushälterin, Sarahs Gepäck in eine Suite hinaufzubringen.

Im großen Salon herrschte roter Brokat vor, im angrenzenden Schlafzimmer hellgrauer Satin. Die Fenster der beiden sonnigen, exquisit ausgestatteten Räume boten einen Ausblick auf den Scollay Square. In der Ferne sah Sarah den Hafen.

Es war einfach wundervoll, in der geschäftigen Stadt umherzuwandern, Schaufenster zu betrachten und den Leuten zu lauschen. Meistens hörte sie englische und irische Akzente. Zwischen all den Soldaten, Kaufleuten und Handwerkern war Sarahs aristokratische Eleganz deutlich zu erkennen, trotz der schlichten Kleidung. Sie trug immer noch dieselben schwarzen Sachen wie an Bord der *Concord*, und der Seidenhut sah inzwischen ziemlich schäbig aus. Nach ein paar Tagen bat sie Mrs. Ingersoll um die Adressen einiger Geschäfte. Im herbstlichen Boston brauchte sie unbedingt eine warme Garderobe. Sie besaß nur den Umhang, in dessen Futter nach wie vor ihre Juwelen und etwas Geld eingenäht waren.

In einem kleinen Schneidersalon an der Union Street studierte sie einige Modezeichnungen, die eine Kundin im Vorjahr aus Frankreich mitgebracht hatte. Diese *grande dame* erwarb den Großteil ihrer Kleider in Europa. Aber sie hatte fünf Töchter. Für diese Mädchen wurden die Pariser Entwürfe kopiert, die auch Sarah gefielen. Sie bestellte ein halbes Dutzend Kleider, und die Schneiderin nannte ihr den Namen einer Modistin, die passende Hüte anfertigen würde.

In den Straßen von Boston sah Sarah eine viel schlichtere Garderobe als jene, die sie in England getragen hatte. In

Frankreich hatten sich die Frauen noch viel aufwendiger gekleidet. Aber seit dem Ausbruch der Revolution kümmerten sich die Französinnen sicher nicht mehr um die Mode. Jetzt hatten sie andere Sorgen.

Was Sarah in der Neuen Welt brauchte, war keine erlesene Eleganz, sondern eine praktische Kleidung, die respektabel wirkte und zu ihrem »Witwenstand« passte. Deshalb wählte sie fast nur schwarze, etwas »triste« Sachen. Aber einem wunderschönen Modell aus königsblauem Samt in der Farbe ihrer Augen konnte sie nicht widerstehen, wenn sie auch nicht wusste, wo sie dieses Kleid tragen sollte. Nun, vielleicht lernte sie bald ein paar Leute kennen und wurde zu Bällen oder Partys eingeladen. Dann wollte sie nicht langweilig und unscheinbar aussehen. Die Schneiderin versprach ihr, die meisten Kleider innerhalb der nächsten beiden Wochen fertig zu stellen. Nur für den komplizierteren Schnitt des blauen Samtkleides würde sie bis zum Monatsende brauchen.

Nachdem Sarah den kleinen Salon verlassen hatte, suchte sie eine Bank auf und erklärte ihre Situation. Seit kurzem verwitwet, sei sie soeben aus England eingetroffen, würde niemanden in Boston kennen und gern eine Farm außerhalb der Stadt kaufen.

»Und wie wollen Sie die Farm betreiben, Mrs. Ferguson?«, fragte Angus Blake, der Bankdirektor, sichtlich verdutzt. »So etwas ist keine leichte Aufgabe, schon gar nicht für eine allein stehende Frau.«

»Das ist mir bewusst, Sir«, erwiderte sie mit sanfter Stimme. »Natürlich müsste ich einige Leute einstellen. Und sobald ich eine Farm besitze, werde ich sicher geeignetes Personal finden.«

Missbilligend musterte er sie über den Rand seiner Brille hinweg und betonte, in der Stadt wäre sie viel besser aufgehoben. In Boston stünden sehr schöne Häuser in distinguierten Wohngebieten zur Verfügung. Bald würde sie Freunde finden. Und – was er allerdings nicht aussprach – in absehbarer Zeit würde die hübsche junge Frau zweifellos wieder heiraten. Also wäre es sinnlos, eine Farm zu kaufen. Das hielt er so oder so für eine verrückte Idee. »Bitte, überstürzen Sie nichts, Mrs. Ferguson. Leben Sie sich erst einmal hier ein, bevor Sie eine Entscheidung treffen.«

Während der nächsten Wochen nahm er sie unter seine Fittiche, tat sein Bestes, damit sie sich in Boston heimisch fühlte, und machte sie mit einigen Bankkunden bekannt. Offensichtlich stammte sie aus vornehmen englischen Kreisen, und seine Frau behauptete, in Mrs. Ferguson würde viel mehr stecken, als man auf den ersten Blick vermuten mochte. »Irgendwas an ihr ist ungewöhnlich, Angus«, meinte sie, nachdem sie die Engländerin kennen gelernt hatte. Nie zuvor war ihr eine so kluge, tüchtige, charakterstarke Frau begegnet, und sie hatte immerhin schon Kinder in Sarahs Alter. Allein schon der Gedanke an die Reise auf der *Concord* jagte einen Schauer über Belinda Blakes Rücken. Was den Kauf einer Farm betraf, stimmte sie ihrem Gemahl zu – ein völlig absurder Plan. »Meine Liebe, Sie müssen in der Stadt bleiben!«, beschwor sie Sarah, die einfach nur lächelte, statt zu antworten.

Die Blakes führten Sarah in ihren Gesellschaftskreis ein. Bald erhielt sie zahlreiche Einladungen zu Dinner- und Teepartys. Doch sie überlegte sehr genau, wen sie besuchte, und sie zögerte, Freundschaften zu schließen. Dauernd fürchtete sie, jemand aus England könnte sie erkennen. Sie war nur selten mit Edward nach London gefahren. Aber vielleicht hatte sich die Geschichte ihrer Flucht herumgesprochen oder war sogar in der Presse veröffentlicht worden. Sollte sie Haversham schreiben und sich danach erkundigen? Nein, das wagte sie nicht.

Schließlich nahm sie ein paar Einladungen an und fand vertrauenswürdige Freunde. Angus Blake stellte ihr einen diskreten Juwelier vor, der angesichts ihres Schmucks voller Ehrfurcht den Atem anhielt. Die kleineren Stücke wollte sie vorerst behalten, die größeren veräußern, insbesondere ein Diamantenhalsband, das ihr Mann offenbar übersehen hatte. Mit dem Erlös dieses kostbaren Geschmeides könnte sie mehrere Farmen oder ein luxuriöses Haus in Boston kaufen. Von Belinda gedrängt, hatte sie bereits zahlreiche stattliche Gebäude besichtigt. Aber sie hatte den Traum von einer Farm außerhalb der Stadt nicht aufgegeben.

Ohne Zögern erwarb der Juwelier das Halsband. Dafür hatte er einige Interessenten, und selbst wenn er in Boston keinen Käufer fand – in New York dürfte es diesbezüglich keine Probleme geben. Das Geld wurde auf Sarahs Bankkonto eingezahlt. Dort lag Ende November eine beträchtliche Summe, und Sarah staunte, weil sie mittlerweile so viele Leute kannte. Alle begegneten ihr sehr liebenswürdig.

Nach wie vor nahm sie nur wenige Einladungen an, aber obwohl sie es zu vermeiden suchte, erregte sie jedes Mal Aufsehen unter den distinguierteren Stadtbewohnern. Ihre aristokratische Aura und ihre ungewöhnliche Schönheit waren unübersehbar und bildeten bald einen beliebten Gesprächsstoff bei den Gentlemen, die sich oft in der Royal Exchange Tavern versammelten. Fast über Nacht stand Sarah Ferguson im Mittelpunkt allgemeiner Aufmerksamkeit. Umso ungeduldiger strebte sie ein zurückgezogenes Leben auf dem Land an, ehe die Nachricht von ihrem Aufenthaltsort den Atlantik überqueren und bis zu Edward dringen konnte. Anfangs hatte sie geglaubt, in der Neuen Welt wäre sie vor ihm sicher. Nun begann sie seinen weit reichenden Einfluss sogar an der amerikanischen Ostküste zu fürchten.

Gemeinsam mit den Blakes feierte sie das Erntedankfest.

Zwei Tage später wurde sie von den illustren Bowdoins zu einer Dinnerparty eingeladen, was ihre endgültige Aufnahme in die oberste Bostoner Gesellschaftsschicht bedeutete. Daran hatte sie kein Interesse, und zunächst wollte sie die Einladung gar nicht annehmen. Aber Belinda Blake bot ihre ganze Überredungskunst auf, und schließlich gelang es ihr, Sarah umzustimmen.

»Wie willst du denn jemals wieder heiraten«, tadelte Belinda nach der Party. Mittlerweile behandelte sie Sarah wie eine ihrer Töchter.

Mit einem wehmütigen Lächeln schüttelte Sarah den Kopf. »Ich werde nie wieder heiraten«, entgegnete sie entschieden.

»Natürlich weiß ich, wie du dich jetzt fühlst«, beteuerte Belinda und legte ihr tröstend eine Hand auf den Arm. »Und Mr. Ferguson war sicher ein liebevoller, gütiger Mann.« Der Gedanke an Edward drehte Sarahs Magen um. Nicht einmal am Anfang der Ehe war er liebevoll und gütig gewesen. »Aber eines Tages wirst du jemanden finden, der dein Herz gewinnt. Meine liebe Sarah, du bist viel zu jung, um allein zu bleiben. Und vielleicht wirst du noch mehrere Kinder bekommen.«

Bei diesen Worten verdunkelten sich Sarahs Augen. »Ich kann nicht Mutter werden«, erwiderte sie tonlos.

»Vielleicht irrst du dich«, meinte Belinda. »Meine Kusine glaubte jahrelang, sie wäre unfruchtbar. Mit einundvierzig wurde sie plötzlich schwanger und brachte Zwillinge zur Welt.« Freudestrahlend fügte sie hinzu: »Und *beide* blieben am Leben! Sie war die glücklichste Frau auf Erden, und du bist noch viel jünger. Also darfst du nicht verzweifeln. Hier beginnt ein neues Leben für dich.«

Aus diesem Grund war Sarah nach Amerika geflohen. Um ein neues Leben anzufangen, aber gewiss nicht, um zu heiraten und Kinder zu gebären. Die schlimmen Erfahrungen mit Edward genügten ihr. Solche Qualen würde sie nicht noch einmal riskieren. Also begegnete sie den Junggesellen, die sie auf diversen Partys traf, sehr vorsichtig und vermied alles, was wie ein Flirt wirken mochte. Meistens unterhielt sie sich nur mit den Frauen. Nach einiger Zeit stellte sie allerdings fest, dass die Gentlemen interessantere Gesprächspartner waren. Aber bei solchen Konversationen schnitt sie niemals persönliche Themen an. Stattdessen erkundigte sie sich nach geschäftlichen Dingen, oder sie versuchte möglichst viel über die Verwaltung einer Farm zu erfahren. Dadurch faszinierte sie die Männer umso mehr, denn die anderen Frauen redeten immer nur über ihre Kleider und Kinder. Sarahs Bestreben, Distanz zu wahren, stellte einen zusätzlichen Anreiz dar, eine besondere Herausforderung.

Fast täglich stand ein Gentleman vor Mrs. Ingersolls Tür, um Sarah seine Aufwartung zu machen. Man schickte ihr Blumen und Obstkörbe, und ein junger Lieutenant, den sie im Arbucks' kennen gelernt hatte, schenkte ihr einen schmalen Gedichtband. Doch sie weigerte sich beharrlich, ihre Verehrer zu empfangen. Der 25-jährige Lieutenant Parker war besonders hartnäckig. Ein paarmal traf sie ihn zufällig im Gemeinschaftssalon der Pensionsgäste, wo er auf sie wartete. Beharrlich bot er ihr seinen Schutz an und hoffte, sie würde ihm erlauben, sie bei ihren Einkäufen zu begleiten, ihre Pakete zu tragen oder bei Einladungen an ihrer Seite zu erscheinen. Er war vor einem Jahr von Virginia nach Boston versetzt worden und nun bis über beide Ohren in Sarah verliebt. Obwohl sie seine Anhänglichkeit rührend fand, ärgerte sie sich, weil sie unentwegt über ihn stolperte, und sie wünschte, er würde möglichst bald eine junge Dame finden, die seine Avancen zu schätzen wüsste. Sie hatte ihm bereits erklärt, sie würde um ihren verstorbenen Ehemann trauern und nicht beabsichtigen, jemals wieder zu heiraten. Offensichtlich glaubte er ihr nicht.

»Was Sie in sechs Monaten oder einem Jahr empfinden werden, wissen Sie jetzt noch nicht«, behauptete er.

»Doch, und ich weiß auch, was ich in zwei – oder zehn Jahren empfinden werde.« Bis zu Edwards Tod würde sie sich verheiratet fühlen. Selbst wenn er starb, wollte sie auf gar keinen Fall eine zweite Ehe eingehen. Nie wieder würde sie sich der Grausamkeit eines Mannes aussetzen. Zweifellos gab es auch freundliche und liebenswerte Ehemänner. Aber das Risiko war ihr einfach zu groß. Sie plante fest, ihr restliches Leben allein zu verbringen. Von diesem unabänderlichen Entschluss musste sie Lieutenant Parker und andere Bostoner Gentlemen erst noch überzeugen.

»Sei doch froh, dass du so viele Verehrer hast, statt dich zu beklagen!«, schimpfte Belinda Blake eines Tages.

»Aber ich brauche keine Verehrer – ich bin verheiratet!«, erwiderte Sarah gedankenlos. Dann verbesserte sie sich hastig: »Das heißt – ich *war* verheiratet. Also weiß ich Bescheid – und ich weigere mich, diesen ganzen Unsinn mitzumachen.«

»Gewiss, nur in der Ehe liegt der wahre Segen – und die Schmeicheleien eines Bewerbers sind nur Brosamen, die von einer festlichen Tafel zu Boden fallen ...« Es war völlig sinnlos, Belinda zu belehren, und Sarah gab es auf.

Anfang Dezember lernte sie Amelia Stockbridge und bald darauf deren Ehemann kennen. Colonel Stockbridge kommandierte die Deerfield-Garnison und die Forts am Connecticut River. Fasziniert hörte Sarah zu, wenn er von seinen Aktivitäten erzählte. Sie interessierte sich besonders für die Indianerstämme. Zu ihrer Verblüffung versicherte der Colonel, die meisten seien friedlich. »Derzeit leben nur ein paar Nonotuck und Wampanoag in diesem Gebiet, und sie haben uns schon lange keine ernsthaften Schwierigkeiten mehr bereitet. Natürlich, hin und wieder gibt es Probleme – zu viel Feuerwasser oder Streitigkeiten um ein Stück Land.«

Sarah gewann den Eindruck, er würde die Indianer mögen, und erklärte, man habe sie vor den Gefahren außerhalb der Stadt gewarnt.

»Gewiss, man muss vorsichtig sein«, bestätigte er, erstaunt über ihr reges Interesse. »Im Frühling, wenn die Lachse springen, müssen wir uns mit den Irokesen auseinander setzen. Außerdem könnten Renegaten auftauchen, oder Mohawk-Krieger ziehen von Norden herunter. Die fallen manchmal über die weißen Siedler her.« Im Vorjahr hatten sie nördlich von Deerfield eine ganze Familie ermordet, ein Ehepaar und sieben Kinder. Doch das erwähnte der Colonel nicht. In letzter Zeit kam es nur selten zu so schrecklichen Zwischenfällen. »Die gefährlichsten Indianer leben im Westen. Und wenn wir auch fürchten, die Probleme mit den Shawnee und Miami könnten sich nach Osten ausbreiten – bis nach Massachusetts werden sie wohl kaum vordringen. Völlig ausschließen lässt sich das allerdings nicht. Im Westen beschwören diese Stämme gewaltigen Ärger herauf. Deshalb macht sich der Präsident große Sorgen. Er meint, wir hätten schon genug Geld für die Indianerkriege ausgegeben, und er bedauert, dass die Ureinwohner so viel Land verloren haben. Andererseits dürfen wir ihnen nicht erlauben, unablässig weiße Siedler niederzumetzeln. Momentan haben unsere Soldaten alle Hände voll zu tun.«

Der Colonel verbrachte die Weihnachtstage in Boston. Hier besaß er ein schönes Haus, wo seine Frau sich meistens aufhielt.

Sie hasste das Leben in der Deerfield-Garnison, und er besuchte sie so häufig wie möglich. Allzu oft geschah das jedoch nicht, denn der Ritt von Deerfield zur Ostküste dauerte etwa vier Tage. Die Stockbridges luden Sarah zu einer kleinen Weihnachtsparty ein. Daran nahmen auch einige Offiziere teil, die gerade in Boston ihren Urlaub verlebten. Amelia spielte am Pianoforte, und alle Gäste sangen Weihnachtslieder.

Diesen Abend hätte Sarah unbeschwert genießen können, wäre nicht auch Lieutenant Parker eingeladen worden. Wie ein treues junges Hündchen folgte er ihr auf Schritt und Tritt, und sie tat ihr Bestes, um ihm aus dem Weg zu gehen. Sie unterhielt sich viel lieber mit dem Colonel. Glücklicherweise konnte sie am Ende der Party ein paar Minuten lang allein mit ihm sprechen, aber ihr Anliegen schockierte ihn.

»Vielleicht wäre es möglich«, erwiderte er und runzelte die Stirn. »Die Reise ist ziemlich anstrengend. Vor allem um diese Jahreszeit, bei dichtem Schneefall. Allein dürfen Sie das nicht riskieren. Sie brauchen einen oder zwei Führer. Und Sie müssen mit vier bis fünf Tagen rechnen.« Mit einem wehmütigen Lächeln fügte er hinzu: »Das würde Amelia niemals auf sich nehmen. Ein paar jüngere Offiziere wohnen mit ihren Ehefrauen in der Garnison oder in der Nähe. Ringsum haben sich mehrere Siedler niedergelassen. Sie führen ein zivilisiertes, aber keineswegs komfortables Leben. Selbst wenn Sie nur einen kurzen Besuch planen, Mrs. Ferguson – es wird Ihnen missfallen.« Er fühlte sich verpflichtet, Sarah zu entmutigen. Doch sie ließ sich nicht von ihrem Entschluss abbringen. »Haben Sie Freunde da draußen?«, fragte er. Er konnte sich keinen anderen Grund vorstellen, warum sie Boston verlassen wollte. Hier war sie gut aufgehoben, und sie erschien ihm viel zu zart und zerbrechlich für eine so beschwerliche Reise. Andererseits wusste er, dass sie ohne Begleitung auf einer kleinen, nicht besonders widerstandsfähigen Brigg nach Amerika gesegelt war. Also ist Sarah Ferguson viel stärker, als sie aussieht, dachte er. Das musste er wohl oder übel respektieren. »Wenn Sie die Reise tatsächlich wagen wollen, werde ich zwei Führer für Sie auswählen. Auf keinen Fall dürfen Sie in die Hände von Schurken geraten, die unterwegs plötzlich verschwinden oder sich betrinken. Geben Sie mir Bescheid, bevor Sie aufbrechen möchten. Außer den Führern brauchen Sie eine stabile Kutsche und einen verlässlichen Fahrer. Dann werden Sie wenigstens wohlbehalten Ihr Ziel erreichen – selbst wenn Ihnen die Reise kein Vergnügen bereiten wird.«

Freudestrahlend bedankte sie sich, und da wusste er, dass es nichts gab, was sie von ihrem Entschluss abbringen könnte. Das versuchte er seiner Frau zu erklären, als er ihr von dem Gespräch erzählte, und sie überhäufte ihn mit Vorwürfen. »Wie kannst du der jungen Frau erlauben, nach Deerfield zu fahren? Das ist viel zu anstrengend, und sie hat keine Ahnung, worauf sie sich einlässt. Bedenk doch – sie könnte unterwegs verletzt werden oder erkranken …«

»Schließlich hat sie's geschafft, allein von England nach Boston zu reisen, auf einem elenden kleinen Kahn. Glaub mir, meine Liebe, Sarah Ferguson ist kein zartes Zimmerpflänzchen. Davon bin ich nach dem Gespräch heute Abend fest überzeugt.« Er war ein kluger Mann, und er hatte in Sarahs Augen eiserne Entschlossenheit gelesen. Was sich diese Frau in den Kopf setzte, würde sie zielstrebig verwirklichen, und nichts vermochte sie daran zu hindern. Zweifellos würde sie ihren Weg gehen, von der gleichen unbesiegbaren Energie angetrieben wie die Siedler, die nach Westen zogen, um neues Land zu erschließen, dem Unbekannten zu trotzen und sogar gegen die Indianer zu kämpfen. »Beruhige dich, Amelia. Sie hat mich von ihrer inneren Kraft überzeugt. Sonst hätte ich mich nicht bereit erklärt, ihr zu helfen.«

»Alter Narr!«, fauchte Amelia. Als sie später im Ehebett

lagen, gab sie ihm einen versöhnlichen Gutenachtkuss. Aber sie fand immer noch, er müsste Sarah Ferguson davon abhalten, das Deerfield-Fort zu besuchen. Hoffentlich würde die junge Frau rechtzeitig einem netten Mann begegnen, ihre verrückte Idee vergessen und in Boston bleiben.

Aber am nächsten Tag suchte Sarah den Colonel auf und dankte ihm erneut für sein Angebot, ihr die Reise zu ermöglichen. Sie fragte, wann er nach Deerfield zurückkehren würde. Kurz nach Neujahr, antwortete er. Diesmal wollte er bis zum Frühling in der Garnison bleiben. Auch ohne ihn würde Amelia ausreichend beschäftigt sein, weil ihre älteste Tochter innerhalb der nächsten Tage ein Baby erwartete.

»Ich würde Sie gern eskortieren, Mrs. Ferguson«, fügte er nachdenklich hinzu. »Aber einige meiner Männer begleiten mich, und wir werden in zügigem Tempo reiten, um das Deerfield-Fort möglichst bald zu erreichen. Und da könnte Ihre Kutsche nicht mithalten. Wenn Sie wollen, stelle ich Ihnen Lieutenant Parker zur Verfügung.«

Hastig lehnte Sarah dieses Angebot ab. »Es wäre mir lieber, Sie würden zwei Führer für mich aussuchen, Sir.«

»Wie Sie wünschen. Möchten Sie nächsten Monat aufbrechen?«, fragte er und ging in Gedanken die Liste der Männer durch, denen er Sarah Ferguson bedenkenlos anvertrauen könnte.

»Oh, das wäre wundervoll!«

Gerührt schaute er in ihre leuchtenden Augen. Seine Töchter nahmen nur selten und widerstrebend die Mühe auf sich, ihn in der Garnison zu besuchen, und hielten die Reise für ein gefährliches Abenteuer. Diese junge Frau jedoch erweckte den Eindruck, sie würde die großartigste Chance ihres Lebens nutzen. Genau das hatte Sarah allerdings auch vor.

Der Colonel versprach, er würde sich in den nächsten Tagen bei ihr melden, und sie vereinbarten, seiner Frau keine

Einzelheiten mitzuteilen. Nur zu gut wussten beide, was Amelia von Sarahs Plänen hielt.

Nachdem Sarah ihm noch einmal überschwänglich gedankt hatte, kehrte sie zu Fuß zur Pension zurück. Es war ein weiter Weg. Aber sie fühlte sich so glücklich in dieser großartigen Neuen Welt, dass sie den kalten Wind auf ihren Wangen spüren und tief in ihre Lungen saugen musste. Lächelnd zog sie ihren Umhang fester um die Schultern.

# 13

Am frühen Morgen des 4. Januar 1790 stieg Sarah in einen alten, aber stabilen Mietwagen. Johnny Drum, der junge Fahrer, war eine Tagesreise von Deerfield entfernt aufgewachsen. In meilenweitem Umkreis kannte er alle Straßen und Pfade. Sein Bruder diente in der Deerfield-Garnison und hatte ihn dem Colonel schon mehrmals empfohlen. Zu beiden Seiten der Kutsche ritt die Eskorte. Der alte Trapper George Henderson, ehemals Pelzhändler in Kanada, war während seiner Jugend zwei Jahre lang ein Gefangener des Huronenstammes gewesen. In dieser Zeit hatte er eine Huronin geheiratet. Jetzt zählte er zu den besten Führern in Massachusetts. Der andere Begleiter, der Sohn eines Wampanoag-Häuptlings, hieß Tom Singing Wind – Singender Wind – und arbeitete für die Garnison. Zu Neujahr war er nach Boston gekommen und hatte einige Männer getroffen, die seinem Stamm landwirtschaftliche Geräte verkaufen wollten. Bei dieser Gelegenheit hatte Colonel Stockbridge ihn um den Gefallen gebeten, Sarah zu eskortieren. Der ernsthafte junge Mann mit den langen schwarzen Haaren und den scharf geschnittenen Zügen trug Wildleder-Breeches und einen Mantel aus Büffelhaut. Mit den weißen Männern sprach er nur das Nötigste, mit Sarah gar nicht. Auf diese Weise bekundete er seinen Respekt. Am Anfang der Reise musterte sie ihn verstohlen. Er war der erste Indianer, den sie sah, und er erschien ihr genauso würdevoll und unheimlich, wie sie es vermutet hatte. Doch er jagte ihr keine Angst ein, und Colonel Stockbridge hatte ihr versichert, die Wampanoag seien ein friedlicher Bauernstamm.

Während sie langsam den westlichen Stadtrand ansteuerten, begann es zu schneien. Sie führten Pelze, Decken, diverse Geräte sowie reichliche Lebensmittel- und Wasservorräte mit sich. Angeblich war der alte Trapper ein guter Koch, aber Sarah hatte schon beschlossen, ihm bei der Zubereitung der Mahlzeiten zu helfen. Im ersten Tageslicht verließen sie Boston, das allmählich erwachte, in westlicher Richtung. Sarah spähte durch das Kutschenfenster und beobachtete den weißen Flockenwirbel. Noch nie war sie so freudig erregt gewesen – nicht einmal, als die *Concord* den Hafen von Falmouth verlassen hatte. Dies war eine der wichtigsten Reisen ihres Lebens, das spürte sie, wenn sie auch nicht genau wusste, warum. Jedenfalls glaubte sie, es wäre ihre Bestimmung gewesen, hierher zu kommen.

Nach fünf Stunden, kurz hinter Concord, hielten sie an, um die Pferde dreißig Minuten lang rasten zu lassen. Sarah stieg aus, vertrat sich die Beine und bewunderte die schöne Winterlandschaft. Inzwischen schneite es nicht mehr, und der frisch gefallene Schnee glitzerte im bleichen Sonnenschein. Bald erreichten sie den Mohawk Trail und folgten ihm in westlicher Richtung. Sarah wünschte, sie könnte ebenfalls reiten. Dann würden sie schneller ans Ziel gelangen. Aber der Colonel hatte wegen des unwegsamen Terrains darauf bestanden, dass sie einen Wagen mietete, und sie fügte sich in ihr Schicksal, obwohl sie wusste, sie wäre einem beschwerlichen Ritt gewachsen.

Am Abend briet Henderson einen Hasen, den sie in Schnee gepackt und aus Boston mitgenommen hatten, über einem kleinen Lagerfeuer am Spieß. Nach der langen Tagesreise schmeckte das würzige Fleisch köstlich. Singing Wind brachte kaum ein Wort hervor. Aber er schien guter Dinge zu sein, kochte getrockneten Kürbis aus seinem Vorrat und bot den anderen davon an. Noch nie hatte Sarah eine so delikate Süßigkeit gegessen. Nach der Mahlzeit kuschelte sie sich im Wagen unter einer Pelzdecke zusammen und schlief wie ein Baby.

Im Morgengrauen erwachte sie, als sie die Stimmen der Männer und das Schnauben der Pferde hörte. Es schneite nicht, und sie setzten die Reise im Licht eines strahlenden Sonnenaufgangs fort. Johnny Drum und George Henderson begannen zu singen. Bald stimmte Sarah, die in der polternden Kutsche saß, fröhlich ein. Diese Lieder hatte sie vor langer Zeit in England gelernt.

Auch an diesem Abend kochte Singing Wind getrocknetes Gemüse, diesmal eine andere Sorte, die er so zubereitete, dass sie dem Gaumen der Weißen schmeichelte. Während Johnny die Pferde versorgte, erlegte Henderson drei kleine Vögel und briet sie über dem Feuer. Wieder einmal genoss Sarah eine unvergessliche Mahlzeit. In dieser Wildnis war alles so einfach, so wundervoll, so kostbar.

Während einer Rast am dritten Tag berichtete Henderson von den Huronen, die jetzt in Kanada lebten. Früher hatten sie sich mit den Franzosen gegen die Engländer verbündet und in diesem Teil von Massachusetts eine ernsthafte Bedrohung dargestellt. Nicht weit von Deerfield hatten sie ihn gefangen genommen. Danach diskutierten die Männer über die Schwierigkeiten, die Blue Jacket – Blaue Jacke – von den Shawnee im Westen heraufbeschwor. Bei diesem Thema wurde sogar Singing Wind gesprächig und gab haarsträubende Geschichten zum Besten. Sarah fragte ihn nach seinem Stamm. Bereitwillig erzählte er, sein Vater sei der Häuptling, und sein Großvater habe die noch wichtigere Position eines Medizinmanns eingenommen. Die Wampanoag standen in enger Verbindung mit dem ganzen Universum. In allen Dingen erkannten sie einen besonderen Geist, und jedes war auf seine Weise heilig. Kiehtan – so nannte er seinen Gott – beherrschte die Welt, und man musste ihm für das Leben und die tägliche Nahrung danken. Mit dem Fest des grünen Maises feierten die Wampanoag die erste Ernte des Jahres. Hingerissen hörte Sarah zu. Singing Wind erklärte ihr, alle Menschen müssten gut zueinander sein und sich von Kiehtan leiten lassen. Wenn ein Mann seine Frau schlecht behandeln würde, dürfe sie ihn verlassen.

Seltsam, dachte Sarah, warum erwähnt er das? Spürte er, was sie jahrelang erlitten hatte? Für einen so jungen Mann erschien er ihr ungewöhnlich klug, und sie fand seine Wertmaßstäbe sehr vernünftig, zivilisiert und ziemlich modern. Kaum zu glauben, dass die ersten Reisenden in diesem Teil der Welt die Ureinwohner als »Wilde« bezeichnet hatten ... Manche Weiße schätzten die Indianer nach wie vor so ein, vor allem im Westen. Eines Tages würde Singing Wind seinen Vater beerben, das Amt des Häuptlings übernehmen, und nachdem er so viel Zeit bei den weißen Siedlern verbracht hatte, konnte er die Rolle eines Vermittlers übernehmen und vielleicht Frieden stiften.

Der vierte Tag, an dem sie Millers Falls passierten, kam ihr wie der längste vor. Sie sahen mehrere Forts, hielten jedoch nur einmal an, um sich mit Lebensmitteln und frischem Wasser zu versorgen. Abends hatten sie die Garnison noch immer nicht erreicht, und es erhob sich die Frage, ob sie in der Nacht weiterreisen oder bis zum Morgen warten sollten. Wären die Männer allein gewesen, hätten sie den Ritt fortgesetzt. Aber sie mussten auf eine Frau Rücksicht nehmen und wagten sie nicht zu drängen. Schließlich betonte Sarah, falls nichts zu befürchten sei, würde sie gern noch an diesem Abend bis Deerfield fahren.

»Mit Gefahren muss man immer rechnen«, erwiderte Johnny, der junge Fahrer. »Jederzeit könnten wir einer Kriegertruppe begegnen oder ein Wagenrad verlieren.« Nachts war die holprige Straße vereist, und es widerstrebte ihm, ein Risiko einzugehen. Immerhin genoss er den Ruf eines besonnenen Mannes. Nur weil Colonel Stockbridge sich felsenfest auf ihn verließ, hatte er ihm die Engländerin anvertraut.

»So etwas kann auch tagsüber passieren«, wandte Sarah ein. Letzten Endes beschlossen sie auf ein Nachtlager zu verzichten und hofften, sie würden innerhalb weniger Stunden ans Ziel gelangen.

In schnellem Trab ritten sie weiter, und Sarah beschwerte sich nicht, während der alte Wagen dahinholperte. Manchmal fühlte sie sich wie auf der schaukelnden *Concord* bei stürmischem Seegang. Kurz nach elf sahen sie in der Ferne die Lichter von Deerfield. Jubelnd spornten die Männer ihre Pferde an, und Sarah fürchtete, auf der letzten Strecke würden sie doch noch ein Rad verlieren. Aber sie erreichten wohlbehalten das Haupttor. Johnny rief die Wachtposten an. Doch sie hatten Singing Wind, der vorausgeritten war, bereits erkannt. Langsam schwangen die Türflügel auf, die Kutsche rollte in die Garnison, und der Fahrer zügelte das Gespann. Mit zitternden Beinen stieg Sarah aus und schaute sich um. Etwa ein Dutzend Männer wanderten im Dunkel umher, unterhielten sich leise, und manche rauchten. An Pfosten waren mehrere Pferde festgebunden, mit Decken über den Rücken. Einige lang gestreckte, schlichte Gebäude standen innerhalb der Palisade, die Quartiere für die Soldaten, zudem ein paar Hütten für die Familien und Lagerhallen. In der Mitte befand sich ein Hauptplatz, und so glich das Fort einem kleinen Dorf.

Außerhalb des Pfahlzauns lebten die Siedler, die den Schutz der Garnison genossen. Von Anfang an fühlte Sarah sich heimisch und gewann den tröstlichen Eindruck, sie würde hierher gehören. Gerührt dankte sie ihren Begleitern für die angenehme Reise – ein wundervolles Abenteuer, das sie niemals vergessen würde. Die vier Tage seien ihr wie im Flug vergangen, verkündete sie. Da lachten alle, sogar Singing Wind, dem die Reise wegen der Anwesenheit einer Frau schrecklich lange vorgekommen war.

Johnny steuerte den Wagen in einen großen Stall, um die Pferde zu versorgen, die beiden Führer gesellten sich zu ihren Freunden, und Sarah wurde von einem Soldaten in Empfang genommen, der sie bereits erwartete. Vor zwei Tagen war der Colonel eingetroffen und hatte ihn angewiesen, Mrs. Ferguson zu einer der Frauen zu bringen, die hier wohnten. Als der Mann an eine Hüttentür klopfte, erschien eine junge Frau auf der Schwelle, in einem alten Morgenmantel aus Flanell, um den sie eine Decke gewickelt hatte. Hinter ihr sah Sarah zwei hölzerne Wiegen.

Der Soldat erklärte der verschlafenen Mutter, wer Sarah sei. Da lächelte die Frau freundlich, bat Sarah ins Haus und erklärte, sie würde Rebecca heißen. Sarah bedankte sich bei ihrem Begleiter und trug ihre Reisetasche in einen kleinen Raum. Neugierig schaute sie sich im Licht der Kerze um, die Rebecca in der Hand hielt. Sie bemerkte die fortgeschrittene Schwangerschaft der jungen Frau und beneidete sie um das schlichte Leben in dieser Hütte, mit ihrer Familie. Zweifellos war das ein erfreulicheres Schicksal, als in einem Schloss zu hausen und von einem Earl verprügelt zu werden. Nun, das alles gehörte der Vergangenheit an, und sie fühlte sich so wie Tom Singing Wind mit dem Universum vereint, beschützt vom guten Gott Kiehtan, der ihr geholfen hatte, in die Freiheit zu fliehen. Mehr wünschte sie sich nicht.

Rebecca führte sie in ein winziges Schlafzimmer mit einem schmalen Bett, kaum groß genug für zwei Personen. Dieses Bett teilte sie normalerweise mit ihrem Ehemann. Aber jetzt bot sie es Sarah an und fügte hinzu, sie selbst würde im vorderen Zimmer bei den Kindern auf einer Decke schlafen. Ihr Mann sei mit anderen Soldaten in die Wälder geritten, um zu jagen, und würde erst in ein paar Tagen zurückkommen.

»O nein!«, protestierte Sarah, fast zu Tränen gerührt über die Gastfreundschaft dieser jungen Frau, die einer Fremden ihr Bett zur Verfügung stellen wollte. »*Ich* werde auf dem Boden schlafen, es macht mir wirklich nichts aus. Vier Tage lang habe ich in einem Wagen übernachtet. Und das hat mich auch nicht gestört.«

»Kommt gar nicht in Frage!«, entschied Rebecca. Letzten Endes beschlossen sie, sich das Bett zu teilen. Hastig zog sich Sarah im Dunkel aus, und wenig später lagen die beiden Frauen, die sich eben erst kennen gelernt hatten, wie Schwestern nebeneinander.

»Warum sind Sie hierher gekommen?«, fragte Rebecca im Flüsterton, um die Babys nicht zu wecken. Sie glaubte, die schöne Engländerin hätte die beschwerliche Reise wegen eines Mannes auf sich genommen. Deshalb verblüffte sie die Antwort total.

»Weil ich die Garnison sehen wollte. Vor zwei Monaten fuhr ich von England nach Boston, um ein neues Leben zu beginnen ...« Sie dachte, es wäre am besten, bei der Lüge zu bleiben, die sie von Anfang an erzählt hatte. Und so fügte sie hinzu: »Ich bin Witwe.«

»Wie traurig!«, meinte Rebecca mitfühlend. Sie war erst zwanzig und ihr Mann Andrew einundzwanzig. Seit der Kindheit kannten und liebten sie sich, und sie konnte sich nicht vorstellen, ihn jemals zu verlieren. »Tut mir Leid.«

»Schon gut …« Und dann beschloss Sarah, wenigstens in einem Punkt ehrlich zu sein. »Ich habe ihn nie geliebt.«

»Oh, das ist schrecklich!«, flüsterte Rebecca bestürzt. »Werden Sie lange in der Garnison bleiben?« Sie gähnte verhalten und spürte, wie sich das Baby in ihrem Bauch bewegte. Bald würde sie aufstehen müssen, um die beiden anderen Kinder zu versorgen. In Andrews Abwesenheit lag ein langer, harter Arbeitstag vor ihr. Und niemand stand ihr bei. Ihre Familie lebte in North Carolina.

»Das weiß ich noch nicht.« Sarah ließ sich von Rebeccas Gähnen anstecken. »Am liebsten für immer …« Rebecca lächelte, schlummerte ein, und wenig später versank auch Sarah in einem tiefen Schlaf.

Vor Tagesanbruch stand Rebecca auf, als sie hörte, dass sich ihr jüngstes Kind bewegte. Wie ihr die schweren Brüste verrieten, war es an der Zeit, ihren kleinen Sohn zu stillen. Das bereitete ihr manchmal Schmerzen, und sie fürchtete, das Baby im Mutterleib würde deshalb verfrüht zur Welt kommen. Aber der Kleine war erst acht Monate alt und etwas schwächlich, und sie mochte ihm die Muttermilch nicht vorenthalten. Wie lange sie schwanger war, wusste sie nicht genau. Vielleicht im siebten Monat. Sie war viel dicker als die beiden anderen Male. Vor achtzehn Monaten war ihr erstes Baby zur Welt gekommen, ein Mädchen. Kaum war sie auf den Beinen, hatte Rebecca alle Hände voll zu tun. Sie versuchte die Kinder daran zu hindern, den Gast zu wecken, und beschäftigte die beiden mit einer Schüssel voller Haferbrei und je einer Scheibe Brot. Zum Glück lebte sie nicht auf einer Farm, sondern in der Garnison. Sie hätte gar keine Zeit, ein Stück Land zu bewirtschaften. Außerdem war die Familie hier in Sicherheit, alle bekamen genug zu essen, und Andrew musste sich nicht sorgen, wenn er sie für mehrere Tage verließ.

Sarah erwachte um neun Uhr. Inzwischen hatte Rebecca beide Kinder gebadet und angezogen, sich selbst gewaschen und angekleidet, die Wäsche erledigt, und im Ofen duftete frisch gebackenes Brot. Ein helles Feuer brannte im Kamin.

Während Sarah ihre Gastgeberin geschäftig umhereilen sah, schämte sie sich, weil sie so lange geschlafen hatte. Offenbar war die Reise doch sehr anstrengend gewesen, obwohl sie das gar nicht bemerkt hatte. Erst die Geräusche der Pferde und Wagenräder in der Garnison hatten sie aus ihrem Schlaf gerissen. Nun würde Johnny den Mietwagen bereits nach Boston zurückbringen, und die beiden Führer hatten ihr mitgeteilt, sie würden zeitig am Morgen weiterreiten. Singing Wind musste seinem Vater über die landwirtschaftlichen Geräte Bericht erstatten, die er in Boston erwerben würde. George Henderson, der Trapper, wollte den Siedlern an der kanadischen Grenze Pelze verkaufen, was derzeit ein gefährliches Unterfangen war. Das wusste er, doch es störte ihn nicht. Er kannte alle Indianerstämme, und die meisten waren ihm freundlich gesinnt.

»Möchten Sie etwas essen?«, fragte Rebecca. In einem Arm hielt sie das Baby, mit der anderen Hand versuchte sie ihre kleine Tochter daran zu hindern, den Nähkorb auszuräumen.

»Vielen Dank, ich sorge selber für mich. Wie ich sehe, haben Sie eine ganze Menge zu tun.«

»Allerdings«, stimmte Rebecca lachend zu. Im hellen Sonnenschein sah die kleine Frau mit den Zöpfen wie eine Zwölfjährige aus. »Wenn Andrew Zeit hat, hilft er mir. Aber er ist unterwegs, kümmert sich um die Siedler und besucht die anderen Forts.«

»Wann wird Ihr Baby zur Welt kommen?«, fragte Sarah. Besorgt musterte sie den runden Bauch der jungen Frau und schenkte sich eine Tasse Kaffee ein.

»Erst in ein oder zwei Monaten – da bin ich mir nicht sicher«, gestand Rebecca errötend. Ihre Babys waren einander geradezu auf den Fersen gefolgt. Obwohl sie gewiss kein leichtes Leben führte, wirkte sie gesund und glücklich. Hier gab es nicht einmal annähernd den Komfort, an den sich Sarah in Boston gewöhnt hatte. Letzte Nacht war sie in eine völlig andere Welt geraten, und darin fand sie genau das, was sie sich wünschte.

Sie machte das Bett und fragte Rebecca, ob sie ihr helfen könne. Aber die junge Frau plante, eine Freundin auf einer benachbarten Farm zu besuchen, die soeben ein Baby bekommen hatte.

Nachdem Rebecca mit den Kindern die Hütte verlassen hatte, ging Sarah zum Büro des Colonels. Doch sie traf ihn nicht an, und so wanderte sie eine Zeit lang in der Garnison umher. Interessiert beobachtete sie die Ereignisse – den Hufschmied, der gerade ein Pferd beschlug, lachende Soldaten, Indianer, die kamen und gingen und anders aussahen als Singing Wind. Vermutlich zählten sie zu den Nonotuck, von denen sie gehört hatte. Dieser Stamm war genauso friedlich wie die Wampanoag. In dieser Gegend lebten keine »wilden« Indianer mehr. Zumindest glaubte sie das, bis sie ein Dutzend Männer, die meisten Indianer, durch das Tor in die Garnison galoppieren sah, gefolgt von vier Packpferden. Diese Indianer glichen weder Singing Wind noch den Nonotuck. In ihrem Aussehen und der Art, wie sie mit den Pferden umgingen, erkannte Sarah ein etwas raueres Temperament. Ihr langes schwarzes Haar war mit Perlen und Federn geschmückt, und einer trug einen spektakulären Brustharnisch. Sogar ihre Sprechweise machte ihr ein bisschen Angst. Niemand außer ihr schien die Neuankömmlinge zu beachten. Als sie die Pferde in Sarahs Nähe zügelten, begann sie zu zittern und ärgerte sich über ihre Furcht. Aber sie wirkten so groß und stark, so atemberaubend. Lachend unterhielten sie sich und zeigten einen Kameradschaftsgeist, der auch die Weißen in ihrer Mitte einbezog. Während die Pferde noch nervös tänzelten, stiegen die Männer ab. Nun wurden sie von einigen Soldaten beobachtet. Vielleicht bildeten sie eine Delegation, die zu Verhandlungen ins Fort gekommen war.

Sarah stand unbemerkt etwas abseits und erriet, wer der Anführer der Gruppe sein musste. Fasziniert starrte sie ihn an. Langes, glänzendes dunkles Haar wehte hinter ihm her, als er über den Platz ging, in einem kostbaren und zugleich praktischen Lederanzug und hohen Stiefeln. An seinem Rücken hingen eine lange Muskete, ein Bogen und ein Köcher voller Pfeile. Beinahe sah er europäisch aus. Aber er besaß die würdevolle Haltung und die scharf geschnittenen Züge der Indianer, die ihn begleiteten, und er sprach in einem indianischen Dialekt. Den Antworten seiner Männer entnahm Sarah, wie sehr sie ihn respektierten. Majestätisch und hoch aufgerichtet, war er der geborene Anführer, vielleicht ein Häuptling oder der Sohn eines Häuptlings. Sie schätzte sein Alter auf Ende dreißig.

Als er sich abrupt in ihre Richtung wandte und ihrem Blick begegnete, zuckte sie unwillkürlich zusammen. Sie hatte nicht erwartet, seine Aufmerksamkeit zu erregen. Viel lieber wollte sie ihn unauffällig betrachten wie ein exquisites Gemälde. Wenn sie beobachtete, wie er sich bewegte und sprach, glaubte sie, Musik zu hören. Nie zuvor hatte sie einen so anmutigen, kraftvollen Mann gesehen. Aber er erschreckte sie auch, und während er sie musterte, blieb sie wie erstarrt stehen – unfähig, sich zu bewegen. Doch so bedrohlich er auch wirkte, sie hatte nicht das Gefühl, er könnte ihr wehtun. Irgendwie glich er dem Fürsten eines Märchenreichs, und er repräsentierte eine Welt, von der sie nur träumen konnte. Nach einer Weile kehrte er ihr den Rücken und betrat ein Büro.

Zu ihrem Entsetzen bebte sie am ganzen Körper. Die Beine trugen sie nicht mehr, und sie ließ sich auf den Stufen des Hauses nieder, in dessen Nähe sie gestanden hatte. Atemlos verfolgte sie, wie die Begleiter des faszinierenden Mannes die Packpferde abluden. Welchem Stamm gehörten sie an? Und warum waren sie in die Garnison gestürmt, als hätten sie vor allen Dämonen der Hölle fliehen müssen?

Erst nach zehn Minuten hörte sie zu zittern auf, und ihre Herzschläge beruhigten sich. Auf dem Weg zum Büro des Colonels fragte sie einen Soldaten, welche Indianer soeben eingetroffen seien. Er hatte die Ankunft der Truppe nicht verfolgt, und Sarah beschrieb sie.

»Irokesen«, erwiderte er unbeeindruckt, da er diese Männer schon oft genug gesehen hatte. »Genau genommen Seneca – das ist ein Stamm des Irokesenvolkes. Da gibt's sechs verschiedene – die Onondaga, die Cayuga, die Oneida, die Seneca, die Mohawk, und die Letzten, die in den Völkerbund aufgenommen wurden, waren die Tuscarora. Die vereinten sich erst vor siebzig Jahren mit der Irokesenkonföderation. Ursprünglich kamen sie aus North Carolina. Die Männer, die Sie gesehen haben, sind Seneca, Madam – bis auf den Kleinen, der ist ein Cayuga.«

»Ich fand den Anführer sehr imposant«, gestand sie, immer noch überwältigt. Sie glaubte, sie hätte allen Schrecken der Neuen Welt in einem einzigen Mann verkörpert gesehen. Trotzdem empfand sie keine Angst. In der Garnison würde niemand versuchen, über sie herzufallen. Außerdem schien keiner der Soldaten den Anführer der Irokesen zu fürchten, so gefährlich er auch aussah.

»Wer hat die Indianer ins Fort geführt?«, fragte der Soldat, und Sarah vermochte nur zu erklären, was ihr an dem

Mann aufgefallen war. »Keine Ahnung, wer das ist … Vielleicht der Sohn eines Häuptlings. Er könnte einer von den Mohawk sein – die sehen besonders erschreckend aus, vor allem in voller Kriegsbemalung.« Von der hatte sie zu ihrer Erleichterung nichts bemerkt. Sonst wäre sie womöglich trotz aller guten Vorsätze in Ohnmacht gefallen.

Sie dankte dem Soldaten für die Informationen, dann betrat sie das Büro des Colonels. Inzwischen war er von seinem Morgenritt zurückgekehrt, zufrieden mit der ersten Inspektion nach seiner Abwesenheit. Auf seinem Terrain war alles in Ordnung. Nun freute er sich sichtlich, Sarah wiederzusehen und zu hören, sie sei nach einer angenehmen Reise wohlbehalten in Deerfield eingetroffen. Bewundernd schaute er sie an. Sogar in ihrem schlichten braunen Wollkleid mit dem passenden Hut war sie eine Schönheit. Der helle Teint schimmerte fast so weiß wie Schnee, die Augen leuchteten wie der Sommerhimmel, und die Lippen, die sie niemals mit Rouge färbte, hätten jeden jüngeren Mann zu einem Kuss herausgefordert. Doch sie wirkte stets züchtig und korrekt, und der Glanz in ihren Augen rührte sicher nur von der Aufregung her, die sie in dieser ungewohnten, faszinierenden Umgebung verspürte. Ihre subtile Sinnlichkeit wusste sie zu verbergen, und wer sie nicht allzu genau musterte, entdeckte nur Herzenswärme.

Wortreich bedankte sie sich, weil er ihr den Aufenthalt in der Garnison erlaubte, und er entgegnete belustigt: »Amelia hält ihre Besuche in meinem Fort für eine reine Qual, für die ich mich von ihrer Ankunft bis zu ihrer Abreise unentwegt entschuldigen muss.« In den letzten fünf Jahren war sie nur selten hierher gefahren. Mit neunundvierzig fühlte sie sich zu alt für diese Strapaze, und er fand es einfacher, wenn er zu ihr nach Boston ritt. Da war Mrs. Ferguson aus anderem Holz geschnitzt. Sie sei eine »geborene Siedlerin«, meinte er und nahm an, sie würde das nur als scherzhaftes Kompliment auffassen.

An diesem Abend veranstaltete er eine kleine Dinnerparty für Sarah und bemerkte kurz vor der Mahlzeit, hoffentlich sei sie mit ihrer Unterkunft zufrieden. Da es in der Garnison keine Gästezimmer gab, nahmen die Ehefrauen der Soldaten die meisten Besucher auf. Wenn Amelia nach Deerfield kam, musste sie das Quartier ihres Mannes mit ihm teilen, was sie verabscheute. Sarah versicherte, sie fühle sich sehr wohl bei Rebecca und habe sie bereits ins Herz geschlossen. Etwas später stellte sie unbehaglich fest, dass auch Lieutenant Parker am Esstisch saß und sie genauso anschmachtete wie in Boston. Sie tat ihr Bestes, um ihn zu entmutigen. Schließlich behandelte sie ihn sogar etwas unhöflich. Doch das störte ihn nicht, ganz im Gegenteil. Offenbar hielt er ihre scharfen Antworten für ein Zeichen ihres Interesses. Zu ihrer Bestürzung vermuteten obendrein die anderen Gäste, sie hätte seinetwegen die beschwerliche Reise gewagt.

»Das stimmt nicht«, informierte sie die Gemahlin eines Majors. »Wie Sie wissen, bin ich verwitwet«, fuhr sie in strengem Ton fort, fühlte sich wie ihre eigene Großmutter und versuchte, eine möglichst Ehrfurcht gebietende Miene aufzusetzen. Hätte sie sich selbst beobachtet, wäre sie vermutlich in Gelächter ausgebrochen.

Bedauerlicherweise war die Frau nicht so beeindruckt, wie Sarah es erwartet hatte. »Sie können nicht Ihr Leben lang allein bleiben, Mrs. Ferguson«, betonte sie und warf einen wohlwollenden Blick auf den jungen Lieutenant.

»Doch, genau das habe ich vor«, beteuerte Sarah energisch, und der Gastgeber lachte. Als sie sich verabschiedete, blieb Lieutenant Parker in ihrer Nähe, in der Hoffnung, er dürfte sie zu Rebeccas Hütte begleiten.

»Soll ich Ihnen meinen Schutz anbieten?«, fragte Colonel

Stockbridge, der Sarahs Problem verstand und ihr aus der Verlegenheit helfen wollte. Schließlich war sie sein Gast, und sie hatte deutlich genug bekundet, dass sie die romantischen Gefühle des Lieutenants nicht erwiderte.

»Oh, das wäre sehr freundlich von Ihnen«, nickte sie, worauf er dem jungen Mann mitteilte, dieser brauche nicht auf Mrs. Ferguson zu warten, weil er sie selbst nach Hause bringen würde.

»Vielen Dank, Parker, wir sehen uns morgen früh.«

Wie Sarah erfahren hatte, sollte am nächsten Tag eine Besprechung mit einer Delegation aus dem Westen stattfinden, die soeben Friedensverhandlungen mit einigen Unruhestiftern unter dem Kommando Little Turtles, der kleinen Schildkröte, geführt hatte.

Sichtlich niedergeschlagen verließ der Lieutenant das Quartier seines Vorgesetzten.

»Tut mir Leid, falls er Sie belästigt, meine Liebe«, seufzte der Colonel. »Er ist eben jung und hitzig – und bis über beide Ohren in Sie verliebt. Das kann ich ihm nicht verübeln. Wäre ich dreißig Jahre jünger, würde ich mich auch zum Narren machen. Und wenn ich's recht bedenke – eigentlich können Sie von Glück reden, weil Amelia auf mich aufpasst.«

Lachend errötete sie und dankte ihm für das Kompliment. »Der Lieutenant weigert sich zu begreifen, dass ich nicht mehr heiraten möchte. Das habe ich ihm deutlich erklärt. Bedauerlicherweise glaubt er mir nicht.«

»Was ich nur zu gut verstehe«, entgegnete er und half ihr in den Umhang. Soeben waren die letzten Gäste gegangen. »Sie sind viel zu jung, um allein zu bleiben, wo Sie doch mindestens die Hälfte Ihres Lebens noch vor sich haben.« Lächelnd bot er ihr seinen Arm, und sie widersprach ihm nicht. Aber ihr Entschluss stand fest.

Um das Thema zu wechseln, erkundigte sie sich nach der Besprechung, die er am nächsten Tag abhalten würde, und den von Shawnee und Miami verursachten Unruhen. Bereitwillig beantwortete er ihre intelligenten Fragen. Vor Rebeccas Tür bedauerte er fast, dass er sich von Sarah verabschieden musste. Er wünschte, seine Töchter würden nur halb so viel Begeisterung für seine Tätigkeit zeigen. Leider waren sie vollauf mit ihren Familien und dem Bostoner Gesellschaftsleben beschäftigt, während Sarah die aufstrebende neue Welt im Landesinneren viel interessanter fand.

Sie dankte ihm für die Party und das köstliche Essen – geschmortes Wildfleisch, von seinem Nonotuck-Koch mit Gemüsen zubereitet, die auf den nahen Farmen gediehen. Am nächsten Tag würde sie ihn wieder besuchen, kündigte sie an. Sie wollte ausreiten und die Umgebung erforschen, falls er einen Begleiter finden würde. Bloß nicht Lieutenant Parker, bat sie. Belustigt versprach er, ihren Wunsch zu erfüllen, und ermahnte sie zur Vorsicht.

Als sie die kleine Holzhütte betrat, die Rebecca so großzügig mit ihr teilte, schliefen die Gastgeberin und die Kinder schon. Das Kaminfeuer brannte nicht mehr, und es war ziemlich kühl in beiden Räumen. Da Sarah sich hellwach fühlte, wollte sie noch nicht zu Bett gehen. Und so trat sie vor die Haustür, um über die Ereignisse des Tages nachzudenken. Zweifellos war die Ankunft der Indianer, die so beängstigend wirkten, ein besonders eindrucksvolles Erlebnis gewesen. Schaudernd fragte sie sich, wie ein Kriegertrupp aussehen mochte, und sie hoffte, sie würde niemals einem begegnen. So faszinierend sie diesen Teil der Welt auch fand, es drängte sie nicht, in den Westen zu ziehen und sich den Pionieren anzuschließen. Dieses Leben wäre ihr zu gefährlich. Am liebsten wollte sie in Deerfield bleiben.

In Gedanken versunken, entfernte sie sich ein wenig vom

Haus. Ringsum herrschte tiefe Stille, aber sie wusste, dass ihr nichts zustoßen konnte. Die meisten Bewohner der Garnison schliefen bereits, und die Wachtposten hüteten das Tor. Welch ein wundervolles Gefühl, den knirschenden Schnee unter den Füßen zu spüren, zu den leuchtend hellen Sternen aufzublicken ... Das erinnerte sie an Singing Winds Erklärung, jeder Mensch sei eins mit dem Universum. Als sie wieder hinunterschaute, zuckte sie verstört zusammen. Nur wenige Schritte entfernt stand ein Mann, der sie beobachtete, die Stirn gerunzelt, in angespannter Haltung. Sie erkannte den Anführer der Irokesendelegation, die am Nachmittag in die Garnison geritten war. Nun erschreckte er sie zum zweiten Mal. Schweigend starrte er sie an, und sie spürte, wie ihr Herz schneller schlug. Würde er sie attackieren? Als sie unverhohlenen Zorn in seinen Augen las, schien ihr das durchaus möglich.

Ein paar beklemmende Sekunden lang rührten sich beide nicht. Sollte sie in Rebeccas Hütte flüchten? Doch er würde sie mühelos einholen, und sie wollte die junge Frau und die Kinder nicht in Gefahr bringen. Wenn sie schrie, würde er sie vielleicht töten, ehe jemand ihrem Hilferuf folgte. Also konnte sie nur abwarten und ihre Angst bekämpfen, was ihr sehr schwer fiel. Sein pechschwarzes Haar flatterte im Wind, mit einer langen Adlerfeder geschmückt. Und obwohl ihr sein Gesicht mit den harten Zügen eines Habichts Furcht einflößte, erkannte sie seine Schönheit.

Und dann überraschte er sie mit einer leisen Frage in perfektem, leicht akzentuiertem Englisch. »Was machen Sie in der Garnison?«

Mühsam zwang sie sich zur Ruhe. »Ich besuche den Colonel«, antwortete sie und hoffte, wenn sie den Kommandanten des Forts erwähnte, würde der Indianer vielleicht zögern, sie anzugreifen.

»Was haben Sie in dieser Gegend zu suchen?« Offenbar erzürnte ihn die Anwesenheit eines weiteren Eindringlings, der sich im Indianergebiet aufhielt. Jetzt stellte sie fest, dass sein Akzent fast französisch klang. Möglicherweise hatte er vor mehreren Jahren von den französischen Soldaten Englisch gelernt.

»Ich kam aus England hierher, um ein neues Leben zu beginnen«, erklärte sie tapfer und fürchtete, das würde er nicht verstehen. Jedenfalls war sie nicht in die Neue Welt gefahren, um sich von einem Indianer unter dem Sternenhimmel ermorden zu lassen, am schönsten Ort, den sie jemals gesehen hatte. Nein, das würde sie nicht gestatten. Ebenso wenig wie sie Edward erlaubt hatte, sie zu töten.

Jetzt schien seine innere Anspannung nachzulassen. »Sie gehören nicht hierher. Kehren Sie nach Hause zurück. In dieser Gegend leben schon zu viele weiße Menschen.« Seit Jahren beobachtete er das Unheil, das die Siedler anrichteten. Nur wenige brachten Verständnis für die Probleme der Ureinwohner auf. »Wenn Sie hier bleiben, könnten Ihnen schlimme Gefahren drohen.«

Warum warnte er sie? Was ging ihn ihr Schicksal an? Nun, dieses Land gehörte den Indianern, nicht den Weißen, und vermutlich hatte er ein Recht, so mit ihr zu sprechen. »Das ist mir bewusst. Aber es gibt keinen anderen Ort, wo ich leben könnte, und ich fühle mich wohl in diesem Gebiet. Deshalb möchte ich bleiben.« Sie wollte ihn nicht verärgern und ihm nur erklären, wie viel ihr seine Heimat bedeutete. Sie war nicht hierher gereist, um ihm irgendetwas wegzunehmen oder um sein Land auszubeuten. Stattdessen würde sie es nur lieben.

Eine Zeit lang starrte er sie wortlos an, dann fragte er: »Wer wird für Sie sorgen? Sie haben keinen Beschützer. Allein können Sie hier nicht leben.« In der ganzen Garnison sprach man von Sarah Ferguson. An diesem Nachmittag hatte er von ihr gehört, und er missbilligte ihre Ankunft.

»Vielleicht doch«, entgegnete sie sanft. »Irgendwie werde ich Mittel und Wege finden.«

Nicht zum ersten Mal erstaunt über die Dummheit und Naivität der weißen Siedler, schüttelte er den Kopf. Warum glaubten diese Leute, sie könnten sich das Land einfach aneignen und keinen Preis dafür zahlen? So viele Indianer waren für ihr Land gestorben, ebenso zahlreiche Siedler, was die Regierung der Weißen nicht zugeben mochte. Eine Frau, die allein hier leben wollte, musste verrückt sein. Oder strohdumm.

Im Mondlicht, mit ihrem hellen Gesicht und dem dunklen Haar unter der Kapuze des Umhangs, glich sie beinahe einem Geist. Bei der ersten Begegnung am Nachmittag war sie ihm wie eine wunderschöne Vision erschienen. Und nun hatte sie ihn von neuem verwirrt, während er durch die Nacht gewandert war, um Pläne für die bevorstehende Besprechung mit dem Colonel zu schmieden. »Gehen Sie in Ihr Quartier«, befahl er. »Es ist sträflicher Leichtsinn, allein hier draußen herumzulaufen, mitten in der Nacht.«

Da lächelte sie, und was er in ihren Augen las, nahm ihm den Atem. Auf die Leidenschaft, die ihr Blick verriet, war er nicht vorbereitet. Nur eine einzige Frau hatte er gekannt, die sich mit ihr messen konnte, eine Oneida – Crying Sparrow, seinen Weinenden Spatz. Für diese weiße Frau fiel ihm nur ein einziger Name ein – White Dove, Weiße Taube. Abwartend schaute er sie an, und schließlich erkannte er, dass sie sich nicht von der Stelle rühren würde, solange er hier stehen blieb.

Ohne ein weiteres Wort wandte er sich ab und ging davon. Erleichtert atmete sie auf und eilte zu Rebeccas Hütte.

# 14

Sie erzählte niemandem von der nächtlichen Begegnung, denn sie fürchtete, sie dürfte sonst nicht mehr allein in der Garnison umherwandern. Zu ihrer Freude hatte der Colonel den Scout Will Hutchins beauftragt, mit ihr am Morgen auszureiten. Der Vorgesetzte des jungen Gefreiten konnte ihn für einige Stunden entbehren. Überaus schüchtern und noch nicht allzu lange in Deerfield stationiert, wusste der 17-jährige Soldat nicht, welches Gebiet Sarah erforschen wollte. Man hatte ihm nicht erklärt, was von ihm erwartet wurde, und nur betont, er müsse der Dame höflich begegnen. Und so fragte er nach ihren Wünschen. Sie antwortete, sie würde gern die Umgebung kennen lernen. Bei der Dinnerparty des Colonels hatte die Ehefrau eines Offiziers einen Ort namens Shelburne Falls erwähnt, wo es einen schönen Wasserfall gab. Den kannte Will nicht, und so ritten sie einfach nach Norden. Sarah war tief beeindruckt von der herrlichen hügeligen Landschaft und den dichten Wäldern, wo sie ab und zu Rotwild antrafen, und sie fühlte sich wie in einem Märchenreich.

Zu Mittag meinte Will, sie sollten umkehren, weil der Himmel bedrohlich aussah. Aber Sarah wollte weiterreiten und unbedingt den Wasserfall sehen. Da die Pferde noch nicht müde wirkten, stimmte der junge Bursche zu.

Sie verspeisten den Lunch, den sie in ihren Satteltaschen mitgenommen hatten, und kurz nach zwei entdeckten sie einen spektakulären Wasserfall, der von hoch oben auf durchlöcherte Felsen herabstürzte. Aufgeregt rief Sarah, das müsse der Wasserfall sein, von dem die Dame beim Dinner gesprochen habe – Shelburne Falls. Der Scout freute sich mit ihr, doch das Naturwunder interessierte ihn nicht sonderlich. Nach dem vierstündigen Ritt wollte er endlich den Rückweg antreten, um Deerfield noch vor der Abenddämmerung zu erreichen. Sollte dieser Frau etwas zustoßen, würden ihm sein Kommandant und der Colonel die Hölle heiß machen. Wie jedermann wusste, sollte man sich im übrigen nach Einbruch der Dunkelheit nicht mehr außerhalb der Garnisonsmauern aufhalten. Selbst wenn in dieser Gegend nur friedliche Indianer lebten, kam es gelegentlich zu unangenehmen Zwischenfällen. Außerdem konnte man sich in der Finsternis leicht verirren, und er kannte die Region kaum besser als Mrs. Ferguson, da er erst im November hierher gekommen war. Wegen der starken Schneefälle hatte sein Trupp nur wenige Exkursionen unternommen. Im Gegensatz zu Colonel Stockbridge, der Sarahs Abenteuerlust kannte, hatte Wills Vorgesetzter vermutet, die Dame wollte einfach nur um die Garnison herumreiten. Stattdessen hatten sie sich zwölf Meilen von Deerfield entfernt.

Sobald sie den Wasserfall erblickte, bestand sie darauf, abzusteigen und ihr Pferd näher heranzuführen. Noch nie hatte sie etwas so Schönes gesehen, und sie wünschte, sie könnte die atemberaubende Szenerie skizzieren. Schließlich schwang sie sich widerstrebend in den Sattel, und sie schlugen die Richtung zur Garnison ein. Nach einer halben Meile hielt sie plötzlich an. »Was gibt's?« Auch Will zügelte sein Pferd und beobachtete voller Sorge, wie sie sich umschaute und zu lauschen schien. Wenn er mit dieser Frau einem Kriegertrupp begegnete ... Daran wagte er gar nicht zu denken. Aber wie er bald feststellte, hatte sie nichts gehört, sondern etwas gesehen – eine große Lichtung, alte Bäume, einen Ausblick über ein Tal hinweg. »Stimmt was nicht?«, fragte er in wachsender Verzweiflung. Er fror erbärmlich, und er sehnte sich nach seinem Quartier.

»Wem gehört dieses Stück Land?« Sarah hatte gefunden, was sie suchte. Entzückt betrachtete sie die Lichtung, die sie schon tausendmal in ihren Wunschträumen gesehen hatte.

»Der Regierung, nehme ich an. Am besten fragen Sie den Colonel.« Früher hatte das ganze Gebiet den Indianern gehört. Doch es war ihnen genommen worden.

Ein magischer Ort, dachte Sarah und malte sich ein Haus auf der Lichtung aus, an deren Ende eine Quelle entsprang. Darüber hinaus war der grandiose Wasserfall nicht weit entfernt. Als sie ein paar Sekunden lang die Augen schloss, glaubte sie, ihn rauschen zu hören. Und mitten im Schnee stand eine Hirschfamilie, schaute sie an und schien ihr eine Botschaft von Kiehtan zu überbringen, dem Herrn des Universums. Ja, es war ihre Bestimmung, hier zu leben.

Während sie reglos im Sattel saß, den jungen Soldaten an ihrer Seite, wurde es allmählich dunkler. »Bitte, Mrs. Ferguson, wir müssen weiterreiten, es ist schon spät.« Wenn er es auch nicht eingestehen mochte, er fürchtete sich. Aus unerfindlichen Gründen erschreckte ihn diese Frau.

»Wir müssen nur dieses Tal durchqueren«, erklärte sie in ruhigem Ton. »Am anderen Ende wenden wir uns nach Südosten.« Sie besaß einen ausgezeichneten Orientierungssinn, was ihren Begleiter nicht beruhigte. Nur ungern verließ sie das schöne Fleckchen Erde, doch sie wusste, sie würde es wieder finden. Und so folgte sie dem verängstigten Jungen.

In den nächsten beiden Stunden beschleunigten sie das Tempo, um der nächtlichen Finsternis zuvorzukommen. Sarah ritt voran und glaubte, sie würden bald ans Ziel gelangen. Aber am anderen Ende des Tals kamen sie zu einer Lichtung, die sie zwanzig Minuten zuvor schon einmal gesehen hatte, und sie begann an ihrem Orientierungssinn zu zweifeln. Inzwischen war es fast dunkel geworden. Um den Jungen nicht zu erschrecken, schwieg sie.

Als sie ein drittes Mal über die Lichtung ritten, schaute sie sich unschlüssig um. »Allzu weit können wir nicht mehr von Deerfield entfernt sein«, meinte sie und versuchte, sich an Kerben in Baumstämmen zu erinnern – ein Trick, den ihr der Vater in der Kindheit beigebracht hatte, damit sie sich in den Wäldern zurechtfinden würde.

»Haben wir uns verirrt?«, fragte Will, einer Panik nahe.

»Nicht direkt …« Doch die landschaftlichen Merkmale, die sie sich auf dem Ritt nach Shelburne Falls unbewusst eingeprägt hatte, sahen in der Dämmerung und im Widerschein des Schnees anders aus. Ringsum erklangen seltsame, unheimliche Geräusche, und der Junge fürchtete, jeden Moment würden kriegerische Indianer auftauchen, obwohl er in den bisherigen drei Monaten seines Militärdienstes keinen einzigen erblickt hatte. »Keine Bun, gleich werden wir unseren Weg finden«, beteuerte Sarah und bot ihm einen Schluck aus ihrer Wasserflasche an. Sogar im Dunkel merkte sie, wie blass er war. Auch ihr missfiel die Situation, aber sie hatte ihre Nerven besser unter Kontrolle.

Sie folgten einem anderen Pfad und gerieten erneut auf dieselbe Lichtung. Schließlich glaubte Sarah beinahe, sie würden sich in einem gespenstischen Karussell drehen, dem sie nicht entrinnen konnten. Nun gab es nur mehr einen einzigen Weg, den sie noch nicht ausprobiert hatten – und dem sie misstraute, weil er nach Norden statt südwärts führte.

Trotzdem wollte sie ihr Glück versuchen. »Wenn wir die Garnison auch diesmal nicht finden, reiten wir einfach weiter, bis wir eins der Forts am Fluss oder eine Siedlung erreichen. Dort können wir übernachten.«

Diese Idee gefiel dem Jungen ganz und gar nicht. Doch er verzichtete auf einen Widerspruch, weil er Mrs. Fergusons Eigensinn mittlerweile kannte. Nur weil sie sich eingebildet hatte, sie müsste den Wasserfall sehen, und dann endlos lang auf der Lichtung da drüben geblieben war, befanden sie sich jetzt in dieser üblen Lage. Aber wenn er sie auch für verrückt hielt, er wusste keinen besseren Vorschlag zu machen, und so lenkte er sein Pferd widerwillig hinter ihr her.

Diesmal kehrten sie nicht zur Lichtung zurück. Aber wie ihr die Sterne verrieten, folgten sie der falschen Richtung. Wenigstens bewegten sie sich nicht mehr im Kreis, und am Flussufer wartete die Zivilisation.

Zwei Stunden nach Einbruch der Dunkelheit sahen sie noch immer keine Lichter, und Sarah fragte sich, ob der Colonel einen Suchtrupp losschicken würde. Es war ihr furchtbar peinlich, ihm solche Unannehmlichkeiten zu bereiten.

Während sie weiterritten, strauchelten die müden Pferde immer häufiger. Plötzlich erklangen Hufschläge in der Ferne. Will wandte sich entsetzt zu Sarah – drauf und dran, blindlings davonzugaloppieren.

»Rühr dich nicht!«, befahl sie, packte mit einer Hand seine Zügel und zerrte sein Pferd neben ihrem eigenen in dichteres Gebüsch. Inständig hoffte sie, die Tiere würden nicht schnauben. Aber vielleicht waren die unbekannten Reiter weit genug entfernt und würde das Versteck nicht finden. Nun konnte sie nur noch beten. Sie fürchtete sich genauso wie Will. Doch das durfte sie nicht zeigen. Nur durch ihre Schuld hatten sie sich verirrt, das wusste sie, und sie bereute, dass sie ihn in diese schlimme Situation gebracht hatte.

Viel zu schnell näherten sich die Hufschläge. Sarahs und Wills Pferde tänzelten nervös umher, gaben aber keinen Laut von sich. Und dann sah sie die Reiter – ein Dutzend Indianer galoppierte durch den Wald, als wäre die Nacht taghell. Offenbar kannten sie den Weg in- und auswendig. Sobald sie vorbeigesprengt waren, stieß einer der Männer einen Schrei aus, und alle zügelten ihre Pferde, nur wenige Schritte vom Gebüsch entfernt, in dem sich Sarah und der Junge verbargen. Am liebsten wäre sie mit Will abgestiegen und davongerannt. Doch das wagte sie nicht, denn die Indianer würden sie zweifellos sofort aufspüren. Mahnend legte sie einen Finger an die Lippen, und der Junge nickte ihr zu. Die Indianer ritten langsam zurück, einer hinter dem anderen. Dabei spähten sie nach allen Seiten. Nur mühsam unterdrückte Sarah einen Schreckensschrei und grub ihre Finger in Wills Arm. Am liebsten hätte sie die Lider zusammengekniffen, um nicht beobachten zu müssen, wie sie skalpiert wurde.

Allerdings musste sie die Augen offen halten, wenn sie den Scout retten wollte. Und so starrte sie den Indianern entgegen, die unaufhaltsam näher kamen. Jetzt sah sie die Schneeschuhe, die an den Sätteln festgebunden waren. Der Anführer bedeutete den anderen anzuhalten, und ritt allein auf das Gebüsch zu. Dicht vor den Zweigen zügelte er sein Pferd, im silbernen Sternenlicht begegnete Sarah seinem Blick und erkannte den Anführer der Irokesen, den sie in der Garnison gesehen hatte, sofort wieder. Diesmal gab es kein Entrinnen. Ohne ihn aus den Augen zu lassen, hielt sie den Arm des Jungen fest. Die Miene des Mannes war unergründlich. Was würde geschehen? Falls er ihren Tod beschlossen hatte, würde sie nicht um Gnade flehen. Nur um Wills Leben würde sie bitten.

Als der Krieger zu sprechen begann, jagte seine tiefe, von Zorn erfüllte Stimme einen Schauer über ihren Rücken. »Ich sagte doch, Sie gehören nicht hierher. Offenbar haben Sie sich verirrt. In diesen Wäldern sind Sie nicht sicher.«

»Das weiß ich«, würgte sie hervor. Ihr Mund war staubtrocken. Aber sie saß hoch aufgerichtet im Sattel, und sie wich seinem Blick nicht aus. Nun entdeckte er den vor Angst schlotternden Jungen an ihrer Seite, doch er beachtete ihn nicht. »Verzeihen Sie, dass ich in dieses Land gereist bin«, bat sie tonlos. »Es ist Ihres, nicht meines, und ich wollte es nur sehen.« Selbstverständlich erkannte sie, dass ihre Erklärungen ihn nicht beeindruckten. Und so tat sie ihr Bestes, um wenigstens Will zu retten. »Lassen Sie den Jungen in Ruhe. Er ist noch so jung …«

»Und Sie? Wollen Sie sich für ihn opfern?« Wieder einmal bemerkte sie, wie kultiviert sein Englisch klang. Offensichtlich hatte er eine Zeit lang bei den Weißen gelebt und einiges gelernt. Aber seine markanten Gesichtszüge, das lange dunkle Haar, die Kleidung und die wilde Ausstrahlung bekundeten sein stolzes indianisches Erbe. »Sollte ich nicht *Sie* vor meinen Männern retten und ihn töten, Madam?«

»Nur durch meine Schuld sind wir hier …«, begann sie.

Langsam lenkte er sein Pferd rückwärts. Was hatte er jetzt vor? Zumindest konnte sie etwas freier atmen, seit er ihr nicht mehr so nahe war. »Der Colonel macht sich große Sorgen um Sie«, fuhr er ärgerlich fort. »Vor kurzem kamen Mohawk in diese Gegend. Mit Ihrer Dummheit könnten Sie einen Krieg auslösen, Madam. Offensichtlich wissen Sie nicht, was Sie tun. Die Indianer brauchen Frieden, keine Schwierigkeiten, die von Närrinnen heraufbeschworen werden. Hier gibt es schon genug törichte Menschen.« Wortlos nickte sie, zerknirscht und verständnisvoll. Dann rief er seinen Männern einen Befehl in ihrer Sprache zu. Die Indianer schauten interessiert zu ihr herüber. »Nun werden wir Sie beide zur Garnison führen«, verkündete er, wieder zu Sarah und Will gewandt. »Allzu weit ist es nicht mehr.«

An der Spitze seines Trupps ritt er voraus. Nur ein einziger

Indianer bildete die Nachhut, damit die beiden Weißen nicht den Anschluss verloren und sich womöglich noch einmal verirrten.

»Alles ist gut«, versicherte sie dem Jungen. Seine Tränen, die ihm unendlich peinlich waren, versiegten langsam. »Ich glaube, sie werden uns nichts zu Leide tun.« Wortlos nickte er, voller Dankbarkeit, weil sie ihn zu retten versucht hatte, und zugleich beschämt. Ohne Zögern hätte sie ihr Leben für seines hingegeben. Welche andere Frau würde so etwas für ihn tun? Überhaupt – welch anderer Mensch?

Eine knappe Stunde später verließen sie die Wälder, und Deerfield kam in Sicht. Die Indianer zügelten ihre Pferde. Nach einer kurzen Beratung beschlossen sie, Sarah und den jungen Soldaten in die Garnison zu begleiten. Nun hatten sie ohnehin schon einige Stunden verloren, und es erschien ihnen einfacher, die Nacht hier zu verbringen und am nächsten Morgen weiterzureiten. Erleichtert grinste Will den Wachtposten an, der ihnen das Tor öffnete, aber Sarah fühlte sich zu erschöpft, um auch nur zu lächeln.

Irgendwo erklang ein Horn, und der Colonel stürzte aus seinem Quartier. Bei Sarahs Anblick seufzte er tief auf. »Wir haben zwei Suchtrupps losgeschickt«, erklärte er und warf einen kurzen Blick auf den jungen Scout. »Da Sie so lange unterwegs waren, dachten wir, Sie hätten einen Unfall erlitten.« Nun wandte er sich zu den Indianern, die inzwischen abgestiegen waren. Mit großen Schritten kam der Anführer zu ihnen herüber. Sarah wagte nicht, aus dem Sattel zu gleiten, aus Angst, ihre Beine würden sie nicht tragen. Doch der Colonel half ihr umsichtig vom Pferd, und sie hoffte, der stolze Krieger würde ihre Schwäche nicht bemerken. »Wo haben Sie die Dame gefunden?«, erkundigte sich der Colonel. Die beiden Männer schienen einander gut zu kennen und zu respektieren.

»Eine knappe Reitstunde von hier entfernt, im Wald verirrt«, antwortete der Indianer und warf ihr einen kurzen Blick zu. »Offensichtlich sind Sie eine sehr tapfere Frau, Madam.« Zum ersten Mal zollte er ihr eine gewisse Anerkennung. Wieder zu Colonel Stockbridge gewandt, fügte er hinzu: »Sie dachte, wir würden sie töten, und versuchte sich zu opfern, um den Jungen zu retten.« Noch nie war er einer Frau begegnet, die eine solche Heldentat begangen hätte. Trotzdem fand er, sie dürfte sich nicht in diesem gefährlichen Gebiet aufhalten.

»Großer Gott, warum, Sarah? Private Hutchins sollte Sie doch schützen!« Was der Colonel soeben erfahren hatte, entsetzte ihn und erfüllte ihn zugleich mit Bewunderung. Doch nun sah er Tränen in ihren Augen glänzen. Seit dem Morgen hatte sie einiges durchgemacht. Sie war trotz allem halt nur eine Frau.

»Er ist noch ein Kind«, erwiderte sie mit brüchiger Stimme. »Und es war meine Schuld, dass wir uns verirrt haben. Ich hielt mich zu lange beim Wasserfall auf. Und ich dachte, ich hätte mir den Rückweg eingeprägt. Leider habe ich mich getäuscht …« Krampfhaft schluckte sie, dann erzählte sie dem Colonel von der schönen Lichtung, die eine weitere Verzögerung bewirkt hatte. Doch sie erwähnte noch nicht, wie gern sie dieses Stück Land kaufen wollte. Das würde sie ihm ein andermal erklären.

Nachdem der Colonel dem Indianer gedankt hatte, erinnerte er sich an seine Manieren. »Wenn ich Ihnen den Gentleman vorstellen darf, den Sie unter so abenteuerlichen Umständen getroffen haben, meine Liebe …« Er lächelte, als würde er sie in einem vornehmen Salon miteinander bekannt machen – nicht in einer eiskalten Nacht, in der sie bereits mit ihrem Tod gerechnet hatte. »François de Pellerin – oder sollte ich Sie Comte nennen, mein Freund?«

Fassungslos starrte Sarah den Mann an, den sie für einen Indianer gehalten hatte. »O Gott – ich dachte – wieso …?« Plötzlich stieg heller Zorn in ihr auf. »Natürlich wissen Sie, was ich dachte! Gestern Nacht hätten Sie das Missverständnis beseitigen können – oder wenigstens heute …« Warum hatte er sie auch nur eine Sekunde lang im Glauben gelassen, seine Männer würden sie ermorden? Wie grausam musste er sein … Das würde sie ihm niemals verzeihen.

»Und was wäre geschehen, wenn Sie in den einsamen Wäldern tatsächlich einen feindlich gesinnten Indianer getroffen hätten?«, gab er mit seinem typischen Akzent zu bedenken. Natürlich – er war ein Franzose, obwohl er in seiner Lederkleidung wie ein wilder Krieger aussah. Aber in eleganten Kniehosen und besticktem Rock, mit gepuderter Perücke, wäre der imposante Mann zweifellos ein Pariser Aristokrat, vom Scheitel bis zur Sohle. »Ich hätte ein Mohawk sein können«, betonte er, ohne sich zu entschuldigen. Diese Frau musste endlich begreifen, welches Risiko sie einging. »Oder etwas Schlimmeres …« Vor kurzem, auf seinem Ritt nach Westen, hatte er beobachtet, wozu die Shawnee fähig waren. Völlig außer Kontrolle, hatten sie weiße Siedler niedergemetzelt, und die Regierung konnte nichts dagegen unternehmen. »Letzte Nacht hätte ich über den Zaun klettern können, während die Wachtposten in eine andere Richtung schauten. Warum liefern Sie sich solchen Gefahren aus, Madam? Niemals hätten Sie nach Deerfield kommen dürfen. Das ist nicht England. Und Sie haben kein Recht, sich hier aufzuhalten.«

»Und warum sind *Sie* hier?«, fragte sie herausfordernd. An der Seite des Colonels, der das Gespräch interessiert belauschte, fühlte sie sich sicher. Will war längst in sein Quartier geflohen, um sich mit einem Schluck Whiskey zu erwärmen und zu stärken.

»Vor dreizehn Jahren, während des Amerikanischen Unabhängigkeitskriegs, begleitete ich meinen Vetter hierher«, entgegnete François de Pellerin, obwohl er nicht glaubte, er wäre ihr eine Erklärung schuldig. Dass sein Vetter Lafayette hieß und dass der König ihnen beiden verboten hatte, nach Amerika zu segeln, verschwieg er. Später war Lafayette nach Frankreich zurückkehrt. Aber François' Schicksal sollte sich in der Neuen Welt erfüllen. Das hatte er zu jenem Zeitpunkt erkannt, und er war auch nicht bereit gewesen, seine indianischen Freunde zu verlassen. »Für dieses Land habe ich gemeinsam mit den Irokesen gekämpft. Und so ist es mein gutes Recht, hier zu leben.«

»Seit zwei Monaten verhandelt der Comte in unserem Namen mit den Stämmen im Westen, und der Irokesenhäuptling Red Jacket, die Rote Jacke, schätzt ihn sehr«, ergänzte der Colonel, ohne hinzuzufügen, François sei der Schwiegersohn des Häuptlings und seine Frau Crying Sparrow von Huronen getötet worden, ebenso wie sein kleiner Sohn. »Heute Abend brach er nach Norden auf, um den Mohawkhäuptling in Montreal zu besuchen, und er versprach mir, unterwegs nach Ihnen Ausschau zu halten, Sarah. Als Sie in der Abenddämmerung noch immer nicht zurückgekehrt waren, machten wir uns große Sorgen.«

»Tut mir Leid, Sir«, beteuerte sie zerknirscht. Aber mit dem französischen Comte, der sich als indianischer Krieger verkleidete, hatte sie noch immer nicht Frieden geschlossen. Welch eine Frechheit, ihr zu verheimlichen, wer er war ... Letzte Nacht und an diesem Abend hatte er sie zu Tode erschreckt, mit voller Absicht.

»Fahren Sie nach Boston zurück, Mrs. Ferguson«, empfahl er ihr in kühlem Ton. Aber irgendetwas in seinen Augen verriet ihr, dass sie ihn beeindruckt hatte.

»Ich werde tun, was mir beliebt, Sir«, fauchte sie. »Besten

Dank für Ihre Begleitung.« Anmutig knickste sie, als stünden sie sich in einem Londoner Ballsaal gegenüber. Dann schüttelte sie die Hand des Colonels, entschuldigte sich erneut für die Unannehmlichkeiten, die sie ihm bereitet hatte, und eilte zu Rebeccas Hütte, ohne sich ein einziges Mal umzudrehen. Sobald sie den dunklen Raum betreten hatte, trugen ihre Beine sie nicht länger, langsam sank sie zu Boden und schluchzte vor Erleichterung und Kummer.

François de Pellerin schaute ihr nach, und der Colonel musterte ihn forschend. Es fiel ihm schwer, die Gedanken dieses Mannes zu lesen. Da der Comte mehrere Jahre bei Red Jacketts Stamm verbracht hatte, beherrschte er die Kunst der Irokesen, stets eine ausdruckslose Miene zu zeigen. Erst nach dem Tod seiner indianischen Frau war er wieder aufgetaucht. Er sprach niemals über die Tragödie. Aber alle Bewohner dieser Gegend wussten Bescheid.

»Was für eine bemerkenswerte Frau ...«, seufzte der Colonel, noch völlig verblüfft über den Brief, den er an diesem Morgen von seiner Gemahlin erhalten hatte. »Sie gibt sich als Witwe aus – aber Amelia sprach neulich mit einer Engländerin, die soeben in Boston eingetroffen war und eine erstaunliche Geschichte erzählte. Offenbar ist Mrs. Ferguson vor ihrem Mann geflohen, dem Earl of Balfour, der noch zu leben scheint. Also darf sie sich Countess nennen. Seltsam ... Eine englische Countess begegnet in der Wildnis einem französischen Comte. Nun, vielleicht wird sich demnächst die halbe europäische Aristokratie hier versammeln.« Außenseiter, Flüchtlinge und verrückte Abenteurer ...

»Wohl kaum, Colonel.« François lächelte melancholisch und erinnerte sich an seinen Vetter, an die Männer, die gemeinsam mit ihm gekämpft hatten. Und jetzt diese junge Frau – bereit, für das Leben eines Fremden ihr eigenes hinzugeben, so tapfer, so kühn ... »Nur die Besten und Tüchtigsten.« Er wünschte dem Kommandanten eine gute Nacht und kehrte zu seiner Truppe zurück. Wie üblich schliefen die Indianer im Freien, vom Pfahlzaun der Garnison geschützt. Wortlos gesellte er sich zu ihnen.

Inzwischen war Sarah zu Bett gegangen. Unentwegt dachte sie an den Mann, den sie für ihren Mörder gehalten hatte, erinnerte sich an die Glut seiner dunklen Augen, die kraftvolle Hand am Zügel seines Pferdes, die Waffen, die im Mondlicht geschimmert hatten. Würden sich ihre Wege noch einmal kreuzen? Hoffentlich nicht, dachte sie, schloss die Augen und versuchte erfolglos, sein Bild aus ihrer Fantasie zu verdrängen.

# 15

Den ganzen Tag, von morgens bis Mitternacht, hatte Charlie in Sarahs Tagebuch gelesen. Nun legte er es verträumt beiseite. Vor seinem geistigen Auge sah er jene Szene im dunklen Wald, wo sie François und seinen Indianern begegnet war – wo sie noch nicht einmal geahnt hatte, dass dieser Mann ihr Schicksal sein würde.

Charlie konnte sich nicht vorstellen, jemals eine so tapfere, bemerkenswerte Frau kennen zu lernen. Bei diesem Gedanken fühlte er sich einsamer denn je. Nun hatte er Carole schon lange nicht mehr angerufen. Bedrückt erinnerte er sich an das unglückselige Telefonat am Weihnachtstag. Damals hatte sie zusammen mit Simon in dessen Haus eine Party gegeben ... Um sich von seinem Kummer abzulenken, beschloss er, das Château zu verlassen und frische Luft zu schnappen. Am klaren Winterhimmel funkelten zahllose Sterne. Dieser Anblick stimmte ihn noch wehmütiger. In seinem Leben gab es niemanden, mit dem er diese Schönheit teilen konnte. Nach ein paar Minuten kehrte er ins Haus zurück. Würde er jemals aufhören, seinem verlorenen Glück in England nachzutrauern? Könnte er irgendwann eine andere Frau lieben lernen? Undenkbar. Er hoffte nach wie vor, Carole würde Simon eines Tages satt haben. Und dann wollte Charlie sie mit offenen Armen aufnehmen.

Während er die Treppe zum Schlafzimmer hinaufstieg, kehrten seine Gedanken zu Sarah und François zurück. Was für ein beneidenswertes Paar – und welch ein Segen, dass der Zufall sie zusammengeführt hatte ... Sicher waren sie ganz besondere Menschen gewesen und hatten dieses Himmelsgeschenk verdient. Im Bett dachte er immer noch an die beiden und wünschte irgendetwas zu hören, das ihre Nähe bekunden würde. Aber er lauschte vergeblich, und er spürte auch keine Anwesenheit von Geistern. Sarahs Tagebücher mussten wohl genügen.

Schließlich schlummerte er ein. In seinem Traum beobachtete er, wie Sarah und François einander lachend durch den Wald jagten, und das Rauschen eines Wasserfalls drang zu ihm. Als er am Morgen erwachte, prasselten Regentropfen gegen die Fensterscheiben, und er überlegte, was er an diesem Tag unternehmen könnte.

Letzten Endes tat er, was ihm am wichtigsten erschien – er kochte Kaffee und kehrte mit Sarahs Tagebüchern ins Bett zurück. Er sorgte sich ein wenig um sich selbst. Allmählich artete die Begeisterung für diese Lektüre zur Besessenheit aus. Aber er konnte nicht zu lesen aufhören, er musste wissen, was weiterhin geschehen war. Und so vertiefte er sich wieder in eine andere Welt.

Sarahs Rückreise nach Boston verlief ereignislos. Als wollte Colonel Stockbridge sie bestrafen, weil sie ihm Kummer bereitet hatte, bestimmte er den immer noch verliebten Lieutenant Parker zu ihrem Begleiter. Doch der junge Mann benahm sich untadelig, und Sarah begegnete ihm etwas toleranter. Bevor sie die Garnison verließ, führte sie ein langes Gespräch mit dem Colonel und veranlasste ihn, ihre Wünsche zu erfüllen, obwohl er den Plan missbilligte.

Gut gelaunt kehrte sie in Mrs. Ingersolls Pension zurück.

Es dauerte einige Tage, bis sie erfuhr, ein Neuankömmling habe Gerüchte über sie verbreitet, die von vagen Andeutungen bis zu absurden Theorien reichten. Zum Beispiel wurde behauptet, sie sei eine enge Verwandte des englischen Königs George III. Und mittlerweile wusste ganz Boston, dass sie mit dem Earl of Balfour verheiratet gewesen war. Einige Leute hielten ihn für tot, manche verkündeten, er würde noch leben, andere munkelten, er sei von Straßenräubern ermordet worden oder dem Wahnsinn verfallen, und seine Gemahlin habe vor ihm in die Neue Welt fliehen müssen. Im Großen und Ganzen erzählte man sich sehr romantische Geschichten, die Sarah noch interessanter und begehrenswerter erscheinen ließen. Sie gab nichts zu, nannte sich nach wie vor Mrs. Ferguson und überließ alles Weitere der Fantasie der Stadtbewohner. Natürlich erkannte sie die Gefahr dieser Gerüchte. Wenn sich der Name ihres Ehemanns in Boston herumsprach, würde es nicht lange dauern, bis die Informationen über ihren derzeitigen Aufenthaltsort nach England und zu Edward drangen.

Deshalb wollte sie ihre Absichten möglichst bald verwirklichen. Der Colonel hatte sie mit mehreren tüchtigen Männern bekannt gemacht, die im Frühling mit der Arbeit beginnen würden. Vor ihrer Abreise aus Deerfield war sie mit ihnen ausgeritten und hatte die Lichtung schnell gefunden. Diesmal kehrte sie auf kürzestem Weg und ohne aufregende Zwischenfälle ins Fort zurück. Dass François de Pellerin sie so niederträchtig getäuscht hatte, verzieh sie ihm noch immer nicht.

Die Männer aus Shelburne, die Sarah unter Vertrag nahm, versprachen ihr, am Ende des Frühjahrs würde ihr Haus fertig sein – insbesondere, weil sie so schlichte Wünsche äußerte: ein lang gestrecktes Holzhaus mit einem Wohnraum, einem Schlafzimmer und einer Küche, in der ein Esstisch stand. Später wollte sie Nebengebäude und eine Hütte für zwei Angestellte bauen lassen. Vielleicht würde sie schon im Juni oder noch früher einziehen können, meinten die Männer. Sie würden Baumaterial verwenden, das sie an Ort und Stelle fanden. Nur die Fenster mussten in Boston hergestellt und in Ochsenkarren nach Shelburne befördert werden. In der Nachbarschaft standen einige hübsche Häuser, viel komfortabler als das einfache Domizil, das ihr vorschwebte.

Während der nächsten Wochen kannte sie nur einen einzigen Gedanken – ihr neues Heim. Sie verbrachte einen beschaulichen Winter in Boston, las sehr viel, führte ihr Tagebuch und besuchte Freunde. Sobald sie erfuhr, Rebecca habe eine Tochter zur Welt gebracht, strickte sie ein Häubchen und eine winzige Jacke. Im Mai hielt sie es nicht mehr aus und nahm wieder die lange Reise nach Deerfield auf sich. Fast jeden Tag ritt sie zur Lichtung und beobachtete, wie ihr Haus entstand, wie sich die Holzteile auf fast magische Weise zusammenfügten. Und die Männer hielten Wort. Am 1. Juni konnte sie einziehen. Nur widerstrebend kehrte sie nach Boston zurück, damit sie ihre Habseligkeiten packen konnte. Außerdem gab es einige Dinge, die sie brauchte. Mitte Juni reiste sie in einer schwer beladenen Kutsche, wie üblich von einem Fahrer und zwei Führern beschützt, zunächst nach Deerfield und dann nach Shelburne. Beglückt packte sie ihre Sachen aus und genoss die sommerliche Schönheit ihrer Lichtung. Dicht belaubte Bäume überschatteten das Holzhaus.

Bald entstanden Ställe für ein halbes Dutzend Pferde, ein paar Schafe, eine Ziege und zwei Kühe. Zwei junge Burschen, die schon seit dem Beginn des Jahres für Sarah arbeiteten, hatten Felder angelegt und Mais gepflanzt. Für nächstes Jahr waren auch andere Getreidesorten geplant. Einer der Jungen erkundigte sich bei benachbarten Irokesen, was in dieser Gegend am besten gedieh.

Mitte Juli kam Colonel Stockbridge zu Besuch, und sie tischte ihm ein herzhaftes, selbst zubereitetes Dinner auf. Sie kochte jeden Abend für die beiden blutjungen Farmarbeiter und behandelte sie wie ihre Kinder. Wohlgefällig schaute sich der Colonel in Sarahs schlichtem, gemütlichem Heim um, verstand aber nicht, warum sie die Privilegien aufgegeben hatte, die sie in England genossen haben musste. Das zu erklären, wäre unmöglich gewesen. Die Erinnerung an ihr Eheleben beschwor immer noch Albträume herauf, und sie dankte dem Allmächtigen unentwegt für ihre Freiheit.

Fast jeden Tag wanderte sie zum Wasserfall, saß manchmal stundenlang auf den Felsen, zeichnete und schrieb in ihr Tagebuch. Oder sie dachte einfach nur nach, die Füße in den kalten Wellen. Sie liebte es, von einem Felsblock zum anderen zu springen und sich auszumalen, wie die großen Löcher im Gestein entstanden waren. Darüber hatten die Indianer wunderbare Legenden ersonnen, und Sarah stellte sich vor, himmlische Geschöpfe hätten die Felsen einander zugeworfen. Oder sie waren als Kometen zur Erde gefallen. Sie fand vor dem rauschenden Wasserfall ihren inneren Frieden, und die seelischen Wunden begannen endlich zu heilen. Bald erschien ihr das Leben in England nur mehr wie ein böser Traum.

Eines Nachmittags schlenderte sie vom Wasserfall in die Richtung ihres Hauses. Unter dem Sonnenschein des späten Julis summte sie vergnügt vor sich hin. Plötzlich hörte sie das Gras rascheln, und dann sah sie ihn. Hätte sie seine Identität inzwischen nicht sofort gekannt, wäre sie erneut erschrocken. In einer Wildlederhose, mit nackter, bronzebrauner Brust, saß François de Pellerin auf seinem ungesattelten Pferd und beobachtete Sarah.

Schweigend erwiderte sie seinen Blick und nahm an, er würde zur Garnison reiten.

In Wirklichkeit kam er gerade von dort und hatte mit dem Colonel über sie gesprochen. Stockbridge fand immer noch, sie wäre eine bemerkenswerte Frau, und seine Gemahlin bedauerte nach wie vor, dass sie Mrs. Ferguson nicht hatte überreden können, in Boston zu bleiben. »Offensichtlich will sie hier leben – fragen Sie mich nicht, warum! Sie sollte nach England zurücksegeln, wo sie hingehört.«

Dieser Meinung war auch François, vor allem, weil sie sich hier draußen in Gefahr begab. Das ärgerte ihn maßlos. Andererseits hatte ihn ihr Mut tief beeindruckt, als sie sich vor sechs Monaten begegnet waren. Seither dachte er sehr oft an sie. Schon vor dem Gespräch mit Stockbridge hatte er von seinen Seneca-Freunden erfahren, sie würde jetzt bei Shelburne leben. Im Indianergebiet gab es nur wenige Geheimnisse. Auf dem Weg von Deerfield zu einem Irokesenlager hatte er spontan beschlossen, sie zu besuchen. Einer ihrer Angestellten erklärte ihm, wo sie sich gerade befand. Anfangs fürchtete sich der Junge und hielt ihn für einen Mohawk. Aber François sprach sehr höflich mit ihm und behauptete, er sei ein alter Freund von Mrs. Ferguson. Hätte sie das gehört, würde sie sicher staunen.

Er war ihr entgegengeritten, und nun ging sie zögernd auf ihn zu, keineswegs erfreut über das Wiedersehen, was ihre Miene nicht verhehlte.

»Guten Tag, Madam.« Er stieg ab und fragte sich, ob er mit seiner freizügigen indianischen Kleidung Anstoß erregen würde. Doch Mrs. Ferguson schien gar nicht darauf zu achten. »Der Colonel schickt Ihnen freundliche Grüße«, fügte er hinzu, folgte ihr zum Haus und führte sein Pferd am Zügel mit sich.

»Warum sind Sie hierher gekommen?«, fragte sie unverblümt und erbost. Im letzten Winter hatte sie gehofft, dem unverschämten Franzosen nie wieder zu begegnen.

»Um mich zu entschuldigen.« Verblüfft hob sie die Brauen.

Sie trug ein schlichtes blaues Baumwollkleid mit einer weißen Bluse und einer Schürze. So ähnlich hatten sich die Mägde auf der Farm ihres Vaters in England gekleidet. Und nun führte sie ein fast so einfaches Leben wie jene Dienstboten – wenn François sie auch mit ganz anderen Augen sah. Sie kam ihm wie ein Wesen aus einer Märchenwelt vor. »Im Winter habe ich Sie furchtbar erschreckt, das weiß ich, und ich hätte es nicht tun dürfen. Aber ich wollte Sie veranlassen, nach Boston zurückzukehren. In dieser Wildnis sind die meisten Frauen schlecht aufgehoben. Das Leben ist hart, der Winter lang. Und überall lauern Gefahren.«

Wieder einmal fiel ihr der französische Akzent in seinem Englisch auf, leicht verfremdet mit indianischen Anklängen – wahrscheinlich, weil er schon seit vielen Jahren in den verschiedenen Dialekten der Irokesen sprach. Unwillkürlich fand sie diese Mischung faszinierend.

»Hier draußen liegen viele Weiße begraben, die besser daheim geblieben wären. Aber vielleicht sind Sie, meine tapfere Freundin, für das Leben in diesem Land geschaffen«, gestand er ihr zu. Zum ersten Mal, seit sie ihn kannte, erhellte ein Lächeln sein Gesicht, und sie glaubte, die Sonne über den Bergen aufgehen zu sehen. Nachdem er ihr an jenem Abend im verschneiten Wald begegnet war, schätzte er sie anders ein. Das hätte er ihr schon längst sagen sollen. Jetzt nutzte er die Gelegenheit, und er war freudig überrascht, weil sie ihm zuhörte.

Damals war sie so wütend gewesen. Er hatte befürchtet, sie würde nie wieder mit ihm reden. »In einer Indianerlegende stirbt eine Frau für die Ehre ihres Sohnes und lebt zwischen den Sternen weiter, ein Licht, das allen Kriegern den

Weg durch das Dunkel zeigt.« Er schaute zum Himmel auf, als würde er trotz der Sonne die Sterne sehen. Dann lächelte er Sarah wieder an. »Nach dem Glauben der Indianer wandern die Seelen aller Menschen nach dem Tod zum Firmament empor. Manchmal tröstet mich dieser Gedanke, wenn ich an die Menschen denke, die mich verlassen haben.«

Wer das gewesen war, wollte sie nicht fragen. Aber seine Worte erinnerten sie an ihre toten Babys. »Das gefällt mir.« Nach einigem Zögern erwiderte sie sein Lächeln. Vielleicht war er nicht so widerwärtig, wie sie vermutet hatte. Doch sie misstraute ihm noch.

Langsam ging er neben ihr her und führte sein Pferd am Zügel. »Der Colonel erzählte mir, wir beide hätten etwas gemeinsam. So wie ich haben Sie in Europa die Vergangenheit zurückgelassen.« Bestürzt überlegte sie, ob Stockbridge ihm noch mehr mitgeteilt hatte. Andererseits konnte der Colonel nichts wissen, abgesehen von den Gerüchten in Boston. »Sicher war es nicht leicht für eine junge Frau, alles aufzugeben und in die Neue Welt zu reisen.« François versuchte herauszufinden, was sie hierhergeführt hatte. Vielleicht »ein unleidlicher Ehemann«, wie der Colonel vermutete. Nein, es musste mehr dahinter stecken, wenn sie bis in die Einsamkeit von Shelburne geflohen war. Jedenfalls schien sie in dieser Gegend ihren inneren Frieden zu finden.

Vor ihrem Haus angekommen, zögerte er, auf sein Pferd zu steigen, und Sarah runzelte unschlüssig die Stirn. Trotz jener Bemerkung bezweifelte sie, dass sie viel gemeinsam hatten. Er lebte bei den Indianern, und sie wohnte allein in der Wildnis. Aber vielleicht wäre er ein interessanter Freund, und sie wollte noch mehr Indianerlegenden hören. »Möchten Sie zum Dinner bleiben? Es gibt nichts Besonderes, nur einen Eintopf. Seit ich hier hause, ernähre ich mich ganz einfach. Und den Jungen schmeckt's.« Patrick und John, beide fünfzehn Jahre alt, stammten aus irischen Familien, die in Boston lebten. Was sie verspeisten, kümmerte die Eltern nicht, und die Jungen schon gar nicht – solange sie satt wurden. Dafür sorgte Sarah sehr gern.

»Würde ich eine Indianerfamilie besuchen, müsste ich ein Geschenk mitbringen. Leider komme ich mit leeren Händen.« François hatte nur beabsichtigt, nach Mrs. Ferguson zu sehen und ihr die Grüße des Colonels auszurichten. Doch ihre sanfte Stimme bewog ihn, die Einladung anzunehmen.

Er fütterte und tränkte sein Pferd, dann wusch er sich das Gesicht und die Hände in der Quelle hinter dem Haus. Bevor er hineinging, nahm er ein Lederhemd aus seiner Satteltasche und zog es an. Ein Lederband hielt sein langes, mit einer Feder und grünen Perlen geschmücktes Haar im Nacken zusammen. An seinem Hals hing eine Kette aus Bärenkrallen.

Als würden sie einander seit Jahren kennen, saßen sie am Küchentisch. Die Jungen waren bereits verköstigt worden, und Sarah hatte den Tisch für zwei Personen gedeckt, mit einem weißen Spitzentuch. An diesem Abend benutzte sie zum ersten Mal das schöne Geschirr aus Gloucester, das sie einer Engländerin in Deerfield abgekauft hatte. In Kandelabern aus Zinn brannten Kerzen, warfen ein warmes Licht auf ihre Gesichter und flackernde Schatten an die Wand. Bei der Mahlzeit sprachen sie über die Indianerkriege, und François erklärte die Sitten und Gebräuche der Irokesen und anderer ortsansässiger Stämme. Bei seiner Ankunft in der Neuen Welt hatten erheblich mehr Indianer in dieser Gegend gelebt. Dann waren sie von der Washingtoner Regierung ständig weiter nach Norden und Westen getrieben worden. Auf dem langen Marsch nach Norden hatten viele den Tod gefunden. Die Überlebenden fanden in Kanada eine neue Heimat. Während Sarah zuhörte, verstand sie etwas besser, warum die Stämme im Westen so erbittert gegen die Army und die weißen Siedler kämpften und ihr Land mit aller Macht verteidigten. Einerseits empfand sie Mitleid mit den Ureinwohnern, andererseits verabscheute sie, was manche Indianer den Siedlern antaten. François strebte die Unterzeichnung eines Friedensvertrags an, aber bisher hatten seine Verhandlungen keinen Erfolg erzielt. »In diesem Krieg müssen beide Seiten schweres Leid auf sich nehmen. Es gibt keine gerechte Lösung für das Problem. Und letzten Endes werden die Indianer auf der Verliererseite stehen.«

Diese Erkenntnis bedrückte ihn sichtlich. In all den Jahren hatte er die Indianer schätzen und lieben gelernt. Und wie Sarah bereits erfahren hatte, respektierten ihn die verschiedenen Stämme ebenso wie die Siedler.

»Wieso sind Sie hierher gekommen, Sarah?«, fragte er nach einem kurzen Schweigen. Inzwischen hatten sie beschlossen, einander mit dem Vornamen anzureden.

»Wäre ich in England geblieben, würde ich vermutlich nicht mehr leben«, seufzte sie. »Praktisch war ich eine Gefangene im Haus meines Mannes. Als ich sechzehn war, wurde ich mit ihm verheiratet. Leider gelang es ihm, meinen Vater dazu zu überreden. Bei der Hochzeit bekam er ein schönes Stück Land. Mein Vater starb wenig später, und mein Ehemann misshandelte mich acht Jahre lang. Eines Tages erlitt er einen Reitunfall, und ich glaubte, er würde sterben. Da stellte ich mir zum ersten Mal vor, wie es wäre, frei zu sein, nicht mehr geschlagen zu werden ... Doch er erholte sich, und alles war wieder genauso wie früher. Ich ritt heimlich nach Falmouth und kaufte eine Passage auf einer kleinen Brigg, die nach Boston segeln sollte. Drei Wochen lang musste ich auf die Abreise warten, und jeder Tag erschien mir wie ein Jahr. Ich konnte es kaum erwarten, England zu verlassen – obwohl die Überfahrt auf einem so kleinen Schiff gefährlich war. Kurz vor der Abfahrt tat mir mein Mann –

etwas Schreckliches an. Da wusste ich, dass ich lieber ertrinken würde, als noch länger bei ihm auszuharren. Wäre ich bei ihm geblieben, hätte er mich wahrscheinlich getötet.« Oder sie wäre erneut schwanger geworden und im Kindbett gestorben. Doch das erwähnte sie nicht. Stattdessen fragte sie François, warum er nicht nach Frankreich zurückgekehrt sei. Sein Schicksal interessierte sie, und sie freute sich über seine Gesellschaft. Da sie in Shelburne so oft allein war, genoss sie die Gelegenheit, mit einem intelligenten Mann zu reden. Die beiden Jungen, die für sie arbeiteten, waren liebenswert und tüchtig, aber ungebildet und keine geeigneten Gesprächspartner.

»Weil ich dieses Land liebe – und mich hier nützlich machen kann«, erwiderte François. »In Frankreich hätte ich nichts erreichen können. Vermutlich wäre ich bei der Revolution gestorben. Hier bin ich zu Hause, schon sehr lange.« Verständnisvoll nickte Sarah. Da sie es unvorstellbar fand, jemals wieder in England zu leben, teilte sie seine Gefühle. »Und Sie, meine Freundin? Möchten Sie für ewig in dieser abgeschiedenen Gegend leben? Das ist nichts für ein junges Mädchen.«

»Immerhin bin ich schon fünfundzwanzig«, wehrte sie amüsiert ab, »also kein junges Mädchen mehr. Und ich habe tatsächlich vor, den Rest meines Lebens hier zu verbringen.«

»Und wie wollen Sie sich verhalten, wenn kriegerische Indianer zu Ihrem Haus kommen? Opfern Sie dann Ihr Leben für die beiden Jungen da draußen, so wie Sie es im Winter für den jungen Scout hingeben wollten?«

»Ich bedrohe die Indianer nicht. Und Sie sagten selbst, in dieser Gegend würden friedliche Stämme leben. Sicher werden sie merken, dass ich ihnen nichts Böses will.«

»Ja, die Nonotuck und die Wampanoag – aber was wird geschehen, wenn die Shawnee aus dem Westen hierher ziehen, oder die Huronen oder sogar die Mohawk aus dem Norden?«

»Dann werde ich beten oder zu meinem Schöpfer heimkehren«, entgegnete sie lächelnd. Sie machte sich keine Sorgen. In ihrem neuen Heim fühlte sie sich sicher, und die anderen Siedler hatten glaubhaft behauptet, hier würden nur selten Probleme auftauchen. Falls sich kriegerische Indianer in der Nachbarschaft blicken ließen, würde man ihr sofort Bescheid geben.

»Können Sie schießen?«, fragte François, und sie freute sich über sein Interesse an ihrem Wohlergehen. Jetzt war er kein »wilder Indianer« mehr, sondern wurde zum guten Freund.

»Als junges Mädchen ging ich mit meinem Vater zur Jagd. Aber ich habe schon lange nicht mehr geschossen.«

Er nickte. Nun wusste er, was er ihr beibringen und was sie über die Indianer erfahren musste. Außerdem wollte er seinen Freunden in den benachbarten Stämmen erklären, hier würde eine unbewaffnete, allein stehende Frau wohnen, die unter seinem Schutz stand. Damit würde er die Neugier einiger Indianer erregen. Manche würden zur Lichtung reiten, um sie zu beobachten oder sogar zu besuchen und Handel mit ihr zu treiben. Sobald sie wussten, dass sie sich in seiner Obhut befand, würden sie ihr nichts zu Leide tun. Bei den Irokesen hieß er White Bear – Weißer Bär. Er hatte in ihren Hütten gesessen, nach ihren Kämpfen mit ihnen getanzt und an zahlreichen Zeremonien teilgenommen. Schon vor vielen Jahren hatte Red Jacket, der Irokesenhäuptling, ihn als seinen Sohn anerkannt. François' Frau und sein Kind, von den Huronen ermordet, waren bei ihren Ahnen bestattet worden.

Nach dem Essen räumte Sarah den Tisch ab, und sie wanderten in die milde Nacht hinaus. Während François neben ihr stand, erfassten ihn seltsame Gefühle. Seit Crying Sparrows Tod hatte es keine Frau in seinem Leben gegeben, die ihm wichtig gewesen wäre. Und jetzt sorgte er sich um Sarah. Für diese gefährliche Neue Welt war sie viel zu naiv und gutgläubig. Er wollte über sie wachen, ihr so viel beibringen, mit ihr in einem langen Kanu die Flüsse hinabfahren, an ihrer Seite tagelang durch die Wälder reiten. Doch er konnte ihr nicht erklären, was in ihm vorging und warum er Angst um sie hatte. Sie würde die komplizierte Situation dieser Region und die damit verbundenen Gefahren nicht verstehen.

Diese Nacht verbrachte er draußen bei seinem Pferd unter den Sternen. Er lag im Gras, starrte ins Dunkel, und es dauerte lange, bis er einschlief – in Erinnerungen an das Dinner mit Sarah beschäftigt. Am nächsten Morgen kam sie aus ihrer Küche, und er roch den köstlichen Duft von frisch gebratenem Speck. Sie hatte Maisbrot für ihn gebacken, und sie schenkte ihm dampfenden Kaffee ein. So gut hatte er schon lange nicht mehr gefrühstückt.

Danach ergriff er seine Muskete und die Gewehre und führte Sarah auf die Lichtung. Zu seiner Verblüffung erwies sie sich als gute Schützin und erlegte mehrere Vögel. Er versprach, die Muskete und Munition hier zu lassen, und empfahl ihr, Waffen für die beiden jungen Farmarbeiter zu kaufen, die sie vielleicht eines Tages beschützen müssten.

»Das ist sicher nicht nötig«, meinte sie und fragte, ob er sie zum Wasserfall begleiten wollte, bevor er weiterritt.

Wortlos wanderten sie dahin, jeder mit seinen eigenen Gedanken beschäftigt. Am Ziel angelangt, schwiegen sie weiterhin und beobachteten stumm die majestätische Kaskade. Wenn Sarah das Wasser rauschen hörte und funkeln sah, spürte sie die heilsame Wirkung, die es auf ihre Seele ausübte. Lächelnd wandte sich François zu ihr, aber jetzt wirkte er wieder distanzierter, und sie fragte sich vergeblich, was er denken mochte. Diesen ausdruckslosen geheimnisvollen Blick musste er von seinen Indianerfreunden übernommen haben. »Wenn Sie mich brauchen, verständigen Sie die Garnison, Sarah. Entweder wissen die Soldaten, wo ich bin, oder sie schicken einen indianischen Späher zu mir.« Zum ersten Mal machte er einer Siedlerin ein solches Angebot. Doch sie wusste es nicht zu schätzen und schüttelte den Kopf.

»Sicher wird's uns gut gehen, den beiden Jungen und mir.«

»Und wenn nicht?«

»Dann werden Sie's von Ihren Freunden erfahren, François«, bemerkte sie mit einem sanften Lächeln. »In dieser Welt scheint es zwischen Soldaten und Indianern keine Geheimnisse zu geben.«

Damit traf sie den Nagel auf den Kopf, und er musste lachen. Trotz der einsamen Wildnis wusste jeder, der hier lebte, was die anderen machten. Gewissermaßen ging es hier genauso zu wie in Boston, es dauerte nur etwas länger, bis sich die Neuigkeiten verbreiteten. »Nächsten Monat komme ich wieder vorbei«, kündigte er an, ohne eine Einladung abzuwarten. »Vielleicht werden Sie dann meine Hilfe brauchen.«

»Und wo sind Sie in der Zwischenzeit?«

»Im Norden.« Und dann fügte er zu ihrer Überraschung hinzu: »Glauben Sie mir, Sarah, für immer werden Sie nicht allein hier leben.«

Davon war er fest überzeugt. Doch sie verdutzte ihn mit einer entschiedenen Antwort. »Ich fürchte die Einsamkeit nicht, François.« Allein in dieser schönen Landschaft – das erschien ihr viel erstrebenswerter als die Gefangenschaft in Edwards Schloss oder eine zweite Ehe. Mit einem Mann, der sie womöglich genauso grausam behandeln würde. Allerdings gestanden die Indianer einer Frau zu, den brutalen Ehemann zu verlassen, was in der zivilisierten europäischen Welt unmöglich war. »Was kann mir auf diesem schönen

Fleckchen Erde schon zustoßen?« Während sie fröhlich auf ihre geliebten Felsen stieg, erschien sie ihm trotz ihrer fünfundzwanzig Jahre wie ein Kind.

»Gibt es denn gar nichts, wovor Sie Angst haben?«, fragte er.

»Vor Ihnen hatte ich Angst, François – und es war niederträchtig, mich so zu täuschen«, schimpfte sie, dann setzte sie sich lachend auf einen Stein, den die Morgensonne erwärmt hatte. »An jenem Abend im Wald dachte ich tatsächlich, Sie würden mich töten.«

»Ich war so wütend auf Sie, dass ich Sie am liebsten gepackt und geschüttelt hätte«, gestand er. »Ich habe Sie mit voller Absicht in Angst und Schrecken versetzt, weil ich Sie nach Boston zurückscheuchen wollte, bevor Sie einer Mohawktruppe in die Hände gefallen wären. Leider sind Sie viel zu eigensinnig, um sich von den vernünftigen Argumenten eines aufrichtigen Mannes überzeugen zu lassen.«

»*Vernünftig! Aufrichtig!*«, spottete sie. »War es denn aufrichtig, einen kriegerischen Indianer zu spielen und mir Todesangst einzujagen?« Lachend forderte sie ihn heraus, und als er sich zu ihr setzte und seine nackten Füße neben ihren ins Wasser stellte, spürte er Sarahs verlockende Nähe, wenn sich ihre Arme auch nicht berührten. Wie einfach wäre es, sie an sich zu ziehen … Aber obwohl er sie kaum kannte, fühlte er den Panzer, der ihr Herz umgab, und er wagte nicht, etwas näher zu rücken. »Eines Tages werde ich's Ihnen heimzahlen«, drohte sie. »Dann setze ich eine grausige Maske auf, schleiche in Ihre Hütte und erschrecke Sie.«

»Oh, das würde mir gefallen.« Grinsend lehnte er sich an einen Felsen.

»Dann muss ich mir eben was Schlimmeres ausdenken, um Rache zu üben.«

Das würde ihr wohl kaum gelingen. Seine Frau und den

kleinen Sohn zu verlieren, war das Schlimmste, was er jemals ertragen hatte. Für ihn spielte es keine Rolle, dass die Ehe vor Gericht, in seiner Heimat Frankreich oder von den Siedlern in der Neuen Welt nicht anerkannt worden wäre. Die Verbindung nach dem Irokesengesetz war ihm heilig gewesen. »Hatten Sie Kinder in England?« Da er glaubte, sie wäre niemals Mutter gewesen, hielt er das Thema für unverfänglich. Doch er irrte sich. Bestürzt sah er den tiefen Schmerz in ihren Augen. »Verzeihen Sie, Sarah, ich dachte …«

»Schon gut. Alle meine Kinder starben kurz nach der Geburt, oder sie kamen tot zur Welt. Deshalb hasste mich mein Mann – weil ich ihm keinen Erben schenkte. In ganz England leben seine Bastarde. Aber er hat keinen legitimen Sohn. Drei meiner toten Kinder waren Jungen.«

»Tut mir Leid«, flüsterte er. Was musste sie durchgemacht haben …

»Mir auch. Er war gnadenlos. Um jeden Preis wollte er einen Erben. Wenn ich nicht gerade ein Kind erwartete, schlug er mich oft bewusstlos, um mir seine Verachtung zu zeigen. Schließlich betete ich geradezu um seinen Tod.«

»Wie schrecklich …« Da er seinen Kummer mit ihr teilen wollte, erzählte er ihr von seiner großen Liebe zu Crying Sparrow und dem Baby. Nachdem die beiden bei einem Huronenangriff auf ihr Dorf gestorben waren, hatte auch er den Tod herbeigesehnt. Damals hatte er geglaubt, er würde nie wieder eine Frau lieben. Jetzt war er sich da nicht mehr so sicher. Was er für Sarah empfand, obwohl sie sich erst seit kurzem kannten, erstaunte ihn. Er sprach nicht über seine Gefühle. Erst vor einem Jahr war ihr sechstes Baby gestorben, die Trauer noch lange nicht überstanden. Doch wie ihr Blick verriet, begannen die Wunden auf diesem schönen Fleckchen Erde zu heilen.

Eine Zeit lang saßen sie noch im Sonnenschein, dachten

an die Seelenqualen, die sie einander anvertraut hatten und die ihnen jetzt gemildert erschienen. Zu Sarahs maßloser Verwunderung war der Mann, der ihr vor sechs Monaten so viel Furcht eingeflößt hatte, ein guter Freund geworden. Sie bedauerte, dass er sie verlassen musste. Während sie zu ihrem Haus zurückwanderten, erklärte er ihr, seine Männer würden ihn weiter oben im Norden erwarten. Doch es gab einen anderen Grund, der ihn bewog, das Weite zu suchen. Er glaubte, er könnte sich selbst nicht trauen, wenn er zu lange bei Sarah blieb. Wie er ihren Worten entnommen hatte, war sie noch nicht bereit, ihr Herz zu verschenken. Vorerst musste er sich mit ihrer Freundschaft begnügen.

Sie gab ihm Maisbrot und Schinken mit auf die Reise, und er ermahnte sie, Waffen und Munition zu kaufen. Seine Muskete hatte er ihr bereits geschenkt. Als er davonritt, flatterte das lange schwarze Haar im Wind hinter ihm her, und sie schaute ihm nach, bis er aus ihrem Blickfeld verschwand. Dann kehrte sie ins Haus zurück und sah etwas auf dem Küchentisch glänzen – die Halskette aus Bärenkrallen und die grünen Perlen, die er letzten Abend beim Dinner getragen hatte.

Nur weil das Telefon auf dem Nachttisch läutete, legte Charlie das Tagebuch beiseite. Wie ihm der Sonnenstand verriet, war es schon Nachmittag. Er lag immer noch im Bett. Eben erst aus einem anderen Jahrhundert zurückgekehrt, fühlte er sich sekundenlang desorientiert und glaubte, die grünen Perlen zu sehen, die François in Sarahs Haus zurückgelassen hatte. Wahrscheinlich war Gladys am Apparat. Nachdem sein Telefon installiert worden war, hatte er ihr die Nummer gegeben und dem New Yorker Büro gefaxt – auch seiner Frau nach London. Doch sie hatte keinen Grund, ihn anzurufen.

Als er den Hörer abnahm, meldete sie sich allerdings zu seiner größten Verblüffung. War sie zur Vernunft gekommen? Vermisste sie ihn endlich? Oder hatte Simon ihr etwas Schreckliches angetan? Egal, was sie zu dem Anruf bewog – es beglückte ihn, ihre Stimme zu hören. »Hi, Carole.«

»Bist du okay?« Sie sorgte sich sehr um ihn, und er ahnte es nicht einmal.

»O ja. Ich liege im Bett.« Entspannt streckte er sich und überlegte, wie gut ihr das Château gefallen würde. Davon wollte er ihr erzählen, sobald er erfahren hatte, warum sie ihn anrief.

»Arbeitest du gar nichts mehr?«, erkundigte sie sich beunruhigt. Was in New York geschehen war, verstand sie nicht. Sie fürchtete, er hätte einen Nervenzusammenbruch erlitten. Es sah ihm nicht ähnlich, seinen Job hinzuschmeißen und sechs Monate Urlaub zu machen. Nun fragte sie sich misstrauisch, warum er um vier Uhr nachmittags im Bett lag.

»Ich habe gelesen«, erwiderte er leicht gekränkt, ohne zu verraten, welche Lektüre ihn dermaßen fesselte. »Jetzt nehme ich mir einfach mal ein bisschen Zeit für mich selbst. Das habe ich mir schon sehr lange nicht mehr erlaubt.« Nach allem, was sie ihm letztes Jahr angetan hatte, müsste sie solche Bedürfnisse nachempfinden können. Aber in ihrer hektischen juristischen Welt widmeten sich normale gesunde Menschen niemals dem Müßiggang. Da gab man einen grandiosen Job nicht auf, um sechs Monate im Bett zu liegen und zu lesen.

»Was ist los mit dir, Charlie?«, hakte sie bekümmert nach.

»Keine Ahnung«, erwiderte er lachend. In London war es neun Uhr abends, und er glaubte, sie hätte eben erst das Büro verlassen. In Wirklichkeit saß sie noch an ihrem Schreibtisch. Simon wusste, mit wem sie telefonierte. Um zehn wollten sie sich im Annabel's treffen, und er würde fragen, wie das Gespräch verlaufen war. »Geht's dir gut?« Wie fröhlich Charlies Stimme klang ... Und nun würde sie ihm die heitere Stimmung verderben. Das widerstrebte ihr, aber er sollte die Neuigkeit von *ihr* erfahren, ehe ihn alte Freunde informieren könnten.

»Sehr gut ... Charlie – am besten sage ich's ohne Umschweife, statt um den heißen Brei herumzureden. Im Juni werden Simon und ich heiraten. Sobald die Scheidung ausgesprochen ist.«

Am anderen Ende der Leitung entstand ein langes Schweigen. Die Augen geschlossen, biss Carole in ihre Lippen. Es kam ihm so vor, als hätte jemand mit einem Stein in seinen Magen geschlagen – mittlerweile ein vertrautes Gefühl. Nach einer halben Ewigkeit begann er zu sprechen. »Was erwartest du von mir? Soll ich dich anflehen, deine Pläne zu ändern? Rufst du nur an, um mir das mitzuteilen? Genauso gut hättest du mir das schreiben können.«

»Ich wollte nicht, dass du's von jemand anderem hörst«, schluchzte sie.

Auch in seinen Augen brannten Tränen, und er wünschte, sie hätte ihn nicht angerufen. »Welche Rolle spielt's denn schon, von wem ich's erfahre? Und warum zum Teufel heiratest du einen Mann, der dein Vater sein könnte? Der wird dich ebenso fallen lassen wie seine drei ersten Frauen.« Nun kämpfte er um sein Leben. Was sie beabsichtigte, durfte er ihr nicht gestatten.

»Zwei haben *ihn* verlassen«, korrigierte sie ihn. »Nur der dritten ist er weggelaufen.«

»Fabelhaft!«, spottete Charlie bitter. »Und jetzt willst du die Nummer vier werden. Charmant ... Warum begnügst du dich nicht mit einer Affäre?«

»Und danach?« Allmählich geriet sie in Wut. Wieso benahm er sich so grauenhaft? »Glaubst du, ich würde dann zu dir zurückkehren – und wir machen da weiter, wo wir aufgehört haben? Da gibt's nichts, woran wir anknüpfen könnten. Das ist keine Ehe gewesen – wir hatten nur dieselbe Adresse. Weißt du eigentlich, wie einsam ich die ganze Zeit war?«

»Wie sollte ich's denn merken?«, stieß er hervor und fühlte sich elend. »Hättest du doch verdammt noch mal was gesagt, statt mit einem anderen zu bumsen!«

»Bevor's vorbei war, wusste ich's selber nicht. Wir sind immer nur voreinander geflohen. Und schließlich empfand ich gar nichts mehr. Ich war lediglich ein Roboter, der in seiner Arbeit aufging – und ganz selten, wenn wir beide zwischendurch Zeit fanden, deine Frau.«

»Bist du mit ihm glücklicher?« Diese Frage stellte er nicht, um sich zu quälen. Er *musste* es herausfinden.

»Ja«, gab sie zu. »Es ist völlig anders. Jeden Abend essen wir zusammen. Wenn wir getrennt sind, ruft er mich drei- bis viermal am Tag an. Er will stets hören, was ich gerade mache. Und wenn ich verreisen muss, fliegt er nach Paris oder Brüssel oder Rom, um die Nacht bei mir zu verbringen.«

»Das ist unfair«, erwiderte Charlie vorwurfsvoll. »Da ihr für dieselbe Anwaltskanzlei arbeitet, seid ihr natürlich öfter zusammen. Während ich nicht bloß nach Paris oder Rom flog, sondern nach Hongkong und Taipeh.«

Doch es steckte noch mehr dahinter. Irgendetwas hatten sie zwischen sich sterben lassen, und es war ihnen einfach entglitten – unbemerkt. »Es lag nicht nur an den Reisen, Charlie. Das weißt du. Wir hörten auf, miteinander zu reden, nahmen uns keine Zeit mehr für die Liebe, ich stürzte mich in die Arbeit – und du hast dauernd am Jetlag gelitten.«

Der Hinweis auf den mangelnden Sex machte alles noch schlimmer. »Und dein 61-jähriger liebt dich jede Nacht? Hat er ein Implantat?«

»Bitte, Charlie, um Himmels willen …«

Erbost setzte er sich im Bett auf. »Warum hast du mir nie erklärt, wie unglücklich du warst. Du bist einfach losgezogen und hast dir einen anderen gesucht, um mir mitzuteilen, dass ich gefeuert bin. Wieso wolltest du mir keine Chance geben, alles in Ordnung zu bringen? Und jetzt schwelgst du in der romantischen Scheiße, mit der er dich verwöhnt, und sagst mir, ihr werdet *heiraten*. Was meinst du, wie lange es dauern wird? Mach dir nichts vor, Carole. Du bist neununddreißig, er ist einundsechzig. Bestenfalls gebe ich euch ein Jahr.«

»Vielen Dank für die netten Glückwünsche!«, fauchte sie. »Oh, ich wusste ja, du würdest es nicht verkraften. Simon dachte, es wäre meine Pflicht, dich anzurufen. Und ich erwiderte, du würdest dich wie ein gottverdammter Rüpel aufführen. Offenbar hatte ich Recht.« Auch sie benahm sich jetzt niederträchtig, das war ihr völlig klar. Aber sie hasste den schmerzlichen Klang seiner Stimme, seine seelischen Wunden, die er mit größtem Selbstmitleid pflegte. Würde er sich niemals erholen? Musste sie diese Schuldgefühle bis an ihr Lebensende mit sich herumschleppen? Nicht einmal dieser Gedanke weckte den Wunsch, zu ihm zurückzukehren.

»Warum hast du Simon nicht gebeten, dieses Telefonat zu erledigen?«, fragte er bissig. »Das wäre viel einfacher gewesen als dieses alberne Geschwätz von deiner Fairness …« Mühsam kämpfte er mit den Tränen, und Carole hörte es nur zu deutlich. »Im Juni wollt ihr heiraten! Unglaublich! Dann ist die Tinte auf der Scheidungsurkunde noch nicht einmal trocken!«

»Tut mir Leid, Charlie«, erwiderte sie leise, »ich kann's nicht ändern.«

»Mir tut's auch Leid, Baby.« Sein sanfter Ton zerriss ihr

fast das Herz. Mit seinem Zorn erzielte er keine so intensive Wirkung. Doch das gestand sie ihm nicht. »Dann bleibt mir wohl nichts anderes übrig, als dir alles Gute zu wünschen, Carole.«

»Danke.« Zusammengesunken saß sie am Schreibtisch und weinte lautlos. Sie wollte beteuern, sie würde ihn nach wie vor lieben ... Nein, das wäre grausam. In gewisser Weise würde ihre Liebe zu Charlie niemals erlöschen. Das alles war so verwirrend, so qualvoll. Wenigstens war sie nun überzeugt von der Richtigkeit ihres Anrufes. »Jetzt muss ich Schluss machen.« Es war halb zehn. In dreißig Minuten würde Simon im Club warten.

»Gib gut auf dich Acht«, bat Charlie heiser, und beide legten fast gleichzeitig auf. Ans Kopfteil des Betts gelehnt, schloss er die Augen. Einfach verrückt – ein paar Sekunden lang hatte er sich eingebildet, sie würde anrufen, um ihm zu erklären, die Affäre mit Simon sei beendet. Wieso war er so dumm gewesen?

Er stand auf, trat ans Fenster und starrte in den sonnigen Nachmittag hinaus. Plötzlich erschienen ihm Sarahs Tagebücher nicht mehr so wichtig. Er wollte nur noch ins Freie laufen und schreien. Und so schlüpfte er in seine Jeans, einen warmen Pullover, dicke Socken und eine Jacke. Wenig später versperrte er die Haustür hinter sich und stieg in sein Auto. Wohin er fahren würde, wusste er nicht. Vielleicht hatte Carole die Wahrheit erraten, und irgendwas stimmte nicht mit ihm, sonst würde er sich nicht ein halbes Jahr freinehmen. Aber in New York hatte er den Eindruck gewonnen, was anderes wäre ihm gar nicht übrig geblieben.

Ohne ein bestimmtes Ziel anzusteuern, fuhr er in die Stadt. Im Rückspiegel sah er sein verzweifeltes Gesicht. Seit dem Vortag hatte er sich nicht rasiert, die Augen schienen tief in den Höhlen zu liegen. Irgendwie musste er seinen

Kummer verwinden. Oder sollte er Carole bis zu seinem letzten Atemzug nachtrauern? Wenn er sich jetzt schon so unglücklich fühlte – wie würde ihm erst im Juni zumute sein, bei ihrer Hochzeit?

Während er sich diese Frage stellte, fuhr er am Gebäude des Historischen Vereins vorbei. Aus unerfindlichen Gründen trat auf die Bremse. Sicher war Francesca die falsche Gesprächspartnerin, vermutlich noch tiefer verletzt als er selbst. Doch er musste mit jemandem reden, er konnte nicht einfach dasitzen und die Tagebücher lesen. Eine Aussprache mit Gladys Palmer würde ihm auch nicht helfen, das erkannte er instinktiv. Sollte er in eine Bar gehen und was trinken? Er musste Menschen sehen, Stimmen hören, irgendetwas unternehmen, um sich von seinem Kummer abzulenken.

Unschlüssig saß er am Steuer, und da sah er Francesca. Sie schloss die Tür ab und stieg die Eingangstreppe herunter. Dann schien sie merken, dass sie beobachtete wurde, denn sie wandte sich in seine Richtung. Ein paar Sekunden lang zauderte sie und fragte sich wohl, ob die Begegnung zufällig oder beabsichtigt war. Schließlich ging sie davon. Ohne lange zu überlegen, sprang er aus dem Wagen und folgte ihr. Jetzt dachte er nur noch an Sarah und François. So wie der Franzose, der Sarah erschreckt hatte, musste er die Initiative ergreifen. François war zu Sarah geritten, um sich zu entschuldigen, um ihr die Kette aus Bärenkrallen und die grünen Perlen zu schenken. Und Charlie hatte Francesca nicht einmal Angst eingejagt. Trotzdem floh sie vor ihm, seit sie sich kannten, von konstanter Furcht vor dem Leben erfasst, vor den Männern, vor allen Menschen.

»Warten Sie!«, rief er.

Irritiert drehte sie sich um. Was wollte er von ihr? Warum rannte er ihr nach? Sie konnte ihm nichts geben. Niemandem. Schon gar nicht diesem Mann.

»Verzeihen Sie«, bat er verlegen, und da merkte sie, wie elend er aussah.

»Sie können die Bücher auch morgen zurückbringen«, schlug sie vor, als wäre er ihr nur deshalb nachgelaufen. Unwahrscheinlich ...

»Zum Teufel mit den Büchern!«, erwiderte er unverblümt. »Ich muss mit Ihnen reden – mit irgendjemandem ...« In sichtlicher Verzweiflung breitete er die Arme aus.

»Ist was passiert?« Unwillkürlich empfand sie Mitleid. Er sank auf die Eingangsstufen eines Hauses, in dem kein Licht brannte, und kam ihr vor wie ein unglückliches Kind. Nach einer Weile setzte sie sich zu ihm. »Erzählen Sie mir, was geschehen ist.«

Eine Zeit lang starrte er ins Leere und wünschte, er fände den Mut, ihre Hand zu ergreifen. »Damit sollte ich Sie eigentlich nicht belästigen. Aber ich muss irgendwem mein Herz ausschütten. Vorhin rief mich meine Exfrau an. Seit über einem Jahr – genau siebzehn Monate – ist sie mit diesem Kerl zusammen, dem Seniorpartner ihrer Anwaltskanzlei. Er ist einundsechzig und war dreimal verheiratet ... Seinetwegen verließ sie mich, vor zehn Monaten. Im letzten Herbst reichten wir die Scheidung ein, und ich wurde nach New York versetzt. Dort klappte überhaupt nichts. Und so nahm ich mir ein halbes Jahr Urlaub. Als sie mich heute anrief, dachte ich, sie wäre endlich zur Vernunft gekommen.« Er lachte freudlos, und Francesca erriet, was sich ereignet hatte.

»Stattdessen erklärte sie Ihnen, sie würde den anderen Mann heiraten.«

»Hat Carole Sie auch angerufen?«, fragte er verwirrt.

»Oh, das war nicht nötig. So einen ähnlichen Anruf bekam ich auch, vor einiger Zeit.«

»Von Ihrem Mann?«

Sie nickte. »Und das war noch viel schlimmer. Er ist Sportreporter, und seine Affäre wurde während der Olympiade im französischen Fernsehen breitgetreten. Während er über die Spiele berichtete, verliebte er sich in eine junge Skifahrerin. Die beiden ließen sich als Liebespaar des Jahres feiern. Dass er verheiratet war und ein Kind hat, spielte überhaupt keine Rolle. Alle Leute schwärmten für Pierre und Marie-Lise, das süße 18-jährige Mädchen und den 33-jährigen Exchampion. Freudestrahlend posierten sie für diverse Fotos, und eins zierte sogar das Titelblatt von *Paris Match*. Natürlich gaben sie auch gemeinsame Interviews. Mir redete er ein, es würde nichts bedeuten und sei einfach nur eine gute Publicity für das Skiteam. Alles für Gott und fürs Vaterland. Und dann wurde sie schwanger. Auch das war eine Riesensensation im TV. Die Leute schickten meinem Mann selbst gestrickte Babysachen, die in unserer Pariser Wohnung landeten, und er versicherte immer noch, er würde nur mich lieben. Nach Monique ist er ganz verrückt – und ein guter Vater. Deshalb bin ich bei ihm geblieben …«

»… und haben die ganze Zeit geweint«, ergänzte er.

»Wer hat Ihnen das erzählt?«, fragte sie erstaunt.

»Monique. Sonst hat sie nichts gesagt.«

Er wollte das kleine Mädchen nicht in Schwierigkeiten bringen.

Lächelnd zuckte Francesca die Achseln. »Jedenfalls blieb ich in unserem Pariser Apartment, und Marie-Lise wurde immer dicker und dicker. Noch mehr Coverstorys, noch mehr Interviews, noch mehr TV-Auftritte. Der berühmte Sportreporter und der Teenager, der die Goldmedaille gewonnen hat – ein perfektes Paar. Neue Schlagzeilen. Und dann die allergrößte Sensation – sie kriegt Zwillinge. In unserer Wohnung landen immer mehr Babyjäckchen und Babyschühchen. Monique dachte, *ich* würde ein Kind erwarten. Versuchen Sie mal, so was einem fünfjährigen Mädchen begreiflich zu machen! Pierre erklärte mir, ich sei neurotisch und altmodisch, eine prüde Amerikanerin, die keine Ahnung von der französischen Lebensart hat. Leider war's für mich eine Art *déjà-vu*. Mein Vater ist Italiener. Kurz nach meinem sechsten Geburtstag tat er Mutter fast das Gleiche an. Damals war's auch nicht lustig. Und diesmal fand ich's noch ekelhafter.«

So wie sie das alles erzählte, klang es fast komisch. Aber es gehörte nicht viel Fantasie dazu, um sich vorzustellen, dass es ein Albtraum gewesen war. Den untreuen Ehemann auf dem Bildschirm zu sehen – das erschien Charlie noch schrecklicher als Caroles Affäre mit Simon.

»Und dann kamen die Babys zur Welt. Natürlich waren sie wahnsinnig süß – und natürlich ein Junge und ein Mädchen. Jean-Pierre und Marie-Louise, zwei zauberhafte Miniversionen von Pierre und Marie-Lise. Zwei Wochen lang hielt ich's noch aus. Dann packte ich Monique, ergriff die Flucht und teilte meinem Mann mit, er möge mich verständigen, wenn er noch weitere Kinder bekommen sollte. In der Zwischenzeit könnte er mich in New York bei meiner Mutter antreffen. Dort angekommen, dachte ich eine Zeit lang nach. Meine Mutter brachte mich fast um den Verstand und ließ kein gutes Haar an Pierre. Für sie war es eine Wiederholung ihrer eigenen Tragödie. Schließlich wollte ich nichts mehr davon hören und reichte die Scheidung ein, worauf ich in der französischen Presse ein ›guter Kumpel‹ genannt wurde. Damit hatten die Journalisten sicher Recht. Vor einem Jahr, kurz vor Weihnachten, wurde die Scheidung ausgesprochen. Am Heiligen Abend bekam ich einen ähnlichen Anruf wie Sie heute, Charles. Marie-Lise und Pierre wollten die gute Neuigkeit unbedingt mit mir teilen. Vor kurzem haben sie in Courchevel auf der Piste geheiratet, die Babys in

Rucksäcken am Rücken. Als Monique von einem Besuch in Paris zurückkehrte, erzählte sie mir, Marie-Lise sei wieder schwanger. Und sie wünscht sich ein weiteres Baby, bevor sie für die nächste Olympiade zu trainieren anfängt. Reizend, nicht wahr? Nun frage ich mich nur, warum Pierre sich die ganze Zeit um mich bemüht hat. Er hätte doch sofort mit mir Schluss machen können. Im französischen TV kam ich nicht besonders gut weg, und die meisten Moderatoren meinten, ich sei eine langweilige moralinsaure Amerikanerin.«

Trotz ihres sarkastischen Tons erriet Charlie, wie schmerzlich sie verletzt war, wie tief sie sich gedemütigt fühlte – insbesondere, weil sie zusätzlich als Kind erleben musste, was der Vater ihrer Mutter zugemutet hatte. Was mochte das alles für Monique bedeuten, die dritte Generation? Stand es schon jetzt fest, dass sie ein ähnliches Schicksal erleiden würde? Wohl kaum. Solche Dinge geschahen nicht automatisch. Charlies und Caroles Eltern waren glücklich verheiratet gewesen. Trotzdem hatten sie in ihrer eigenen Ehe keinen Erfolg erzielt. »Wie lange waren Sie verheiratet, Francesca?«

»Sechs Jahre.« Ohne es zu merken, lehnte sie sich an ihn. Es hatte ihr gut getan, ihre Geschichte zu erzählen und seine zu hören. Jetzt fühlten sich beide nicht mehr so einsam. »Und Sie?«

»Fast zehn Jahre. Und ich Idiot bildete mir die ganze Zeit ein, wir wären überglücklich. Die Probleme erkannte ich erst, während Carole praktisch schon mit dem anderen Mann zusammenlebte. Keine Ahnung, wie ich das übersehen konnte ... Nun behauptet sie, wir wären beruflich zu eingespannt und zu oft verreist gewesen. Manchmal denke ich, wir hätten Kinder bekommen sollen.«

»Und warum haben Sie keine?«

»Das weiß ich nicht. Jedenfalls muss ich ihr Recht geben.«

Das konnte er Francesca eher gestehen als Carole. »Vielleicht waren wir einfach zu beschäftigt. Wir dachten, wir würden keine Kinder brauchen. Jetzt tut's mir Leid. Besonders, wenn ich ein Kind wie Monique sehe. Nach neun Ehejahren haben wir nichts vorzuweisen.«

Ihr Lächeln gefiel ihm. Nun war er froh, dass er vorhin beschlossen hatte, ihr nachzulaufen und sich alles von der Seele zu reden. Zweifellos verstand Francesca seine Emotionen. »Nach Pierres Meinung ist unsere Ehe gescheitert, weil ich mich zu sehr um Monique gekümmert habe. Nach der Geburt wollte ich nicht mehr arbeiten. Als wir uns in Paris kennen lernten, war ich ein Model. Diesen Job gab ich nach der Hochzeit auf, begann an der Sorbonne Kunst und Geschichte zu studieren und machte meinen Magister. Sobald Monique auf der Welt war, ging ich völlig in meiner Mutterrolle auf. Die ganze Zeit wollte ich nur noch mit meiner Tochter zusammen sein und die Betreuung niemand anderem überlassen. Ich dachte, das wäre auch Pierres Wunsch ... Ach, Charlie, irgendwie ist alles von Anfang an schief gelaufen. Vielleicht sind manche Ehen von vornherein zum Scheitern verurteilt.«

»Das glaube ich in letzter Zeit auch. Ich hielt unsere Ehe für wundervoll, aber wie sich herausgestellt hat, war ich ein Idiot. Und Sie dachten, Sie wären mit der französischen Ausgabe von Prince Charming verheiratet. Also waren Sie genauso dumm wie ich. Jetzt heiratet Carole einen alten Furz, der Ehefrauen sammelt, und Ihr Pierre ein Kind, mit dem er Zwillinge gekriegt hat. Stellen Sie sich das mal vor! Wie soll man jemals wissen, ob man den richtigen Platz im Leben gefunden hat? Vielleicht muss man einfach alle Chancen beim Schopf packen und sehen, was draus wird. Eins kann ich Ihnen jedenfalls versichern – das nächste Mal, falls es dazu kommt, werde ich der Frau unentwegt Fragen stellen und ihr aufmerksam zuhören. Wie geht's dir? Wie geht's mir? Wie geht's uns? Bist du glücklich? Oder betrügst du mich schon?«

Obwohl er nicht scherzte, lachte sie. Dann schüttelte sie seufzend den Kopf. »Sie sind viel tapferer als ich, Charles. Für mich wird's kein nächstes Mal geben. Dazu habe ich mich bereits entschlossen.« Das betonte sie, weil sie nur seine Freundin sein wollte. Romantische Gefühle standen nicht mehr auf ihrem Programm.

»So etwas kann man nicht beschließen«, wandte er ein.

»Doch. Auf meinem Herzen darf niemand mehr herumtrampeln.«

»Und wenn Sie fürs nächste Mal die TV-Rechte im In- und Ausland verkaufen?«, witzelte er. »Oder Sie schließen einen Exklusivvertrag mit einem Revolverblatt ab.«

Nun klang ihr Lachen etwas gequält. »Sie ahnen nicht, wie es war, Charles.«

Das konnte er sich allerdings sogar sehr gut vorstellen. Nachdem sie monatelang darunter gelitten hatte, war sie anfangs so verschlossen und so unfreundlich zu ihm gewesen. Allen Menschen in ihrer Umgebung hatte sie misstraut. Intuitiv legte er einen Arm um ihre Schultern. Es war eine freundschaftliche Geste. Das spürte sie, und deshalb wehrte sie sich nicht dagegen. »Wenn Sie trotz allem wieder heiraten, engagieren Sie mich als Eheberater, okay?«

Belustigt schüttelte sie den Kopf. »Warten Sie bloß nicht drauf!«

»Gut, dann schließen wir einen Pakt. Wir werden uns beide nie mehr zum Narren machen, und wenn einer von uns trotz allem wieder heiratet, muss es der andere auch tun.«

Seine Späße störten Francesca nicht, im Gegenteil. Zum ersten Mal konnte sie über ihre Situation lachen, und sie staunte, weil sie sich plötzlich viel besser fühlte. Dass sie Charlie geholfen hatte, bezweifelte sie. Aber er versicherte, für ihn sei es eine große Erleichterung gewesen, mit ihr zu reden. Dann erhoben sie sich von den Stufen. Bedauernd schaute sie auf ihre Uhr und erklärte, nun müsse sie ihn verlassen und ihre Tochter von der Schule abholen. »Sind Sie jetzt okay?«, fragte sie besorgt.

»Klar«, log er. Jetzt würde er nach Hause fahren, über Carole und Simon nachdenken und versuchen, sich mit dem Unvermeidlichen abzufinden. Für seine Trauerarbeit brauchte er noch etwas Zeit. »Gehen wir morgen Abend zu dritt essen, Francesca?«, fragte er. Mit dem Vorschlag zu einem *richtigen* Rendezvous wollte er sie vorerst nicht erschrecken. »Dann bringe ich die Bücher mit«, fügte er als besonderen Anreiz hinzu, während sie ihn zu seinem Auto begleitete. Ihr eigenes parkte etwas weiter unten an der Straße. »Was halten Sie davon? Einfach nur Spaghetti oder Pizza. Vielleicht tut's uns allen gut, mal auszugehen.«

Sie zögerte, und er fürchtete, sie würde die Einladung ablehnen. Dann schaute sie ihn an und wusste, er würde ihr nicht zu nahe treten und sich mit ihrer Freundschaft zufrieden geben. Mehr konnte sie ihm nämlich nicht bieten. »Also gut.«

»Oder vielleicht dinieren wir lieber doch im großen Stil – mit Abendkleid und schwarzem Anzug«, scherzte er, als er sie zu ihrem Wagen fuhr, und sie lachte wieder. »Jedenfalls hole ich Sie beide um sechs ab. Und – vielen Dank, Francesca.«

Lächelnd stieg sie aus, setzte sich ans Steuer ihres Wagens und winkte ihm, ehe sie den Motor startete. Charlie schaute ihr nach und entsann sich, was sie ihm erzählt hatte. So herzzerreißend und erniedrigend ... In der Tat, viel schlimmer als sein eigenes Schicksal.

Erst im Château dachte er wieder an Sarah – an das Leid, das Edward ihr angetan hatte, ihr Glück an François' Seite.

Wie konnte man nach unerträglichen Qualen wieder einem Menschen vertrauen und ein neues Leben beginnen? Diese Frage vermochte er noch nicht zu beantworten. Dann kehrten seine Gedanken zu Carole zurück. Er beschloss, die Tagebücher ein paar Tage lang nicht zu lesen. Zunächst musste er sich in seiner eigenen realen Welt zurechtfinden.

# 16

Am nächsten Abend holte er Mutter und Tochter ab und fuhr mit ihnen nach Deerfield. Dort würden sie im Di Maio essen. Unterwegs fühlten sich Francesca und Charlie etwas gehemmt. Aber Monique schwatzte vergnügt, erzählte von ihren Schulkameraden, von dem Hund, den sie sich wünschte, und vom Hamster, den Mom ihr versprochen hatte. Am nächsten Tag wollte sie Eis laufen, und sie beklagte sich über die Hausaufgaben. »In Paris musste ich noch viel mehr machen«, gab sie zu, und Charlie warf einen kurzen Blick auf Francesca, die neben ihm saß und aus dem Fenster starrte.

»Du solltest Deutsch oder Chinesisch lernen, dann wärst du endlich beschäftigt«, neckte er Monique.

Stöhnend schnitt sie eine Grimasse. Zwei Sprachen bereiteten ihr schon genug Ärger, obwohl sie beide fließend beherrschte. »Weil mein Grandpa aus Venedig kam, kann Mom auch noch Italienisch.« Ein Schurke wie ihr Ehemann, erinnerte sich Charlie. Heute Abend schneiden wir alle ihre Lieblingsthemen an ... Taktvoll wählte er einen anderen Gesprächsstoff und fragte Monique, welcher Hund ihr gefallen würde. »Was Kleines, Süßes«, antwortete sie prompt. Offenbar hatte sie gründlich darüber nachgedacht und genaue Vorstellungen. »Am liebsten hätte ich einen Chihuahua.«

»So ein winziges Hündchen? Das würdest du mit deinem Hamster verwechseln«, meinte er, worauf sie in lautes Gelächter ausbrach. Dann beschrieb er Gladys' gutmütigen Irish Setter und erbot sich, Monique einmal ins Haus der alten Dame mitzunehmen und mit der Hündin bekannt zu machen. Jetzt lächelte Francesca beinahe. Es bedrückte ihn, sie meistens traurig zu sehen. Wenigstens war das Kind fröhlich. Das verriet einiges über ihre mütterlichen Qualitäten. Offenbar hatte sie ihre Tochter vor den deprimierenden Ereignissen in Paris geschützt.

Ein paar Minuten später erreichten sie Deerfield und betraten das Restaurant, in dem es laut und lebhaft zuging. Sobald sie an ihrem reservierten Tisch saßen, bestellte Monique Spaghetti mit Fleischbällchen. Die Erwachsenen brauchten etwas länger, um sich für Capellini mit Basilikum und Tomaten und den passenden Wein zu entscheiden. Als Francesca mit dem Kellner Italienisch sprach, freute er sich sichtlich, und Charlie hörte fasziniert zu. »Diese Sprache höre ich sehr gern. Haben Sie in Italien gelebt?«

»Bis ich neun Jahre alt war. Mit meinem Vater, der vor ein paar Jahren starb, sprach ich immer Italienisch, und ich wünschte, Monique würde es lernen. Eine zusätzliche Fremdsprache kann nicht schaden. Und vielleicht wird sie später nach Europa ziehen.« Allerdings hoffte Francesca im Grunde ihres Herzens, das Mädchen würde in den Staaten bleiben. »Und Sie, Charlie? Werden Sie nach London zurückkehren?«

»Das weiß ich nicht. Ursprünglich hatte ich vor, nach einem Skiurlaub in Vermont von Boston aus nach England zu fliegen. Dann lernte ich Gladys Palmer kennen und verliebte mich in ihr Château. Ich hab's für ein Jahr gemietet. Wenn ich wieder in Europa lebe, kann ich meine Freizeit hier verbringen. Vorerst bin ich glücklich in Shelburne, obwohl mich mein Gewissen plagt, weil ich nicht arbeite – ein ungewohnter

Zustand. Aber irgendwann werde ich meine Tätigkeit als Architekt wieder aufnehmen, vorzugsweise in London.«

»Warum?«, fragte Francesca verwirrt. Was trieb ihn in eine Stadt zurück, wo er so verzweifelt gewesen war? Wollte er versuchen, seine Ehe zu retten?

»Weil ich London liebe«, erwiderte er, während sich Monique über ihre Spaghetti hermachte. Und er liebte Carole. Wahrscheinlich für alle Zeiten. Selbst wenn sie Simon heiraten würde. Doch das erwähnte er nicht.

»Und ich liebe Paris«, gestand Francesca mit leiser Stimme. »Trotzdem wollte ich – danach nicht mehr dort wohnen. Ich wäre verrückt geworden. Allein schon der Gedanke, ich könnte Pierre an jeder Straßenecke begegnen – und ihn hassen ... Jedes Mal, wenn ich ihn im TV sah, weinte ich – und brachte es einfach nicht fertig, den Apparat auszuschalten. Schließlich war ich ganz krank, und so zog ich hierher. Ich kann mir nicht vorstellen, jemals wieder in Frankreich zu leben.« Resigniert lächelnd schaute sie Charlie über ihre Capellini hinweg an.

»Werden Sie in Shelburne bleiben?«

»Vielleicht. Meine Mutter meint, Monique müsste auf eine New Yorker Schule gehen, wo sie eine bessere Ausbildung erhalten würde. Aber wir fühlen uns hier wohl, die Schule ist okay, und sie kann nach Herzenslust Ski fahren. Wir bewohnen ein hübsches kleines Haus am Stadtrand. Erst mal will ich meine Dissertation in Shelburne beenden und dann eine Entscheidung treffen. Ich möchte später als Schriftstellerin arbeiten. Sicher wäre diese friedliche Gegend genau richtig für diesen Job.«

»Und ich will malen.« In seinem Stil hatte er sich stets ein bisschen an Wyeth* orientiert, und die Landschaft rings um

* Andrew Wyeth, amerk. Maler des 20. Jhrd.

Shelburne würde perfekte Motive bieten, vor allem im Winter, wenn überall Schnee lag.

»Ein Mann mit vielen Talenten«, bemerkte sie, und er freute sich über den heiteren Glanz ihrer Augen.

Nun bezogen sie Monique, die sich bisher ihren Spaghetti gewidmet und nur mit halbem Ohr zugehört hatte, wieder in das Gespräch ein. Sie erzählte vom Apartment ihres Vaters in Paris, vom Bois de Boulogne, wo sie jeden Tag nach der Schule spazieren gegangen war, von Ausflügen mit den Eltern. Besorgt beobachtete Charlie das Gesicht ihrer Mutter, das immer schmerzlichere Züge annahm. Erst als er das Thema wechselte, entspannte sie sich wieder. »Wollen wir am Samstag in Charlemont Ski fahren?«

»O ja, Mommy, biiiiitte!«, flehte Monique, und ihre Mutter verdrehte die Augen.

»Vermutlich haben Sie schon etwas anderes vor, Charlie, und ich müsste arbeiten ...«

»Es würde uns allen gut tun«, fiel er ihr sanft, aber entschieden ins Wort. Besonders nach dem letzten Nachmittag – nach Caroles schockierender Neuigkeit und Francescas bösen Erinnerungen. »Einen Tag dürfen wir uns zweifellos freinehmen.« Er selbst hatte ohnehin nichts zu tun, außer der Lektüre von Sarahs Tagebüchern. Schließlich gab sie sich geschlagen – nur zögernd, weil sie sich Charlie nicht verpflichten wollte. Sie fürchtete, er würde etwas erwarten, das sie ihm nicht geben konnte.

»Einverstanden – nur für einen Tag.«

Monique brach in lauten Jubel aus und begann von den »coolen« Abfahrten in Charlemont zu schwärmen. Amüsiert hörten die Erwachsenen ihr zu, und auf der Rückfahrt nach Shelburne Falls freuten sich alle drei auf den Samstag.

Vor dem Domizil der Vironnets stieg Charlie mit ihnen aus. Ein Lattenzaun umgab das weiß gestrichene Holzhaus mit den grünen Fensterläden. Höflich bedankte sich Francesca für die Einladung. »Es hat mir wirklich Spaß gemacht«, fügte sie vorsichtig hinzu.

»Mir auch!«, beteuerte Monique. »Vielen Dank, Charlie.«

»Gern geschehen. Um wie viel Uhr soll ich Sie am Samstag abholen, Francesca?« Er hatte nicht vor, die beiden ins Haus zu begleiten, weil er instinktiv erkannte, damit würde er Francesca nur erschrecken.

»Am besten um acht«, antwortete sie. »Dann sind wir um neun auf der Piste.«

»Okay, bis dann.« Er beobachtete, wie sie die Tür hinter sich schlossen und Licht hinter den Fenstern aufflammte. Das kleine Haus wirkte sehr gemütlich. Auf der Fahrt zum Château fühlte er sich einsamer denn je. Neuerdings spielte er ständig die Rolle des Außenseiters – sah Francesca und Monique heimgehen, hörte Neuigkeiten über Carole und Simon – las Sarahs und François' Geschichte. Er gehörte zu niemandem mehr. Wieder einmal erkannte er, wie schmerzlich er darunter litt. Um sich von seinem Kummer abzulenken, beschloss er, Gladys Palmer zu besuchen. Erfreut über das unerwartete Wiedersehen, brühte sie Tee für ihn auf und bot ihm frisch gebackenen Lebkuchen an. »Nun, wie geht's dir im Château?«, fragte sie.

Von Sarahs Tagebüchern hatte er ihr ja noch nichts erzählt. »Gut«, erwiderte er also in beiläufigem Ton und schilderte den Abend, den er mit Francesca und ihrer Tochter verbracht hatte.

»Klingt viel versprechend«, meinte Gladys.

»Mal sehen.« Nach der zweiten Tasse Tee verabschiedete er sich und fuhr zum Château. Das Gefühl der Einsamkeit hatte nachgelassen. Wann immer er Gladys traf, besserte sich seine Stimmung. Allmählich ersetzte sie ihm die verstorbene Mutter.

Als er das Haus betrat, glaubte er im Oberstock ein Geräusch zu hören. Reglos blieb er stehen und lauschte hoffnungsvoll. Würde er leise Schritte vernehmen? Aber es rührte sich nichts, und er schaltete das Licht ein.

Seinem Vorsatz treu, griff er an diesem Abend nicht nach den Tagebüchern. Er musste etwas Abstand von Sarah und François gewinnen, denn die beiden erschienen ihm viel zu real. Dauernd drängte es ihn, in jene Vergangenheit zurückzukehren. Das war ungesund.

So begann er, einen Roman zu lesen, den er furchtbar langweilig fand, verglichen mit Sarahs Aufzeichnungen. Um zehn Uhr schlief er tief und fest. Nur ein einziges Mal öffnete er während der Nacht die Augen, weil das Knarren von Bodenbrettern in seinen Traum gedrungen war, und schaute sich um. Zwar im Halbschlaf, konnte er aber dennoch Sarahs Geist nirgendwo entdecken.

Am Samstagmorgen fuhr er zum Haus der Vironnets. Inzwischen hatte er die Tagebücher nicht wieder angerührt. Unterwegs hielt er bei Gladys, um ihr ein Buch zu bringen. Sie tranken eine Tasse Tee, und sie freute sich, weil er mit Francesca und Monique Ski fahren würde. Natürlich wünschte sie, aus seiner Freundschaft mit der jungen Frau würde sich etwas mehr entwickeln, und hoffte, sie bald kennen zu lernen.

Monique trug einen hellroten einteiligen Skianzug, und Francesca wirkte in ihrem Ensemble aus schwarzem Stretch sehr stilvoll. Bei ihrem Anblick überlegte Charlie, dass ihre Model-Karriere in Paris sicher erfolgreich verlaufen war. Gut gelaunt verfrachteten die beiden ihre Skier im Auto, und eine halbe Stunde später erreichten sie Charlemont. Francesca drohte Monique in die Skischule zu schicken, weil das Kind nicht mehr mit fremden Erwachsenen ins Gespräch kommen sollte.

Diesen Standpunkt teilte Charlie. Aber Monique war bitter enttäuscht. »In der Skischule ist es so langweilig«, klagte sie, und er erbot sich, mit ihr zu fahren. Schließlich hatte auf diese Weise ihre Freundschaft begonnen. Francesca meinte, ihre Tochter dürfe ihm nicht zur Last fallen. »Wollen Sie nicht lieber allein Ski laufen?«, fragte sie, und er bemerkte unwillkürlich, wie zauberhaft ihre grünen Augen leuchteten.

»Sie fährt viel besser als ich, und ich kann kaum mithalten«, entgegnete er.

»Stimmt nicht!«, protestierte Monique. »Ihr Stil ist einfach Spitze, Charlie.«

»Besten Dank. Also wagen wir uns zusammen auf die Piste. Möchten Sie uns begleiten, Francesca? Oder wären wir Ihrer überragenden Klasse nicht gewachsen?« Er hatte sie noch nie Ski laufen sehen.

»Sie fährt gar nicht so schlecht«, konstatierte Monique gönnerhaft, und alle drei lachten. Schließlich entschieden sie, an diesem Vormittag gemeinsam die schwierige Abfahrt zu bewältigen.

Charlie schaute Francesca bewundernd nach, als sie den Hang hinabwedelte. Offenbar hatte ihr Pierre, der olympische Champion, einige Tricks beigebracht. Oder sie war schon vor der Begegnung mit ihrem Mann eine gute Skifahrerin gewesen. Jedenfalls brauchte sie sich nicht hinter ihrer tüchtigen Tochter zu verstecken, wenn sie auch nicht ganz so wagemutig nach unten raste. Mit ihrer anmutigen Eleganz zog sie viele Blicke auf sich.

An der Talstation des Sessellifts angekommen, lobte Charlie: »Sie fahren fantastisch, Francesca.«

»Vielen Dank für das Kompliment. In meiner Kindheit bin ich oft mit meinem Vater in Cortina Ski gelaufen. Leider war ich immer ein bisschen zu vorsichtig«, fügte sie hinzu, und Monique nickte vehement.

Irgendwie gewann Charlie den Eindruck, Francesca würde viele verborgene Talente besitzen, und er bedauerte, dass sie nicht bereit war, diese Gaben mit ihm zu teilen. Aber er genoss ihre Gesellschaft an diesem Tag, und er freute sich, weil sie jetzt viel aufgeschlossener war als bei den unangenehmen ersten Begegnungen.

Bei der letzten Abfahrt folgten sie Monique, Seite an Seite, und er dachte, ein unbeteiligter Beobachter müsste sie für eine Familie halten. Danach tranken sie im Restaurant neben der Talstation heiße Schokolade und aßen Kuchen. Monique sah etwas müde aus, aber Francesca strahlte über das ganze Gesicht, und ihre helle Haut hatte eine rosige Farbe angenommen. »Was für ein wundervoller Tag, Charlie, vielen Dank. Früher habe ich mich beschwert, weil man hier nicht so gut Ski fahren kann wie in Europa. Jetzt stört mich das nicht mehr, und es macht mir großen Spaß.«

»Wenn Sie wollen, versuchen wir mal in Vermont unser Glück.«

»Oh, das wäre großartig!« Lächelnd nahm sie einen Schluck Schokolade. Da sie an einem sehr kleinen Tisch saßen, spürte er ihre langen, schlanken Beine neben seinen, und ihre Nähe erregte ihn. Solche Emotionen hatte er seit der Trennung von Carole nicht mehr empfunden. In London hatten ihm ein paar Frauen Avancen gemacht, ohne Erfolg. Doch die scheue Francesca, so wie er ein gebranntes Kind, begann sein Herz zu erwärmen.

Da er noch nicht nach Shelburne zurückkehren wollte, schlug er vor, sie könnten auf der Rückfahrt irgendwo anhalten und zu Abend essen. Prompt stimmte Monique zu, auch im Namen ihrer Mutter. Also verspeisten sie im Charlemont Inn köstliche warme Truthahnsandwiches mit Kartoffelpüree und unterhielten sich über verschiedene Themen, darunter auch Architektur. Wie sie feststellten, schwärmte

Francesca ebenso wie Charlie für mittelalterliche Schlösser. Monique fielen bereits die Augen zu. Auf dem Weg zum Auto gähnte sie herzhaft und wäre gestolpert, hätte Charlie sie nicht festgehalten. Es war ein langer, wunderbarer Tag gewesen.

Diesmal bat Francesca ihn in ihr Haus, als sie ausstiegen, und lud ihn zu einer Tasse Kaffee ein. Anscheinend glaubte sie, damit müsste sie sich für die Fahrt nach Charlemont revanchieren. »Erst mal will ich Monique ins Bett bringen«, flüsterte sie.

Während sie mit dem Kind im Hintergrund des Hauses verschwand, wartete er im Wohnzimmer und musterte die reich bestückte Bücherwand. Hauptsächlich entdeckte er Werke über europäische Kunst und Geschichte, darunter ein paar interessante Erstausgaben.

»Merken Sie jetzt, was für eine Leseratte ich bin?«, fragte Francesca, als sie den hübschen kleinen Raum betrat.

Überall sah er Erinnerungsstücke aus Italien und Frankreich, lauter aufschlussreiche persönliche Dinge. Sie ließen die Frau, die ihm so abweisend und unpersönlich begegnet war, plötzlich in ganz neuem Licht erscheinen. Mittlerweile erzählten auch ihre Augen eine andere Geschichte.

Wie er sich jetzt verhalten sollte, wusste er nicht. Irgendetwas geschah zwischen ihnen – etwas Eigenartiges, Machtvolles. Wenn er Francesca darauf hinwies, würde er sie vielleicht nie wieder sehen. Widerwillig beschloss er, es zu ignorieren.

Als wollte sie diese Entscheidung bestätigen, floh sie in die Küche, um Kaffee zu kochen. Etwas später folgte er ihr. Er hatte sich gefragt, worüber er mit ihr reden sollte, und er glaubte, Sarah Ferguson wäre ein unverfängliches Thema. »Inzwischen habe ich einiges über Sarah Ferguson gelesen. Was für eine bemerkenswerte, tapfere Frau ... Auf einem winzigen Schiff, einer Acht-Tonnen-Brigg, fuhr sie von Falmouth nach Boston, zusammen mit elf anderen Passagieren. Unterwegs gerieten sie in gefährliche Stürme, und die Reise dauerte über sieben Wochen. Wenn ich mir das vorstelle, wird mir ganz übel. Aber Sarah überlebte die Tortur und begann in Amerika ein neues Leben.«

Verwundert hob Francesca die Brauen. »Wo sind Sie auf dieses Material gestoßen? Ich habe die Bibliothek des Historischen Vereins gründlich durchforstet und nichts entdeckt. Sind Sie in Deerfield auf etwas gestoßen?«

»Nun – eh – ja ...« Vorerst wollte er die Tagebücher nicht erwähnen. »Und Mrs. Palmer hat mir ein paar Zeitungsartikel gegeben. Offenbar verließ Sarah Ferguson ihre englische Heimat und kam hierher, um ihrem brutalen Ehemann zu entrinnen.«

Francesca nickte nachdenklich. Auch sie hatte einen schrecklichen Ehemann in Europa zurückgelassen, allerdings in Paris. Vielleicht war er jedoch gar nicht so grässlich, überlegte Charlie, sondern einfach nur dumm, wie Carole. Oder die beiden hatten woanders gefunden, was sie zu ihrem Glück brauchten. Francesca schien seine Gedanken zu lesen. »Vermissen Sie Ihre Frau immer noch so sehr?«

»Manchmal«, gab er zu. »Wahrscheinlich fehlt mir, was ich zu besitzen glaubte – und was in Wirklichkeit gar nicht existierte.«

Das verstand Francesca sehr gut. Jetzt erinnerte sie sich nur an den glücklichen Anfang mit Pierre – und das furchtbare Ende. Offensichtlich hatte sie die normale Realität in der Mitte vergessen. »Ich glaube, wir alle konzentrieren uns eher auf unsere Fantasie als auf die Wirklichkeit, in der wir leben. Ganz egal, ob unsere Visionen schön oder hässlich sind. Nun kenne ich den richtigen Pierre gar nicht mehr – nur noch den Mann, den ich letzten Endes hasste.«

»So ähnlich geht's mir mit Carole. Gewisse Dinge verschwinden hinter einem Nebel.« Wenn er jetzt zurückdachte, fand er manches besser oder schlechter als die tatsächlichen Ereignisse. Dann kehrte er zu seinem Lieblingsthema zurück. »Sonderbar ... Obwohl Sarah in ihrer Ehe so viel erlitten hatte und nichts mehr von den Männern wissen wollte, verliebte sie sich in den Franzosen. Nach allem, was ich herausfand, verbrachte sie mit ihm den wichtigsten Abschnitt ihres Lebens. Und sie hatte keine Angst vor einem neuen Anfang. Deshalb bewundere ich sie.« Seufzend fuhr er fort: »Aber ich frage mich, wie man so was macht.«

»Das könnte ich nicht«, entgegnete Francesca im Brustton der Überzeugung. »Ich weiß es genau, weil ich mich gut genug kenne.«

»Um eine solche Entscheidung zu treffen, sind Sie noch zu jung.«

»Einunddreißig. In diesem Alter hat man herausgefunden, was man sich zumuten darf. Noch einmal würde ich einen so tiefen Herzenskummer nicht überleben.« Vielleicht spürte sie die Anziehungskraft, die zwischen ihnen entstanden war, ebenso deutlich wie Charlie. Und mit diesen Worten ermahnte sie ihn, nichts zu versuchen. Sollte er es trotzdem wagen, würde sie für ewig aus seinem Leben verschwinden.

»Denken Sie noch einmal darüber nach, Francesca.« Würde sie sich anders besinnen, wenn er ihr Sarahs Tagebücher übergab? Dazu war er noch nicht bereit. Vorerst wollte er diesen kostbaren Schatz mit niemandem teilen.

»Zwei Jahre lang dachte ich über nichts anderes nach.« Und dann stellte sie eine seltsame Frage. »Haben Sie Sarah wirklich nie gesehen? Ich meine – in diesem Teil der Welt hört man so viel über Geister, die durch alte Häuser wandern.«

Forschend schaute sie in seine Augen. Würde sie merken,

dass er sie belog? »Nein …« Wenn er verriet, was er erblickt hatte, würde sie ihn womöglich für verrückt halten. »Ein paarmal hörte ich – sonderbare Geräusche. Aber da steckt sicher nichts dahinter. Diese Legenden sollte man nicht so ernst nehmen.«

Ihr sanftes Lächeln weckte den Wunsch, sie zu küssen. Doch das konnte er natürlich nicht riskieren.

»Keine Ahnung, ob ich Ihnen glauben soll, Charlie … Sie sind erstaunlich gut über Sarah Ferguson informiert. Habe ich deshalb das Gefühl, Sie würden mir irgendwas verschweigen?«

Verblüfft registrierte er den verführerischen Unterton, der unvermittelt in ihrer Stimme mitschwang. »Was immer ich Ihnen verheimliche, hat nichts mit Sarah zu tun«, konterte er, und sie mussten beide lachen.

Er versicherte erneut, er habe den Geist der Countess nicht gesehen. »Sollte er mir begegnen, werde ich's Ihnen sofort erzählen, Francesca.«

Wie schön und reizvoll sie aussah, wenn sie sich amüsierte … Bedauerlicherweise wurde die Tür zu ihrem Herzen stets wieder zugeschlagen, ehe er sie ein bisschen weiter öffnen konnte.

Nun erlosch ihr Lächeln. »Das meine ich ernst, Charlie. Ich glaube, wir werden von Geistern umringt, die wir nicht wahrnehmen. Und wenn wir darauf achten würden, könnten wir sie sehen.«

»Also muss ich mich im Château etwas intensiver auf Sarah konzentrieren«, scherzte er. »Und wie soll ich's anfangen? Vielleicht mit einem Ouija-Brett? Oder einfach nur mit Meditation?«

»Oh, Sie sind unmöglich! Hoffentlich weckt Sarah Sie eines Nachts und erschreckt Sie zu Tode!«

»Welch ein aufregender Gedanke … Wenn Sie mich so

nervös machen, muss ich heute Nacht in Ihrem Wohnzimmer schlafen, Francesca.«

Zu seinem Leidwesen zweifelte sie an seiner Angst vor Gespenstern und weigerte sich, ihn einzuladen. Beim Abschied wagte er einen zweiten Vorstoß und fragte, ob sie ihn am nächsten Tag mit Monique besuchen würde. Das lehnte sie prompt ab. Für ihren Geschmack entwickelte sich die Freundschaft viel zu schnell. »Dafür habe ich keine Zeit«, erklärte sie und wich seinem Blick aus. »Ich muss endlich wieder an meiner Dissertation arbeiten.«

»Klingt nicht besonders lustig«, meinte er enttäuscht.

»Ist es auch nicht.« Sie hätte ihre Studien verschieben können. Doch das wollte sie nicht. »Leider muss ich mich trotzdem damit befassen.«

»Möchten Sie nicht lieber mit mir im Château auf Geisterjagd gehen?«

Erheitert schüttelte sie den Kopf. »Diesem Vorschlag kann ich kaum widerstehen. Aber ich vertiefe mich besser in meine Bücher. In letzter Zeit habe ich nicht viel zu Stande gebracht. So gern ich das Château sehen würde – im Augenblick kann ich Ihre freundliche Einladung nicht annehmen. Vielleicht ein andermal.«

Ein paar Minuten später stand sie in der Haustür und schaute seinem Wagen nach. Während er nach Hause fuhr, bereute er, dass er sie nicht einfach umarmt und geküsst hatte. Andererseits wäre es vermutlich das Ende der Freundschaft gewesen.

Im Château angekommen, dachte er, wie wundervoll es wäre, wenn sie ihn am nächsten Tag mit Monique besuchen würde. Die gemeinsamen Stunden waren so schön gewesen, und sie hatte einfach nicht mehr das Recht, ihn aus ihrem Leben auszuschließen. Außerdem mochte er ihre Tochter, die seine Gefühle zweifellos erwiderte. Eine Zeit lang saß er unschlüssig im Salon, bis er es nicht länger ertrug und zum Telefon griff. Es war schon Mitternacht, aber da er sie eben erst verlassen hatte, würde sie sicher noch nicht schlafen.

»Hallo?«, meldete sie sich besorgt. Um diese Zeit wurde sie normalerweise nicht angerufen. Ihr Telefon läutete überhaupt nur sehr selten.

»Gerade habe ich einen Geist gesehen, und ich fürchte mich ganz schrecklich. Er war riesengroß und hatte Hörner und rote Augen. Und ich glaube, er war in mein Laken gehüllt. Wollen Sie herkommen und ihn sehen?«

»Um Himmels willen, Charlie!«, entgegnete sie glucksend. »Mit so was macht man keine Witze. Was ich vorhin sagte, war ernst gemeint. Manche Menschen sehen tatsächlich Geister. Im Historischen Verein höre ich ständig solche Geschichten. Einige Geister lassen sich sogar identifizieren. Auf diesem Gebiet habe ich selber einige Nachforschungen angestellt.«

»Sehr gut. Dann kommen Sie her und identifizieren Sie meinen Geist. Ich habe mich im Badezimmer eingesperrt.«

»Offenbar sind Sie ein hoffnungsloser Fall.«

»Stimmt. Darin liegt das Problem. Möchten Sie nicht versuchen, mich trotzdem zu retten?«

»Ob ich das kann, weiß ich nicht ...« Jetzt klang ihre Stimme fast zärtlich, und er hätte sie am liebsten in die Arme genommen.

»In letzter Zeit weiß ich nicht mehr, was ich denken soll, Francesca«, gestand er seufzend. »Über zehn Jahre lang war ich in der großen weiten Welt. Vor zehn Monaten hat Carole mich verlassen. Einerseits trauere ich ihr immer noch nach – und andrerseits rede ich mit Ihnen – und plötzlich erwachen Gefühle, die ich seit einer halben Ewigkeit nicht mehr empfunden habe. Das alles ist so verwirrend. Vielleicht werden wir ewig nur Freunde sein, und ich habe kein Recht auf was anderes. Es ist nur – Sie sollen wissen …« In dieser Minute fühlte er sich wie ein alberner Schuljunge. »Wie sehr ich Sie mag«, fügte er unsicher hinzu. Die Untertreibung des Jahres, dachte er. Er sprach nicht aus, welch tiefe Emotionen ihn wirklich ergriffen.

»O Charlie, ich mag Sie auch. Aber ich will Ihnen nicht wehtun.«

»Das wird nicht geschehen. Diese besondere Leistung wurde bereits von Experten vollbracht. In dieser Hinsicht sind Sie sicher ein Amateur.«

»Genauso wie Sie, Charlie. Glauben Sie mir, ich weiß es zu schätzen, wie nett Sie zu uns waren. Sie sind wirklich ein guter Mensch.« Im Gegensatz zu Pierre. Das wusste sie. Fantasie hin, Fantasie her. Schamlos hatte er sie ausgenutzt und ihre Fairness missbraucht. So etwas würde ihr nie wieder ein Mann antun. »Können wir nicht einfach Freunde bleiben?«, fragte sie traurig, weil sie ihn nicht verlieren wollte.

»Doch, sicher. Darf Ihr Freund Sie und Monique am Montag zum Dinner ausführen? Für morgen haben Sie mir schon einen Korb gegeben. Jetzt dürfen Sie nicht Nein sagen. Das erlaube ich nicht. Nur ein kleines Abendessen am Montag nach der Arbeit. Pizza in Shelburne Falls.«

Dagegen konnte sie nichts einwenden, da er ihre Bedingung – eine rein freundschaftliche Beziehung – widerspruchslos akzeptierte. »Okay.«

»Um sechs hole ich Sie ab.«

»Einverstanden. Bis dann.«

»Wenn ich noch mal einen Geist sehe, rufe ich Sie wieder an.« Es hatte sich gelohnt, das Telefonat zu riskieren. Ehe sie auflegen konnte, fügte er hastig hinzu: »Francesca?«

»Ja?« Ihre Stimme klang ein wenig atemlos, und das gefiel ihm.

»Vielen Dank …«

Sie wusste, was er meinte. Lächelnd beendete sie das Gespräch. Wir sind einfach nur Freunde, sagte sie sich. Mehr nicht. Das versteht er. Tatsächlich?

Zufrieden lehnte Charlie sich in seinem Sessel zurück. Sie war schwierig zu erobern. Doch es war der Mühe wert. Beglückt über seinen Erfolg, fühlte er sich wieder bereit, in Sarahs Tagebüchern zu lesen. Jetzt merkte er, wie sehr er diese Lektüre in der letzten Woche vermisst hatte. Nun musste er endlich herausfinden, wie es ihr weiterhin ergangen war. Er öffnete den schmalen Lederband. Beim Anblick der vertrauten Handschrift spürte er, wie sich sein Herz erwärmte.

## 17

Getreu seinem Versprechen, ritt François im August wieder durch Shelburne und besuchte Sarah. Sie arbeitete gerade in ihrem Gemüsegarten und hörte die Hufschläge nicht. Auf leisen Sohlen, so wie gewohnt, näherte er sich, und plötzlich stand er neben ihr. Verwirrt schaute sie zu ihm auf, dann lächelte sie und verbarg ihre Freude nicht.

»Wenn Sie sich noch einmal so lautlos an mich heranpirschen, hänge ich Ihnen eine Glocke um den Hals«, schimpfte sie mit gespielter Empörung. Im nächsten Augenblick erinnerte sie sich errötend an die Bärenkrallen und grünen Perlen und dankte ihm. Entzückt betrachtete er ihr gebräuntes Gesicht und den langen schwarzen Zopf. Jetzt sah sie beinahe wie eine Indianersquaw aus. Auf dem Weg zum Haus bemerkte er ihre stolze Haltung, die ihn an Crying Sparrow erinnerte. »Wo waren Sie in der Zwischenzeit?«, fragte sie, als sie beim Brunnen stehen blieb und François einen Becher mit kühlem Wasser reichte.

»Bei meinen Brüdern in Kanada. Dort haben wir Handel mit den Huronen getrieben.« Seinen Aufenthalt in Washington und die ausführlichen politischen Diskussionen über die fortgesetzten Probleme mit den Miami-Indianern in Ohio erwähnte er nicht. Wie es Sarah inzwischen ergangen war, interessierte ihn viel mehr. Offensichtlich fühlte sie sich wohl in Shelburne. »Haben Sie Colonel Stockbridge in der Garnison besucht?«, erkundigte er sich im Konversationston.

»Dafür fehlt mir die Zeit. In den letzten drei Wochen haben wir Tomaten und Kürbisse gepflanzt, und nun hoffen wir auf eine gute Ernte vor dem Winter.« Mrs. Stockbridge hatte sie brieflich angefleht, in die Zivilisation zurückzukehren. Auch die Blakes hatten ihr geschrieben und Neuigkeiten aus Boston berichtet. Hier in der Wildnis war sie viel glücklicher. Das sah François ihr an. »Wohin werden Sie jetzt reiten?«, fragte sie und führte ihn ins Wohnzimmer. Hier war es kühler als draußen, weil dieser Teil des Hauses im Schatten der hohen Ulmen lag. Das hatten die Männer bei den Bauarbeiten glücklicherweise bedacht.

»Colonel Stockbridge erwartet mich zu einer Unterredung.« Im Vorjahr hatten Freiwillige aus Kentucky mehrere Shawnee-Dörfer geplündert und niedergebrannt, was dem Kommandanten große Sorgen bereitete – ebenso wie das Fort Washington, dessen Errichtung einige Verträge mit den Indianern verletzte. Nun fürchtete er einen Vergeltungsschlag. Blue Jacket hatte bereits den Ohio überquert und Siedler in Kentucky angegriffen, um sich zu rächen. Doch der Colonel rechnete mit einer größeren Auseinandersetzung, und François teilte seine Meinung. Darüber hatten sie in der Hauptstadt gesprochen.

Bestürzt hörte Sarah zu, als er ihr das alles erklärte. »Gibt's denn keine Möglichkeit, einen Krieg zu verhindern?«

»Wohl kaum. Der Shawnee Blue Jacket findet, seine bisherige Revanche würde nicht ausreichen, und es ist schwierig, mit ihm zu verhandeln. Ein paarmal habe ich's versucht, ohne Erfolg. Er hasst die Irokesen fast genauso wie die Weißen. Im Augenblick können wir nur hoffen, dass er des Kampfes müde wird und die Überzeugung gewinnt, er hätte genug Skalps erbeutet, um den Verlust seiner Leute zu verschmerzen. Nur wenn andere Indianervölker in den Konflikt hineingezogen werden, ließe er sich zurückhalten, und das will niemand.« Er brachte Verständnis für die Schwierigkeiten beider Seiten auf. Aber seine Sympathie gehörte öfter den Indianern als dem weißen Mann, da sie mehr erduldet hatten. Außerdem waren sie nach François' Ansicht ehrlicher.

»Ist es nicht gefährlich, mit Blue Jacket zu verhandeln?«, fragte Sarah beunruhigt. »Sicher sieht er einen Weißen in Ihnen – und keinen Irokesen.«

»Für ihn spielt das nur eine geringfügige Rolle. Ich bin kein Shawnee. Und das genügt, um seinen Zorn zu erregen. Er ist ein tapferer Krieger, von Feuer und Leidenschaft erfüllt.« Offenbar bewunderte François den Häuptling. Aber er schien ihn auch zu fürchten – mit gutem Grund, da Blue Jacket nicht davor zurückschrecken würde, seinem Volk einen neuen großen Indianerkrieg aufzubürden.

Eine Zeit lang erörterten sie die Probleme. Als sie wieder hinausgingen, war es kühler geworden, und Sarah schlug einen Spaziergang zum Wasserfall vor. Dieses tägliche Ritual versäumte sie niemals. Schweigend wanderten sie nebeneinander her. Am Ziel angelangt, nahm Sarah auf ihrem Lieblingsfelsen Platz und beobachtete die funkelnde Kaskade so hingerissen, dass François ihr Gesicht fasziniert musterte. Er wollte ihr gestehen, wie oft er an sie gedacht hatte. Doch er fand nicht die richtigen Worte. Schweigend setzte er sich, um an ihrer Seite das Naturschauspiel zu genießen. Jeder versank in seinen eigenen Gedanken. Manchmal wandte sie sich zu ihm und betrachtete sein bronzebraunes Gesicht. Es erschien ihr immer noch unglaublich, dass er kein Irokese war.

Nach einer Stunde traten sie den Rückweg an. Hin und wieder streifte sein nackter Arm ihre Schulter. Beim Haus angekommen, fragte sie: »Bleiben Sie diesmal länger in der Garnison?«

»Ja. Dort treffe ich einige meiner Männer.« Bereitwillig nahm er ihre Einladung zum Dinner an. Da er mit dem Colonel keinen genauen Zeitpunkt für das Treffen vereinbart hatte, konnte er im Wald oder in Sarahs Stall übernachten und am nächsten Morgen zum Fort reiten. Er erlegte drei Hasen, die sie mit Gemüsen aus ihrem Garten schmorte. Auch Patrick und John saßen am Esstisch. Überschwänglich dankten sie ihr für den köstlichen Eintopf, ehe sie ihre abendlichen Pflichten erfüllten.

Etwas später schlenderte sie mit François in die mondhelle Nacht hinaus, und nach wenigen Minuten sahen sie einen Kometen. »Ein gutes Zeichen, sagen die Indianer«, erklärte er. »Also werden Sie hier ein segensreiches Leben führen.«

»Das ist mir bereits gelungen«, erwiderte sie und schaute sich um. Mehr wünschte sie sich nicht.

»Aber Sie stehen erst am Anfang. Sie müssen vorangehen, etwas tun, vielen Menschen Ihre Klugheit schenken.«

Lächelnd wandte sie sich zu ihm und verstand nicht, was er meinte. »So klug bin gar ich nicht, François. In meinem kleinen Haus lebe ich ruhig und bescheiden.« Sie war nicht hierher gekommen, um andere zu heilen, sondern um selbst zu genesen.

»Weil Sie dieses Land erreichen wollten, haben Sie ein riesiges Meer überquert. Sie sind eine sehr tapfere Frau, Sarah.« Eindringlich fuhr er fort: »Sie dürfen sich nicht auf Ihrer kleinen Farm verstecken.«

Was erwartete er von ihr? Sie konnte nicht mit Indianern verhandeln oder mit dem Präsidenten diskutieren, und sie hatte niemandem etwas Wichtiges zu sagen. Nun überraschte er sie mit der Ankündigung, er würde sie eines Tages mit den Irokesen bekannt machen.

»Red Jacket ist ein großartiger Mann. Sicher würden Sie ihn gern kennen lernen.«

Diesen Vorschlag fand sie beängstigend und faszinierend zugleich. Solange François in ihrer Nähe blieb, würde ihr nichts zustoßen. Davon war sie überzeugt. »Ja – das wäre sehr interessant«, stimmte sie nachdenklich zu.

»Die Irokesen besitzen heilsame Kräfte. Ähnlich wie Sie, Sarah.« Wie rätselhaft das alles klang ... Als sie so im Mondschein standen, spürte sie eine sonderbare Macht, die sie unwiderstehlich zu François hinzog und ihr Angst einjagte. Ohne ein Wort, ohne eine Geste schien er sie zu umarmen. Dagegen müsste sie sich wehren. Doch sie konnte es nicht. Hilflos fühlte sie sich mystischen Kräften ausgeliefert.

Sie begleitete ihn zum Stall, wo er schlafen würde. Vor dem Tor blieb er stehen, ergriff Sarahs Hand und küsste sie. Ein Gutenachtgruß aus einer anderen Welt. So würde er sich auch verhalten, wären sie sich in Frankreich begegnet. Was für eine sonderbare Mischung er war – Irokese und Franzose, Krieger und Friedensstifter, mythisch und menschlich. Sie beobachtete, wie er den Stall betrat. Dann kehrte sie in ihr Haus zurück.

Am Morgen war er verschwunden. Auf dem Küchentisch lag ein hübsches, schmales indianisches Armband aus bunten Muschelschalen. Träumerisch legte sie es an. Ein seltsames Gefühl – zu wissen, dass er in ihrer Küche gewesen war, während sie geschlafen hatte ... Er war so groß und stark, so attraktiv mit seinem glänzenden dunklen Haar. Längst hatte sie sich an seine Lederhose und die Mokassins gewöhnt. An ihm wirkte diese Kleidung ganz natürlich.

Bei der Arbeit auf ihrem Maisfeld vermisste sie ihn. Wann er wieder kommen würde, wusste sie nicht. Sie hatte eigentlich auch keinen Grund, ihn herbeizusehnen. Schließlich waren sie nur Freunde. Sie kannte ihn kaum. Trotzdem fand sie die Gespräche mit François überaus interessant, und seine

Nähe wirkte beruhigend. Stundenlang konnten sie schweigend nebeneinander durch den Wald wandern. Manchmal schien der eine sogar zu wissen, was der andere dachte. Am Nachmittag ging Sarah zum Wasserfall – unfähig, den Franzosen aus ihren Gedanken zu verbannen.

Die Füße im kalten Wasser, überließ sie sich ihrem Tagtraum. Plötzlich wurde die Sonne verhüllt, und sie hob den Kopf, um zu sehen, was den Schatten warf. Bei François' Anblick zuckte sie verwirrt zusammen. »Immer wieder überraschen Sie mich!« Eine Hand schützend vor den Sonnenstrahlen über den Augen, schaute sie zu ihm auf und konnte ihre Freude nicht verhehlen. »Ich dachte, Sie wären zur Garnison geritten.«

»Ja, ich habe den Colonel getroffen ...« Er schien nach Worten zu suchen, mit sich zu kämpfen.

»Stimmt was nicht?«, fragte sie ruhig, stets bereit, sich allen Problemen zu stellen. Diesen Wesenszug kannte er.

»Sieht so aus ...« Sollte er weitersprechen? Wie sie sein Geständnis aufnehmen würde, wusste er nicht. So oder so, er musste es aussprechen. Den ganzen Tag hatte ihn die Erinnerung an Sarah gepeinigt. »Ich kann einfach nicht aufhören, an Sie zu denken. Vielleicht ist das gefährlich ...«

»Warum?«, flüsterte sie. Er sah sie so beklommen an, dass sich ihr Herz zusammenkrampfte, und sie fühlte die gleichen Qualen wie er.

»Nun, Sie könnten mir verbieten, hierher zu kommen. Ich weiß, Sie haben viel gelitten und fürchten neue seelische Wunden. Aber ich schwöre es – ich werde Ihnen nicht wehtun.«

Das glaubte sie ihm vorbehaltlos. Sie würde es auch gar nicht gestatten. »Ich möchte nur Ihr Freund sein.« Dass er sich viel mehr wünschte, wagte er nicht zu verraten. Jetzt noch nicht. Erst musste er herausfinden, was sie für ihn empfand. Doch sie erschien ihm nicht halb so verängstigt, wie er es erwartet hatte.

»Auch ich habe oft an Sie gedacht, François«, gab sie errötend zu und lächelte ihn mit der Unschuld eines Kindes an. »Ich habe sonst niemanden, mit dem ich reden kann.«

»Sind Ihre Gedanken nur deshalb zu mir gewandert?« Bezwingend schaute er in Sarahs Augen und setzte sich zu ihr. Sie fühlte die Wärme seines Körpers, und es war sehr schwierig, der betörenden Magie zu widerstehen.

»Nicht nur deshalb«, erwiderte sie leise und schüchtern, und er ergriff ihre Hand. Eine Zeit lang saßen sie stumm beisammen, bevor sie zum Haus schlenderten. Am Brunnen schenkte er ihr einen Becher Wasser ein und fragte, ob sie mit ihm durch das Tal reiten wollte.

»Wann immer ich einen klaren Kopf brauche, reite ich in der Wildnis umher«, erklärte er und führte seine scheckige Stute aus dem Stall, die nur ihr Zaumzeug trug. Einen Sattel benutzte er sehr selten. Er stieg auf und zog Sarah hinter sich empor. Die Arme um seine Taille geschlungen, saß sie wie ein Junge auf dem Pferderücken, allerdings von ihrem gebauschten weiten Baumwollrock umgeben. Der Ritt durch die üppige grüne Landschaft, am Flussufer entlang, half auch ihr, die wirren Gedanken zu ordnen.

Zum Dinner kehrten sie ins Haus zurück, und sie kochte wieder für François, die beiden Jungen und sich selbst. Danach fragte sie nicht, ob er wieder im Stall übernachten würde. Das durfte er nicht, und sie wussten es beide. Bei diesem Besuch hatte sich etwas zwischen ihnen geändert.

»Kommen Sie wieder?«, fragte sie bedrückt, als er sich verabschiedete.

»Vielleicht in einem Monat.« Wie schmerzlich würde sie ihn vermissen ... Warum vermochte sie sich nicht gegen die Anziehungskraft zu wehren, die er auf sie ausübte? »Passen

Sie gut auf sich auf, Sarah«, mahnte er. »Und machen Sie keine Dummheiten.«

»Dummheiten? Neulich sagten Sie, ich wäre so klug«, erinnerte sie ihn, und er lachte.

»Offenbar stehen Sie allen Menschen bei, nur sich selber nicht. Nehmen Sie sich in Acht«, bat er und küsste wieder ihre Hand. Dann schwang er sich auf sein Pferd, ritt über die Lichtung, und sie schaute ihm nach, bis er aus ihrem Blickfeld verschwand.

Einen Monat später, Anfang September, kam er zurück. Eine Woche lang blieb er in der Garnison, hielt Besprechungen mit Colonel Stockbridge und den Kommandanten anderer Forts ab, die seinetwegen nach Deerfield geritten waren. Wie üblich drehte sich die Diskussion um die Shawnee und die Miami – die Indianervölker, die der Army die größten Sorgen bereiteten.

Die ersten Nächte verbrachte François nicht in Shelburne. Aber er ritt sehr oft zu Sarahs Haus. Als er Stockbridge höflich nach ihrem Befinden fragte, entsann sich der ältere Offizier, dass er sie monatelang nicht gesehen hatte, und lud sie zum Dinner ein.

Am selben Abend begegneten sich Sarah und François im Quartier des Colonels, heuchelten Überraschung und erweckten den Anschein, sie wären nicht sonderlich aneinander interessiert. Trotzdem bemerkte Stockbridge einen besonderen Ausdruck in den Augen des Franzosen und begann sich zu wundern. Doch er hatte dringlichere Sorgen, und am Ende des Abends vergaß er seinen Verdacht.

Darüber lachten Sarah und François, als er am nächsten Abend an ihrem Küchentisch saß. Er schlief wieder im Stall. Während des folgenden Tages genossen sie das milde Spätsommerwetter, gingen wie gewohnt zum Wasserfall und ritten durch das Tal – diesmal auf zwei Pferden. Sie war eine ausgezeichnete Reiterin und scheute vor keinem Hindernis zurück. Allerdings bevorzugte sie, im Gegensatz zu François, einen Sattel, denn sie fürchtete, in ihren weiten Röcken vom glatten Pferderücken zu rutschen. Sie beschrieb, welchen Anblick sie in einer solchen Situation bieten würde, und beide lachten. In diesen Tagen vertiefte sich die Freundschaft. Aber François wagte niemals, die Grenze zu überschreiten, die Sarah zwischen ihnen gezogen hatte.

Eines Nachmittags, auf dem Rückweg vom Wasserfall, fragte er, ob sie befürchte, Edward würde nach Amerika kommen und nach ihr suchen. Dieser Gedanke beunruhigte ihn, seit sie ihm von ihrer Vergangenheit erzählt hatte. Doch sie zuckte gleichmütig die Achseln. »Wohl kaum. Da ich ihm nichts bedeute, würde er meinetwegen keine so beschwerliche Reise auf sich nehmen.« Nur zu gut erinnerte sie sich an die sieben Wochen an Bord der *Concord*.

»Vielleicht möchte er sein Eigentum zurückholen – ein sehr kostbares Eigentum, wie ich hinzufügen muss«, betonte François lächelnd.

»Daran zweifle ich. Um ihm zu entrinnen, habe ich einen sehr weiten Weg zurückgelegt. Deshalb wird er wissen, dass ich ihm niemals freiwillig nach England folgen werde. Er müsste mich fesseln und knebeln oder bewusstlos schlagen. Ich wäre eine sehr unbequeme Gefangene. Sicher ist er ohne mich viel glücklicher.«

Das konnte sich François nicht vorstellen. Welcher vernünftige Mann würde auf eine so zauberhafte Frau verzichten? Andererseits durfte man den grausamen, exzentrischen Earl nicht mit normalen Maßstäben messen. Manchmal malte François sich aus, er würde dem Schurken gegenüberstehen und ihn niederschlagen. Er dankte dem Himmel, dass Sarah sich ihre Freiheit erkämpft hatte.

Diesmal fiel ihm der Abschied schwerer denn je.

»Sehe ich dich wieder?«, fragte sie leise und füllte seine Wasserflasche aus Hirschleder, die er seit Jahren bei sich trug. Crying Sparrow hatte sie für ihn genäht und kunstvoll mit Perlen bestickt.

»Nein, nie mehr«, antwortete er in entschiedenem Ton.

»Warum nicht?« Betroffen starrte sie ihn an, wie ein enttäuschtes Kind. Sie fürchtete, er würde noch weiter nach Westen reiten.

Was er in ihrem Blick las, beglückte ihn. »Weil ich unsere Trennung nicht ertrage. Jedes Mal, wenn ich bei dir war, langweilen mich alle anderen Leute.«

Weil sie unter dem gleichen Problem litt, musste sie lachen. »Das freut mich.«

»Tatsächlich?« Er schaute ihr so tief in die Augen, dass sie zu zittern begann. »Stört es dich nicht?«, fragte er unverblümt. Er kannte ihre Angst vor einer neuen Beziehung. Und sie konnte nicht heiraten. Nach seiner Ansicht hatte sie trotzdem keinen Grund, ihr restliches Leben allein zu verbringen. Die Einsamkeit, zu der sie sich zwang, war überflüssig und albern. Sie hielt allerdings eisern daran fest – zumindest vorerst. »Ich will dir keine Furcht einflößen«, versicherte er. »Nie wieder.«

Wortlos nickte sie, und er ritt beunruhigt davon. Zuvor hatte er versprochen, er würde sie bald wieder besuchen. Aber diesmal konnte er nicht vorhersagen, wann das geschehen mochte. Sein Weg führte nach Norden. Manchmal dauerten diese Reisen länger, als er es wünschte.

Auch Sarah machte sich Sorgen. Bleischwer lastete die unausgesprochene Intimität, die sie mit François verband, auf ihrer Seele. Alle Gedanken teilten sie miteinander, fanden dieselben Dinge interessant oder amüsant. Eine beängstigende Erkenntnis ... Bei seinem nächsten Besuch wollte sie ihn bitten, nicht mehr zu kommen. Doch dann blieb er so lange weg, dass sie um sein Leben bangte.

Erst im Oktober sah sie ihn wieder. Inzwischen hatten sich die Blätter verfärbt, und das ganze Tal schien in roten und gelben Flammen zu stehen. Sechs Wochen lang war sie François nicht begegnet. Sie stand auf der Lichtung und sah ihn heranreiten, in einem Wildlederhemd mit Fuchsärmeln, einem langen Mantel und einer fransenbesetzten Hose aus demselben Material. Um sein Haar war ein Stirnband mit Adlerfedern geschlungen. Er wirkte unglaublich attraktiv.

Bei Sarahs Anblick strahlte er über das ganze Gesicht. Behände sprang er vom Pferd und eilte zu ihr.

»Wo warst du so lange?«, fragte sie bestürzt, und er seufzte erleichtert.

Offenbar hatte sie ihn vermisst. In all den Wochen war er von der beklemmenden Frage verfolgt worden, ob er sie bei seinem letzten Besuch erschreckt hatte. Diese Sorge war jedoch nicht unbegründet. Tag für Tag hatte sie unter ihrem inneren Konflikt gelitten und sich schließlich vorgenommen, ihn bei der nächsten Begegnung wegzuschicken – für immer. Aber jetzt vergaß sie alle guten Vorsätze.

»Tut mir Leid, ich war sehr beschäftigt«, entschuldigte er seine lange Abwesenheit. »Und ich muss dich sofort wieder verlassen. Ich treffe meine Männer in der Garnison. Heute Abend reiten wir nach Ohio.«

»Schon wieder Blue Jacket?«, fragte sie bedrückt.

Mit einem besänftigenden Lächeln nickte er. Er war so froh, sie wiederzusehen, wenn auch nur für ein paar Minuten. »Vor einer Woche haben die Kämpfe begonnen. Stockbridge bat mich, mit einer seiner Kompanien und meinen Männern nach Westen zu reiten. Dort sollen wir die Army unterstützen. Keine Ahnung, wie … Jedenfalls wollen wir unser Bestes tun.« Unverwandt schaute er sie an, als wollte er sie mit seinen Augen verschlingen. Doch er wagte es nicht, sie zu berühren.

»Also wirst du dich in Gefahr begeben ...« Zutiefst bereute sie ihren Plan, ihn zu bitten, er möge nicht wieder kommen. Vielleicht hat er das gespürt und sie nur deshalb so lange allein gelassen. Und jetzt? Wenn er in den Krieg zog und verwundet wurde ... »Bleibst du zum Essen?«, fragte sie mit gepresster Stimme und fürchtete, er würde sofort wieder davonreiten.

Glücklicherweise nickte er. »Nur ganz kurz. Der Colonel erwartet mich zu einer Besprechung.«

»Gut, ich beeile mich.« Sie eilte in die Küche, und eine halbe Stunde später servierte sie ihm eine üppige Mahlzeit – kaltes Huhn vom Vortag, das Patrick aus dem kleinen Kühlhaus über dem Fluss geholt hatte, und eine gebratene Forelle, erst an diesem Morgen geangelt. Dazu gab es frischen Kürbisbrei und Maisbrot. Diesmal bat sie die beiden Jungen, draußen zu essen, weil sie mit François allein sein wollte.

»Eine so köstliche Mahlzeit habe ich lange nicht mehr genossen«, verkündete er, und sie lächelte. Wären sie in diesem Moment von Siedlern beobachtet worden, hätten sie geglaubt, einen Indianer an ihrem Tisch zu sehen. Keiner würde François für einen Weißen halten. Nun, was die Leute denken mochten, kümmerte sie nicht. »In Zukunft musst du vorsichtig sein«, mahnte er. »Die Kriegertruppen aus Ohio könnten bis hierher vordringen.« Unter diesen Umständen verließ er Sarah nur widerstrebend. Aber es war seine Pflicht, die Army zu unterstützen.

»Mach dir keine Sorgen.« Inzwischen hatte sie Wort gehalten und Waffen gekauft, auch für Patrick und John. Sie fühlte sich sicher in ihrem Heim.

»Sobald die Siedler irgendwelche beunruhigenden Geschichten erzählen, musst du sofort zur Garnison reiten.« Er sprach mit ihr, als wäre sie seine Ehefrau. Doch das störte sie nicht im Mindesten. Aufmerksam lauschte sie seinen Anweisungen. Während sie ihre Gedanken und Sorgen teilten, verging die Zeit viel zu schnell.

In der Abenddämmerung begleitete sie ihn zu seinem Pferd. Wortlos nahm er sie in die Arme. Er brauchte nichts zu sagen, musste sie nur spüren, und sie schwieg ebenfalls. Jetzt verstand sie nicht mehr, warum sic so dumm gewesen war und beschlossen hatte, ihm zu entfliehen. Was bedeuteten die Qualen der Vergangenheit? Welchen Unterschied machte es, ob sie immer noch mit Edward verheiratet war? Sie würde ihn nie wiedersehen. Für sie war er gestorben. Und jetzt verliebte sie sich in diesen faszinierenden Mann, der wie ein Indianer aussah und gemeinsam mit der Army kämpfen würde. Wenn er nie mehr zurückkehrte ... Wie viel Zeit hätten sie dann verschwendet ... In ihren Augen brannten Tränen, als sie ihn sanft von sich schob und zu ihm aufsah. Was sie nicht aussprachen, las er in ihrem und sie in seinem Blick.

»Bitte, sei vorsichtig«, wisperte sie, und er nickte. Geschmeidig wie ein Indianerkrieger schwang er sich auf den Rücken seines Pferdes. Sie wollte ihm ihre Liebe gestehen. Doch sie tat es nicht und wusste, wie bitter sie das Versäumnis bereuen würde, wenn ihm etwas zustieße.

Als er diesmal davonritt, schaute er nicht zurück, weil er seine Tränen verbergen musste.

# 18

Endlos lange wartete sie auf seine Rückkehr. Zur Zeit des Erntedankfestes hatte sie noch immer nichts von ihm gehört. Jetzt besuchte sie die Garnison sehr oft, in der Hoffnung, Neuigkeiten über François zu erfahren. Der Hin- und der Rückritt dauerten fast einen ganzen Tag. Aber die Mühe lohnte sich, denn die Soldaten erzählten ihr von diversen Kämpfen zwischen den Indianern und der Army. Die Shawnee und Miami hatten schweren Schaden angerichtet, Farmen überfallen, Häuser niedergebrannt, ganze Siedlerfamilien getötet und zahlreiche Menschen gefangen genommen.

Brigadier General Josiah Harmer führte das Army-Kommando, ohne Erfolg. Schon zweimal waren seine Truppen in einen Hinterhalt geraten. Dabei hatten fast zweihundert Mann den Tod gefunden. Nach allem, was Sarah feststellen konnte, stand François' Name wenigstens nicht auf der Verlustliste. Trotzdem machte sie sich große Sorgen, als sie mit mehreren Familien aus Deerfield anlässlich des Erntedankfestes an der Dinnertafel des Colonels Platz nahm. Doch sie ließ sich nichts anmerken. Geistesabwesend unterhielt sie sich mit den anderen Gästen, fragte nach Kindern und Verwandten.

Am nächsten Morgen ritt sie zu ihrer kleinen Farm zurück, von einem Wampanoag-Führer eskortiert. Glücklicherweise musste sie Lieutenant Parkers Gesellschaft nicht mehr ertragen, weil er versetzt worden war. In ihre eigenen Gedanken verloren, erreichte sie Shelburne, dankte dem Indianer und schenkte ihm eine Satteltasche voller Lebensmittel. Dann schickte sie ihn nach Deerfield zurück und brachte ihr Pferd in den Stall. Auf dem Weg zum Haus wickelte sie sich fröstelnd etwas fester in ihren Umhang. Plötzlich hörte sie ein Rascheln am anderen Ende der Lichtung, beschleunigte voller Sorge ihre Schritte und eilte zur Küche. Dort verwahrte sie die Muskete, die François ihr gegeben hatte.

Ehe sie die Hintertür öffnen konnte, galoppierte ein Reiter zu ihr. Hinter ihm flatterte ein Band aus Adlerfedern im Wind, eine Auszeichnung, die ihm die Irokesen vor Jahren verehrt hatten. Sarah starrte ihn verblüfft an, dann erkannte sie den Mann, nach dem sie sich seit Wochen sehnte. Jubelnd sprang er vom Pferd und lief zu ihr. Diesmal zögerte er nicht, bevor er sie umarmte und küsste.

»O Gott, wie ich dich vermisst habe …«, flüsterte sie atemlos, als er den Kopf hob. Jetzt verstand sie nicht mehr, warum sie jemals Distanz gewahrt hatte. »Ich hatte solche Angst – so viele Männer wurden getötet …«

»Zu viele.« Bedrückt schaute er in ihre Augen. »Und es ist noch nicht vorbei. Jetzt freuen sich die indianischen Krieger ihres Siegs. Aber die Army wird zurückkehren. Immer neue Soldaten, immer besser gerüstet. Diesen Krieg können Little Turtle und Blue Jacket nicht gewinnen, und es war sehr töricht von ihnen, sich darauf einzulassen.« Noch mehr Tote, noch mehr ermordete Familien, eine noch schlimmere Verwüstung … Und letzten Endes würden die Indianer alles verlieren. Doch daran wollte er jetzt nicht denken, während er Sarah in den Armen hielt. »Du ahnst nicht, wie du mir gefehlt hast …«, stöhnte er und küsste sie wieder.

Mühelos hob er sie hoch und trug sie ins Haus. Kalte Luft

erfüllte die Küche. Da sie zwei Tage in der Garnison verbracht hatte, war das Herdfeuer erloschen. John und Patrick feierten das Erntedankfest bei einer benachbarten Familie mit sieben Töchtern. Über diese Einladung hatten sich die beiden Jungen sehr gefreut.

François stellte Sarah auf die Beine und begann sofort, ein Feuer zu machen. Nachdem sie ihr Cape abgelegt hatte, schaute er sie bewundernd an. Anlässlich des Erntedankfestes trug sie das königsblaue Kleid, das sie in Boston gekauft hatte. Der Samt schimmerte in der gleichen Farbe wie ihre Augen. Noch nie hatte François eine schönere Frau gesehen, weder in Paris noch in Washington, auch nicht bei den Irokesen, so sehr er Crying Sparrow auch geliebt hatte. Jetzt gab es nur noch eine Einzige für ihn – diese tapfere junge Countess. In seinem Alter hatte er nicht erwartet, noch einmal der großen Liebe zu begegnen. Immerhin hatte er fast vierzig Sommer erlebt, wie es die Indianer ausdrückten. Und trotzdem empfand er so tiefe Gefühle, als stünde er am Anfang seines Daseins. Er zog Sarah wieder an sich, und bei seinen heißen Küssen spürte er ihre rückhaltlose Hingabe.

Schon längst hatte sie ihm ihr Herz und ihre Seele geschenkt, jeden Tag um seine sichere Rückkehr gebetet und sich gehasst, weil sie vor seiner Abreise zu feige gewesen war, um in seine Arme zu sinken oder ihm wenigstens ihre Liebe zu gestehen. Das holte sie jetzt nach, als er sie ins Schlafzimmer trug. Nie zuvor hatte sie einen Mann geliebt – und für Haversham nur alberne Schwärmerei empfunden. François legte sie auf ihr Bett, neigte sich zu ihr hinab, und sie streckte ihm zitternd die Arme entgegen. Noch kannte sie die Zärtlichkeiten eines Mannes nicht.

Und er ging unglaublich sanft mit ihr um. Ganz behutsam befreite er sie von ihrem blauen Samtkleid und deckte sie zu. Dann schlüpfte er aus seiner Lederkleidung und legte sich zu ihr. »Ich liebe dich, Sarah«, flüsterte er. Jetzt sah er nicht mehr wie ein Indianer aus, nur mehr wie der Mann, der ihr alles bedeutete. Wieso hatte sie ihn jemals gefürchtet? Mit warmen Händen erforschte er ihren Körper. Seinen Fingerspitzen schien eine seltsame Magie zu entströmen. Leise stöhnend lag sie in seinen Armen. Bald vereinte er sich mit ihr. Viel länger konnte er nicht warten, denn er begehrte sie, seit er sie kannte. Und er wusste, dass sie beide für dieses Glück geboren waren. Die Erfüllung erschien ihm wie ein Regen aus funkelnden Kometen.

Danach lag sie reglos an seiner Brust, spürte seine Herzschläge und lächelte zufrieden. »Ich hatte keine Ahnung von der Liebe.«

»Dieses Geschenk verdanken wir allen Göttern des Universums, Sarah.« Überwältigt drückte er sie noch fester an sich. »Und ich glaube, nie zuvor haben sich ein Mann und eine Frau so sehr geliebt.«

Eng umschlungen schliefen sie ein. Als sie am Morgen erwachten, wusste Sarah, dass sie einander für ewig gehörten.

Die nächsten Wochen verbrachten sie im Paradies ihrer Liebe. Vorerst musste François keine Pflichten erfüllen, und er konnte bei Sarah bleiben, so lange er wollte. Jeden Tag besuchten sie den Wasserfall. Er zeigte ihr, wie man Schneeschuhe benutzte, und erzählte ihr Indianerlegenden, die sie noch nie gehört hatte. Stundenlang lagen sie im Bett und lernten einander kennen – köstlich und wunderbar frivol. Sobald der Schnee schmolz, wollte er sie zu den Irokesen führen. Jetzt betrachtete er sie als seine Ehefrau.

Zwei Wochen nach dem Beginn ihres gemeinsamen Lebens gingen sie wieder zum Wasserfall, und sie bemerkte seine ernste Miene. Woran mochte er denken? An seinen toten Sohn? Oder an Crying Sparrow? Angesichts der glitzernden gefrorenen Wassermassen erklärte er, was ihn bewegte, und ergriff Sarahs Hand. »In unseren und in den Augen des Allmächtigen sind wir verheiratet, mein Schatz. Niemals könnte Er wünschen, dass du dein Leben in der Gewalt dieses schrecklichen Engländers verbringen würdest. Deshalb bist du frei. Für mich. Trotzdem will ich dir keine neuen Fesseln anlegen. Ich nehme mir nur dein Herz und gebe dir meines, wenn du es haben willst. Von diesem Tag an bin ich dein Mann, bis zu meinem Tod. Mein Leben und meine Ehre gehören dir.« Nun zog er einen kleinen goldenen Ring aus seiner Tasche, den er während des Sommers in Kanada erworben hatte. Erst jetzt wagte er, ihn an Sarahs Finger zu stecken. Dies war der richtige Augenblick. »Wäre es möglich, würde ich dir auch meinen Adelstitel und mein Land schenken. Doch ich kann dir nur geben, was ich bin und was ich hier besitze.« Der schmale goldene Ehering, mit winzigen Diamanten besetzt, passte ihr perfekt, und sie hoffte, dass die Frau, die ihn zuvor getragen hatte, glücklich geworden war. Aber wohl kaum so unsagbar glücklich wie sie selbst an diesem wunderbaren Tag …

Von diesem Augenblick an war François ihr Ehemann, in ihrem Herzen und vor der Welt. »Was ich für dich empfinde, lässt sich gar nicht in Worte fassen, François«, erwiderte sie, den Tränen nahe und wünschte, auch sie könnte ihm einen Ring geben. Stattdessen schenkte sie ihm ihr Leben, ihre Seele, ihr rückhaltloses Vertrauen.

Vor dem Wasserfall tauschten sie ihre Gelübde aus, dann wanderten sie langsam nach Hause und liebten sich wieder. Als sie viel später in seinen Armen erwachte, betrachtete sie freudestrahlend den schönen Ring an ihrem Finger. »Wie glücklich du mich machst …« Spielerisch glitt sie auf seinen Körper, was er niemals ablehnen konnte.

Danach saßen sie im Bett, tranken Tee und aßen Maisbrot. François fragte, ob es ihr etwas ausmachen würde, wenn die Siedler und die Bewohner des Deerfield-Forts von der »wilden« Ehe erfuhren.

»Gar nichts«, beteuerte sie.

Trotzdem fand er, sie sollten vorsichtig sein. Es wäre nicht nötig, die Gemeinde mutwillig zu schockieren. Wenn jemand was merkte, müssten sie eben damit leben. Beide fürchteten, sie würden das Geheimnis nicht lange hüten können.

Auf der Weihnachtsparty in der Garnison fanden sie eine Gelegenheit, diese Fähigkeit zu erproben. Sie erschienen getrennt und begrüßten sich, als wären sie erstaunt, sich wiederzusehen. Aber sie schauten sich viel zu oft an. Hätte die scharfsinnige Mrs. Amelia Stockbridge an der Party teilgenommen, wären sie durchschaut worden. Glücklicherweise verbrachte sie das Fest in Boston. Diesmal wurden sie noch verschont. Dennoch würden sich die Leute nicht mehr lange zum Narren halten lassen. Das wusste Sarah. Irgendjemand würde sie mit François beobachten, und dann war ihr Ruf ruiniert. Doch sie erklärte ihm, letzten Endes würde das keine Rolle spielen. Ihr gemeinsames Glück sei viel wichtiger.

Bis ins neue Jahr hinein führten sie ein friedliches, ungestörtes Leben. Und dann – während sie eines Nachmittags versuchte, das Eis im Brunnen zu brechen und Wasser zu schöpfen – ritt ein Gentleman in städtischer Kleidung mit einem alten Nonotuck-Führer auf die Lichtung. Der durchdringende Blick des weißen Mannes ließ Sarah erschauern. Hilfe suchend sah sie sich um. Aber wie sie sich Sekunden später entsann, holte François mit den beiden Jungen gerade Munition aus einem der kleinen Forts am Fluss.

Entschlossen sprengte der Fremde zu ihr. »Sind Sie die Countess of Balfour?«

Trotz der Gerüchte, die seit einiger Zeit kursierten, hatte

noch niemand gewagt, ihr diese Frage zu stellen. Sollte sie lügen? Doch sie fand, es wäre nicht der Mühe wert.

»Ja, Sir. Und wer sind Sie?«

»Walker Johnston, Anwalt aus Boston«, stellte er sich vor und stieg steifbeinig ab. Offensichtlich hatte ihn der lange Ritt ermüdet. Aber sie zögerte, ihn ins Haus zu bitten, bevor sie wusste, was er wollte. »Können wir hineingehen?«, schlug er vor.

»Was wünschen Sie, Sir?« Aus unerfindlichen Gründen zitterten ihre Hände.

»Ich möchte Ihnen einen Brief von Ihrem Gemahl übergeben.«

Zunächst glaubte sie, er würde François meinen und dem geliebten Mann wäre etwas zugestoßen. Und dann erkannte sie die Wahrheit. »Ist er in Boston?«, fragte sie tonlos.

»Natürlich nicht – der Earl hält sich in England auf. Ich wurde von einer New Yorker Firma engagiert, die Ihre Spur schon vor einiger Zeit von Falmouth nach Boston verfolgt hat, Madam. Leider dauerte es eine Weile, bis Sie hier gefunden wurden.« Das klang beinahe so, als müsste sich Sarah für die Unannehmlichkeiten entschuldigen, die sie ihm bereitet hatte.

»Und was wollen Sie von mir?« Plötzlich fragte sie sich, ob Johnston sie mit Hilfe des alten Indianers auf ein Pferd werfen und nach Boston verschleppen würde. Da sie Edward kannte, kam ihr das unwahrscheinlich vor. Sie glaubte eher, ihr Mann hätte ihn beauftragt, sie zu erschießen. Vielleicht war der Besucher gar kein richtiger Anwalt … Kaltes Entsetzen stieg in ihr auf, das sie energisch bekämpfte.

»Ich muss Ihnen den Brief Seiner Lordschaft vorlesen. Gehen wir hinein?«

Als sie sah, dass er erbärmlich fror, gab sie nach. »Also gut.« In der Küche nahm sie ihm seinen feuchtkalten Mantel ab und bot ihm eine Tasse Tee an. Dann gab sie dem alten Indianer, der lieber draußen wartete, ein Stück Maisbrot. Er trug einen warmen Pelz, und der eisige Wind störte ihn nicht.

Von neuen Lebensgeistern beseelt, plusterte sich der Bostoner Anwalt wie ein hässlicher schwarzer Vogel auf, starrte Sarah mit schmalen Augen an und zog den Brief hervor.

»Darf ich selbst lesen, was mein Mann geschrieben hat?« Mit einer gebieterischen Geste, die ihren aristokratischen Rang unmissverständlich bekundete, streckte Sarah eine Hand aus und hoffte, ihre bebenden Finger würden sie nicht verraten.

Nur widerstrebend erfüllte Johnston ihren Wunsch. Sie erkannte Edwards Handschrift sofort. Und der Zorn, der aus seinen Zeilen sprach, überraschte sie nicht. Eine elende Hure sei sie, schimpfte er, Schmutz unter seinen Füßen, wahrlich kein Verlust für das County. Dann verbreitete er sich über ihre misslungenen Versuche, einen Erben zu gebären. Am Ende der ersten Seite wurde sie verstoßen, auf der zweiten an die Tatsache erinnert, dass sie nach seinem Tod keinen Penny erhalten würde, nicht einmal das Vermögen ihres Vaters. Er erwog sogar, Sarah zu verklagen, weil sie die Juwelen ihrer Mutter gestohlen hatte – noch dazu einem Peer, was an Hochverrat grenzte. Damit jagte er ihr keine Angst ein. Da die Engländer nicht mehr in Massachusetts regierten, fühlte sie sich sicher. Und sie wollte ohnehin nie wieder einen Fuß auf englischen Boden setzen.

Mit grausamer Schadenfreude betonte er, sie könne keine zweite Ehe eingehen, ohne sich der Bigamie schuldig zu machen. Sollte sie Kinder bekommen – was infolge ihrer beklagenswerten Konstitution fraglich war –, würden sie als Bastarde durchs Leben gehen. Das alles überraschte sie nicht. Dass sie nicht heiraten durfte, solange Edward noch lebte, wusste sie ebenso gut wie François. Damit hatten sie sich bereits abgefunden, und so stieß Edward nur leere Drohungen aus.

Erst auf der dritten Seite vermochte er sie zu überraschen – und zu erschüttern. Er erwähnte Haversham, den er einen rückgratlosen Wurm nannte, dessen idiotische Witwe und vier traurigen Töchter, was für Sarah erst einen Sinn ergab, als sie weiterlas. Offenbar war Haversham vor sechs Monaten bei einem »Jagdunfall« gestorben. Da sie Edwards Hass gegen seinen Halbbruder kannte, bezweifelte sie nicht, dass er den armen jungen Mann getötet hatte. Vielleicht aus Zorn – oder aus reiner Langeweile. Schweren Herzens las sie den letzten Abschnitt des Briefes, in dem er verkündete, einer seiner Bastarde würde den Adelstitel und das gesamte Vermögen erben. Schließlich wünschte er ihr ewige Höllenqualen und unterzeichnete den Brief mit Edward, Earl of Balfour, als würde sie nicht wissen, wer er war. Doch sie kannte seine schwarze Seele nur zu gut.

»Ihr Auftraggeber ist ein Mörder, Sir«, informierte sie den Anwalt und legte den Brief auf den Küchentisch.

»Dazu kann ich nichts sagen – ich bin ihm nie begegnet«, erwiderte Johnston, sichtlich verärgert, weil man ihn gezwungen hatte, stundenlang durch die unwegsame Wildnis zu reiten. Sobald er den Brief eingesteckt hatte, zog er einen zweiten hervor. »Das müssen Sie unterschreiben.« Geradezu drohend schwenkte er das Dokument durch die Luft, bevor er es Sarah überreichte. Sie brauchte nur einen kurzen Blick darauf zu werfen, um festzustellen, worum es ging. Mit ihrer Unterschrift sollte sie sich verpflichten, keinerlei Ansprüche an Edwards Erbe zu stellen und künftig auf den Titel der Countess of Balfour zu verzichten. Das alles interessierte sie ohnehin nicht, und die letzte Forderung amüsierte sie sogar. Seit ihrer Ankunft in Boston hatte sie sich niemals Countess genannt.

»Da sehe ich keine Probleme.« Sie eilte zu ihrem Schreibtisch im Wohnzimmer, holte ihren Federkiel hervor, tauchte ihn ins Tintenfass und setzte ihren Namen unter das Schriftstück. Hastig streute sie Sand darauf, kehrte in die Küche zurück und übergab Mr. Johnston das unterschriebene Dokument. »Damit sind unsere Geschäfte vermutlich erledigt, Sir …« In diesem Augenblick sah sie eine blitzschnelle Bewegung am Fenster. Vorsichtshalber ergriff sie ihre Muskete, und der Anwalt zuckte entsetzt zusammen.

»Bitte, Madam – es ist nicht meine Schuld … Offenbar haben Sie den Earl schrecklich verärgert …«, stammelte er, leichenblass vor Angst. Mit einer knappen Geste brachte sie ihn zum Schweigen und lauschte.

Und dann zuckte auch sie zusammen, als François in die Küche stürmte. In seiner winterlichen Irokesenkleidung, einen Luchskopf auf jeder Schulter und Tierhäute über den Armen, sah er Furcht erregend aus. Auf seinem Kopf saß eine Pelzmütze, am Hals hing eine Kette aus Perlen und Gebeinen, die man ihm in Ohio geschenkt hatte. Mit alldem hatte er sich vor seinem Ritt zum Fluss nicht geschmückt, und Sarah erkannte, dass er mit dieser Maskerade den Fremden zu erschrecken suchte. Vielleicht hatte ihm der Nonotuck draußen auf der Lichtung von Johnstons Mission erzählt, falls der alte Führer Bescheid wusste. Oder François hatte, von dem Indianer über die Anwesenheit des weißen Anwalts informiert, zwei und zwei zusammengezählt. Jedenfalls spielte er seine Rolle großartig und bedeutete Sarah, an die Wand zu treten, als würde er sie nicht kennen. Zitternd hob der Anwalt die Arme über den Kopf. »Erschießen Sie ihn!«, forderte er Sarah auf.

Nur mühsam bekämpfte sie ihren Lachreiz. »Das wage ich nicht!«, wisperte sie.

»Raus!«, schrie François und zeigte auf die Tür.

Widerstandslos ergriff Johnston seinen Mantel, flüchtete aus dem Haus und rannte zu dem grinsenden Nonotuck, der die beiden Pferde fest hielt. Wie alle Mitglieder seines Stammes wusste er, wer François war, und die Szene amüsierte ihn köstlich. Vorhin hatte er erzählt, der Weiße hege böse Absichten und habe ihm auf der langen Reise kaum Zeit für Mahlzeiten oder eine Rast gelassen.

François rannte dem Anwalt nach und zeigte auf die Pferde. »Weg!«, brüllte er und spannte einen Pfeil auf seinen Bogen.

»Um Himmels willen, Mann, haben Sie keine Muskete?«, herrschte Johnston den alten Führer an und kletterte hastig in den Sattel.

Scheinbar hilflos stieg auch der Nonotuck auf, und Sarah sah ihn lachen. »Kann nicht schießen – indianischer Bruder«, erklärte er, während François zu seiner Stute stürmte. Da rammte der Anwalt die Fersen in die Flanken seines gemieteten Gauls und galoppierte in den Wald. Belustigt ritten François und der Nonotuck hinter ihm her.

Erst nach fünf Minuten kehrte François zurück und schwang sich grinsend vom Rücken seines Pferdes.

»Das war sehr dumm von dir!«, schimpfte Sarah. »Wäre der Mann bewaffnet gewesen, hätte er dich getötet.«

»Nein, ich *ihn*. Sein Führer erzählte mir, der weiße Mann würde dir was antun, wusste aber nicht, was. Hoffentlich fand er keine Gelegenheit dazu«, fügte er besorgt hinzu. »Tut mir Leid, ich hätte früher heimkommen sollen.«

»Nur gut, dass du erst jetzt aufgetaucht bist!«, meinte sie, immer noch belustigt über François' überzeugende Darbietung. »Nun wird der arme Narr erzählen, in Shelburne würden blutrünstige Krieger herumlaufen.«

»Wunderbar! Dann bleibt er wenigstens in Boston. Warum war er hier?«

»Um mich meines Adelstitels zu berauben«, erwiderte sie lächelnd. »Jetzt bin ich keine Countess mehr und heiße nur mehr Lady Sarah, so wie vor meiner Hochzeit. Hoffentlich bist du nicht enttäuscht.«

»Eines Tages wirst du meine Comtesse sein. Wer war dieser Mann?«

»Ein Anwalt, von Edward engagiert. Er zeigte mir einen Brief, in dem ich enterbt wurde. Doch das spielt keine Rolle. Was viel schlimmer ist – Edward hat seinen Halbbruder getötet.« In knappen Worten berichtete sie, was der Earl ihr geschrieben hatte.

»Dieser Bastard!«, stieß François hervor. »Und jetzt weiß er, wo du bist. Das missfällt mir!«

»Beruhige dich, er wird sicher nicht hierher kommen. Er wollte mich nur demütigen, und er dachte, die Nachricht über Havershams Tod wird mir das Herz brechen. Natürlich bin ich traurig, und ich bedaure die arme dumme Alice, Havershams Witwe, und ihre Kinder. Dennoch überrascht mich das alles nicht. Ich habe schon immer befürchtet, Edward würde seinen Bruder eines Tages umbringen.«

»Ein Glück, dass er dich am Leben ließ. Was vor allem *mein* Glück bedeutet.« Liebevoll nahm François die Frau, die er seine Gemahlin nannte, in die Arme. Er wäre gern zur Stelle gewesen, als der Anwalt sie belästigt hatte. Aber allem Anschein nach hatte sie den Besuch gut verkraftet. Nur Havershams Tod ging ihr nahe.

Der Januar verlief ereignislos, und im Februar führte er sie zu den Irokesen, obwohl immer noch Schnee lag. Für Sarah war die Reise ein faszinierendes Erlebnis. Sie nahmen einige Waren mit, um sie gegen andere einzutauschen, und Geschenke, die sie Red Jacket überreichen wollten. Schon am ersten Tag schloss Sarah Freundschaft mit den Indianerinnen. Nun verstand sie, warum François jahrelang bei den

Irokesen gelebt hatte. Die angeborene Würde dieser Menschen, ihre Kultur und ihre Legenden beeindruckten sie zutiefst.

Eines Abends redete eine der weisen alten Frauen leise auf sie ein und hielt ihre Hand. François hatte mit mehreren Stammesbrüdern die traditionelle Pfeife geraucht. Als er zu Sarah ging, erkannte er in der Irokesin die Schwester des Medizinmanns, die selber über spirituelle Kräfte verfügte. Von all den Weissagungen in der fremden Sprache hatte Sarah nichts verstanden, und sie bat ihn, die Worte zu übersetzen. Zu ihrer Bestürzung zögerte er und warf ihr einen seltsamen Blick zu. »Was hat sie gesagt?«, fragte sie erschrocken.

»Dass du Angst hast. Ist das wahr?« Fürchtete sie sich vor Edward? Der Earl konnte ihr nichts antun, denn sie würde nie mehr nach England zurückkehren. »Und sie sagt, du wärst von weither gekommen und hättest viele Sorgen zurückgelassen.«

Das stimmt, dachte Sarah und erschauerte, obwohl sie ihr warmes Kleid aus Hirschleder trug, ein Geschenk der Irokesen. Zudem brannte im Langhaus*, das sie während des Winters bewohnten, ein helles Feuer. »Fürchtest du dich, Liebste?«, fragte François.

Lächelnd schüttelte sie den Kopf. Doch die alte Frau war viel klüger, als er ahnte. Sie saßen zu dritt vor den Flammen, etwas abseits von den anderen, und die Irokesin sprach weiter.

»Jetzt sagt sie, du würdest bald einen Fluss überqueren, der dich schon immer erschreckt hat. In einem früheren Leben bist du mehrmals darin ertrunken. Diesmal wirst du nicht sterben und das andere Ufer unbeschadet erreichen. Sie

* Viereckiges langes Giebeldachhaus der Irokesen

versichert, wenn du darüber nachdenkst, wirst du ihre Vision verstehen.« Schließlich verstummte die alte Frau. François und Sarah gingen ins Freie, um frische Luft zu schnappen. Beunruhigt starrte er vor sich hin. Die alte Frau war eine weithin bekannte Prophetin, die sich nur selten irrte. »Wovor hast du Angst?« Fürsorglich zog er den Pelzmantel enger um ihre Schultern und drückte sie an sich. Er spürte, dass sie ihm etwas verheimlichte, und das gefiel ihm nicht.

»Vor gar nichts«, log sie, ohne ihn zu überzeugen.

»Irgendetwas verschweigst du mir. Was ist es, Sarah? Bist du unglücklich im Irokesenlager?« In ein paar Tagen würden sie nach Shelburne zurückreiten. Sie hatten mehrere Wochen hier verbracht, und er hatte geglaubt, sie würde sich wohl fühlen.

»O nein, das weißt du doch …«

»Habe ich dich irgendwie gekränkt?« Gewiss, sie führten ein ungewöhnliches Leben. Vielleicht sehnte sie sich nach den anderen Welten, die sie kannte – in England oder Boston? Das bezweifelte er. Hinter ihrer Sorge musste viel mehr stecken. Entschlossen drückte er sie noch fester an sich. »Ich lasse dich erst los, wenn du mir dein Geheimnis verrätst, Sarah.«

»Das wollte ich dir ohnehin gestehen …«, begann sie zögernd, und er wartete angespannt. Würde sie ihn verlassen? Aber wohin sollte sie gehen? »Etwas – ist geschehen …«

»Was, Sarah?«, fragte er atemlos.

»Ich weiß nicht, wie ich's dir sagen soll …« Jetzt glänzten Tränen in ihren Augen, und er fand keine Worte, um ihr zu helfen. Schließlich würgte sie mühsam hervor: »Ich kann dir keine Kinder schenken, François – und du brauchst einen Erben …« Schluchzend presste sie das Gesicht an seinen Hals, und sein Herz krampfte sich zusammen.

»Mein Liebling, das stört mich nicht. Bitte, hör zu weinen auf. Glaub mir, es ist nicht wichtig.«

»Alle meine Babys sind gestorben!« Verzweifelt klammerte sie sich an ihn, und ihre nächsten Worte brachten ihn vollends aus der Fassung. »Auch dieses Baby wird nicht überleben …«

Da schob er sie ein wenig von sich. Ungläubig starrte er sie an. »Bist du schwanger?«, flüsterte er, und sie nickte unglücklich. »O Gott, meine arme Sarah – nein, diesmal wird dein Baby am Leben bleiben. Dafür werde ich sorgen.« Er presste sie wieder an seine Brust, und dann erinnerte er sich an die Vision der Prophetin. »Weißt du noch, was die alte Frau gesagt hat? Du wirst den Fluss überqueren und wohlbehalten das andere Ufer erreichen.«

»Mir wird nichts passieren, das habe ich verstanden. Aber das Baby …« Warum sollte es am Leben bleiben, wenn alle anderen den Tod gefunden hatten?

»Keine Bange, wir alle werden dich betreuen und mit heilsamen Kräutern pflegen. Bald wirst du kugelrund und glücklich sein – und ein wunderbares, kerngesundes Baby zur Welt bringen.« Zärtlich küsste er ihre Stirn. »Jetzt ist alles anders in deinem Leben, Sarah. Ein neuer Anfang, für uns beide und für unser Baby. Wann ist es so weit?«

»Wahrscheinlich im September.« Schon in der ersten Liebesnacht musste sie das Kind empfangen haben, denn sie hatte Weihnachten die ersten Anzeichen bemerkt. Jetzt war sie im dritten Monat. Doch sie hatte bisher nicht den Mut gefunden, François über ihren Zustand zu informieren. Wochenlang hatte die Sorge auf ihrer Seele gelastet, und das war der weisen alten Indianerin nicht entgangen.

Langsam kehrten sie ins Langhaus zurück, wo die anderen bereits schliefen, und legten sich auf eine weiche Pelzdecke. Als Sarah eingeschlafen war, betrachtete François ihr

Gesicht im Feuerschein, das Herz von heißer Liebe erfüllt. Inständig flehte er den Himmel um Gnade an, für sie beide und für das ungeborene Kind.

# 19

Am späten Montagnachmittag legte Charlie das Tagebuch beiseite, um sich anzuziehen und mit Francesca und Monique Pizza zu essen. Voller Zärtlichkeit dachte er an das Baby, das unter Sarahs Herz heranwuchs. Noch wusste er nicht, was mit dem Kind geschehen würde. Seltsam, wie real ihm das alles erschien – viel realer als manche Dinge in seinem eigenen Leben. Und plötzlich konnte er es kaum erwarten, Francesca davon zu erzählen. Um sechs Uhr holte er Mutter und Tochter ab, immer noch in Gedanken versunken.

Wie üblich war Monique in bester Stimmung. Auch Francesca schien ehrlich vergnügt und erzählte, am Sonntag sei sie mit ihrer Doktorarbeit gut vorangekommen.

Wieder einmal verbrachten sie einen angenehmen Abend zu dritt. Nach dem Dinner im Restaurant fragte Francesca, ob Charlie bei ihr Kaffee trinken und Eiscreme essen wollte. Nur zu gern nahm er die Einladung an, und Monique jubelte geradezu enthusiastisch. Offenbar sehnte sie sich nach einer Vaterfigur, die ihr den Dad ersetzte, wenn sie nicht in Paris lebte.

Nachdem sie schlafen gegangen war, saßen Francesca und Charlie in der Küche, tranken noch eine Tasse Kaffee und verspeisten Kekse. »Monique ist ein reizendes kleines Mädchen«, meinte er. Voller Stolz nickte sie und lächelte ihn an. »Hatten Sie jemals die Absicht, mehrere Kinder zu bekommen?«

»Ja, vor langer Zeit. Aber als das dicke kleine Biest Zwillinge erwartete, interessierte sich Pierre nicht mehr für mich. Und jetzt ist es ohnehin zu spät«, fügte sie deprimiert hinzu.

»Unsinn, Sie sind erst einunddreißig!«, protestierte er. »Sarah Ferguson zog mit vierundzwanzig hierher. Also war sie nach damaligen Verhältnissen eine Frau in mittleren Jahren. Trotzdem begann sie mit dem Mann, den sie liebte, ein neues Leben und wurde sogar schwanger.«

»Oh, ich bin beeindruckt«, erwiderte sie ein bisschen sarkastisch. »Ich glaube, Sie sind schon ganz besessen von Sarah.«

Trotz ihres sanften Spotts stand sein Entschluss fest. Er hoffte, er würde keinen Fehler begehen. Doch er vertraute ihr, und sie brauchte diese Lektüre mindestens genauso dringend wie er. »Ich möchte Ihnen was zu lesen geben.«

»Klar«, stimmte sie lachend zu. »Das habe ich im ersten Jahr auch getan. Ich las all die Psycho-Bücher. Wie erholt man sich von einer Scheidung? Wie befreit man sich von der Vergangenheit? Wie hört man auf, den Exmann zu hassen? Aber wie soll man wieder Vertrauen zu einem Mann fassen – jemanden finden, der einem das alles nicht noch einmal antut, oder neuen Mut aufbringen? Dafür gibt's keine Rezepte.«

»Vielleicht habe ich eins«, entgegnete er geheimnisvoll und lud sie für Mittwochabend mit ihrer Tochter zum Dinner ins Château ein. Skeptisch runzelte sie die Stirn, und er erklärte, er würde ihr gern das alte Haus zeigen. Ja, das wollte sie sehen. »Außerdem würde sich Monique wahnsinnig freuen.«

Nach langem Zögern stimmte Francesca zu.

Zwei Tage lang machte er im Château sauber, saugte und

wischte Staub, dann kaufte er Wein, Zutaten für das geplante Dinner und backte Kekse für Monique. Er fand nicht einmal Zeit, Sarahs Tagebücher zu lesen. Aber er wollte sich keine Blöße geben.

Als er seine Gäste am Mittwochabend abholte und ins Château führte, war Francesca sichtlich begeistert – von dem schönen alten Gebäude und der Mühe, die er sich gemacht hatte. So wie Charlie war auch sie tief bewegt von der Atmosphäre, die sie in diesen Mauern spürte. Selbst wenn man nichts über Sarah wusste, glaubte man, die Liebe früherer Bewohner würde einem das Herz erwärmen.

Sogar das Kind wurde von eigenartigen Gefühlen erfasst und schaute sich interessiert um. »Wem gehört das Haus?«

»Einer netten alten Freundin in Shelburne Falls«, erklärte Charlie, und vor langer Zeit habe eine Engländerin namens Sarah darin gewohnt – eine ganz besondere Frau.

»Ist sie jetzt ein Geist?«, fragte Monique, und Charlie schüttelte lachend den Kopf, weil er ihr keine Angst einjagen wollte. Er hatte Malbücher und Buntstifte für sie gekauft, und er bot ihr an, den Fernseher einzuschalten, falls ihre Mutter nichts dagegen habe. Damit war Francesca einverstanden. Er führte sie durch das ganze Haus und zeigte ihr alles – bis auf die Tagebücher.

Ebenso entzückt wie er selbst am ersten Tag, stand sie am Fenster des Salons und blickte über das Tal hinweg. »Einfach wundervoll ... Jetzt verstehe ich, warum Sie sich in das Château verliebt haben.«

Dankbar lächelte sie ihn an. Sie freute sich über die vielen kleinen Aufmerksamkeiten – die Malbücher für Monique, die selbst gebackenen Kekse, ihren Lieblingswein, den er gekauft hatte, die Pasta, die ihre Tochter besonders gern mochte.

Bei einem gemütlichen Dinner in der Küche erzählte er alles, was er über Sarah Ferguson wusste. Bald verlor Monique das Interesse – im Gegensatz zu Francesca. Beiläufig bemerkte sie: »Nun würde ich gern das Material über die Countess sehen, das Sie gefunden haben, Charlie. Wahrscheinlich wird sich manches mit meiner Indianerforschung überschneiden. Gegen Ende des 18. Jahrhunderts hat François de Pellerin einige Friedensverträge ausgehandelt. Deshalb würde ich Ihre Informationsquellen gern sehen.«

Er wartete, bis Monique in eine Fernsehsendung vertieft war. Dann ging er in das kleine Arbeitszimmer hinauf, wo er die Tagebücher verwahrte, und nahm das erste aus der alten Ledertruhe. Liebevoll strich er über den Einband. Seit er die Bücher gefunden hatte, waren sie immer wichtiger für ihn geworden. Sie erfüllten sein Leben mit hilfreichen neuen Erkenntnissen. Nur diesen Aufzeichnungen verdankte er den Mut, in die Zukunft zu blicken, Francesca näher kennen zu lernen und Carole in die Vergangenheit zu verbannen. Er wusste, auch Francesca würde neue Kraft aus den Tagebüchern schöpfen. Sie waren ein Geschenk von Sarah. Nicht von ihm.

Langsam stieg er die Treppe hinab. Francesca stand im halbdunklen Salon und bewunderte den Parkettboden, die Stuckatur an der Decke, die hohen Glastüren. Lächelnd wandte sie sich zu Charlie, und er merkte ihr an, wie intensiv sie die Magie des Châteaus wahrnahm. Die Liebe zwischen Sarah und François war so stark gewesen, dass sie auch noch nach zwei Jahrhunderten in der Luft vibrierte.

Im Mondlicht erwiderte er ihr Lächeln. »Ich habe ein Geschenk für Sie. Eigentlich eine Leihgabe. Etwas ganz Besonderes, von dem sonst niemand weiß.« Verwirrt schaute sie zu ihm auf. Am liebsten hätte er sie umarmt und geküsst. Doch das wagte er nicht. Noch war es nicht an der Zeit, zuerst musste sie die Tagebücher lesen.

»Was ist es denn?«, fragte sie erwartungsvoll. Sie fühlte sich so wohl in seiner Nähe, in seinem Haus, und das überraschte sie.

Mit solchen Emotionen hatte sie nicht gerechnet.

Er hielt ihr das Buch hin, und sie nahm es aus seiner Hand. Am Rücken stand kein Titel. Offensichtlich war es sehr, sehr alt. Behutsam strich sie über das abgegriffene Leder, und die Liebe zu antiquarischen Büchern leuchtete aus ihren Augen. Ganz vorsichtig öffnete sie den schmalen Band und las Sarah Fergusons Name auf dem Vorsatzblatt. Dieses Tagebuch hatte Sarah aus England mitgenommen, wo die früheren zweifellos zurückgeblieben waren, und an Bord der *Concord* weitergeführt.

»Mein Gott, Charlie ...« Atemlos blätterte Francesca die ersten Seiten um. »Sarah Fergusons Tagebuch ...«

»Ja«, bestätigte er fast feierlich und schilderte, wie er die Truhe auf dem Speicher gefunden hatte.

»Unglaublich!« Francesca war genauso begeistert und aufgeregt wie er, und er freute sich darüber. »Haben Sie schon alle gelesen?«

»Noch nicht. Es gibt sehr viele. Und sie umfassen fast ihr ganzes Leben. Von den Ereignissen, die ihre Reise nach Amerika verursachten, bis zu ihrem Tod, wie ich vermute. Eine faszinierende Lektüre. Ein paar Tage lang war ich sogar in Sarah verliebt«, gestand er grinsend. »Aber sie ist ein bisschen zu alt für mich – und ganz verrückt nach François. Da hätte ich keine Chance.«

Ehrfürchtig hielt Francesca das Tagebuch in der Hand, als sie Charlie in die Küche folgte. Dort saß Monique am Tisch, mit den Malbüchern und dem Fernseher beschäftigt und sichtlich zufrieden.

Nachdem Francesca und Charlie Platz genommen hatten, setzten sie das Gespräch über Sarah fort. »Am meisten beeindruckt mich ihr mutiger Entschluss, ein neues Leben zu beginnen.« Eifrig beugte er sich vor. »Ich glaube, in einer gewissen Phase war ihr genauso zumute wie uns. Zutiefst verletzt und gedemütigt, dachte sie, für sie würde es keine Zukunft geben. Verglichen mit diesem Earl muss Ihr Exmann geradezu ein Engel sein, Francesca. Unentwegt verprügelte und vergewaltigte er Sarah, zwang sie zu einer Schwangerschaft nach der anderen, und alle sechs Babys starben. Trotzdem wagte sie einen neuen Anfang und gab François eine Chance. So verrückt es auch klingen mag, immerhin ist sie seit fast zwei Jahrhunderten tot – mit ihrer Hilfe schöpfe ich wieder Hoffnung. Sie macht mir Mut. Und den möchte ich mit Ihnen teilen.«

Francesca war so gerührt, dass sie zunächst keine Worte fand. Eine Zeit lang betrachtete sie das alte Tagebuch in ihrer Hand, dann stellte sie eine Frage und glaubte, die Antwort bereits zu kennen. »Sie haben sie gesehen, nicht wahr?«, flüsterte sie, weil Monique nichts von solchen Dinge hören durfte. Ein paar Sekunden lang erwiderte er ihren eindringlichen Blick, bevor er nickte. »O Gott, ich wusste es, Charlie! Wann?« Der zauberhafte Glanz in ihren grünen Augen beschleunigte seinen Puls.

»Kurz nachdem ich hier einzog. Am Heiligen Abend. Damals wusste ich nicht viel über sie. Nach dem Dinner bei Mrs. Palmer kam ich hierher, und da stand Sarah in meinem Schlafzimmer. Ich dachte, eine Nachbarin würde mir einen Streich spielen, und ärgerte mich. Dann durchsuchte ich das ganze Haus, sogar den Schnee draußen. Aber ich fand keine einzige Fußspur – und erkannte die Wahrheit. Seither hoffe ich, bisher vergeblich, sie wieder zu sehen. Sie war bildschön, und sie erschien mir so – real, so menschlich.«

Mochte sein Bericht auch verrückt klingen – Francesca

hing begierig an seinen Lippen und konnte es kaum erwarten, mit der Lektüre des ersten Tagebuchs zu beginnen.

Um zehn Uhr fuhr er seine Gäste nach Hause. Monique verkündete, es sei ein toller Abend gewesen, und Francesca strahlte vor Freude. Inständig hoffte Charlie, Sarahs Aufzeichnungen würden ihr genauso helfen wie ihm. »Rufen Sie mich an, wenn Sie das Buch zu Ende gelesen haben. Dann bekommen Sie das nächste – wenn Sie nett zu mir sind«, mahnte er scherzhaft, und sie lachte.

»Ich fürchte schon jetzt, dass man davon süchtig wird.«

»Seit ich im Château wohne, tue ich praktisch nichts anderes, als diese Tagebücher zu lesen. Vielleicht sollte ich eine Doktorarbeit darüber schreiben.«

»Oder einen Roman«, schlug Francesca ernsthaft vor, aber er schüttelte den Kopf.

»Das ist *Ihr* Fachgebiet. Wenn's um Häuser geht, bin *ich* zuständig.« François hatte ein Denkmal für Sarah gebaut, und Charlie wohnte darin.

»Vielleicht sollte man die Tagebücher veröffentlichen.«

»Mal sehen. Lesen Sie alle, und wenn Sie fertig sind, muss ich sie Mrs. Palmer geben. Genau genommen gehören sie ihr.«

»Okay, ich rufe Sie an«, versprach Francesca und dankte ihm für den schönen Abend. Die Tür zu ihrem Herzen blieb jedoch immer noch verschlossen.

Auf der Heimfahrt überlegte er, wie wundervoll es wäre, mit ihr zu teilen, was François und Sarah verbunden hatte.

# 20

Bevor sie den Irokesenstamm verließen, sprach François mit einigen weisen Frauen und fragte, wie er Sarah betreuen sollte. Sie gaben ihm verschiedene Kräuter, darunter ein sehr wirkungsvolles, und süße Teesorten, und sie erboten sich, ihr während der Niederkunft beizustehen. Gerührt über die Freundlichkeit der Indianerinnen, versprach Sarah, all die Arzneien einzunehmen. Dann begann die lange Heimreise nach Shelburne. Da Sarah sich schonen musste, ritten sie langsamer als auf dem Hinweg und schliefen nachts unter den Sternen in warme Pelze gehüllt.

Im März kamen sie zu Hause an, und im April spürte sie zum ersten Mal die Bewegungen des Babys – ein süßes, vertrautes Gefühl. Aber trotz der Kräuterbrühen und der Tees, die sie gewissenhaft trank, und obwohl François sie zu beruhigen suchte, fürchtete sie eine weitere Fehl- oder Totgeburt.

Inzwischen vermutete die Gemeinde bereits, dass sie zusammenlebten. Einige Frauen aus Shelburne kamen gelegentlich vorbei. Meistens trafen sie François an. Das Gerede verbreitete sich bis nach Deerfield, und Sarah erhielt einen Brief von Amelia Stockbridge, die sie anflehte, das abscheuliche Gerücht zu entkräften, ein »Wilder« würde bei ihr wohnen. Belustigt schrieb sie zurück, das sei nicht wahr. Doch mittlerweile wusste der Colonel Bescheid. Und im Juni bemerkte man, in welchem Zustand sie sich befand. Daran nahmen viele Siedler überhaupt keinen Anstoß, und einige Frauen boten ihr sogar Hilfe an. Andere entrüsteten sich natürlich, zutiefst schockiert über das unverheiratete Paar. Das störte weder François noch Sarah. Für die beiden zählten nur ihre Liebe und das Baby.

Nie zuvor waren sie glücklicher gewesen, und die werdende Mutter fühlte sich erstaunlich gut – viel besser als bei den früheren Schwangerschaften. Hoffnungsvoll fragte sie sich, ob das ein gutes Zeichen sei.

Im Sommer wanderten sie nach wie vor jeden Tag zum Wasserfall. Die Irokesinnen hatten ihr erklärt, sie müsse sich viel bewegen. Das würde die Beine ihres Babys stärken und die Geburt beschleunigen. Im August konnte sie den weiten Weg nur langsam bewältigen. Schweren Herzens beobachtete François, wie mühsam sie sich dahinschleppte. Alle paar Minuten mussten sie rasten. Trotzdem war sie gut gelaunt und bestand auf dem täglichen Spaziergang. Fürsorglich stützte er ihren Arm und erzählte ihr die Neuigkeiten, die er erfuhr, wenn er zur Garnison ritt.

Als sie hörte, in Ohio würde der Frieden noch auf sich warten lassen, meinte sie unglücklich: »Sicher wird der Colonel dich bald wieder hinschicken.« Gerade jetzt wünschte sie, François würde stets bei ihr bleiben. Selbst wenn er nur die Forts oder die Garnison besuchte, geriet sie fast in Panik. Er entfernte sich nur widerstrebend von der Farm. Er hätte sie lieber in einer dichter besiedelten Gegend zurückgelassen, in einem stabileren Haus. Schon seit längerer Zeit malte er sich aus, er würde ein Château für Sarah errichten, ein kleines Juwel. Davon sprach er immer öfter. Aber sie betonte, ihr Holzhaus sei gut genug und sie brauche kein »Märchenschloss«, weil sie schon eines besaß.

»Trotzdem baue ich ein Château für dich«, beharrte er,

und beide lachten. Eines Tages ritten sie durch die Wildnis, und Sarah saß vor ihm auf der gescheckten Stute. Plötzlich zügelte er das Pferd an einem Hang, der einen meilenweiten Ausblick bot.

Natürlich wusste sie, was François dachte. »Wundervoll«, gab sie zu.

»Bald wird an dieser Stelle unser Château stehen.«

Diesmal widersprach sie ihm nicht. Sie war zu müde, und sie spürte, dass die Geburt näher rückte. Da sie einschlägige Erfahrungen gesammelt hatte, wusste sie, dass sie sich nicht täuschte.

Jede Nacht lag sie wach im Bett und hoffte, François würde ihr angstvolles Schluchzen nicht hören. Manchmal erhob sie sich und ging ins Freie, um frische Luft einzuatmen, die Sterne zu betrachten und an ihre Babys zu denken, die im Himmel wohnten. Würde sich ihr ungeborenes Kind zu ihnen gesellen? Ständig schöpfte sie Hoffnung, weil es sich viel lebhafter bewegte als die anderen. Vielleicht, weil Edward sie nicht mehr schlug, weil sie mit François wunschlos glücklich war ... Er sorgte so gut für sie und rieb ihren gewölbten Bauch so oft es ging mit Öl ein, wie es ihm die Irokesinnen gezeigt hatten. Dauernd brachte er ihr neue Arzneien, die sie stärken sollten. Doch sie fürchtete, nicht einmal das würde ihr Baby retten.

Der August ging in den September über. Vor genau zwei Jahren war sie an Bord der *Concord* gegangen. Unaufhaltsam näherte sich die schwere Stunde, und Sarah versuchte ihr wachsendes Grauen vor dem Mann zu verbergen, den sie ihren Gemahl nannte.

Eines Tages, nachdem sie stundenlang Mais für den Winter geerntet hatte, bat sie François, er möge sie zum Wasserfall begleiten.

»Wird dich das nicht zu sehr anstrengen?«, fragte er sanft.

Falls ihre Berechnungen stimmten und das Baby tatsächlich in der ersten Liebesnacht gezeugt worden war, müsste es nun jeden Tag zur Welt kommen. »Wollen wir nicht lieber hier bleiben und ein bisschen auf der Farm umherwandern?«

Doch sie beharrte auf ihrer Absicht. »Ich vermisse das Wasser«, erklärte sie, und da gab er sich geschlagen. So behutsam wie nur möglich führte er sie zu ihrem Lieblingsplatz. Sie sah so strahlend und glücklich aus, dass er lächeln musste, obwohl ihm ihr übergroßer Bauch Sorgen bereitete. Er verbot sich die Frage, ob dies auch früher so gewesen sei, denn er mochte sie nicht an die Qualen der Vergangenheit erinnern. Wenn sie ihre Ängste auch verschwieg, er spürte, was sie bedrückte.

Deshalb sprachen sie über alle möglichen anderen Dinge. Die Unruhen im Westen erwähnte er nicht. Nichts durfte sie aufregen. Er wählte lediglich erfreuliche Themen. Auf dem Rückweg pflückte er Wiesenblumen, und sie trug den Strauß in ihre Küche.

Wie jeden Abend bereitete sie das Dinner zu. Plötzlich hörte er sie leise stöhnen. Er eilte aus dem Wohnzimmer zu ihr und erkannte sofort, was geschah – die Wehen begannen. Dass es so schnell dazu gekommen war, verblüffte ihn. Vielleicht – weil sie bereits ihr siebtes Kind gebar. Crying Sparrows Niederkunft war viel langsamer verlaufen – und wesentlich einfacher. Von ihrer Mutter und den Schwestern unterstützt, hatte sie nur ein einziges Mal geschrien. Danach war er in die Hütte geeilt, und da konnte er sich schon mit ihr über den neuen Erdenbürger freuen. Jetzt musterte er bestürzt Sarahs bleiches Gesicht.

Auf einen Stuhl gestützt, würgte sie hervor: »Schon gut, mein Liebster ...«

Behutsam hob er sie hoch, trug sie ins Schlafzimmer und legte sie aufs Bett. Den Kochtopf hatte sie bereits vom Herd genommen. Das Dinner war vergessen. An diesem Abend mussten die beiden Jungen Obst und Gemüse aus dem Garten essen. Das würde ihnen nichts ausmachen.

»Soll ich jemanden rufen?«, schlug François vor. Einige Siedlerinnen hatten ihre Hilfe angeboten. Aber Sarah wollte nur ihn in ihrer Nähe wissen, nicht einmal einen Arzt. In England hatte der Doktor ihre Babys nicht retten können. Und der Garnisonsarzt trank zu viel.

»Nein«, erwiderte sie erwartungsgemäß, »bleib nur du bei mir …« Das Gesicht vor Schmerz und Panik verzerrt, klammerte sie sich an ihn. Dieses Baby war viel größer als die anderen. Also musste sie eine sehr schwierige Niederkunft befürchten.

Das erwähnte sie nicht. Gepeinigt wand sie sich umher und bezwang ihr Schluchzen, während François ihre Hände festhielt und ihre Stirn mit feuchten Tüchern kühlte. Gegen Mitternacht begann sie zu pressen, doch er sah keine Fortschritte.

Zwei Stunden später war sie völlig erschöpft, wurde jedoch gezwungen, unaufhörlich zu pressen. Gequält beobachtete François seine leidende Frau, fast ebenso müde wie sie, und fragte sich, wie er ihr helfen sollte. Bald vermochte sie ihre Schmerzensschreie nicht mehr zu unterdrücken, und er tröstete sie voller Mitgefühl. »Alles wird gut, mein Liebling, bald hast du's überstanden.«

Beinahe weinte auch er. Jetzt versagte ihre Stimme. Sogar das Atmen fiel ihr schwer. Er konnte sie nur umarmen und beten und sich entsinnen, was die Indianerinnen ihm beigebracht hatten. Und dann erinnerte er sich an Crying Sparrows Worte. Er zog Sarah vom Bett hoch, und sie verstand nicht, was er wollte. »Steh auf!«, drängte er. Sie starrte ihn an, als zweifelte sie an seinem Verstand. Aber die Indianerinnen behaupteten, wenn sich die werdende Mutter auf den

Boden hockte, würde sie ihr Baby schneller gebären. Das leuchtete François ein. Alles würde er tun, um Sarah zu retten. Jetzt interessierte ihn nicht einmal mehr das Kind. Er wollte die geliebte Frau nicht verlieren.

Er bedeutete ihr, sich auf den Boden zu kauern, und drückte ihre Knie gegen seine Brust. Tatsächlich – jetzt konnte sie besser pressen. Mit starken Armen hielt er sie fest. Wann immer sie sich verkrampfte, schrie sie gellend. Endlich spürte sie, wie sich die Geburt dem Ende näherte. Und dann mischte sich das Gebrüll des Babys in ihren Schrei. Hastig schob François eine indianische Decke unter ihren Körper. Wenige Sekunden später blickten beide hinab und schauten in die großen blauen Augen des Neugeborenen. Ein Junge ... Triumphierend begann Sarah zu jubeln – bis das Baby die Augen schloss und zu atmen aufhörte. Da stöhnte sie in kaltem Entsetzen. Mit bebenden Händen ergriff sie ihren Sohn, der immer noch durch die Nabelschnur mit ihr verbunden war.

Ebenso verzweifelt hob François seine Frau hoch, legte sie aufs Bett und entwand ihr das Baby. Was er tun sollte, wusste er nicht. Jedenfalls durfte sie dieses unerträgliche Leid nicht noch einmal erleben. Nicht jetzt – nach all der Mühe ... Er umklammerte die Füße des Babys, sodass der Kopf hinabhing, und klopfte ihm auf den Rücken.

Schluchzend schaute Sarah zu. »François – François ...«, rief sie immer wieder, mit flehender Stimme. Sie hoffte, er würde irgendetwas unternehmen. Doch sie wusste, auch dieses Baby würde sterben, genau wie die andern. Aber nach einem besonders kräftigen Schlag auf den Rücken begann es zu husten, spuckte Schleim aus und rang nach Luft. »Oh, mein Gott ...«, wisperte sie. Ungläubig und überglücklich betrachteten die Eltern ihren brüllenden Sohn. Wie schön er ist, dachte François voller Ehrfurcht und legte ihn an die Brust der Mutter. Die Augen von inniger Liebe erfüllt, sah sie zu ihm auf. »Du hast ihn gerettet – und ins Leben zurückgeholt.«

»Das verdanken wir eher den guten Geistern der Irokesen«, erwiderte er tief bewegt. Beinahe hätten sie das Baby verloren. Jetzt erschien es ihm gesund und munter. Er vermochte das Wunder kaum zu fassen, das soeben geschehen war.

Nachdem er die Nabelschnur mit seinem Jagdmesser durchtrennt und verknotet hatte, half er Sarah, das Baby und ihren eigenen Körper zu waschen. Dann verließ er die Hütte und begrub die Plazenta, die nach dem Glauben der Indianer heilig war. Während die Sonne aufging, dankte er allen Göttern für seinen Sohn. Ins Schlafzimmer zurückgekehrt, genoss er das wunderschöne Bild, das Mutter und Kind boten. Lächelnd streckte sie die Hände aus, und als er zu ihr eilte, küsste sie ihn.

»Vielen Dank, François, ich liebe dich so sehr.« Das Baby im Arm, erschien sie ihm glücklich und blutjung. Endlich, nach so vielen leidvollen Jahren, meinte es das Schicksal gut mit ihr.

»Hat die Schwester des Medizinmanns nicht erklärt, diesmal würdest du den Fluss wohlbehalten überqueren?«, erinnerte er sie – ohne zu vergessen, dass sein Sohn dem Tod nur um Haaresbreite entronnen war. »Und ich dachte schon, ich würde ertrinken, bevor du das andere Ufer erreichst«, fügte er scherzhaft hinzu, und sie lachte leise. Es war eine lange, qualvolle Nacht gewesen. Doch sie freute sich viel zu sehr, um zu klagen.

Nach einer Weile brachte er ihr etwas zu essen. Während sie mit ihrem Baby schlief, ritt er nach Deerfield, um dringende Papiere abzuholen. Bei seiner Rückkehr betrat er das Schlafzimmer. Im selben Moment erwachte Sarah. »Wo warst du?«, fragte sie besorgt.

Voller Genugtuung erwiderte er ihren Blick. »Ich musste einige Dokumente holen.«

»Welche denn?« Sie hatte das Baby an ihre Brust gelegt, und es begann zu saugen. Darin besaß sie keine Erfahrung, stellte sich etwas ungeschickt an, und François half ihr. Damit sie das Kind besser festhalten konnte, schob er ein Kissen unter ihren Arm, und sie dankte ihm. »Nun, welche Papiere?« Lächelnd reichte er ihr ein zusammengerolltes, von einem Lederband umwundenes Pergament, das sie vorsichtig öffnete. »Oh, du hast das Stück Land gekauft.«

»Ein Geschenk für dich, Sarah. Dort werden wir unser Château bauen.«

»Hier bin ich restlos zufrieden.«

»Aber du verdienst etwas Besseres.«

Darauf gab sie keine Antwort. In diesem Moment gab es nichts, was sie sich noch wünschen konnte. Sie hatte ihr Paradies bereits gefunden, und sie war so glücklich wie noch nie in ihrem ganzen Leben.

# 21

Das Baby gedieh prächtig. Zwei Wochen nach der Niederkunft war Sarah wieder auf den Beinen, kochte für François und die Jungen und arbeitete im Garten. Zum Wasserfall war sie noch nicht gegangen, aber abgesehen von der Müdigkeit, die mit dem Stillen zusammenhing, fühlte sie sich kerngesund.

»Die Geburt war ein Kinderspiel«, verkündete sie eines Tages.

Verblüfft warf François eine Hand voll Brombeeren nach ihr. »Wie kannst du das behaupten? Die Wehen haben zwölf Stunden gedauert. Ich sah Männer schwere Karren an steilen Hängen hinaufziehen, was mir wesentlich leichter vorkam.«

Ihre Erinnerung an die Höllenqualen war bereits verblasst. Das hatten die Irokesinnen prophezeit. Eine Frau musste die Mühsal einer Niederkunft vergessen, sonst würde sie sich vor weiteren Kindern fürchten. Aber François war mit diesem einen Sohn restlos glücklich und zufrieden. Nie wieder würde er Sarah in eine so schreckliche Gefahr bringen. Nichts sollte ihr Glück stören.

Doch so sehr er es auch bedauerte – Ende September musste er ihr die Lebensfreude verderben. Colonel Stockbridge ritt nach Shelburne und bereitete ihn auf einen bevorstehenden Erkundungsritt durch Ohio vor. Dort sollten in der nächsten Woche endlich die Stämme, die noch gegen die Army kämpften, unterworfen werden. Es waren stets dieselben – die Shawnee, Miami und Chickasaw, angeführt von Blue Jacket und Little Turtle. Nun dauerten die Scharmützel schon zwei Jahre, und die Regierung fürchtete, ein neuer großer Indianerkrieg würde ausbrechen, wenn man die Situation nicht unter Kontrolle bekam. Natürlich stimmte François dem Colonel zu, obwohl er wusste, wie verzweifelt Sarah sein würde, wenn er sie verließ. Das Baby war erst drei Wochen alt, und sie fürchtete sich schon seit langem vor einer Trennung. Dass der Colonel persönlich nach Shelburne gekommen war, sprach Bände. Offensichtlich wurde François in Ohio dringend gebraucht.

Sobald Stockbridge davongeritten war, eilte François zu seiner Frau. Sie pflückte gerade Bohnen im Garten – ihren Sohn, der tief und fest schlief, in einem indianischen Tragegestell am Rücken. Anscheinend erwachte er nur, wenn eine Mahlzeit fällig war. »Du musst fort, nicht wahr?«, fragte sie voller Angst. Das hatte sie bei Stockbridges Ankunft sofort geahnt. François nickte bedrückt. Immerhin hatte er zehn Monate daheim verbracht. Seit dem letzten erfolglosen Versuch, Blue Jacket zu unterwerfen, war über ein Jahr verstrichen. Während jener Kämpfe waren hundertdreiundachtzig Soldaten gestorben. »Ich hasse Blue Jacket«, verkündete Sarah wie ein schmollendes Kind, und er lächelte unwillkürlich. So zauberhaft sah sie aus, so jung und glücklich. Zweifellos würde ihm die Trennung sehr schwer fallen. Aber sie konnte sich wenigstens mit ihrem gemeinsamen Sohn trösten. Sie hatten ihn Alexandre André de Pellerin genannt, nach François' Großvater und Vater. Eines Tages würde er der achtzehnte Comte de Pellerin sein. Sein Indianername lautete Running Pony – Laufendes Pony. »Wann musst du abreisen?«, fragte sie traurig.

»In fünf Tagen. So viel Zeit brauche ich für meine Vorbereitungen.« Er musste Musketen und Munition besorgen, warme Kleidung und Proviant. Die meisten Männer, die ihn begleiten sollten, kannte er – Weiße ebenso wie Indianer.

Nur mehr fünf Tage mit François ... Schweren Herzens fügte sich Sarah in ihr Schicksal.

Am Morgen des Abschieds war er genauso unglücklich wie sie. Die ganze Nacht hatten sie einander in den Armen gehalten und geliebt, obwohl ein Paar nach dem Glauben der Indianer bis vierzig Tage nach der Geburt enthaltsam leben sollte. Erst dreißig Tage waren seit Sarahs Niederkunft vergangen. Aber er musste einfach schöne Erinnerungen mitnehmen, und sein Verlangen schien sie nicht zu stören. Im Gegenteil, sie war genauso leidenschaftlich gewesen wie er.

Als er davonritt, schaute sie ihm durch einen Tränenschleier nach – von dem beklemmenden Gefühl erfasst, irgendetwas Schreckliches würde geschehen, das mit Blue Jacket und Little Turtle zusammenhing. Die böse Ahnung bewahrheitete sich, doch es war nicht François, dem etwas zustieß. Drei Wochen später fielen die Shawnee und Miami über Major General St. Clairs Lager her, wo sie sechshundertdreißig Tote und fast dreihundert Verletzte zurückließen. Nie zuvor hatte die Army ein schlimmeres Desaster erlitten. Die Schuld daran musste St. Clair auf sich nehmen, dem man eine miserable Strategie vorwarf. Über einen Monat lang wusste Sarah nicht, ob François die Tragödie überlebt hatte, und ihre Angst wuchs mit jedem Tag. Nach dem Erntedankfest hörte sie endlich, er sei auf dem Heimweg. Ein Trupp, der vor ihm in der Deerfield-Garnison eintraf, versicherte ihr, er sei unverletzt und würde zu Weihnachten in Sheffield eintreffen.

Am Tag seiner Ankunft saß das Baby im Tragegestell an

Sarahs Rücken, und als sie aus dem Räucherhaus trat, glich sie einer Squaw. Sie hatte die Hufschläge gehört. Noch bevor sie sich umdrehen konnte, war er vom Pferd gesprungen und riss sie in die Arme. Er sah müde und dünner als früher aus, aber er hatte die Kämpfe unbeschadet überstanden, aber grässliche Geschichten zu erzählen. Wie man die Indianer unter Kontrolle bekommen könnte, wusste er nicht. Um die Situation noch zu komplizieren, hatten die Briten einen neuen Stützpunkt unterhalb von Detroit am Maumee River gebaut, was gegen den Pariser Vertrag verstieß. Trotz allem war er glücklich, seine Frau und seinen Sohn wiederzusehen. Vorerst kümmerte er sich nicht um Blue Jackets Vergeltungsmaßnahmen.

Am Weihnachtstag erzählte sie ihm, was er bereits vermutet hatte – im Juli würde sie wieder ein Kind zur Welt bringen. Vorher wollte er das Château bauen. An den Lagerfeuern hatte er stundenlang Pläne gezeichnet. Nun engagierte er mehrere Männer aus Shelburne. Sobald der Schnee schmolz, sollten sie mit den Bauarbeiten beginnen.

Mittlerweile war der kleine Alexandre fast vier Monate alt, und Sarah genoss ihr Mutterglück in vollen Zügen. François liebte es, mit dem Kleinen zu spielen. Wenn er ausritt, setzte er das Baby manchmal ins Tragegestell und band es am Rücken fest. Einen Großteil seiner Zeit verbrachte er in Shelburne, hielt Besprechungen mit den Bauarbeitern ab und schrieb Briefe an Möbeltischler in Connecticut, Delaware und Boston, die ihm versprachen, die bestellte Einrichtung für das Haus möglichst bald zu liefern. Dieses Projekt nahm François sehr ernst, und im Frühling konnte er Sarah endlich veranlassen, sich ebenfalls zu freuen. Kurz nach der Grundsteinlegung kam ein Man nach Shelburne und suchte nach ihr. Als sie mit François und dem Baby von der Baustelle nach Hause ritt, sah sie den Fremden vor der Haustür warten. Er erschien ihr nicht besonders liebenswürdig und erinnerte sie vage an den Anwalt aus Boston. Und tatsächlich – er war Walker Johnstons Partner. Johnston hatte in ganz Boston erzählt, er sei mit knapper Not einem Indianerangriff entronnen und fast skalpiert worden.

Diesen Mann fand sie noch unsympathischer. Er hieß Sebastian Mosley, und sie fragte sich, ob seine Ankunft irgendwie mit der Pockenepidemie in Boston zusammenhing. Zurzeit sollte man sich lieber nicht in der Stadt aufhalten. Aber Mosley besuchte sie aus anderen Gründen, und er legte ihr auch keine Papiere zur Unterschrift vor. Stattdessen verkündete er, ihr Mann, der Earl of Balfour, sei bei einem verhängnisvollen Jagdunfall gestorben. Obwohl er beabsichtigt habe, einen seiner – eh – illegitimen Söhne (nur ungern sprach der Anwalt diese Worte aus) anzuerkennen und die nötigen Schriftstücke bereitliegen würden, sei Seine Lordschaft nicht mehr dazu gekommen, sie zu unterzeichnen. Durch seinen unerwarteten Tod sei die juristische Situation kompliziert, da Sarah ihren Anspruch auf das Erbe aufgegeben habe. Doch der Earl sei ohne Testament gestorben, und so würde es außer ihr keine legalen Erben geben. Die vierzehn Bastarde erwähnte der Anwalt nicht. Stattdessen fragte er, ob sie das Dokument anfechten wolle, das sie vor anderthalb Jahren unterzeichnet habe.

Für Sarah war die Situation ganz einfach. Viel besaß sie nicht, aber alles, was sie sich wünschte. »Am besten übergeben Sie das Vermögen der Schwägerin des Earls und seinen vier Nichten. Nach meiner Ansicht sind sie seine rechtmäßigen Erben.« Sie selbst wollte keinen Penny von Edward haben, nicht einmal ein Erinnerungsstück, was sie dem Anwalt unverblümt mitteilte.

»Ich verstehe«, erwiderte er enttäuscht. Wäre sie bereit gewesen, jenes Dokument anzufechten, hätte er ein gutes

Geschäft gemacht. Wie er von seinem Kollegen in England erfahren hatte, hinterließ der Earl ein enormes Vermögen. Aber Sarah interessierte sich nicht dafür, und so blieb Mosley nichts weiter übrig, als sich zu verabschieden. Sie sah ihn davonreiten, dachte ein paar Minuten lang an Edward und empfand gar nichts. Zu lange war es her – und zu schrecklich gewesen. Sie hatte wahrlich keinen Grund, dem Earl auch nur eine einzige Träne nachzuweinen. Endlich war alles vorbei.

Für François fing es erst an. Kaum war er wieder mit Sarah allein, fragte er prompt: »Willst du mich heiraten, Sarah Ferguson?«

Ohne auch nur eine Sekunde lang zu zögern, nickte sie lächelnd. Am 1. April wurden sie in der kleinen Holzkirche von Shelburne getraut. Außer Patrick, John und dem sieben Monate alten Alexandre erschienen keine Hochzeitsgäste. In knapp drei Monaten sollte das nächste Baby zur Welt kommen.

Als sie wieder einmal in die Garnison ritten, verneigte sich François förmlich vor dem Colonel und präsentierte ihm seine Frau. »Darf ich Ihnen die Comtesse de Pellerin vorstellen? Ich glaube, Sie sind ihr noch nie begegnet.«

»Bestätigt das meine Vermutung?«, fragte Stockbridge erfreut. Er hatte die beiden immer gemocht und wegen ihrer schwierigen Situation bedauert, die seine Frau so heftig schockierte. Seit Alexandres Geburt schrieb sie Sarah nicht mehr. Andere Offiziersgattinnen hatten sich ähnlich verhalten. Jetzt kannten sie Sarah plötzlich wieder, und sie wurde überall eingeladen. Eine Zeit lang blieben die de Pellerins im Fort, und Sarah besuchte Rebecca, die inzwischen vier Kinder hatte. Nun erwartete sie das fünfte, das ebenfalls im Sommer zu Welt kommen sollte.

Allzu lange blieb François nicht in Deerfield, weil er sehen wollte, wie die Bauarbeiten am Château vorangingen. Wieder in Shelburne, legte er geschickt selber mit Hand an. Bald ließ sich erkennen, wie schön das Haus im Pariser Stil aussehen würde, und Sarah strahlte vor Freude. Sie liebte es, die Männer bei der Arbeit zu beobachten, und plante bereits, wie sie den Garten anlegen würde. Im August sollte der Rohbau fertig sein, und im Oktober, vor den ersten Schneefällen, wollten sie einziehen. Dann konnten sie sich den ganzen Winter mit der Innenausstattung befassen.

Trotz ihres Zustands arbeitete Sarah unermüdlich im Garten. Diesmal jagte ihr die Schwangerschaft keine Angst ein. So wie es die Irokesinnen empfohlen hatten, ging sie oft spazieren. Sie fühlte sich großartig, und außerdem hatte ihr der kleine Alexandre bewiesen, dass auf dieser Welt tatsächlich Wunder geschahen.

Aber Anfang Juli meldete sich der Neuankömmling noch nicht an, und Sarah wurde unruhig. Sie sehnte die Geburt herbei, weil sie sich endlich wieder frei bewegen wollte. Sie gewann den Eindruck, sie wäre schon seit einer Ewigkeit schwanger. Das gestand sie François.

»Sei nicht so ungeduldig!«, mahnte er. »Gut Ding braucht Weile.« Diesmal war er nervöser als sie, denn er befürchtete eine weitere schwierige Niederkunft. Dass er seinen Sohn gerettet hatte, war reines Glück gewesen. Er wollte den Arzt aus Shelburne holen, doch Sarah erklärte auch diesmal, sie wünsche bei der Geburt nur die Anwesenheit ihres Mannes. In der ersten Juliwoche war sie lebhaft und bestens gelaunt, was die Vermutung nahe legte, das Baby würde sich noch Zeit lassen. Letztes Mal war sie kurz vor der Niederkunft erschöpft und kraftlos gewesen. Diesmal schleppte sie ihren runden Bauch mühelos mit sich herum. Ständig musste François sie gewaltsam daran hindern, zur Baustelle zu reiten. »Das ist zu gefährlich«, schimpfte er, als sie sich eines

Nachmittags seinem Gebot widersetzt hatte. »Stell dir vor, du bekommst das Baby am Straßenrand!«

Aber sie lachte nur. Bei Alexandres Geburt hatten die Wehen, nach einer dramatischen Vorwarnung, zwölf Stunden gedauert.

»Niemals würde ich mich so unschicklich benehmen«, erwiderte sie in gespielter Entrüstung, eine Comtesse vom Scheitel bis zur Sohle.

»Hoffentlich nicht!«, warnte er und drohte ihr mit dem Finger, bevor sie in die Küche eilte und das Dinner vorbereitete.

Die ganze Nachbarschaft sprach über das wunderschöne Haus, das an dem eindrucksvollen Aussichtspunkt entstand. Für Shelburne wirkte es ein bisschen zu vornehm, doch das schien niemanden zu stören. Im Gegenteil, es verlieh der kleinen Gemeinde eine besondere Bedeutung.

Während sie an diesem Abend die Küche sauber machte, breitete François weitere Pläne auf dem Tisch im Wohnzimmer aus. Sie spülte das Geschirr, und da es noch taghell war, versuchte sie ihren Mann zu einem Spaziergang zu überreden. »Die ganze Woche waren wir nicht beim Wasserfall«, betonte sie und küsste ihn.

»Aber ich bin zu müde«, seufzte er. »Immerhin erwarte ich ein Baby.«

»Nein – *ich*. Und ich will spazieren gehen. Erinnerst du dich, was die Irokesinnen gesagt haben? Damit kräftige ich die Beine des Kindes.« Als er stöhnend die Augen verdrehte, lachte sie fröhlich.

»Und *meine* Beine werden geschwächt. Vergiss nicht – ich bin ein alter Mann.« Soeben war er einundvierzig geworden, was man ihm nicht ansah. Und Sarah hatte ihren siebenundzwanzigsten Geburtstag gefeiert.

Weil er ihr keinen Wunsch abschlagen konnte, folgte er

ihr ins Freie. Nach fünf Minuten blieb sie stehen, und er glaubte, ein Steinchen wäre in ihren Schuh geraten. Aber da umklammerte sie seinen Arm, und er ahnte, was geschehen würde. Wenigstens hatten sie sich noch nicht allzu weit vom Haus entfernt, und sie konnten noch umkehren. Das wollte er seiner Frau gerade vorschlagen, als sie plötzlich neben ihm zu Boden sank. Noch nie hatte sie so heftige Schmerzen verspürt, und sie konnte kaum atmen, als er an ihrer Seite niederkniete. »Was ist los, Sarah?« Doch das wusste er nur zu gut. Und sie lag tatsächlich am Straßenrand. Natürlich durfte er sie nicht verlassen, um den Arzt zu holen, und die beiden Jungen würden seinen Hilferuf nicht hören. Einer arbeitete im Garten, der andere hielt sich im Haus auf, um den kleinen Alexandre zu betreuen.

»O François – ich kann mich nicht bewegen …«, stöhnte sie gepeinigt. Das war nicht der Anfang der Wehen, sondern schon das Ende. »O Gott – das Baby kommt …«

»Unmöglich, Liebste.« Wenn es bloß so einfach wäre, dachte er. Aber sie wusste es besser. Keuchend krallte sie ihre Fingernägel in seine Hand und schrie beinahe. »Denk daran, wie lange es letztes Mal gedauert hat!«, versuchte er sie zu beruhigen. Er wollte sie hochheben und ins Haus tragen. Das ließ sie nicht zu.

»Nicht!«, kreischte sie und wand sich verzweifelt umher, während er hilflos neben ihr kniete.

»Bitte, Sarah, du darfst nicht hier liegen bleiben. So schnell kann das Baby nicht kommen. Wann hat es denn angefangen?«

»Keine Ahnung. Den ganzen Tag hatte ich Rückenschmerzen, und seit einiger Zeit tut mein Bauch weh. Ich dachte, das käme davon, dass ich Alexandre so lange herumgeschleppt habe.« Mit seinen zehn Monaten war er groß und schwer, und er genoss es, auf ihrem Arm zu sitzen.

»Um Himmels willen!« Jetzt geriet François in Panik. »Also dauern die Wehen schon den ganzen Tag. Wieso hast du’s nicht gemerkt?« Auf einmal glich sie einem gescholtenen Kind, und sein Mitleid erwachte. So sehr sie sich auch dagegen sträubte, er würde sie ins Haus tragen. Sein Kind durfte nicht im Gras geboren werden, am Straßenrand. Entschlossen versuchte er, sie hochzuheben. Doch sie schrie gellend. Plötzlich verzerrte sich ihr Gesicht, und sie begann zu pressen. Nichts konnte sie daran hindern, ihr Baby hier und jetzt zu gebären, und er erkannte, wie dringend sie seine Hilfe brauchte. Also hielt er ihre bebenden Schultern fest und stand ihr bei, so gut er es vermochte. Ein ohrenbetäubender Schrei erweckte den Eindruck, ihr Innerstes würde zerreißen. An diesen Schrei erinnerte er sich nur zu gut. Behutsam ließ er sie ins Gras gleiten, hob ihre Röcke, riss die Unterhose nach unten – und da spürte er auch schon das Baby in seinen Händen, ein winziges, hochrotes Gesicht, das ihn wütend anbrüllte. Sekunden später folgte der kleine Körper, ein hübsches, offensichtlich kerngesundes kleines Mädchen, das seine ganze Wut am Vater ausließ.

»O Sarah …« Erschöpft und erleichtert wandte er sich zu seiner Frau, die jetzt friedlich lächelnd im Gras lag und die sinkende Sonne beobachtete. »Eines Tages wirst du mich noch umbringen. Tu mir das nie wieder an! Für so was bin ich zu alt!« Dann neigte er sich zu ihr, küsste sie, und sie beteuerte, wie sehr sie ihn liebte.

»Diesmal war’s viel einfacher.« Erleichtert aufatmend saß er neben ihr und legte das Baby an ihre Brust. Soeben hatte er mit seinem Jagdmesser die Nabelschnur durchschnitten.

»Wie konntest du den Beginn der Wehen nur übersehen?«, fragte er, überwältigt von dem erstaunlichen Erlebnis. Sarah und das Baby wirkten nun ruhig und gelassen, aber seine Hände bebten noch.

»Weil ich beschäftigt war. Es gibt so viel im neuen Haus zu tun.« Lächelnd öffnete sie ihre Bluse und stillte ihre kleine Tochter.

»Nie wieder werde ich dir trauen. Wenn wir noch ein Kind bekommen, fessle ich dich in den letzten Wochen ans Bett. Nie wieder werde ich am Straßenrand den Geburtshelfer spielen.« Obwohl er mit ihr schimpfte, küsste er sie liebevoll und ließ ihr Zeit, sich auszuruhen. Doch unter dem Sternenhimmel erkaltete die Luft. »Darf ich Sie jetzt nach Hause tragen, Madame la Comtesse? Oder möchten Sie hier im Gras schlafen?« Glücklicherweise war sie vernünftig genug, um eine Erkältung zu vermeiden, die dem Baby und ihr selbst empfindlich schaden könnte.

»Monsieur le Comte, ich gestatte Ihnen, mich heimzutragen«, erwiderte sie in gespielt arrogantem Ton. Vorsichtig hob er sie mitsamt dem Baby hoch, und fünf Minuten später erreichte er das Haus. Die beiden Jungen eilten ihnen entgegen und glaubten, Sarah wäre gestürzt. Dann merkten sie, dass sie ein schlafendes Baby im Arm hielt.

»Das haben wir auf der Wiese gefunden«, behauptete François belustigt. »Erstaunlicherweise sieht die Kleine wie die Comtesse aus.«

Verblüfft starrten die Jungen ihn an. »Hat sie's auf dem Weg zum Wasserfall gekriegt?«, fragte Patrick ungläubig. »Einfach so?«

»Einfach so«, bestätigte er. »Von solchen kleinen Schwierigkeiten lässt sie sich nicht aus der Ruhe bringen.« Grinsend zwinkerte er seiner Frau zu, während die Jungen den Säugling bewunderten.

»Das muss ich meiner Mutter erzählen«, beschloss John begeistert. »Die braucht immer eine Ewigkeit. Und wenn das Baby kommt, ist mein Dad so betrunken, dass er einschläft. Dann ärgert sie sich, weil er's nicht anschaut.«

»Was für ein Glückspilz«, meinte François und trug seine Frau mit dem Baby ins Haus. Patrick hatte auf Alexandre aufgepasst. Doch der war ungerührt eingeschlafen, bevor er seine Schwester kennen lernen konnte.

»Wie sollen wir unsere Tochter nennen?«, fragte Sarah, als François sich neben ihr auf dem Bett ausstreckte. Jetzt sah sie sehr müde aus, was sie allerdings nicht zugab.

»Ich habe mir immer eine Tochter namens Eugenie gewünscht. Aber auf Englisch klingt das nicht so nett.«

»Wie wär's mit Françoise?« Nun fühlte sie sich etwas schwindlig. Bei der atemberaubend schnellen Niederkunft hatte sie viel Blut verloren.

»Nicht besonders originell«, meinte er, war trotzdem gerührt, und schließlich einigten sie sich auf Françoise Eugenie Sarah de Pellerin. Im August wurde die Kleine zusammen mit ihrem Bruder in der Holzkirche von Shelburne getauft.

Inzwischen war das Château fast fertig. Sarah hatte mit den Kindern alle Hände voll zu tun, ritt aber so oft wie möglich zu ihrem neuen Domizil. Und im Oktober hielten sie Einzug.

An diesem besonderen Tag hatte sie ihrem Tagebuch anvertraut, wie überglücklich sie gewesen war. Aus jeder Zeile sprach ihr Jubel, und Charlie lächelte gerührt, als er ihren Bericht las. Wie er den Aufzeichnungen entnahm, hatte sich das Château seither kaum verändert.

Schließlich legte er das Tagebuch voller Wehmut beiseite und dachte an Sarahs und François' Kinder. Welch ein erfülltes Leben hatten sie geführt. Nun bereute er, dass er niemals Vater geworden war.

In Selbstmitleid versunken, hätte er sich beinahe nicht gemeldet, als das Telefon läutete. Aber vielleicht war Francesca am Apparat, die von der Lektüre des ersten Tagebuchs berichten wollte. Deshalb nahm er den Hörer ab. »Okay, Francesca, wie gefällt's Ihnen?« Doch dann erkannte er in seiner Verwirrung Caroles Stimme.

»Wer ist Francesca?«, wollte sie wissen.

»Eine Freundin. Warum rufst du an?« Was konnte sie jetzt noch von ihm wollen? Die Scheidung sollte erst Ende Mai ausgesprochen werden. Nun war er ein bisschen verlegen, weil er sie mit Francesca angesprochen hatte. War sie eifersüchtig? Wohl kaum. Was für ein alberner Gedanke ...

»Ich muss dir was sagen«, erwiderte sie, und ihre Stimme klang etwas unbehaglich.

»Haben wir nicht schon alles besprochen?« Wie sie dem Klang seiner Stimme anmerkte, freute er sich nicht besonders über den Anruf. Aber sie verspürte wie üblich das fast zwanghafte Bedürfnis, ihn fair zu behandeln, obwohl Simon das verrückt fand. Unablässig betonte er, sie sei Charlie nichts schuldig. Doch sie wusste es besser. »Über deine baldige Hochzeit hast du mich bereits informiert, Carole. Erinnerst du dich?«

»Natürlich. Eh – da gibt's was anderes, und ich finde, du solltest es erfahren.«

Was mochte das sein? Wollte er's überhaupt wissen? Intime Einzelheiten über ihr Leben mit Simon würden ihn nur bedrücken. »Bist du krank?«

»Nicht direkt.« Plötzlich stieg eine beklemmende Angst in ihm auf. Wenn es ihr schlecht ging – würde Simon gut für sie sorgen? »Ich bin schwanger«, fuhr sie fort. Mit dieser Information raubte sie ihm den Atem. »Und ich fühle mich elend. Aber darauf kommt's nicht an. Ich dachte, du müsstest es wissen. Keine Ahnung, was du jetzt empfindest ... Auf jeden Fall wird man es schon vor der Hochzeit merken ...«

Er war sich nicht ganz sicher, ob er sie hasste oder liebte, weil sie's ihm erzählt hatte. Vielleicht beides. Jedenfalls war er schockiert und verletzt.

»Warum Simon?«, stieß er hervor. »Warum nicht ich, nach all den Jahren? Niemals wolltest du Kinder. Und jetzt lässt du dich von deinem 61-jährigen Lebensgefährten schwängern. Vielleicht bin ich steril!«

Da lachte sie leise. »Bestimmt nicht.« Vor der Hochzeit hatte sie ein Baby abgetrieben. »Warum? Das kann ich dir nicht erklären, Charlie. Gerade bin ich vierzig geworden, und ich hatte wahrscheinlich Angst vor meiner biologischen Uhr. Jedenfalls habe ich mir plötzlich ein Kind gewünscht. Wär's mit uns beiden passiert, hätte ich das sicher auch so empfunden. Aber es kam halt nicht dazu.« Dahinter steckte noch mehr, doch das verschwieg sie. In den letzten Jahren war Charlie einfach nicht mehr der Richtige gewesen, nur mehr ein Relikt aus ihrer Jugend. Nun sah sie in Simon den Mann ihres Lebens, mit dem sie Kinder großziehen wollte. »Glaub mir, Charlie, ich habe dich nicht angerufen, um dir wehzutun. Nur weil ich fand, du müsstest es erfahren.«

»Besten Dank. Vielleicht wären wir noch zusammen, wenn wir ein Baby bekommen hätten.«

»Vielleicht – vielleicht auch nicht. Vermutlich ist das alles aus einem ganz bestimmten Grund passiert.«

»Bist du glücklich?« Plötzlich dachte er an Sarah, François und die beiden Kinder. Würde auch auf ihn irgendwo da draußen eine Sarah warten? Ein wundervoller Gedanke – doch er glaubte nicht an ein so märchenhaftes Glück.

»O ja«, erwiderte Carole ehrlich. »Ich wünschte nur, mir wäre nicht so schrecklich übel. Trotzdem freue ich mich auf das Baby.«

»Pass bloß gut auf dich auf. Was hält Simon davon? Kommt er sich nicht ein bisschen zu alt vor, um wieder Windeln zu wechseln? Oder wird's ihn verjüngen?« Die bissige Frage konnte sich Charlie einfach nicht verkneifen. Er war nach wie vor eifersüchtig auf den Kerl, der ihm die Ehefrau weggenommen hatte. Jetzt erwarteten die beiden zu allem Überfluss auch noch ein Baby. Das ließ sich nicht so leicht verkraften.

»Vor lauter Freude ist er ganz aus dem Häuschen«, antwortete Carole lächelnd, dann stöhnte sie, von einer neuen Übelkeit erfasst. »Ich muss Schluss machen. Ich wollte dir's nur sagen, bevor du's von anderen Leuten hörst.«

»Solche Neuigkeiten dringen nicht bis nach Shelburne Falls. Wahrscheinlich hätte ich's erst bei meiner Rückkehr nach London erfahren.«

»Wann ist's denn so weit?«

»Das weiß ich noch nicht. Wie gesagt, pass auf dich auf, Carole. Ich rufe dich mal an.« Aber das bezweifelte er. Was gab es denn noch zu besprechen? Sie würde heiraten, sie war schwanger, und er musste sich um sein eigenes Leben kümmern. Während er auflegte, erkannte er, dass dieser Entschluss mit Sarah zusammenhing. Die Lektüre der Tagebücher hatte ihn tatsächlich verändert. Diesen Gedanken hing er immer noch nach, als das Telefon erneut läutete.

»Hi, Carole, hast du was vergessen? Willst du mir sagen, dass du Zwillinge bekommst?«

Aber nun meldete sich eine andere Stimme. »Hier ist Francesca. Störe ich Sie?«, fragte sie, hörbar verwirrt, und er stöhnte.

»O Gott! Gerade rief meine Exfrau an, und ich nannte sie Francesca. Jetzt dachte ich, Carole wäre noch einmal am Apparat. Soeben hat sie mir eine weitere grandiose Neuigkeit verraten.« Zu seiner eigenen Verblüffung klang seine Stimme völlig emotionslos – im Gegensatz zu jenem Tag, an dem er von Caroles bevorstehender Hochzeit erfahren hatte.

»Verlässt sie ihren Freund?«, fragte Francesca interessiert.

»Keineswegs, die beiden bekommen ein Baby. Wenn sie

heiraten, wird Carole bereits im sechsten Monat schwanger sein. Sehr fortschrittlich.«

»Und was empfinden Sie?«

»Ich denke, es wird ihr schwer fallen, ein passendes Brautkleid zu finden. Vielleicht sollte man lieber die Hochzeitsnacht abwarten – wenn's auch altmodisch ist.«

Mit diesem Galgenhumor beeindruckte er sie nicht. »Wie geht's Ihnen, Charlie?«

»Nun ja – ich bin ziemlich enttäuscht«, gestand er seufzend. »Ich wünschte, wir hätten Kinder bekommen. Doch damals wollte ich's nicht *wirklich*. Und Carole auch nicht. Zumindest hatte sie was gegen Kinder, deren Vater *ich* gewesen wäre. Auf diese Art haben wir vielleicht unbewusst bekräftigt, dass irgendwas in unserer Ehe nicht stimmte. Schon bevor sie sich in Simon verliebte. Komisch – jetzt fühle ich mich befreit. Es ist endgültig vorbei. Nun wird sie nie mehr zu mir zurückkommen, das steht eindeutig fest. Sie bleibt definitiv bei ihm. Einerseits tut's weh, andererseits bin ich erleichtert. Außerdem – nachdem ich Sarahs Tagebücher gelesen habe, sehne ich mich nach einem Kind. Möglicherweise war das Moniques Werk. Übrigens – soll ich Ihnen was sagen?«

»Was denn?«, fragte sie leise. Es war spät, und Monique schlief schon.

»Ich vermisse Sie, Francesca. Als Carole anrief, hoffte ich, *Sie* würden sich melden und mir erzählen, wie Ihnen Sarahs Tagebücher gefallen.«

»Genau deshalb rufe ich an. Den ganzen Abend habe ich bittere Tränen vergossen, weil Edward so grausam war und weil sie alle ihre Babys verlor. Wie konnte die arme Frau das nur aushalten?«

»Das kann ich Ihnen erklären – weil sie tapfer war. So wie wir beide. Auch wir werden's schaffen. Trotz allem, was wir durchgemacht haben. Bei welcher Stelle sind Sie jetzt?« Beinahe beneidete er Francesca, weil sie eben erst begonnen hatte, Sarahs Lebensbericht zu lesen.

»Sie ist gerade an Bord der *Concord*.«

»Von jetzt an wird's immer spannender.« Und dann sprach er den Wunsch aus, der ihn schon sehr lange bewegte. »Wollen wir uns mal treffen und drüber reden? Nur wir beide? Ich bezahle den Babysitter.«

»Nicht nötig«, erwiderte sie lächelnd und fühlte, dass sie ihm etwas schuldig war, weil er ihr Sarahs Tagebücher zur Verfügung stellte. »Vielen Dank für die Einladung. Die nehme ich sehr gern an.«

Darauf hatte er nicht zu hoffen gewagt. Überrascht und erfreut schlug er vor: »Am Samstag?«

»Okay.«

»Um acht hole ich Sie ab. Bis dahin – viel Spaß mit Ihrer Lektüre.«

Fast gleichzeitig legten sie auf. Es war ein langer Tag gewesen, ein langer Abend. Sarah hatte zwei Babys bekommen, Carole erwartete eins, und er war mit Francesca verabredet. Plötzlich brach er in lautes Gelächter aus.

# 22

Am Samstagabend holte er Francesca pünktlich um acht Uhr ab. In ihrem schlichten schwarzen Kleid mit der Perlenkette sah sie hinreißend aus. Glatt und glänzend fiel das kastanienrote Haar auf ihre Schultern. Ihr Anblick ließ Charlies Herz schneller schlagen. Dann plagte ihn sein Gewissen, weil er dem wehmütigen Blick ihrer Tochter begegnete, die mit der Babysitterin im Wohnzimmer saß. Es missfiel ihr, ausgeschlossen zu werden, obwohl Mommy ihr in geduldigen, lieben Worten erklärt hatte, manchmal müssten Erwachsene allein sein. Eine idiotische Angewohnheit, fand Monique und hoffte, die beiden würden ihr so was in Zukunft ersparen. Außerdem war die Babysitterin hässlich. Aber sie schien sich mit ihrem Schicksal abzufinden. Jedenfalls spielte sie mit dem jungen Mädchen Monopoly und sah fern, als ihre Mutter und Charlie das Haus verließen.

Sie fuhren nach Bernardston und aßen im Andiamo. Danach gingen sie tanzen. Zum ersten Mal, seit er Francesca kannte, erweckte sie nicht den Eindruck, sie würde am liebsten die Flucht ergreifen. Behutsam erkundigte er sich, was mit ihr geschehen sei, und sie antwortete: »Vielleicht bin ich erwachsen geworden. Manchmal zerrt der ewige Kummer an meinen Nerven. Und es ist langweilig, die Narben wie Juwelen herumzutragen.«

Tief beeindruckt überlegte er, ob diese weise Erkenntnis dem Tagebuch zu verdanken war oder einfach nur der Zeit, die alle Wunden heilte. Dann verblüffte sie ihn mit der Information, nächste Woche würde sie nach Paris fliegen. Ihr Anwalt hatte angerufen, weil ein Grundstück verkauft werden sollte, das sie gemeinsam mit Pierre besaß, und sie musste ein paar Papiere unterzeichnen.

»Kann man die Unterlagen nicht hierher schicken?«, fragte Charlie. »Eine ziemlich weite Reise, nur wegen einiger Unterschriften ...«

»Wenn das Geschäft abgewickelt wird, soll ich dabei sein. Damit will Pierre verhindern, dass ich später behaupte, er habe mich irgendwie hintergangen.«

»Hoffentlich bezahlt er den Flug«, meinte Charlie grinsend.

»Den kann ich mir leisten, wenn ich meinen Anteil vom Verkaufserlös kriege. Die Begegnung mit Pierre und der kleinen Über-Mutter macht mir größere Sorgen. Früher war ich ganz krank, wenn ich die beiden sah, und jetzt bin ich mir nicht mehr sicher ... Vielleicht ist's ein guter Test, und das alles berührt mich viel weniger, als ich's mir eingebildet habe.« Nachdenklich schaute sie ihn an. Er merkte, wie sehr sie sich während der kurzen Bekanntschaft verändert hatte.

»Also haben Sie Angst vor der Reise?« Charlie ergriff ihre Hand. Zweifellos war eine Rückkehr in die Vergangenheit schwierig. Auch er fürchtete seine Ankunft in London.

»Ein bisschen«, gab sie verlegen zu. »Aber ich werde nicht lange dort bleiben. Am Montag reise ich ab, am Freitag bin ich wieder da. Ich will in Paris ein paar Freunde treffen und einkaufen.«

»Nehmen Sie Monique mit?«

»Nein, sie muss zur Schule gehen. Außerdem soll sie nicht

das Gefühl haben, sie würde zwischen ihren Eltern hin und her gerissen. Sie wohnt bei einer Freundin.«

»Okay, ich rufe sie mal an.«

»Darüber wird sie sich sicher freuen.«

Danach tanzten sie und sagten nicht mehr viel. Es gefiel ihm, Francesca im Arm zu halten. Mehr wagte er nicht, weil er ihre mangelnde Bereitschaft spürte. Er wusste außerdem nicht genau, was er selbst empfand. In den letzten Tagen waren ihm viele Dinge durch den Kopf gegangen – Veränderungen, neue Ideen, zum Beispiel die Sehnsucht nach einem Kind und die Erkenntnis, dass er Carole nicht mehr grollte. Im Gegenteil, er gönnte ihr tatsächlich das Glück mit Simon. Er wünschte nur, sein Leben wäre genauso erfüllt wie ihres. Wie Sarahs und François' Dasein.

Auf der Rückfahrt sprach er mit Francesca über die Tagebücher und das Château. Er hoffte, die Pläne zu finden, die François gezeichnet hatte. Sicher wären sie eine interessante Ergänzung zu Sarahs Aufzeichnungen.

Er begleitete Francesca in ihr Haus und wartete, während sie die Babysitterin bezahlte.

Inzwischen schlief das Kind tief und fest, und er fand es wundervoll, in der nächtlichen Stille mit Francesca allein zu sein. »Ich werde Sie vermissen«, gestand er. »Mittlerweile habe ich mich an unsere anregenden Gespräche gewöhnt.« Viel zu lange hatte er auf Freundschaften verzichtet. Ob Francesca einmal mehr sein würde als eine Freundin, wusste er noch nicht, wussten beide nicht.

»Mir werden Sie auch fehlen«, erwiderte sie leise. »Ich rufe Sie von Paris aus an.«

Inständig hoffte er, sie würde es nicht vergessen. Sie erklärte ihm, wo sie wohnen würde – in einem kleinen Hotel am linken Ufer. Damit beschwor sie romantische Träume herauf. Wie gern würde er sie nach Paris begleiten ... Dann könnte er sie vor ihrem Exmann schützen. So wie François seine geliebte Sarah vor Edward geschützt hatte. Diesen Gedanken vertraute er Francesca an, und beide lachten.

»Zweifellos wären Sie ein faszinierender Ritter in schimmernder Rüstung«, meinte sie und stand dabei ganz dicht vor ihm.

»Leider bin ich schon ein bisschen eingerostet.« Es drängte ihn, sie zu küssen. Am besten erinnerte er sich an François' Geste und zog nur ihre Hand an die Lippen. »Bis bald.« Es war an der Zeit zu gehen, bevor er irgendwelche Dummheiten machte. Als er davonfuhr, stand sie am Fenster und schaute ihm nach.

Am Abend las er wieder Sarahs Aufzeichnungen. Ausführlich beschrieb sie das Château und schilderte, wie es in den Wintermonaten eingerichtet wurde. Doch er träumte in dieser Nacht nicht von Sarah, sondern von Francesca. Am nächsten Tag führte er Mrs. Palmer zum Lunch aus und musste sich sehr beherrschen, um ihr nichts von den Tagebüchern zu erzählen. Zuerst sollte Francesca alle zu Ende lesen. Gladys freute sich ohnehin über die Aufmerksamkeit, die er ihr schenkte. Und es gab genug Gesprächsstoff. Zum Beispiel seine Freundschaft mit Francesca und Monique.

Warum musste er in den nächsten Stunden unentwegt an Francesca denken? Schließlich rief er bei ihr an und wollte fragen, ob er sie zum Dinner ausführen dürfte. Natürlich zusammen mit Monique. Leider meldete sich niemand. Als er sie endlich erreichte, erklärte Francesca, sie seien am Nachmittag Eis gelaufen. Außerdem hatten sie schon gegessen. Aber sie schien sich über den Anruf zu freuen, wenn auch ein wehmütiger Unterton in ihrer Stimme mitschwang. Vermutlich fürchtete sie den Flug nach Paris am nächsten Morgen. Zuerst würde sie Monique zur Schule bringen und dann abreisen. Charlie erbot sich, sie zum Flughafen zu fahren. Sie hatte jedoch schon andere Arrangements getroffen. »Ich rufe von Paris aus an«, versprach sie noch einmal, und er hoffte, sie würde es wirklich tun. Plötzlich fühlte er sich wie ein verlassenes Kind.

»Alles Gute«, sagte er leise, und sie bedankte sich.

»Liebe Grüße an Sarah.«

Die hätte er gern ausgerichtet. Auch in dieser Nacht lauschte er angespannt, aber er hörte nichts.

Langsam schleppte sich die Woche dahin. Charlie versuchte zu arbeiten, begann zu malen, las Sarahs Tagebücher und blätterte in Architekturjournalen. Hin und wieder telefonierte er mit Monique. Von Francesca hörte er nichts. Erst am Donnerstag rief sie ihn an.

»Wie war's?«, fragte er.

»Großartig! Er ist immer noch ein Idiot. Und ich habe wahnsinnig viel Geld gekriegt.« Ihr Gelächter klang hinreißend. »Und die kleine Olympiasiegerin wird immer fetter. Pierre hasst dicke Frauen.«

»Geschieht ihm recht. Hoffentlich wiegt sie bei der nächsten Olympiade dreihundert Pfund.« Da lachte sie wieder, und er hörte noch etwas anderes aus ihrer Stimme heraus, das er nicht definieren konnte. Für ihn hatte der Tag erst begonnen, in Paris war es schon Nachmittag. In einigen Stunden würde ihre Maschine nach Boston starten. »Kann ich Sie am Flughafen abholen, Francesca?«

»Ist die Fahrt nicht zu lang?«

»Das schaffe ich schon. Ich miete eine Kutsche und engagiere ein paar indianische Führer. Am Sonntag bin ich sicher da.«

»Okay, okay«, erwiderte sie belustigt. »Jetzt muss ich packen. Bis morgen.« Am Freitag gegen Mittag würde sie ankommen.

»Bis morgen.«

Auf dem Weg nach Boston gingen ihm so viele Gedanken durch den Kopf. Was, wenn sie ewig nur seine Freundin bleiben wollte? Würde sie sich bis an ihr Lebensende vor einer neuen Beziehung fürchten? War Sarah wirklich jemals über die qualvolle Ehe mit Edward hinweggekommen? Vielleicht sollte er Francesca in Lederkleidung gegenübertreten, mit Adlerfedern im Haar. Was für eine alberne Idee ...

Als er den Flughafen erreichte, war sie bereits durch den Zoll gegangen. Sobald sie die Sperre passierte, entdeckte sie ihn. Sie trug einen hellroten Mantel von Dior, hatte ihr Haar schneiden lassen und sah sehr pariserisch aus. Und geradezu umwerfend.

»Wie schön, dass Sie wieder da sind!« Er eilte ihr entgegen, nahm ihr das Gepäck ab und führte sie zu seinem Wagen.

Während der Fahrt nach Deerfield überlegte er, wie lange Sarah vor über zweihundert Jahren für diese Reise gebraucht hatte. Vier Tage. Jetzt dauerte die Strecke nur eine Stunde und zehn Minuten, und noch einmal zehn Minuten nach Shelburne Falls. Francesca erklärte, inzwischen habe sie das erste Tagebuch zu Ende gelesen. »Wie weit sind Sie inzwischen gekommen, Charlie?«

»Nicht allzu weit«, gab er zu. »Ich war zu nervös.«

»Warum?«, fragte sie überrascht, und er entschloss sich zu einer ehrlichen Antwort.

»Weil ich unentwegt an Sie denken musste. Ich hatte Angst, er würde Ihnen wehtun.«

»Das kann er nicht mehr«, erwiderte sie und schaute blicklos durch die Windschutzscheibe. »Komisch – nun habe ich ihn so lange nicht gesehen. Aber irgendwie glaubte ich, er würde die dämonische Macht besitzen, mein Leben zu zerstören. Beinahe wär's ihm gelungen. Was seit unserer letzten

Begegnung im Vorjahr geschah, weiß ich nicht genau. Jedenfalls sehe ich ihn jetzt in ganz anderem Licht. Er ist ein unverbesserlicher Egoist – und nicht mehr ganz so attraktiv wie der tolle Franzose, den ich mal geliebt habe. Und – ja, er hat mir sehr wehgetan. Aber es ist vorbei. Erstaunlich …«

»Endlich sind Sie frei. So wie ich mich von Carole befreit habe. Es wäre doch verrückt, immer noch eine Frau zu lieben, die einen anderen heiratet, ein Kind von ihm erwartet – und niemals eins von mir wollte. Da stünde ich zwangsläufig auf der Verliererseite.«

Jetzt wollte er siegen, so wie Sarah, die den Mut aufgebracht hatte, Edward zu verlassen, um mit François ein neues Glück zu finden. Francesca nickte verständnisvoll. Schweigend fuhren sie bis zu ihrem Haus, er trug ihr das Gepäck bis zur Tür, und sie bedankte sich für seine Mühe.

»Wann sehen wir uns?«, fragte er. Lächelnd schaute sie ihn an und sagte nichts. »Morgen Abend zum Dinner? Mit Ihrer Tochter?«, schlug er vor. Obwohl seine Ungeduld wuchs, wollte er nichts überstürzen.

»Da ist sie zu einer Geburtstagsparty eingeladen – und sie übernachtet bei ihrer Freundin«, erklärte Francesca etwas unsicher.

»Darf ich Sie zu mir einladen?«, fragte er, und sie nickte. Es war eine heikle Situation. Für beide. Aber Sarah würde ihnen im Château beistehen, zumindest ihr Geist. Er küsste Francescas Wange. Innerhalb weniger Tage hatte sie sich verändert. Vorsichtig, verwundbar und ängstlich war sie immer noch. Doch nicht mehr zornig, verbittert und mutlos. Ebenso wenig wie Charlie. »Um sieben hole ich Sie ab«, versprach er.

Wieder in seinem Haus, nahm er Sarahs letztes Tagebuch aus der Truhe. François hatte schon lange nicht mehr für die Army gekämpft. Aber seine Frau erwähnte die ständigen

Kämpfe im Westen zwischen den Siedlern, die immer weiter vordrangen, und den Shawnee und Miami. Unaufhaltsam spitzte sich die Lage zu.

Im Sommer 1793, ein Jahr nach Françoises Geburt, war in dem Schlafzimmer, das Charlie jetzt bewohnte, wieder ein kleines Mädchen zur Welt gekommen und Marie-Ange genannt worden, weil Sarah verkündet hatte, es würde wie ein Engel aussehen.

Glücklich und zufrieden lebte sie mit ihrer Familie in ihrem prächtigen Heim. Seit einer halben Ewigkeit war François nicht mehr zur Army geritten. Stattdessen hatte er das Château eifrig verschönert. In ihrem Tagebuch beschrieb Sarah die architektonischen Einzelheiten, und Charlie beschloss, sie alle gründlich zu inspizieren. Sicher würden die meisten noch existieren.

Sie berichtete auch, im selben Jahr sei Colonel Stockbridge gestorben, von allen, die ihn gekannt hätten, schmerzlich betrauert. Sein Nachfolger war viel ehrgeiziger und mit General Wayne befreundet, dem neuen Oberbefehlshaber der Western Army. Schon seit einem Jahr drillte der neue Garnisonskommandant die Truppen, die gegen Little Turtle vorgehen sollten. Nach General St. Clairs vernichtender Niederlage, die ihn zum unehrenhaften Rücktritt gezwungen hatte, war nichts Entscheidendes geschehen.

Mit ihrer Familie beschäftigt, hatte Sarah nur mehr selten Zeit gefunden, ihr Tagebuch zu führen.

Im Herbst 1793 erwähnte sie voller Sorge, ein Freund ihres Mannes, der Irokese Big Tree – Großer Baum – habe wieder einmal versucht, mit den Shawnee zu verhandeln, und sei abgewiesen worden. Dabei ging es um ein äußerst kompliziertes Problem. Im Unabhängigkeitskrieg hatten sich die Shawnee mit den Briten verbündet. Nach deren Niederlage meinte die American Army, die Shawnee sollten mitsamt den

Engländern aus Ohio verschwinden und das Land den Siedlern überlassen. Doch dagegen hatten sich die Indianer entschieden gewehrt, und jetzt verlangten sie fünfzigtausend Dollar für das Gebiet, außerdem eine jährliche Zahlung von zehntausend.

An dieses Ansinnen verschwendete General Wayne keinen einzigen Gedanken. Im Winter bildete er seine Truppen weiterhin im Fort Washington und in den Forts Recovery und Greenville auf dem Boden Ohios aus. Davon konnte ihn nichts abhalten. Im Übrigen vertraten alle Offiziere seinen Standpunkt. Blue Jacket und Little Turtle, die beiden stolzesten Krieger, mussten endlich besiegt werden.

Im Mai 1794 munkelte man von einem Feldzug, den General Wayne organisieren sollte. Dazu kam es nicht, und Sarah atmete erleichtert auf. Sie freute sich auf einen friedlichen Sommer und zog François auf, nun sei er kein Soldat oder indianischer Krieger, sondern ein »alter Farmer«. Ihrem Tagebuch vertraute sie an, mit dreiundvierzig würde er nach wie vor wundervoll aussehen. Und glücklicherweise würde er sein Leben nicht mehr bei der Army riskieren. In diesem Sommer wollten sie die Irokesen besuchen, mit allen drei Kindern, da sie ausnahmsweise nicht schwanger war – die erste Erholungspause seit dem Beginn ihrer heißen Leidenschaft.

So viel ihr die Kinder auch bedeuteten – ihre große Liebe war François, und sie wollte mit ihm alt werden. Manchmal sorgte sie sich, weil er etwas rastlos wirkte. Aber für einen Mann von seinem Charakter war das wohl normal, und meistens schien er das Familienleben in vollen Zügen zu genießen.

Als Charlie eine Eintragung von Anfang Juli las, fiel ihm Sarahs zittrige Handschrift auf. Am 30. Juni hatten die Indianer, angeführt von Blue Jacket und Tecumseh, in Ohio eine

Tragtierkolonne und deren Eskorte von hundertvierzig Soldaten überfallen. Wenig später griffen die Ottawa das Fort Recovery an, und der neue Kommandant der Deerfield-Garnison schickte François eine Nachricht. Innerhalb eines Monats würden fast viertausend Mann von der regulären Army und der Kentucky-Miliz zum Fort Recovery reiten und das Problem lösen. Nicht einmal François hatte je zuvor von einem so riesigen Heer gehört. Wie vorauszusehen, wurde er dringend gebraucht. Da er die Indianerstämme schon viele Jahre lang kannte und mit allen, außer den besonders feindlich gesinnten Kriegern, gut umzugehen wusste, konnte General Wayne nicht auf seinen Beistand verzichten. Verzweifelt flehte Sarah ihren Mann an, um der Kinder willen daheim zu bleiben, und beleidigte ihn sogar mit der Behauptung, er sei zu alt, um solche Kämpfe zu überleben.

»Was soll mir denn inmitten so vieler Männer zustoßen«, versuchte er sie zu beruhigen. »Die Shawnee und ihre Konsorten werden mich nicht einmal finden.«

»Unsinn!«, protestierte sie. »Tausende werden sterben. Blue Jacket könnt ihr nicht besiegen – schon gar nicht, seit er sich mit Tecumseh zusammengeschlossen hat.« Da François ihr die Zusammenhänge erklärt hatte, wusste sie, dass Tecumseh zu den berühmtesten Kriegern zählte.

Ende Juli gab sie sich geschlagen. François versprach ihr, danach nie wieder auf die Schlachtfelder zu reiten. Aber jetzt dürfe er General Wayne nicht im Stich lassen. »Ich will meine Freunde nicht enttäuschen, Liebste.«

Gegen sein Ehrgefühl war sie machtlos. Die ganze Nacht vor seiner Abreise weinte sie. Zärtlich hielt er sie in den Armen, versuchte sie mit heißen Küssen zu beschwichtigen, und kurz vor dem Morgengrauen liebte er sie. Sarah hoffte inständig auf eine Schwangerschaft. Diesmal wurde sie von einer schrecklichen Vorahnung erfasst.

Francois erinnerte sie an die Sorgen, die sie sich jedes Mal machte, wenn er nur nach Deerfield ritt. »Du willst mich an deinem Schürzenzipfel festbinden, wie deine Kinder.« Das musste sie zugeben. Wenn ihm irgendetwas zustieße, würde sie es nicht ertragen können.

Am Morgen sah sie denselben Krieger auf seinem Pferd sitzen, der sie vor viereinhalb Jahren im verschneiten Wald erschreckt hatte – kühn und stolz wie ein Adler in den Lüften. Nicht einmal sie konnte ihn zur schnellen Rückkehr auf die Erde zwingen. »Nimm dich in Acht«, flüsterte sie, als er sich ein letztes Mal herabneigte und sie küsste. »Und komm bald nach Hause. Ich werde dich schmerzlich vermissen.«

»Ich liebe dich, meine tapfere kleine Squaw. Bevor das nächste Baby zur Welt kommt, bin ich wieder da.« Und dann galoppierte er auf der scheckigen Stute davon, die ihm die Irokesen vor vielen Jahren geschenkt hatten. Sarah stand noch lange da und hörte die Hufschläge, die auf ihr Herz zu trommeln schienen. Schließlich ging sie ins Haus zurück, zu ihren Kindern.

Fast den ganzen Tag verbrachte sie im Bett, dachte an François und wünschte, sie hätte ihn zurückhalten können. Doch sie wusste, es wäre ihr niemals gelungen. Er musste seinen Freunden beistehen.

Im August erfuhr sie, sein Trupp sei wohlbehalten im Fort Recovery angekommen und würde zwei neue Forts bauen – Defiance und Adams. Inzwischen war Little Turtle zu Friedensverhandlungen bereit. Aber Tecumseh und Blue Jacket beharrten auf ihrem Standpunkt, fest entschlossen, die Army zu besiegen. Dass wenigstens ein großer Krieger nachgab, wurde als gutes Omen gewertet, und die Soldaten in der Deerfield-Garnison glaubten, mit viertausend Mann müsste Wayne die beiden Feinde bald in die Knie zwingen.

Den ganzen Monat fühlte Sarah sich unbehaglich, und

ihre Angst wuchs. Es gab keine Neuigkeiten. Am 20. August gelang General Wayne endlich ein brillanter Angriff auf Blue Jacket in Fallen Timbers. Vierzig Indianer wurden getötet oder schwer verwundet, nur wenige Army-Soldaten. Von einer gnadenlosen Strategie besiegt, trat Blue Jacket nach drei Tagen den Rückzug an, und General Wayne ritt triumphierend durch Ohio nach Hause. Nun gab es einen Grund zum Feiern. Trotzdem verharrte Sarah in Verzweiflung. Erst wenn François unversehrt zu ihr kam, würde sie ihren inneren Frieden wieder finden.

Einige Soldaten blieben im Westen. Wenn Blue Jacket auch besiegt war, er bekannte sich ebenso wenig wie Tecumseh zu einer endgültigen Niederlage. Sarah vermutete, François würde bis zur Entscheidung im Westen ausharren. Das mochte Monate dauern – sogar Jahre, aber das würde er ihr doch wohl kaum antun.

Ende September hörte sie noch immer nichts von ihrem Mann und bat Colonel Hinkley, den neuen Kommandanten des Deerfield-Forts, die Heimkehrer von Fallen Timbers nach François zu fragen. Er versprach, sein Bestes zu tun.

Am Nachmittag ritt sie nach Hause. Nur einer der beiden Jungen begleitete sie. Der andere spielte mit ihren lachenden Kindern vor dem Château. Am Waldrand glaubte sie, einen Mann in Indianerkleidung stehen zu sehen. Er war ein Weißer – aber ehe sie zu ihm eilen konnte, verschwand er. Unglücklich beobachtete sie den Sonnenuntergang.

Zwei Tage später tauchte der Mann wieder auf. Er schien sie zu beobachten, dann löste er sich in nichts auf. Eine Woche nach ihrem Besuch in der Garnison ritt der Kommandant zu ihr. Soeben hatte er grausame Neuigkeiten von einem Scout erfahren, der aus Ohio zurückgekehrt war. Noch bevor Hinkley weitersprach, wusste Sarah Bescheid – François war in Fallen Timbers gefallen.

Nur einunddreißig Männer hatten den Tod gefunden. Und sie hatte es vorausgesehen. Von Anfang an hatte sie gespürt, Blue Jacket würde ihn töten. Nun wusste sie auch, wer der Mann gewesen war, der am Waldrand gestanden hatte – François war zu ihr gekommen, um sich zu verabschieden.

Mit unbewegter Miene hörte sie zu, als Hinkley die Worte aussprach, die ihre Welt zerstörten. Wenig später ritt er davon, und sie blickte über das Tal hinweg, das François geliebt hatte. Hier waren sie einander begegnet, und sie fühlte in ihrem Herzen, er würde sie niemals wirklich verlassen. Im Morgengrauen des nächsten Tages ritt sie zum Wasserfall, wo sie sich oft geküsst hatten. So viele Erinnerungen – so viele Dinge, die sie ihm sagen wollte. Sie würde kein viertes Kind bekommen, das wusste sie bereits.

François war ein großer Krieger gewesen, ein wundervoller Mann, der Einzige, den sie je geliebt hatte – White Bear, Weißer Bär – François de Pellerin ... Nun musste sie die Irokesen besuchen und ihnen die traurige Nachricht überbringen.

Während sie vor dem Wasserfall stand, lächelte sie unter Tränen und erinnerte sich an ihre übergroße Liebe. Niemals würde sie ihn verlieren.

Tief bewegt las Charlie diese Zeilen. Nur vier Jahre hatten sie zusammen verbracht. Wie war das möglich? Wie konnte ein Frau so viel geben und so wenig dafür bekommen – nur vier Jahre mit dem geliebten Mann? Und doch – so hatte Sarah nicht gedacht. Stattdessen war sie dankbar gewesen für jeden Tag, jeden Augenblick, für die drei Kinder.

Im Lauf der nächsten Jahre hatte sie sich nur mehr selten ihrem Tagebuch anvertraut. Aber wie er den Aufzeichnungen entnahm, hatte sie ein erfülltes Leben geführt. Erst mit achtzig Jahren war sie in dem schönen Château gestorben, das François für sie gebaut hatte. Niemals hatte sie ihn vergessen oder einen anderen geliebt. In seinen Kindern lebte er weiter. Den Mann am Waldrand hatte sie nie wieder gesehen. Trotzdem wusste sie, wer es gewesen war – ihr Mann, der ihr Lebewohl gesagt hatte.

Die letzte Eintragung im Tagebuch stammte von ihrer älteren Tochter. Ihre Mutter sei im hohen Alter nach einem wunderbaren Leben gestorben, hatte Françoise geschrieben. Den Vater habe sie nicht gekannt, doch er sei ohne jeden Zweifel ein großartiger Mann gewesen. Die Liebe zwischen den Eltern müsste allen Menschen, die sie kannten, ein Beispiel geben. Diese Zeilen hatte die Tochter mit Françoise de Pellerin Caver unterzeichnet, im Jahr 1845. »Gott segne meine Eltern«, lauteten die letzten Worte.

Die Handschrift glich jener, die Charlie in all den anderen Tagebüchern gesehen hatte. Was weiterhin mit Sarahs Kindern geschehen war, würde er niemals erfahren.

»Lebt wohl«, flüsterte er traurig und gleichzeitig dankbar. Welch ein kostbares Geschenk hatte Sarah ihm mit diesen Tagebüchern gemacht – was für eine außergewöhnliche Frau ... Und François hatte ihr so viel gegeben, in so kurzer Zeit.

Als Charlie in dieser Nacht das Schlafzimmer betrat, hörte er Seide rascheln und leichtfüßige Schritte. Verwirrt schaute er sich um und sah eine Gestalt in einem blauen Kleid davongleiten. Hatte er sich die Vision nur eingebildet? Oder wollte Sarah sich von ihm verabschieden, so wie der tote François de Pellerin damals am Waldrand? Konnte sie wissen, dass Charlie ihre Tagebücher gefunden hatte? Kaum zu glauben. Wie auch immer – er hielt die Erscheinung für ein letztes Geschenk. Eine Zeit lang stand er reglos in der Stille, fühlte sich einsam und verlassen.

Am liebsten hätte er Francesca angerufen, um ihr von François' und Sarahs Tod zu erzählen. Doch das wäre unfair gewesen und würde ihr die restliche Lektüre verderben. Außerdem war es drei Uhr morgens. Er sank in sein Bett und dachte an alles, was er an diesem Abend gelesen hatte, betrauerte François' Tod bei Fallen Timbers und Sarahs Ableben, so viele Jahre später. Nichts rührte sich im Haus. Nach einer Weile schlief er ein.

# 23

Am nächsten Morgen öffnete er im hellen Sonnenschein die Augen – schweren Herzens, als wäre etwas Schreckliches geschehen. Mit diesem Gefühl war er monatelang erwacht, seit Carole ihn verlassen hatte. Lag es immer noch daran? Nein, an einer anderen Erinnerung. François war gestorben. Und Sarah hatte noch fast fünfzig Jahre ohne ihn gelebt.

Was Charlie am schmerzlichsten bedrückte, war die Erkenntnis, dass er keine Tagebücher mehr lesen konnte. Sarah hatte ihn verlassen und ihn eine wichtige Lektion gelehrt – das Leben war so kurz, jede einzelne Minute kostbar. Was wäre geschehen, hätte sie François ihr Herz nicht geöffnet? Vier kurze Jahre, aber der beste Teil ihres Lebens, und sie hatte ihm drei Kinder geschenkt. Dadurch erschien alles unwichtig, was sie früher hatte ertragen müssen.

Während Charlie an diesem Morgen unter der Dusche stand und sich dann anzog, wanderten seine Gedanken ständig zu Francesca. Seit der Reise nach Paris war sie verändert. Das hatten ihre Augen am Flughafen verraten. Und – noch signifikanter – sie hatte es nicht vor ihm verborgen. Plötzlich konnte er es kaum erwarten, sie wieder zu sehen. Ein völlig neues Leben lag vor ihnen. Um sieben Uhr abends würde er sie abholen. Seufzend fragte er sich, wie er die vielen Stunden bis dahin ertragen sollte.

Der Türklopfer pochte an die Haustür. Wahrscheinlich Gladys Palmer, dachte er und eilte die Treppe hinab. Kurz schaute er durch das Fenster und sah eine sichtlich verlegene Francesca vor dem Eingang stehen.

»Tut mir Leid«, entschuldigte sie sich nervös. Obwohl sie die Stirn runzelte, sah sie bezaubernd aus, als sie die Halle betrat. »Gerade habe ich Monique zu ihrer Freundin gebracht. Die wohnt ganz in der Nähe, und da habe ich mir überlegt ...« In ihren grünen Augen schimmerten Tränen. »Gestern Abend las ich das Tagebuch zu Ende. Jetzt ist Sarah in Boston – und sie will nach Deerfield fahren.«

»Dann stehen Sie erst am Anfang. So wie ich – obwohl ich gestern die letzten Aufzeichnungen beiseite legte. Danach fühlte ich mich, als wäre jemand gestorben. Ich bin froh, dass Sie zu mir gekommen sind.« Nachdenklich betrachtete er ihr Gesicht, und dann hatte er eine Idee, die ihnen vielleicht Glück bringen würde. »Möchten Sie mit mir wegfahren?«

Erleichtert stimmte sie zu. »Sehr gern.« Sie hatte ihren ganzen Mut aufbieten müssen, um ihn zu besuchen, und sie war immer noch betreten. »Wohin?«

»Das werden Sie gleich sehen«, antwortete er rätselhaft. Er zog seinen Mantel an, verließ mit ihr das Haus, und sie stiegen in sein Auto. In wenigen Minuten legten sie die kurze Strecke zurück, die Sarah so oft zu Fuß gegangen war, sogar während ihrer Schwangerschaften. Francesca kannte den Wasserfall. Hier hatte sie einmal mit Monique gepicknickt. Aber nur Charlie wusste, welch eine bedeutsame Rolle dieses Fleckchen Erde in Sarahs Leben gespielt hatte. Nun stand er dicht neben Francesca. »Schön, nicht wahr?« Die vereisten Kaskaden glänzten majestätisch. »Hier waren Sarah und François sehr glücklich.«

Und endlich zog er sie an sich und küsste sie. Seit sie sich kannten, hatten sie genug geredet – über die Vergangenheit, die Gegenwart und die Zukunft, die Menschen, die sie enttäuscht hatten, die gebrochenen Herzen. Möglicherweise war es an der Zeit, zu schweigen und einfach nur Sarahs und François' Beispiel zu folgen.

Sie spürte sein Herz an ihrem. Als er den Kopf hob, legte sie lächelnd einen Finger auf seine Lippen. »Wie gut, dass du's getan hast …«, wisperte sie.

»Das finde ich auch«, erwiderte er atemlos. »Viel länger hätte ich mich nicht mehr zurückhalten können.«

»Wie dumm ich war …« Sie setzten sich auf einen abgerundeten Felsen, und Charlie hoffte, Sarah und François hätten sich an derselben Stelle geküsst. »Während ich das Tagebuch las, merkte ich, wie unwichtig das alles war, was ich erlebt habe.« Eine schwere Last war von Francescas Seele gefallen.

»Nicht unwichtig«, widersprach er und küsste sie wieder. »Ein Teil deines Lebens, der jetzt zur Vergangenheit gehört. Das hast du erkannt und dich von deinem Kummer befreit.« Mit Sarahs Hilfe. Etwas später gingen sie spazieren, und Charlie legte einen Arm um Francescas Schultern. »Freut mich, dass du heute Morgen zu mir gekommen bist.«

»Mich auch.« Sie wirkte jetzt viel jünger als die Frau, die er in der Bibliothek kennen gelernt hatte. Sie war einunddreißig, er zweiundvierzig. So viel lag noch vor ihnen.

Ungefähr im gleichen Alter waren Sarah und François gewesen, als ihr gemeinsames Leben ein Ende genommen hatte. Und unseres fängt erst an, dachte Charlie. Ein wundervolles Gefühl, vor allem, weil sie beide geglaubt hatten, es würde keine Zukunft geben. Jetzt gab es so viel zu bedenken, zu planen, zu träumen.

Sie fuhren zum Château zurück, und er fragte, ob er nun das Dinner für sie kochen sollte, wie verabredet. »Aber eventuell hast du mich am Abend schon satt.«

»Wenn's so wäre, hätten wir ein ernsthaftes Problem«, erwiderte Francesca lachend. »Aber diese Gefahr besteht wohl kaum.«

Er küsste sie im Auto – dann noch einmal, nachdem sie ausgestiegen waren. Und plötzlich konnte sie nicht genug von ihm bekommen. Einsamkeit, Schmerz und Zorn verflogen, verdrängt von Erleichterung und Wärme, Glück und Liebe.

Eine Zeit lang standen sie im Garten, eng aneinander geschmiegt, und Charlie erklärte, er würde Gladys Palmer fragen, ob sie ihm das Château verkaufen würde. Seit einigen Tagen erwog er, ein Architekturbüro in Shelburne zu eröffnen und alte Häuser zu restaurieren. Fasziniert hörte Francesca zu. Sie unterhielten sich so lebhaft, dass sie die Frau nicht sahen, die oben an einem Fenster stand, herabschaute und zufrieden lächelte. Langsam verschwand sie hinter dem Vorhang, als Charlie die Haustür aufsperrte und Francesca ins Haus führte. Dann ergriff er ihre Hand, und sie stiegen die Treppe hinauf. Schweigend betraten sie Sarahs Schlafzimmer – und trafen sie nicht an. Aber sie suchten sie auch nicht. Sarah war in die Vergangenheit zurückgekehrt, und sie kamen jetzt hierher, um einander zu finden, um die gemeinsame Zukunft zu beginnen.